Jessica Clare

PERFECT TOUCH

INTENSIV

Roman

Aus dem amerikanischen Englisch
von Kerstin Fricke

BASTEI LÜBBE TASCHENBUCH
Band 17 467

Dieser Titel ist auch als E-Book erschienen

Vollständige Taschenbuchausgabe

Deutsche Erstausgabe

Für die Originalausgabe:
Copyright © 2016 by Jessica Clare
Titel der amerikanischen Originalausgabe:
»The Taming of the Billionaire«
Originalverlag: InterMix Books, New York
Published in Agreement with the author,
c/o Baror International, Inc., Armonk, New York, USA

Für die deutschsprachige Ausgabe:
Copyright © 2016 by Bastei Lübbe AG, Köln
Textredaktion: Mona Gabriel, Leipzig
Titelillustration: © shutterstock/Vikpit
Umschlaggestaltung: FAVORITBUERO, München
Satz: Urban SatzKonzept, Düsseldorf
Gesetzt aus der Garamond
Druck und Verarbeitung: GGP Media GmbH, Pößneck
Printed in Germany
ISBN 978-3-404-17467-6

5 4 3 2 1

Sie finden uns im Internet unter www.luebbe.de
Bitte beachten Sie auch: www.lesejury.de

Ein verlagsneues Buch kostet in Deutschland und Österreich jeweils überall dasselbe.
Damit die kulturelle Vielfalt erhalten und für die Leser bezahlbar bleibt,
gibt es die gesetzliche Buchpreisbindung. Ob im Internet, in der Großbuchhandlung,
beim lokalen Buchhändler, im Dorf oder in der Großstadt – überall bekommen Sie Ihre
verlagsneuen Bücher zum selben Preis.

1

»Pass auf, wo du hintrittst«, meinte Bianca zu Edie, als sie sich dem riesigen Buchanan-Herrenhaus näherten. Sie nahm den Arm ihrer Schwester und versuchte, ihr über die breite Steintreppe nach oben zu helfen. »Kommst du mit den Stufen zurecht? Sie sind ziemlich schmal ...«

»Großer Gott, Bianca. Ich humpele und habe kein gottverdammtes Holzbein.« Edie schob den Arm ihrer Schwester genervt zur Seite. Bianca machte ständig solche Sachen und behandelte Edie, als wäre sie aus Glas und nicht etwa wie jemanden, der nur ein schlimmes Knie hatte. Die meiste Zeit gelang es ihr, diese Tatsache einfach zu ignorieren, aber als sie jetzt auf das große Herrenhaus zugingen, wurde sie immer nervöser, und Biancas Florence-Nightingale-Attitüde ging ihr zunehmend auf die Nerven. Die meiste Zeit fiel ihr Humpeln überhaupt nicht auf.

Bianca warf Edie einen beleidigten Blick zu und zog die Hände zurück. »Entschuldige. Ich wollte nur helfen, weil ich weiß, wie schnell deine Beine müde werden.«

»Mit fünf Stufen werde ich schon fertig«, knurrte Edie, in der jedoch schon Schuldgefühle aufstiegen. Sie hatte schlechte Laune und ließ das an Bianca aus. Dabei war es nicht die Schuld ihrer Schwester, dass Edie vor der großen Feier nervös und aufgeregt war. Edie mochte nun mal keine großen Menschenansammlungen und gesellschaftlichen Ereignisse, und allein der Anblick des abschreckenden Buchanan-Hauses machte alles noch viel schlimmer. Das Haus war riesig, und erinnerte sie auf unheimliche Art an ein Geisterschloss, obwohl es von gut gepflegten Gärten umgeben war. Die zahlreichen Autos, die auf der gewundenen Auffahrt parkten, ließen auf sehr viele andere Gäste schließen.

Aber sie war nicht hier, weil sie feiern wollte, rief sich Edie ins Gedächtnis. Sie war nur ihrer Freundin Gretchen zuliebe hergekommen.

Ihr Knie schmerzte, als sie oben an der Treppe angekommen war, aber sie ignorierte es, denn, verdammt!, sie wollte sich beim Reingehen nicht auf die perfekte Bianca stützen. Stattdessen richtete sie ihre überlange schwarze Tunika, die gestreiften Leggings und die auffällige Halskette. Da das alles nicht gerade elegant war, hatte sie sich zur Feier des Tages noch einen farbenfrohen Schal in das lockige Haar gebunden. Bianca sah natürlich wie immer umwerfend aus mit ihrem glatten, hüftlangen blonden Haar, ihrem marinefarbenen Oberteil mit U-Boot-Ausschnitt und dem dazu passenden ausgestellten Rock. Dazu trug sie Schuhe mit zehn Zentimeter hohen Absätzen, da sie natürlich glamourös aussehen musste, obwohl eigentlich nur Edie zu der Feier eingeladen war. Edie hingegen hatte orthopädische Schuhe an, um zu verhindern, dass ihr Knie im Laufe des Abends aufgab.

Was jedoch nicht heißen sollte, dass sie deswegen verbittert gewesen wäre.

Bianca bohrte ihre langen Fingernägel in Edies Schulter. »Du hast da ein Katzenhaar.«

Edie schob Biancas Hand zur Seite. »Ich habe ständig Katzenhaare auf meiner Kleidung. Das wird niemanden groß interessieren.«

Aber Bianca sah sie mit ihren großen Rehaugen an. »Mich interessiert es, Edie. Was ist denn, wenn wir hier attraktive, heiratswürdige Männer kennenlernen?«

Beinahe hätte Edie das Gesicht verzogen. In dem Augenblick, in dem ihre wunderschöne Schwester gehört hatte, dass Edies Freundin aus Collegezeiten einen Milliardär heiratete, hatte sie sich an Edie geklammert und darauf bestanden, sie zu der Feier zu begleiten, da Edies armer Fuß doch bestimmt schmerzen würde, wenn sie selbst dorthin fahren müsste. Und was sollte sie nur tun, wenn sie zu lange stehen musste? Sie würde Hilfe brauchen, um zu ihrem Wagen zurückzukommen, wenn ihr Bein nachgab, und Bianca würde sich natürlich völlig selbstlos für ihre Schwester aufopfern.

Genau. Bianca war so »selbstlos«, weil sie sich gern als die süße, großzügige, engelsgleiche Schwester präsentierte. Aber Edie wusste ganz genau, dass Bianca nur daran interessiert war, alles über das Vermögen der Männer auf der Feier herauszufinden, auch wenn sie selbst das niemals zugegeben hätte. Bianca behielt ihre berechnenden Gedanken für sich, da sie nun einmal nicht damenhaft waren. Aber Edie durchschaute ihre Schwester, und ohne dass diese auch nur ein Wort sagte, wusste sie genau, was in ihrem hübschen Köpfchen vor sich ging.

Außerdem war es völlig egal, ob Edie von Kopf bis Fuß mit Katzenhaaren bedeckt war, weil sie sowieso niemand eines Blickes würdigen würde, solange Bianca in ihrer Nähe war.

Mit Ausnahme einer Katze vielleicht.

Edie ließ den Messingtürklopfer gegen die große Holztür des Herrenhauses fallen.

»Das ist so elegant«, murmelte Bianca und strich sich über das Haar. »Wie bei *Downton Abbey*. Glaubst du, dass sie Bedienstete haben?«

»Nein, Gretchen putzt die siebzehn Badezimmer bestimmt alle selbst«, erwiderte Edie sarkastisch.

»Sie haben tatsächlich siebzehn Badezimmer?«

»Das war nur eine Schätzung.« Edie musterte die Fenster des Herrenhauses, die sie vom Eingang aus sehen konnte. Wie viele Zimmer gab es hier überhaupt? Die Größe des Hauses schien ja dem Buckingham Palast Konkurrenz zu machen.

Aber im nächsten Augenblick wurde die gigantische Haustür geöffnet, und Gretchen sah heraus. Sie riss die Augen hinter ihrer schwarzrandigen Nerdbrille auf und strahlte. »Oh mein Gott! Edie! Du bist da!« Dann stürzte sie vor und schlang der viel kleineren Edie die Arme um den Hals. »Es ist so schön, dich zu sehen! War die Fahrt sehr lang?«

Edie löste sich aus Gretchens überschwänglicher Umarmung und lachte. »Etwa vier Stunden. Aber es war jede Minute wert, da wir uns endlich mal wiedersehen. Wie geht es dir? Was macht Igor?« Sie musterte Gretchen. Ihre Freundin sah großartig aus, sie strahlte, und ihr rotes Haar fiel ihr wie eine feurige Wolke auf die Schultern. Sie trug ein schlichtes schwarzes Kleid, was Edie nicht weiter überraschte. Sie und Edie hatten schon immer auf derselben Wellenlänge gelegen, wenn es darum ging, »sich in Schale zu werfen«.

»Ha! Das war ja klar, dass du in dem Moment, in dem du hier auftauchst, nach diesem kleinen Unruhestifter fragst.« Gretchen grinste und umarmte Edie noch einmal kurz, dann erst schien sie Bianca zu bemerken. »Oh. Du hast jemanden mitgebracht. Hi, Bianca.« Ihr Tonfall veränderte sich, und ihr fröhliches Lächeln sah mit einem Mal sehr gezwungen aus. »Ich wusste gar nicht, dass du auch kommst.«

Edie zuckte zusammen. Sie hatte Gretchen sehr gern, wusste aber auch, dass Gretchen Bianca nicht leiden konnte. »Ich brauchte jemanden, der mich fährt«, behauptete Edie und nahm ihre Schwester gleichzeitig in Schutz, die sich mehr auf Gretchens Party gefreut hatte als Edie. »Du weißt ja, dass mir nach einer langen Fahrt immer das Bein wehtut.«

Gretchen blinzelte. »Ja, natürlich. Ich war nur ... Jetzt haben wir eine ungerade Anzahl an Gästen.«

»Ach, ich muss nicht mit euch essen«, säuselte Bianca mit süßlicher Stimme. »Ich bleibe auch sehr gern in der Küche. Bitte ändere meinetwegen bloß nicht deine Pläne, das wäre mir sehr unangenehm.«

»Nein, das ist schon okay. Aber lass die Finger von dem narbigen Kerl, der gehört mir, und ich kratze dir die Augen aus, wenn du ihn auch nur von der Seite ansiehst.«

Bianca riss die Augen auf. »Äh ...«

»Sie macht nur Witze«, versicherte Edie ihrer Schwester. »Nicht wahr, Gretchen?«

»Ja, klar.« Gretchen bedachte Bianca mit einem bitterbösen Lächeln und winkte sie herein. »Jetzt kommt aber rein, dann kann ich euch die anderen Gäste vorstellen.«

Edie humpelte ins Foyer und sah sich neugierig um. Eine breite Treppe führte nach oben und war mit rotem Teppich ausgelegt. Sie konnte nur hoffen, dass sie nicht nach da oben gehen musste. »Schönes Haus.«

»Ach, es ist furchtbar«, tat Gretchen das Kompliment ab. »Aber es gehört nun einmal zu diesem Mann dazu, daher macht es mir nicht so viel aus.« Sie schloss die Tür hinter Edie und Bianca und hielt kurz inne. »So. Bevor wir reingehen, möchte ich kurz mit euch über meinen Verlobten sprechen.«

Das klang ja rätselhaft. Edie achtete darauf, sich ihr Erstaunen nicht anmerken zu lassen. Sie hatte Hunter Buchanan gegoogelt, aber keine Fotos von ihm im Internet finden können. War er steinalt und Gretchen heiratete ihn nur wegen seines Geldes? Das klang nicht nach etwas, das Gretchen zuzutrauen wäre, aber sie hatte schon immer zu spontanen Aktionen geneigt, daher konnte man unmöglich vorhersagen, was sie tun würde und was nicht.

»Er ist bestimmt ganz wunderbar«, sagte Bianca mit süßlicher Stimme.

»Das kann man so nicht sagen«, erwiderte Gretchen offen, »und genau deshalb müssen wir darüber reden.« Sie sah den beiden Frauen nacheinander ernst in die Augen. »Hunter ist ein bisschen schüchtern. Er mag es nicht, wenn man ihn anstarrt, weil er sehr vernarbt ist und ein paar Finger verloren hat. Ich sage euch das jetzt nur, damit ihr nachher nicht überrascht seid, und damit ihr wisst, dass er sehr kamerascheu ist. Und falls ihr darauf hofft, dass es bei der Hochzeit ein großes Spektakel mit Sing- und Tanzeinlagen gibt, dann könnt ihr das gleich wieder vergessen. Falls irgendjemand so etwas auch nur vorschlägt, reiße ich ihm die Zunge raus.« Sie beäugte Bianca kritisch. »Mir liegt sehr viel daran, Hunter zu beschützen, und wir haben nur ein so großes Hochzeitsfest, weil ich es mir gewünscht habe und er mich glücklich machen will. Wenn es nach ihm gegangen wäre, dann hätten wir in aller Stille und ohne irgendwelche Feierlichkeiten geheiratet.«

»Ach, so schlimm wird es schon nicht sein«, erwiderte Bianca mit ihrer Kleinmädchenstimme, aber Edie legte ihr eine Hand auf den Arm, um sie zum Schweigen zu bringen.

»Wir starren ihn nicht an«, versicherte Edie Gretchen. »Keine Sorge. Und was die Tanzeinlagen betrifft...« Sie deutete auf ihr Bein. »Falls irgendjemand damit anfängt, bin ich ohnehin nicht mit dabei.«

»Gut.« Gretchen strahlte sie an. »Aus genau diesem Grund bist du die perfekte Ergänzung für meine zusammengewürfelte Hochzeitsgesellschaft.«

»Aber...«, begann Bianca.

Edie drückte erneut ihren Arm. Einer der Gründe, warum Bianca und Gretchen nicht miteinander auskamen, war, dass

Bianca glaubte, sie könnte jeden mit ein paar süßen Worten dazu bringen, sie zu lieben, wohingegen Gretchen Falschheit nicht ausstehen konnte. Es wäre das Klügste, die beiden nach Möglichkeit zu trennen, und nicht zum ersten Mal bereute es Edie, ihre kleine Schwester mitgenommen zu haben. Aber leider brauchte sie Bianca hier, und sie empfand es auch als angenehm, den Abend nicht allein durchstehen zu müssen.
»Es ist deine Hochzeit, Gretchen. Alles wird genau so ablaufen, wie du es dir vorstellst.«
Gretchen lächelte Edie an. »Ich habe auch vor, während der Hochzeitsvorbereitungen eine grässlich nervige Braut zu sein. Ich meine, warum auch nicht? Eine meiner Freundinnen hat vor Kurzem auf einer Insel geheiratet, und es war wunderschön, aber ich denke, mir ist es lieber, hier zu feiern, damit sich Hunter nicht ganz so unwohl fühlt.«
Edie sah sich in dem großen Haus um, während sie einen langen Flur entlanggingen, und war sehr dankbar, dass sie nicht die Treppe nehmen mussten. »Hier könnt ihr auf jeden Fall sehr viele Gäste unterbringen.«
»Allerdings«, stimmte Bianca ihr zu, die mal wieder nicht den Mund halten konnte. »Dieses Haus sieht so herrlich alt und unheimlich aus, dass es wirklich ganz charmant ist.« Ihr Blick fiel auf eine chinesische Vase, die auf einem Beistelltisch stand, und Edie konnte fast schon die Dollarzeichen in Biancas Augen erkennen. »Habt ihr mal darüber nachgedacht, es an Hochzeitsgesellschaften zu vermieten?«
»Großer Gott, nein«, rief Gretchen und sah die Schwestern entsetzt an. »Ich hätte ja beinahe selbst nicht hier geheiratet. Zum Glück sind die Rosengärten einfach wunderschön.«
»Und deine Katze?«, fragte Edie noch mal.
Gretchen blinzelte und hatte das anscheinend völlig vergessen. »Ach ja, genau. Entschuldige, ich habe heute so viel

um die Ohren. Kommt mit zum Schlafzimmer. Igor tobt bestimmt wieder im Bett herum.«

»Oooh, ins Schlafzimmer?«, wiederholte Bianca. »Aber gern.«

Gretchen änderte die Richtung und ging einen anderen Flur entlang. In diesem Korridor hingen an einer Wand lauter Gemälde, und dicke Vorhänge schmückten die Fenster auf der anderen Seite. Kunstvolle Tische standen in einigen Metern Abstand an den Seiten, und darauf standen Rosen in den unterschiedlichsten Farben. »Das hier ist Hunters und mein privater Bereich«, erklärte ihnen Gretchen im Gehen. Sie deutete auf die Türen, an denen sie vorbeikamen. »Hier ist sein Fitnessstudio und da vorn sein Arbeitszimmer.« Am Ende des langen Flurs war eine große Doppeltür zu sehen. »Und dahinter liegt unser Schlafzimmer«, meinte sie und lief direkt darauf zu.

Edies Bein tat nach der langen Strecke schon ziemlich weh, aber sie wollte die Katze so gern sehen. Oft waren ihr Katzen deutlich lieber als Menschen. Als Gretchen die Doppeltür öffnete, begutachtete Edie das Zimmer auf Katzentauglichkeit. In einer Ecke stand ein luxuriöser Kratzbaum, und vor einem der riesigen Fenster war eine Aussichtsplattform angebracht, worüber sich Edie sehr freute. In einer Ecke des gigantischen Bettes lag ein beigefarbenes, runzliges Bündel, das die langen Beine streckte, sobald Gretchen näher kam, um den Kater hochzuheben.

»Iggie fühlt sich hier ganz wohl, verläuft sich aber ständig, daher lasse ich ihn meist gar nicht aus diesem Zimmer raus«, erläuterte Gretchen. »Das Haus ist einfach zu groß, und dieser Raum reicht für ihn ja völlig aus.«

Igor, Gretchens haarlose Sphinx-Katze, sah gut aus, und Edie lächelte. Gretchen hatte den verwahrlosten Kater vor einigen Jahren aufgenommen, da Edie schon zu viele Katzen gehabt hatte, und damals war er dünn und kränklich gewesen und hatte unter einer schlimmen Hautinfektion gelitten. Jetzt war er gesund und dick, und als Gretchen ihn in den Armen hielt und er seinen runzligen Kopf an ihr rieb, freute sich Edie sehr darüber, eine zufriedene Katze mit ihrer glücklichen Besitzerin zu sehen. Schließlich hatte sie die beiden zusammengebracht.

»Darf ich ihn mal streicheln?«, fragte sie, während Bianca an ihr vorbeischlenderte und sich im Zimmer umsah.

»Aber natürlich«, entgegnete Gretchen. »Aber ich weiß nicht, ob er es zulässt. Er mag keine Fremden und hat dich seit Jahren nicht mehr gesehen. Bisher hat er sich noch nicht einmal an Hunter gewöhnt.«

Edie streckte eine Hand aus und ließ Igor an ihren Fingern schnüffeln. Der Kater roch kurz daran, fauchte dann und schlug Edies Hand mit ausgefahrenen Krallen weg.

Gretchen zuckte zusammen und zog ihn sofort zurück. »Er ist nicht gerade die Freundlichkeit in Person.«

»Das ist schon okay«, erwiderte Edie lachend und musterte die Schrammen an ihrer Hand. »Wahrscheinlich hat er meine Katzen gerochen und ist nervös geworden.« Sie steckte sich die Finger in den Mund und saugte an den Kratzern.

»Das tut mir so leid...«

»Mir ist schon Schlimmeres passiert. Ist nicht weiter tragisch.« Edie lächelte Gretchen an, um ihre Freundin zu beruhigen. »Das ist eine ganz normale Reaktion, wenn Menschen, die noch dazu seltsam riechen, in seinen Lebensraum eindringen. Aber ich würde gern mal dabei zusehen, wie Hunter und du mit ihm interagieren. Vielleicht könnte ich...«

»Nein«, fiel ihr Gretchen ins Wort und setzte die Katze wieder aufs Bett. »Du bist nicht hier, um uns zu analysieren,

Edie. Du bist hier Gast. Und wo wir gerade dabei sind, sollten wir vermutlich lieber wieder zurückgehen. Hunter wird sich schon fragen, wo wir bleiben.« Sie lächelte und hatte einen ganz verträumten Blick, als sie ihren Verlobten erwähnte.

Beim Verlassen des Zimmers saugte Edie weiter an ihren Fingern, während Gretchen ihnen von den verschiedenen Flügeln des Hauses erzählte und den Tagen, an denen die Putzkolonnen herkamen. Bianca riss die Augen immer weiter auf, während sie das alles in sich aufnahm (und diese Informationen bestimmt für später speicherte), und Edie ließ sie nur zu gern reden. Inzwischen schmerzte ihr Knie schon sehr stark. Vier Stunden in einem Auto zu sitzen, ohne es ausstrecken zu können, war schon schlimm genug gewesen, und die Lauferei machte es jetzt nicht besser. Sie hätte eigentlich ein langes Bad und etwas Tigerbalsam gebraucht, aber der Abend hatte ja noch nicht einmal richtig angefangen. Aus genau diesem Grund ging sie auch so selten auf Partys.

»Da wären wir«, sagte Gretchen, als sie um eine Ecke bogen. »Wir essen im roten Speisesaal. Er ist gleich da vorn. Ich...«

»Eigentlich«, fiel Edie ihr ins Wort und hielt ihre blutenden Finger hoch, »würde ich mir gern die Hände waschen und ein Pflaster draufkleben. Ich komme dann gleich nach.« Auf diese Weise hätte sie auch die Gelegenheit, kurz ihr Knie auszuruhen, bevor sie hineinging und den Rest des Abends durchhalten musste.

»Ich kann dir auch gern ein Pflaster holen«, bot Gretchen an. »Das macht mir nichts aus...«

»Oh nein, das ist wirklich nicht nötig«, beharrte Edie schnell und eilte bereits den Flur entlang. »Ich gehe nur kurz auf die Toilette und hole dich und Bianca gleich wieder ein.«

»Geh einfach in die Küche am Ende des Flurs«, rief ihr

Gretchen hinterher. »Dort bekommst du auf jeden Fall ein Pflaster.«

Edie reckte einen Daumen in die Luft, während sie entschlossen weiter durch den langen Korridor marschierte. Sie drehte sich erst wieder um, als Biancas und Gretchens Stimmen nicht mehr zu hören waren. Dann endlich war sie allein. Puh. Sie ließ sich auf ein Sofa sinken, das an der Wand stand, rieb sich das Knie und versuchte, den Schmerz, der unter dem Narbengewebe pochte, zu lindern. Dieser dumme Körper, der ständig versagte.

Nach ein paar Minuten bluteten ihre Finger nicht mehr, aber da sie nach einem Pflaster gefragt hatte, konnte sie sich auch eins besorgen. Sie stand wieder auf, ging weiter den Flur entlang und sah sich nach einer Tür um, die in die Küche führen mochte. Die Tür am Ende des Korridors sah vielversprechend aus, da sie keinen Türgriff hatte, sondern eine Schwingtür war, wie man sie bei einer Küche erwarten würde. Edie humpelte darauf zu.

Und erstarrte dann.

Von drinnen hörte sie Stimmen. Männerstimmen.

»Und ... Was ist mit Daphne?«, fragte einer gerade.

Edie hörte ein Geräusch, das klang, als ob eine Flasche geöffnet wurde, dann eine Pause. »Daphne kommt nicht zur Hochzeit.«

»Nicht?«, meinte der erste Mann. »Verdammt. Ich hätte sie zu gern mal kennengelernt. Sie ist heiß.«

»Sie ist völlig am Ende«, erwiderte der andere. »Und im Entzug. Gretchen will sie erst einmal in Ruhe lassen.«

»Und was ist mit den anderen Brautjungfern?«

Eine dritte Stimme mischte sich ein, ein tiefer Bariton, der sofort auffiel. »Kannst du denn nur an Muschis denken, Asher?«

»Warum maulst du mich jetzt an? Levi hat doch davon angefangen.«

»Jeder weiß doch, dass Frauen heiße Bräute als Brautjungfern auswählen«, meinte der, der Levi sein musste.

»Das mag sein, aber du hast Gretchen noch nicht kennengelernt, oder?« Das musste Asher sein.

»Nein, warum?«, fragte Levi. »Ist sie so unsicher?«

»Sie ist speziell«, erwiderte die Baritonstimme. »Er will damit nur sagen, dass ihre Freundinnen vermutlich ebenso merkwürdig sind.«

»Oh nein.« Levi stöhnte auf. »Im Ernst?«

»Bestimmt sind es lauter Katzenladys oder etwas in der Art«, vermutete der Mann mit der Baritonstimme. »Katzenladys und Horoskopspinnerinnen. Also wird dein Schwanz wohl auf eine andere Gelegenheit warten müssen.«

Die anderen beiden lachten, und Edie brodelte vor Zorn. Wie konnten sie es nur wagen? Nach allem, was Gretchen erzählt hatte, waren sie und Hunter sehr glücklich. Und Gretchen hatte ihre Freundinnen zur Hochzeit eingeladen, wie es jede freudestrahlende Braut tun würde. Was machte es schon, wenn diese etwas seltsam waren?

Aber am meisten ärgerte sie sich über diese verdammte Katzenlady-Bemerkung, die der Mann mit der Baritonstimme gemacht hatte. So ein Scheißkerl. Nur weil Frauen zufälligerweise Katzen mochten, bedeutete das noch lange nicht, dass sie grässliche, unsympathische Geschöpfe waren. Bestimmt war dieser Kerl ein hässlicher Molch. Sie blähte vor Zorn die Nasenflügel.

»Jetzt komm schon«, meinte Levi. »Du weißt ganz genau, dass die Trauzeugen die Brautjungfern flachlegen dürfen.«

»Ich würde dir raten, deinen Schwanz in der Hose zu behalten«, erwiderte der Bariton. »Gretchen ist ein verdammt anständiges Mädchen, und sie liebt Hunter, und alles andere ist doch unwichtig, oder nicht?«

»Nein«, protestierte ein anderer. »Titten sind ebenfalls wichtig.«

»Ach, halt die Klappe«, sagte der Bariton lachend. »Sonst bestehe ich darauf, dass du mit einer Katzenlady anbandelst. Aber pass ja auf, sonst hast du am Ende noch einen Haarballen auf deinem...«

Das reichte! Edie drückte die Tür auf und stürmte hindurch, wobei sie die Schmerzen in ihrem Knie ignorierte. Sie war stinksauer. Wie konnten es diese verdammten Arschlöcher wagen, in Gretchens Haus zu kommen und über sie und ihre Freunde zu urteilen? Sie waren immerhin ihre Gäste, verdammt noch mal!

Sobald sie hereingestürmt war, senkte sich Totenstille über die Küche.

Drei Männer standen im Raum, zwei lehnten an der marmornen Kücheninsel in der Mitte, und der dritte holte sich gerade ein Bier aus dem Kühlschrank. Alle drei richteten sich erschrocken auf, als sie sie sahen.

Sie starrte die Männer wütend an und humpelte näher.

»Kann ich... Ihnen helfen?«, fragte der Bariton, und sie drehte sich zu ihm um, damit er den Zorn einer wütenden Katzenlady sehen konnte. Es war wirklich schade, dass ein derart unangenehmer Mann so gut aussehen musste. Er hatte kurzes dunkles Haar, das kaum länger war als ein Militärschnitt, einen markanten Unterkiefer und etwas zu raue Gesichtszüge, als dass sie als attraktiv durchgehen konnten. Doch seine Augen waren von einem unfassbaren Grün-Gold, sodass sie beinahe leuchteten, und von dunklen Wimpern umgeben. Er lächelte sie an, als wollte er sie beruhigen, und bei seinem Lächeln hellte sich sein ganzes Gesicht auf.

Aber selbst wenn sie ihn anziehend fand, blieb die Tatsache bestehen, dass er ein Arschloch war. Sie bedachte ihn mit einem eiskalten Blick, bei dem sein Lächeln verblasste. »Nein, Sie können mir nicht helfen.«

Dann marschierte sie an ihnen vorbei, zog Schubladen auf und knallte sie wieder zu und bemerkte aus dem Augenwinkel, wie die Männer irritierte Blicke austauschten. Wahrscheinlich ahnten sie, dass sie eine der Brautjungfern war und ihr Gespräch mitangehört hatte, und jetzt versuchten sie wohl, sich irgendwie rauszuwinden.

Ihr war auch klar, dass sie als abstoßende, herrische Hexe rüberkam, aber das war ihr völlig egal. Sie hatte definitiv nicht vor, diese Männer in irgendeiner Weise zu beeindrucken.

Doch die schienen ihren wütenden Blick nicht einmal für voll zu nehmen. »Sind Sie auch wegen des Verlobungsessens hier?«, erkundigte sich einer von ihnen, während sie weiter in den Schubladen herumsuchte.

Edie hob den Kopf und starrte ihn vernichtend an, während sich ihre Finger endlich um das Pflaster schlossen. Mit dem Gesuchten in der Hand reckte sie den Kopf in die Luft, richtete ihre mit Katzenhaaren bedeckte Kleidung und ging wieder aus der Küche hinaus, wobei sie versuchte, ihr Humpeln auf ein Minimum zu beschränken.

Während die Tür hinter ihr zufiel, hörte sie einen der Männer sagen: »Hab ich's euch nicht gesagt? Die Brautjungfern werden alle seltsam sein.«

»Himmel«, murmelte ein anderer.

Erzürnt humpelte Edie zurück zum Speisesaal, wickelte sich das Pflaster um ihren Finger und verfluchte die Männer innerlich. Warum mussten Männer immer solche Arschlöcher sein, sobald man ihnen den Rücken zuwandte? Und wer hatte ihnen gesagt, dass sie Sex haben würden? Also wirklich! Als ob man allein dadurch, dass man der Hochzeitsgesellschaft angehörte, ein Recht darauf hatte, mit jemandem ins Bett zu gehen.

Es fiel ihr nicht schwer, den richtigen Raum zu finden. Sobald sie in den Korridor zurückgekehrt war, musste Edie nur dem Stimmengewirr folgen. Sie drückte die Tür auf und lächelte Gretchen zu, als sie den gut gefüllten Raum betrat. Ihre Freundin sah aufgeregt und nervös aus. Da musste sie nicht auch noch etwas von den schrecklichen Dingen erfahren, die diese Männer in der Küche gesagt hatten. Dies war Gretchens Abend, und es sollte ein ganz großartiger werden.

»Da bist du ja«, sagte Gretchen, kam zu Edie und nahm ihren Arm. »Komm mit. Ich möchte dir meinen Hunter vorstellen.« Sie drückte Edies Arm und zog sie durch die Menge. Auf der anderen Seite des Raums unterhielt sich Bianca gerade mit einem Mann und hatte ein Weinglas in der Hand. Du liebe Güte, wie lange war Edie denn weg gewesen, dass Bianca bereits ein Opfer gefunden hatte?

»Hunter, das ist meine Freundin aus dem College, Edie. Sie ist diejenige, der ich Igor zu verdanken habe.« Gretchen trat neben Hunter, ließ Edies Arm los und sah sie gespannt an.

Jetzt wusste Edie, warum Gretchen sie vorgewarnt hatte. Hunter stellte einen ... nun ja, »unangenehm« war noch eine freundliche Art, diesen Anblick zu bezeichnen. Sein Gesicht war von tiefen, entstellenden Narben gezeichnet, durch die sich auch ein Mundwinkel auf schaurige Weise verzogen hatte. Edie reichte ihm ihre Hand und bemerkte, dass ihm der kleine Finger fehlte. Da war es kein Wunder, dass Gretchen ihn unbedingt beschützen wollte. Die Menschen konnten sehr grausam sein, wenn man nicht der Norm entsprach. Edie konnte dank ihres Beins selbst ein Lied davon singen. »Ich freue mich sehr, dich endlich kennenzulernen«, sagte sie. »Gretchen spricht in den höchsten Tönen von dir.«

»Ach ja?«, fragte er mit einer tiefen, samtigen Stimme. Er sah Gretchen mit hitzigem Blick an, und Edie wäre bei der Art, wie er seine Verlobte musterte, beinahe in Ohnmacht gefallen. Es war, als hätte er sie am liebsten an Ort und Stelle vernascht. Edie wünschte sich, dass ein Mann sie auch einmal so ansehen würde.

»Du musst ein unglaublich geduldiger Mensch sein, dass du es mit Gretchen aushältst«, fügte Edie spöttisch hinzu.

Er lächelte sie steif an und verzog den vernarbten Mund ein wenig. »Das ist keine Geduld, nur Liebe.«

Gretchen legte die Finger der rechten Hand an ihren Mund und tat, als würde sie flüstern: »Und ich gebe fantastische Blow-Jobs.«

Hunter wurde knallrot, und Edie ging davon aus, dass sie genauso aussah. »Himmel, manche Menschen ändern sich wirklich nie«, murmelte sie.

Gretchen strahlte Hunter an, und es war offensichtlich, dass sie sehr verliebt in diesen Mann war. »Ich hoffe, es macht dir nichts aus, dass wir die Plätze zugewiesen haben. Ich wollte, dass sich alle kennenlernen und aneinander gewöhnen. Außerdem spiele ich doch so gern die Kupplerin.« Sie zwinkerte ihrer Freundin zu. »Heute Abend sind einige sehr interessante Junggesellen hier, falls du Interesse hast.«

Bloß nicht! »Nein danke«, erwiderte Edie und versuchte, freundlich zu bleiben. »Aber ich könnte mir denken, dass Bianca das anders sieht.«

Gretchen rümpfte die Nase. »Aus genau diesem Grund hatte ich sie auch nicht eingeladen. Ach, was soll's. Sie kann bei Cooper sitzen.«

»Kannst du mir bitte meinen Platz zeigen?«, bat Edie sie, da ihr Knie schon wieder zu schmerzen begann.

»Aber natürlich«, erwiderte Gretchen und stellte sich auf die Zehenspitzen, um Hunter einen Kuss auf die vernarbte Wange zu geben. Dann drehte sie sich zu Edie um und deutete auf den wunderschön gedeckten Tisch.

Der lange Esstisch aus Holz war auf jeder Seite für sieben Personen gedeckt, und an den Kopfenden hatte je ein weiteres Gedeck Platz gefunden. Edie saß relativ mittig, was ihr gar nicht so behagte, da es schwierig werden konnte, wenn sie aus irgendeinem Grund aufstehen musste. Aber sie sagte nichts, setzte sich und bemerkte, dass sie zwischen einem »Magnus« und einem »Reese« sitzen würde. Als sie sich nach Bianca umsah, entdeckte sie ihre Schwester in einer Ecke des Raumes, wo sie noch immer mit einem Mann ins Gespräch vertieft war. Da es hier Alkohol und Junggesellen gab, ging Edie davon aus, dass sie für den Rest des Abends abgemeldet war.

Ein Butler mit säuerlicher Miene kam vorbei und füllte Edies Weinglas. Sie dankte ihm, trank einen Schluck und kam sich seltsam vor, weil sie als Einzige bereits am Tisch saß. Hoffentlich passierte gleich irgendetwas, das sie aus dieser misslichen Lage rettete.

Aber ihr Wunsch wurde ihr anders erfüllt, als sie gehofft hatte. Kaum hatte sie den Gedanken zu Ende gedacht, als auch schon die Tür des Speisesaals geöffnet wurde und die drei Männer hereinkamen, denen sie in der Küche begegnet war. Der mit den strahlenden grün-goldenen Augen sah Edie kurz herausfordernd an, als er hinter den anderen beiden hereinkam, und trank einen Schluck aus seiner Bierflasche. Würg!

»Habt ihr euch mit Bier eingedeckt?«, rief Gretchen. »Gut, dann nehmt jetzt bitte alle eure Plätze ein. Sucht nach eurem

Namen und macht es euch bequem. Sobald alle sitzen, kommen wir zur Vorstellungsrunde.«

Edie wartete und beobachtete die anderen, die um den Tisch herumliefen und nach ihrem Platz suchten. Sie zuckte innerlich zusammen, als der Mann mit den grün-goldenen Augen langsam in ihre Richtung kam. *Geh einfach weiter*, flehte sie. *Geh weiter.* Das Schicksal konnte doch nicht so grausam sein ...

Er zog den Stuhl neben ihr heraus und grinste sie an. »So sieht man sich wieder.« Dann stellte er sein Bier neben ihr Weinglas auf den Tisch.

Sie hob ihr Glas, trank noch einen Schluck und ignorierte ihn. Dieser Abend wurde ja immer schlimmer. Während sie zusah, setzten sich die anderen, und sie musterte eine schwangere Frau, die Gretchen ähnlich sah – das musste ihre jüngere Schwester Audrey sein –, der gerade von einem attraktiven Mann mit einem feschen Ziegenbart auf ihren Platz geholfen wurde. Er küsste sie auf den Scheitel, ging dann um den Tisch herum und setzte sich neben Edie. »Hallo. Ich hoffe, Sie haben nichts dagegen, dass ich mich neben Sie setze?«

»Ganz und gar nicht«, erwiderte sie und lächelte ihn an. Wenigstens gab es eine Person, mit der sie sich an diesem Abend unterhalten konnte. Sie musste nur den Bier trinkenden Höhlenmenschen auf der anderen Seite ignorieren.

Einen Augenblick später saßen alle am Tisch ... alle bis auf Gretchen und Bianca. Bianca blinzelte mit ihren großen dunklen Augen und schenkte Gretchen ein betretenes Lächeln. »Ich weiß ja, dass ich gar nicht eingeladen bin, daher werde ich einfach in der Küche warten. Amüsiert euch bitte ohne mich.«

Einige der Männer protestierten, und Edie bemerkte, dass einer sogar aufstand und aussah, als wollte er ihr seinen Platz anbieten.

»Ach, so ein Quatsch, Bianca«, sagte Gretchen gereizt. »Setz dich auf meinen Platz. Ich werde einfach bei meinem Süßen sitzen.« Mit diesen Worten ging sie zu Hunter und setzte sich prompt auf seinen Schoß.

»Na gut«, murmelte Bianca mit scheuer, kindlicher Stimme. Sie schenkte allen ein schüchternes Lächeln und setzte sich an ein Kopfende des Tisches – zwischen zwei Männer, die sie anstrahlten. Also alles wie üblich. Edie fragte sich, wie es kommen konnte, dass Bianca, die nicht einmal eingeladen war, plötzlich jedermanns Liebling zu sein schien, während Edie, immerhin eine der Brautjungfern, zwischen einem verheirateten Mann saß, der seiner Frau Handküsse zuwarf, und einem Bier trinkenden Mistkerl, der enttäuscht war, weil er keinen Sex haben würde.

Das war ja wirklich ihr Glückstag. Vielleicht sollte sie so tun, als wäre ihr nicht gut, und den Abend lieber mit Igor verbringen. Sie würde ein paar Kratzer gern hinnehmen, wenn sie dafür die Gesellschaft des Katers genießen durfte. Katzen schlugen nicht aus Kleinlichkeit zu, und sie wollten auch keine Titten sehen.

Edie zog die Tiere eindeutig den Menschen vor.

Gretchen zappelte ein wenig auf Hunters Schoß herum, griff nach einem Weinglas – entweder ihrem oder Hunters – und tippte mit einer Gabel dagegen. »Okay, alle mal herhören. Wir haben euch heute hierher eingeladen, weil wir mit euch über die bevorstehende Hochzeit sprechen möchten. Wenn ihr hier seid und eine Vagina habt, dann seid ihr eine Brautjungfer.« Sie deutete mit einer Gabel über den Tisch hinweg. »Du bist die einzige Ausnahme, Bianca. Du bist nicht eingeladen, es sei denn, wir brauchen noch einen Platzanweiser oder etwas in der Art.«

Bianca lächelte nur schüchtern, aber Edie bemerkte, dass

einer der Männer Gretchen bei ihren direkten Worten entsetzt ansah. Edie nippte nur an ihrem Wein und versuchte, ihr Grinsen zu verbergen. Es war ja nicht so, dass sie Bianca hasste – sie gehörte schließlich zur Familie. Natürlich liebte Edie sie. Aber sie genoss es auch, dass Gretchen Biancas falsche Art durchschaute und sie in ihre Schranken verwies.

»So«, meinte Gretchen dann und fuchtelte mit der Gabel herum. »Wer einen Penis hat, ist Trauzeuge. Und da Hunter und ich sehr genaue Vorstellungen davon haben, wie diese Hochzeit ablaufen soll...«

Audrey hielt eine Hand vor den Mund und hustete. »Hust... Brautmonster... hust.«

Gretchen streckte den Arm aus und schlug ihr mit der Gabel leicht auf den Kopf. »Ganz genau, ich bin das Brautmonster. Sprich es ruhig aus, das ist mir egal. Es ist meine Hochzeit, und wir werden alles so machen, wie ich es will, oder ich mache demjenigen, der aus der Reihe tanzt, das Leben zur Hölle. Und dazu gehört, dass ich meine Katze als Clown verkleide und denjenigen zwinge, als Strafe mit ihr zu posieren. Habt ihr verstanden?« Sie sah sich mit drohendem Blick um. »Okay, gut. Da sich hier noch nicht alle kennen, würde ich vorschlagen, wir machen eine schnelle Vorstellungsrunde. Ich fange an.« Sie sprang auf die Beine und strahlte Hunter an. »Ich bin Gretchen und habe Hunter kennengelernt, als er mich unter Vortäuschung falscher Tatsachen in dieses Haus gelockt hat. Danach haben wir gerammelt wie die Karnickel, bis er beschlossen hat, es offiziell zu machen und mich zu heiraten.«

Ein paar der Anwesenden verschluckten sich beinahe an ihren Drinks. Edie grinste nur.

Gretchen deutete mit der Gabel auf ihren Verlobten, und Hunter räusperte sich. »Ich bin Hunter und habe beschlossen, es offiziell zu machen und sie zu heiraten.«

»Gut gemacht, Baby«, lobte Gretchen ihn und deutete auf ihre Schwester. »Du bist dran.«

Audrey stand langsam auf, was bei ihrem dicken Bauch nun wirklich nicht leicht war. Sie schob sich ein paar karottenrote Strähnen aus dem mit Sommersprossen übersäten Gesicht und seufzte. »Ich bin die seit Langem leidende Schwester der Braut«, sagte sie, legte sich eine Hand an die Stirn und erntete dafür ein mehrstimmiges Kichern. »Und Gretchen hat mich gebeten, ihre Trauzeugin zu sein, was gleichzeitig eine Ehre und ein bisschen beängstigend ist.« Sie grinste ihre Schwester an. »Aber ich könnte nicht glücklicher für die beiden sein. Ihre Ehe wird bestimmt ganz wunderbar und wurde im Himmel gestiftet.«

Jemand machte ein Würgegeräusch, und alle fingen an zu lachen, Audrey eingeschlossen. Okay, es waren also einige Clowns anwesend. Das ließ ja auf einen lustigen Abend hoffen.

Danach kam ein Mann namens Cooper, der sich als Gretchens ehemaliger Boss und Collegefreund vorstellte, an den sich Edie jedoch nur vage erinnerte. Er erzählte, wie er mit Gretchen zusammengearbeitet hatte, wie sie ihre Arbeit und Hunter liebte, und sagte, was für ein Glück Hunter hatte, und dann wurde die Lobeshymne irgendwie ein wenig unangenehm. Schließlich setzte er sich wieder, und seine Tischnachbarin stand auf. Kat Geary war Gretchens Literaturagentin, und ihre Rede war kurz und witzig. Danach wurde es interessanter. Eine ziemlich süße und quirlige Chelsea hörte gar nicht mehr auf zu plappern, als hätte sie Angst vor der Stille. Dann war da Asher, ein gut aussehender Mann, der ein guter Freund von Hunter zu sein schien und einer der Männer war, die Edie in der Küche gesehen hatte. Er schien eigentlich ganz nett zu sein, was Edie nur wieder einmal davon überzeugte, dass man einem Mann nun einmal nicht in den Kopf blicken konnte. Danach stand eine winzige Frau mit dichtem dunklen Pferdeschwanz auf, die sich als Greer vorstellte und sagte, sie wäre Hochzeitsplanerin und Gretchens Freundin. Neben Greer saß Levi, der einer von Hunters langjährigen Klienten und ebenfalls ein guter Freund war.

Levi starrte Bianca die ganze Zeit an, während er sich vorstellte.

Bianca thronte am Kopfende des Tisches und lächelte nett, während die anderen redeten, aber zu Levi blickte sie auf, als wäre er der einzige Mann auf der Welt. Edie konnte schon fast hören, wie sie ihn an die Angel nahm. Der arme Mann würde gar nicht mehr wissen, wie ihm geschah.

Auf der anderen Tischseite saß eine flippig aussehende junge Frau namens Taylor, die ein wenig schüchtern wirkte. Daneben Sebastian, der recht barsch, kurz angebunden und unhöflich wirkte und gar nicht in eine Hochzeitsgesellschaft zu passen schien. Dann war da eine süße dunkelhaarige Frau namens Brontë, die Aristoteles zitierte und sagte, dass Gretchen auch ihre Brautjungfer gewesen war, und neben ihr saß ihr Mann Logan, ebenfalls einer der Trauzeugen. Als Nächstes kam Edies Sitznachbar Magnus, der erwähnte, dass er mit Videospielen sein Geld verdiente und sich aufrichtig für seinen Freund Hunter freute. Edie gab sich die größte Mühe, ihre Gefühle für sich zu behalten, auch wenn sie wusste, dass Magnus gerade log. Dies war nicht der richtige Zeitpunkt, um ihn zurechtzuweisen. Sie war nicht wie Gretchen, die einfach mit ihren Gedanken herausplatzte und andere vor den Kopf stieß. Gretchen hatte ein lockeres Mundwerk, aber auch ein großes Herz.

Und Edie? Sie hatte ein kaltes, verbittertes Herz und war sehr nachtragend.

Als sie an der Reihe war, um aufzustehen und etwas zu sagen, erhob sie sich ein wenig unbeholfen und hob ihr Glas. »Ich bin Edie King und eine alte Freundin von Gretchen. Und was ich mache?« Sie ließ den Blick absichtlich über den Tisch schweifen und etwas länger auf den drei Männern Asher, Levi und ganz besonders Magnus ruhen. Den drei Biertrinkern. »Ich bin von Beruf Katzentherapeutin, und man kann mich wohl mit Fug und Recht als Katzenlady bezeichnen.«

Irgendjemand am Tisch verschluckte sich an seinem Bier.

2

Das musste Magnus der Katzenlady lassen – sie hatte Mumm. Zwar mochte er sie noch immer nicht, aber die Art, wie sie sich bei ihrer Rede revanchiert hatte, war großartig, selbst wenn die Worte auf passiv-aggressive Weise an ihn gerichtet gewesen waren. Magnus fand das wirklich herrlich, und er genoss es auch, wie Levi aussah, als würde er am liebsten im Boden versinken, und wie Asher in sein Bier starrte. Sie wussten alle, dass sie sich vorhin in der Küche mit ihren sexistischen Bemerkungen wie Arschlöcher benommen hatten, aber Magnus nahm das Ganze nicht so ernst. Levi war ein Träumer, der allem nachstellte, was einen Rock trug, und Asher, nun ja, Asher war erst vor Kurzem von seiner Jugendliebe das Herz gebrochen worden. Wenn er jetzt also verzweifelt versuchte, mit einer der Brautjungfern ins Bett zu steigen, konnte Magnus ihm das nicht verdenken.

Aber er war sich ziemlich sicher, dass er bei der Katzenlady abblitzen würde. Was ihn innerlich köstlich amüsierte. Nicht dass er selbst an der Frau interessiert gewesen wäre. Obwohl sie schon recht süß war, auf eine nerdige Hippie-Art. Und er war ein Mann und hatte wie alle Männer einen »Fickschalter« im Hirn, der immer, wenn er eine Frau sah, aktiviert wurde. Abhängig vom Aussehen der Frau stand der Schalter entweder auf An oder auf Aus, und bei der Katzenlady stand sein Fickschalter definitiv auf An, da sie ein Paar hübsche Titten unter dem hässlichen Kleidverschnitt hatte und ein perfektes herzförmiges Gesicht, das ohne ihre ständig finstere Miene sehr anziehend gewesen wäre. Magnus' Penis war auf jeden Fall bereit für sie, weil der wie immer alles Interessante mochte, und sie fiel eindeutig in diese Kategorie. Sein Gehirn sah die Sache jedoch ganz anders.

Im Laufe des Abends taute seine Sitznachbarin nicht im Geringsten auf, und dadurch verflog auch die zu Beginn aufgekeimte Bewunderung für sie.

Denn somit saß er zwischen einem verheirateten Paar und einer Frau, die ihn ignorierte, fest.

Es wurde ein unerträglich langer Abend. Er war heilfroh, als die Party endlich endete und er mit Levi zusammen von hier verschwinden konnte. Den halben Abend lang hatte er nur Bier getrunken und über neue Konzepte für *The World* nachgedacht, weil sich seine Gedanken ständig um sein Projekt drehten.

Sowohl Levi als auch er verdienten nämlich ihr Geld damit, IPs – also Intellectual Propertys, geistiges Eigentum in Form von Figuren und Inhalten – für Videospiele zu erschaffen. Sie waren vor fünf Jahren berühmt geworden, als eines ihrer Onlinespiele so großen Anklang gefunden hatte, dass jede Menge Merchandise-Artikel dazu entstanden und im Internet lauter Sprüche wie »Beute ist was für Bimbos« aus dem Spiel kursierten. Eine große Spielefirma war auf sie aufmerksam geworden und hatte ihnen die Rechte an dem Spiel für zwei Milliarden Dollar abgekauft, was bis dahin noch nie vorgekommen war. Danach hatten Magnus und Levi eine zweite IP geschaffen und auch die Rechte an diesem Konzept für mehrere Hundert Millionen Dollar verkaufen können.

Momentan arbeiteten sie an ihrem neuesten Werk: *The World*, einem Spiel in einer virtuellen Welt, bei dem man seinen Weg durch die Geschichte seiner Länder festlegte und die Spielwelt sich dann anpasste und die Level und Klassen der

Figuren entsprechend des gewählten »historischen« Zeitablaufs individualisierte. Die technische Umsetzung war recht knifflig, aber Magnus liebte Herausforderungen.

Er reichte Levi die Wagenschlüssel, als sie das Buchanan-Herrenhaus verließen. »Du hast doch nichts getrunken, oder?«

»Nein, ich bin nüchtern«, versicherte ihm sein jüngerer Bruder. Normalerweise hätte er jetzt herumgejammert und gestöhnt, dass er auf einer Party nichts trinken durfte, aber an diesem Abend war er seltsamerweise ruhig. Tatsächlich lächelte er sogar.

Magnus starrte Levi irritiert an. »Geht es dir gut?«

Zu seiner Überraschung drehte sich Levi zu ihm um und legte ihm einen Arm um die Schulter. »Was hältst du von ihr?«

»Von wem?«

»Von der Schwester. Der, die mit Katzen arbeitet.«

Von der Eiskönigin, die den ganzen Abend neben Magnus gesessen hatte? »Sie ist ganz niedlich, würde ich sagen. Aber vielleicht sollte ihr mal irgendjemand den Eiszapfen aus dem Hintern ziehen.«

Levi sah ihn verwirrt an. »Du bist nicht der Ansicht, dass sie warmherzig und anmutig ist?«

»Ganz bestimmt nicht. Ich gebe ja zu, dass sie ganz nett aussieht, aber, verdammt, Mann, sie war den ganzen Abend über eiskalt und hat mit niemandem geredet.«

»Reden wir hier über dieselbe? Über Bianca?«

Wer zum Teufel war Bianca? Magnus überlegte und erinnerte sich vage an ein Mädchen mit großen braunen Augen, hellblondem Haar und einem koketten, schüchternen Lächeln, das ihn auf dieselbe Weise angewidert hatte, wie er die meisten Parfums aufgrund ihrer übertriebenen Süße nicht mochte.

Levi lachte und klang sehr vergnügt. »Sie arbeitet mit der Katzenlady zusammen. Die Arme hat ein schlimmes Bein, daher kümmert sich Bianca um sie. Sie ist so selbstlos.«

»Super«, murmelte Magnus mit emotionsloser Stimme. »Schön für sie.«

»Nein, Bruderherz, du verstehst das nicht«, erklärte Levi, baute sich vor Magnus auf und streckte die Hände aus. Okay, anscheinend wollte Levi, dass er stehen blieb und sich auf der gottverdammten Auffahrt mit ihm unterhielt.

Magnus starrte seinen jüngeren Bruder mit dem Hang zum Drama an. »Was genau verstehe ich nicht?«

Levi grinste nur und schlug Magnus auf die Schulter. »Ich bin verliebt.«

Ach, jetzt geht das wieder los.

Zwar waren Levi und Magnus gerade mal anderthalb Jahre auseinander, aber sie besaßen völlig unterschiedliche Persönlichkeiten. Magnus war das Arbeitstier. Wenn der beste Weg, ein Problem zu lösen, darin bestand, sich jeden Tag sechzehn Stunden in die Arbeit zu stürzen, dann tat er genau das. Levi war hingegen ein Träumer. Er hatte stets den Kopf in den Wolken, schlief bis zum Mittag und hielt sich an keinen der Abgabetermine, die Magnus ihm stellte.

Aber wenn Levi eine Idee hatte, dann war diese meist umwerfend. Aus genau diesem Grund ertrug Magnus ihn, auch wenn er den Großteil ihrer »Partnerschaft« selbst schulterte.

Das Nervigste an Levis Verträumtheit war jedoch, dass er sich ständig aus heiterem Himmel verlieben konnte. Levi verliebte sich so, wie manche Frauen die Haarfarbe änderten. Heute war es Bianca. In zwei Wochen konnte es schon Clarice sein oder die Barista in dem Café, die mit dem süßen Nasenring. Oder es war ein Fan, eine begeisterte Spielerin, die sie bei einer Party kennenlernten und die beschloss, ihm ihre Liebe zum Spiel zu demonstrieren, indem sie in einer dunklen Ecke mit ihm herumknutschte.

Levi war leicht zu beeindrucken, und er liebte die Frauen.

Magnus – nun ja, Magnus arbeitete.

Da Levis Liebe aber meist genauso schnell verblasste, wie sie aufgekeimt war, endete die Sache meist glimpflich. Levi benahm sich einige Tage lang unmöglich, und danach wurde ihm das Herz gebrochen – denn er neigte außerdem dazu, sich in Frauen zu verlieben, die für ihn unerreichbar waren. Danach trauerte er ein paar Tage lang um seine verlorene Liebe, machte sich mit neuer Leidenschaft an die Arbeit, und alles lief wieder wie am Schnürchen.

Aus diesem Grund verdrehte Magnus auch nur die Augen, als er sich auf den Beifahrersitz des Maserati setzte. Sollte sich Levi doch verlieben. Er würde mit der Kleinen, deren Namen Magnus schon wieder vergessen hatte, nach ein paar Tagen abgeschlossen haben und wieder an die Arbeit gehen.

Und Magnus? Tja, Magnus würde einfach das machen, was er immer tat. Er würde um sechs Uhr früh aufstehen, seine sechzehn Stunden arbeiten und das weiterhin durchziehen. Denn das war der einzige Weg, auf dem in ihrem Unternehmen etwas geschafft wurde. Auch wenn diese Vereinbarung etwas unorthodox war, ging sie für die beiden auf – und das war schließlich alles, was zählte, oder nicht?

* * *

Drei Tage später klopfte Magnus an die Tür von Levis Suite. »Es ist vierzehn Uhr, Levi. Kommst du da heute auch noch mal raus?«

Er wartete ungeduldig einige Minuten lang und tippte mit

dem Fuß auf den Boden. Als er keine Antwort bekam, hob er die Hand und wollte schon erneut anklopfen ...

Doch da öffnete Levi die Tür, dessen sonst immer so fröhliche Miene missgelaunt wirkte und dessen blondes Haar zerzaust war. »Was willst du?«, fragte er leise.

»Dass du zusammen mit mir an *The World* arbeitest? Du weißt schon, die Figuren der Hunnen programmieren. Vielleicht erinnerst du dich noch daran.«

Levi verzog zerknirscht das Gesicht. »Ich kann mit gebrochenem Herzen nicht arbeiten.«

Magnus stöhnte. »Ach, verdammt. Nicht das schon wieder. Sie ist doch nur irgendein hübsches Gesicht. Vergiss sie einfach.«

»Sie ist nicht nur ein hübsches Gesicht«, protestierte Levi. »Sie ist Bianca.«

Als ob das alles erklären würde.

»Kommt sie denn jetzt mit und arbeitet mit mir an den Hunnen?«, fragte Magnus, was ihm einen zornigen Blick von Levi einbrachte.

»Du verstehst das nicht.«

»Da hast du allerdings recht ...«

»Bianca liebt mich, aber es gibt da ein Problem.«

»Natürlich gibt es das.« Denn es gab immer ein Problem, wenn sich Levi verliebte. »Ist sie etwa verheiratet?«

Levi starrte Magnus beleidigt an. »Natürlich nicht. Bianca würde nie einen Mann betrügen, mit dem sie verheiratet ist.«

»Natürlich nicht«, entgegnete Magnus mit deutlich hörbarem Sarkasmus. Levi war ein solcher Träumer, wenn es um Frauen ging, ganz anders als Magnus, der knallharte Zyniker. Er wusste, wie Beziehungen mit Frauen liefen. Man ging eine Weile miteinander aus, es wurde immer exklusiver, und auf einmal musste man fragen, ob man sich am Hintern kratzen durfte, und hatte eine zweite Zahnbürste im Badezimmer stehen. Frauen glaubten nicht an Affären, sondern an erste Verabredungen und daran, dass sie kurz darauf mit ihren Sachen vor der Tür stehen und einen in Besitz nehmen konnten. Aber das war nichts für ihn. Er war gern sein eigener Herr und mochte es gar nicht, jemand anderem Rede und Antwort stehen zu müssen. In dem Augenblick, in dem eine Frau zu klammern anfing, machte Magnus Schluss. Er hatte schon Levi in seinem Leben, und zu versuchen, seinen Bruder dazu zu bringen, den Arsch hochzukriegen, war bereits eine Lebensaufgabe für sich.

»Du verstehst es einfach nicht«, wiederholte Levi mit trauriger Stimme. Er strich sich mit einer Hand durch das zerzauste Haar und zog sich dann in sein Zimmer zurück. »Ich brauche sie.«

»Du brauchst sie? Wofür?« Magnus folgte seinem Bruder und war wieder einmal erstaunt, wie Levi es innerhalb weniger Tage schaffte, eine Einhundertachtzig-Quadratmeter-Wohnung in ein heilloses Chaos zu verwandeln. »Du musst dich mal zusammenreißen, Mann. Und sieh dir diesen Schweinestall an. Das ist den Angestellten gegenüber echt unfair, dass du dich so benimmst.« Auch wenn sie jetzt reich waren, hatte Magnus nicht vergessen, wie es war, seinen Kram selbst aufzuräumen. Aber Levi …

Levi drehte sich um und ließ sich rücklings auf sein riesiges Bett fallen. »Wie gesagt: Ich brauche sie.«

»Wofür denn bitte schön? Wird sie uns bei dem neuen Projekt helfen? Denn ich brauche deine Hilfe bei dieser Sache.«

»Sie ist meine Muse. Ohne sie kann ich nicht arbeiten.«

Seine Muse? War das sein gottverdammter Ernst? Magnus hob einige der schmutzigen Kleidungsstücke auf, die im Zimmer herumlagen, und warf sie aufs Bett – und auf Levi.

»Okay. Ich gebe auf. Du wirst anscheinend wirklich nicht arbeiten, solange du dir die Kleine nicht aus dem Kopf geschlagen hast. Also verschwinde und geh zu ihr. Vergiss die Abgabetermine und alles andere. Großer Gott!«

»Das ist es doch gerade«, jammerte Levi, der nicht einmal mit der Wimper zuckte, als Magnus ihn mit einem alten Handtuch bewarf. »Ich kann sie nicht sehen. Sie will ihre Schwester nicht im Stich lassen.«

»Dann will sie auch nicht mit dir zusammen sein«, stellte Magnus fest.

»Doch, das will sie«, erwiderte Levi. »Aber ihre Schwester lässt sie nicht weg. Die Frau ist ein Workaholic, genau wie du.« Levi setzte sich langsam auf und starrte seinen Bruder mit weit aufgerissenen Augen an. »Sie ist ein Workaholic, genau wie du. Magnus, das ist perfekt!« Bei diesen Worten rollte er sich vom Bett herunter, sprang auf, lief quer durch das Zimmer und packte die Arme seines älteren Bruders. »Kannst du mir zuliebe mit Edie ausgehen?«

»Was? Wovon zum Teufel redest du da?«

»Kannst du mit Edie ausgehen?«, wiederholte Levi, als wäre es der naheliegendste Vorschlag der Welt. »Wenn Edie beschäftigt ist, hat Bianca Zeit für mich. Wenn Edie mit dir ausgeht, kann Bianca mit mir ausgehen. Das ist die perfekte Lösung.«

Magnus schüttelte die Hände seines Bruders ab. »Die perfekte Lösung ... Wenn du high bist, vielleicht. Warum sollte ich mit Edie ausgehen wollen? Sie hat mich auf der Dinnerparty so giftig wie eine Grubenotter behandelt.«

»Sie hat bestimmt auch eine sanfte Seite, wenn du mit ihr flirtest«, fuhr Levi ungerührt fort. Er hob ein Hemd vom Boden auf, streifte es über und knöpfte es zu. »Das ist genau das, was ich brauche. Edie muss irgendwie abgelenkt werden. Wenn du sie beschäftigst, kann ich Zeit mit Bianca verbringen. Auf diese Weise bekommen wir beide, was wir wollen.«

Sein Bruder hatte anscheinend den Verstand verloren. Magnus verschränkte die Arme vor der Brust. »Dein Plan hat einen entscheidenden Fehler.«

Levi sah ihn mit schräg gelegtem Kopf an. »Ach ja? Welchen denn?«

»Du hast die Tatsache vergessen, dass ich nicht die geringste Lust habe, mit Edie auszugehen!«, brüllte Magnus. »Großer Gott, Mann, komm endlich klar. Warum sollte ich mit ihr ausgehen wollen? Es ist mir scheißegal, wie niedlich sie ist, wenn ein Abend mit ihr einem Albtraum gleicht.«

Aber Levi warf Magnus nur einen vielsagenden Blick zu. »Du findest sie also niedlich?«

Er stöhnte innerlich auf. »Ja, ich würde mit ihr ins Bett gehen... solange sie den Mund hält. Aber das bedeutet noch lange nicht, dass ich mit ihr ausgehen will.«

»Ach, geh doch mit ihr aus. Geht einfach was trinken. Mach ihr Komplimente für ihre Frisur. Findet Gemeinsamkeiten. Sie wird dir bestimmt schon bald aus der Hand fressen.« Levi legte Magnus einen Arm um die Schultern, als wäre das Problem damit gelöst. »Das ist perfekt. Du gehst mit ihr aus, ich amüsiere mich mit Bianca und wir können uns beide ein bisschen entspannen.«

»Nein. Auf gar keinen Fall.« Magnus löste sich von seinem Bruder. »Du weißt, dass wir einen Abgabetermin haben. Game Channel will den Aufbau und das Spieldesign in zwei Monaten sehen. Das bedeutet, dass wir uns den Arsch aufreißen müssen, und das wiederum heißt, dass du endlich mit diesen gottverdammten Hunnen weiterkommen musst. Sie bezahlen uns verdammt viel Geld...«

»Wen interessiert denn das Geld? Wir sind doch schon reich. Ich will Liebe...«

»Du kriegst gleich was aufs Maul, wenn du so weitermachst«, drohte Magnus ihm. Großer Gott, warum musste sich sein Bruder denn immer zur unmöglichsten Zeit verlieben? Warum konnte er nicht einfach genau dann arbeiten, wenn Magnus ihn brauchte? War das denn so schwer? »Es ist aber verdammt viel Geld, und unser guter Ruf steht auf dem Spiel.«

Levi musterte ihn interessiert. »Und du willst dieses Geld haben?«

»Ja, verdammt, ich will dieses Geld haben.« Es ging hier immerhin um fünfhundert Millionen Dollar. Natürlich wollte er die haben. Er wäre doch dämlich, wenn er sich diese Gelegenheit entgehen lassen würde. Dabei ging es eigentlich gar nicht um die Summe oder die Tatsache, dass er das Geld bräuchte – denn das tat er natürlich nicht. Es ging um die reine Bestätigung, dass ihnen jemand derart viel Geld für ihre Urheberrechte zahlen wollte. Genau das war es, was Magnus antrieb.

Sein Bruder verschränkte die Arme vor der Brust. »Und ich will Bianca«, erklärte Levi stur. »Tu das für mich, und ich gehe an die Arbeit. Ich schenke dir sogar meinen Anteil am Erlös.«

Magnus starrte Levi an. Dabei ging es um die Arbeit von mehreren Monaten – und die, die sie schon längst hineingesteckt hatten. Und Levi war bereit, unentgeltlich zu arbeiten, solange er die Kleine bekam? »Ist das dein Ernst?«

»Das ist mein Ernst«, bestätigte Levi. »Wenn du mit Edie ausgehst und sie uns nicht mehr im Weg steht, werde ich an deinem Spiel arbeiten, wenn ich nicht gerade mit Bianca zusammen bin. Das ist ein faires Geschäft.«

Da musste es doch einen Haken geben? Magnus rieb sich nachdenklich das Kinn. »Edie und ich haben uns bei dem Essen nicht gut verstanden. Sie wird mir kaum abkaufen, dass ich meine Meinung geändert und mich Hals über Kopf in sie verliebt habe. So wird das nicht funktionieren, Levi.«

Aber sein Bruder grinste nur und lief zu seinem Kleiderschrank. Er holte eine Jeans heraus und zog sie an. »Ich kümmere mich um die Details. Wenn ich erst einmal alles vorbereitet habe, trittst du auf den Plan. Tue einfach so, als würdest du sie mögen. Geh mit ihr aus und sorge dafür, dass sie beschäftigt ist. Einverstanden?«

»Ich werde nicht mit ihr schlafen, nur damit du mit ihrer Schwester ins Bett gehen kannst.«

»Das verlangt auch niemand von dir«, erwiderte Levi beschwichtigend. »Kannst du mir in dieser Sache nicht einfach unter die Arme greifen?«

»Um das zu tun, müssten wir ein Doppel-Date haben.«

»Ich meinte das im übertragenen Sinne.«

»Könnten wir bis dahin vielleicht arbeiten? Bitte?«

»Okay«, sagte Levi. »Ich fühle mich auf einmal so inspiriert.«

Dafür war Magnus sehr dankbar.

* * *

Ein paar Tage lang kam die Sprache nicht wieder auf die Sache mit Edie, und Magnus glaubte schon, sein flatterhafter Bruder hätte die schöne, aber abwesende Bianca ganz vergessen. Stattdessen stürzte sich Levi in die Arbeit, legte das Spielprinzip der Hunnen sowie drei anderer Barbarenstämme fest und dachte sich noch etwas Neues aus, das Magnus endgültig davon überzeugte, dass sein Bruder ein genialer Spielentwickler war. Er war begeistert, dass sie mit dem Projekt so große Fortschritte machten …

Doch irgendwann musste ja der Haken kommen.

Und so war es dann auch. Beide Sullivan-Brüder arbeiteten in dem Büro, das sie sich teilten. Das Gute an dem vierstöckigen Gebäude an der Park Avenue, das sie gekauft hatten, war, dass sie dort sehr viel Platz hatten. Dennoch arbeiteten sie immer noch am besten, wenn sie ihre Ideen austauschen konnten, daher teilten sie sich ein Büro und hatten ihre Computer einander gegenüber aufgestellt. Auf Magnus' Seite des Raums herrschte eine penible Ordnung, während Levis Schreibtisch das reinste Schlachtfeld war. Selbst die Putzfrauen trauten sich nicht, dort etwas anzurühren.

Magnus programmierte gerade eine neue Truppeneinheit, als jemand an die Tür ihres Büros im obersten Stockwerk klopfte. Normalerweise ignorierten sie so etwas, da sie lieber weiterarbeiteten, anstatt sich stören zu lassen, es sei denn, es handelte sich um einen Notfall.

Normalerweise hielten sie es so, aber heute sprang Levi auf und rannte zur Tür, woraufhin Magnus die Kopfhörer abnahm und aufstand. Er musste sich sowieso mal strecken. »Was ist los?«

»Sie ist hier«, rief Levi ihm zu und rannte die Treppen hinunter wie ein übergroßes Kind.

»Was ist hier?«, rief ihm Magnus hinterher. Als er keine Antwort bekam, warf er die Hände in die Luft und folgte seinem Bruder nach unten.

»Großer Gott«, hörte er Levi sagen, der dann laut lachte. »Sie sieht ja scheußlich aus.«

Das war kein gutes Zeichen. Magnus sprang die letzten beiden Stufen hinunter und ging in den Eingangsbereich. Levis Assistentin stand dort und hatte eine große Tiertransportbox in den Händen, vor der Levi mit breitem Grinsen hockte. Magnus erstarrte. »Was ist das?«

Levi drehte sich zu seinem Bruder um und strahlte ihn an. Dann deutete er auf den Käfig. »Das ist unser Ticket, mit dem wir Edie und Bianca hierherlocken.«

Eine Pfote kam zwischen den Gitterstäben hindurch. Das Tier im Inneren fauchte leise.

Magnus riss die Augen auf. Er hatte geglaubt – nein, er hatte gehofft, Levi hätte die Sache mit Bianca endgültig aufgegeben. »Okay, aber warum brauchen wir dafür ein Tier?«

Levi stand grinsend auf und rieb sich die Hände. Er machte einen sehr selbstzufriedenen Eindruck. »Weil Edie Katzentherapeutin ist und Bianca ihr bei der Arbeit hilft. Daher habe ich Jenna«, er deutete auf seine Assistentin, die bereits auf dem Rückzug war, »gebeten, die unfreundlichste Katze, die sie finden kann, aus dem Tierheim zu holen.«

»Warum... warum solltest du so etwas tun?«

Levi schlug Magnus auf die Schulter. »Natürlich damit Edie hierherkommen und mit ihr arbeiten muss.«

Ein tiefes Knurren drang aus der Transportbox.

»Und was genau sollen wir in der Zwischenzeit mit dem Tier anstellen?«

»Keine Ahnung«, antwortete Levi achselzuckend. »Kümmer du dich darum. Ich rufe Bianca an und leite alles in die Wege.« Mit diesen Worten stürzte sein Bruder davon, zog im Laufen das Handy aus der Hosentasche und ließ Magnus mit der verdammten Katze allein.

Warum zogen sie diesen lächerlichen Plan überhaupt durch? Er musste völlig verrückt geworden sein. Magnus hockte sich vor die Box und sah darin ein Fellbündel, das sich an die Rückwand presste und nur aus grauem, wuscheligem Fell und Streifen zu bestehen schien. Zwei leuchtende Augen sahen ihn an, und dann jaulte das Tier erneut und schlug durch die Gitterstäbe nach ihm.

»Großer Gott«, murmelte Magnus und stand wieder auf. Jetzt sollte er nicht nur so tun, als würde er die Katzenlady mögen, sondern musste sich außerdem auch noch mit Cujo, der Killerkatze, abgeben.

Was tat man nicht alles für die Familie – oder dafür, die ganzen Einnahmen eines Fünfhundert-Millionen-Dollar-Projekts für sich behalten zu können ...

※ ※ ※

»Ich habe einen neuen Kunden für dich«, verkündete Bianca in ihrer süßesten Kleinmädchenstimme und reichte Edie einen Zettel.

Edie ignorierte ihre Schwester und schraubte weiter an dem neuen Kratzbaum für ihr Katzenzimmer herum. Der Baum hatte sechzehn Beine und drei Liegeplattformen und war das Verwirrendste, was sie je zusammengebaut hatte, aber ihre neueste Katze lag sehr gern an einem hohen Ort, und Edie war entschlossen, Oscar diese Rückzugsmöglichkeit zu bieten, damit er sich entspannen konnte. Sobald er sich eingelebt hatte, konnte sie damit anfangen, ihn an sich zu gewöhnen. Während sie mit dem Zusammenbau beschäftigt war, saßen ihre anderen beiden Katzen, Dopey und Doc, auf der zerknitterten Aufbauanleitung und Sneezy kuschelte sich an ihr Jeansbein, da sie auf dem Boden saß.

»Hast du mich gehört?«, fragte Bianca, die jetzt etwas lauter sprach.

»Ich habe dich gehört«, murmelte Edie. Bianca setzte immer ihre Kleinmädchenstimme ein, wenn sie andere zu etwas überreden wollte, und Edie war schon seit langer Zeit immun dagegen. Sie scheuchte die Katzen von der Anleitung, faltete sie auseinander und las sie sich erneut durch. »Ich bin beschäftigt.«

»Aber ... es ist Arbeit.« Bianca baute sich direkt vor Edie auf und wedelte mit dem Zettel in der Luft herum. »Du brauchst Geld, hast du das schon vergessen? Wir brauchen beide Geld. Vor allem wenn wir uns Kostüme für Gretchens und Hunters große Kostümverlobungsfeier kaufen wollen.«

Edie schnitt eine Grimasse. »Erinnere mich bloß nicht daran.«

»Ich werde dich nie wieder daran erinnern, wenn wir diesen Job erledigt haben.«

Edie warf einen Blick auf den Zettel. *Hausbesuch. Neue Katze, sehr aggressiv.* Der Besuchstermin war für diesen Nachmittag festgelegt. Sie gab Bianca den Zettel zurück. »Ich kann heute nicht. Dienstagnachmittags bin ich immer im Tierheim.«

»Seit wann?«

»Seitdem sie zu wenig Leute haben. Sie brauchen Hilfe.«

»Wir brauchen Kunden«, beharrte Bianca und wedelte wieder mit dem Zettel. »Wir ...«

»Wenn du mir den Zettel noch einmal vor die Nase hältst, stopfe ich ihn dir in den Hals.«

»Und wir müssen die Stromrechnung bezahlen«, fuhr Bianca fort. »Außerdem wird das hier eine längerfristige Sache. Ich habe dem Mann einen Vorschuss von eintausend Dollar und dreihundert Mäuse für jeden weiteren Besuch vorgeschlagen, und er hat zugestimmt.«

Edie, die gerade die Aufbauanleitung studiert hatte, hielt inne. Eintausend Dollar wären eine Wohltat für ihr leeres Bankkonto. Ihr Job machte ihr zwar großen Spaß, brachte aber meist nicht besonders viel Geld ein. »Wirklich? Eintausend Dollar für den heutigen Besuch?«

»Ja.« Bianca sah sehr zufrieden aus. »Das ist so ein reicher Kerl, der sich eine Katze angeschafft hat. Können wir da nicht mal vorbeifahren? Du kannst doch hinterher immer noch zum Tierheim gehen.«

Edie blinzelte und nahm Bianca den Zettel noch einmal aus der Hand. »Er lebt in New York.«

»Und er will uns die Fahrtkosten erstatten.«

Edie riss die Augen auf. »Im Ernst?«

»Ja, er sagte etwas von einhundert Dollar pro Stunde. Ich werde ihm sagen, dass wir darauf bestehen müssen. Damit wären alle Kosten und unser Zeitaufwand gedeckt.«

Das wären eintausendvierhundert Dollar allein heute. Vierhundert mehr, wenn sie die Rückfahrt mit einrechneten. »Ich weiß nicht so recht...«

»Super«, fiel ihr Bianca mit süßlicher Stimme ins Wort. »Ich sage ihm gleich Bescheid, dass wir in vier Stunden da sind. Du solltest dir noch die Haare machen.«

»Was? Warum?« Edie befühlte ihre beiden kurzen Zöpfe hinter den Ohren.

Ihre Schwester seufzte resigniert. »Weil er reich ist, natürlich.«

Das war mal wieder typisch für ihre Schwester. Edie strich über Dopeys Kopf. »Dann sind wir wohl erst mal eine Weile weg.«

3

Sie tuckerten mit ihrem alten Wagen vier Stunden nach New York, und dann schien es noch einmal eine weitere Stunde zu dauern, bis sie einen Parkplatz gefunden hatten. Als sie endlich aus dem Wagen stiegen, schmerzte Edies Knie und sie war am Verhungern. Bianca zog vor dem Aussteigen ihren Lippenstift nach, was sofort Edies Misstrauen erregte. Aber sie sagte sich, dass ihr Kunde ja ein reicher Mann war und Bianca es darauf anlegte, sich einen wohlhabenden Freund zu schnappen. Sie hatte Edie in den Ohren gelegen, dass sie sich etwas Vernünftiges anziehen müsse, doch Edies einziges Zugeständnis daran war, ihre Zöpfe zu lösen und sich einen alten Blazer über ihr T-Shirt zu ziehen, wenngleich sie Letzteres nur getan hatte, um die vielen Katzenhaare darauf zu verbergen. Den meisten Kunden war es völlig egal, wie sie aussah, solange sie ihnen helfen konnte. Sie hatten immer eine Kiste voll mit Dingen, die sie für die Arbeit brauchte, im Wagen, und Edie ging sie jetzt durch. Dann stopfte sie Spielzeuge, Katzenminze, Leckerchen und ein paar andere Gegenstände in einen Rucksack, den sie sich über die Schulter schlang. Danach liefen sie durch die Seitenstraße und hielten Ausschau nach dem richtigen Gebäude. Edie humpelte hinter Bianca her, die auf den Routenplaner ihres Handys schaute.

»Das ist es«, erklärte Bianca auf einmal fröhlich.

»Oh, wow«, murmelte Edie und starrte zu dem Stadthaus hinauf. »Das sieht ja schon ziemlich protzig aus.« Das Gebäude stand an der Ecke einer sehr vornehm aussehenden

Straße, und jetzt fragte sich Edie, ob sie sich nicht doch lieber ein anderes T-Shirt hätte anziehen sollen. Nur zu hören, dass jemand sehr viel Geld hatte, war doch etwas anderes, als es mit eigenen Augen zu sehen.

»Ich hab's dir doch gesagt«, erwiderte Bianca verschmitzt und sprang die Stufen zur Haustür hinauf. Edie lehnte sich schwer auf das Geländer und folgte ihr langsam.

Einen Augenblick später wurde die Tür geöffnet und ein Mann stand im Türrahmen. »Oh, gut«, sagte eine vertraute Baritonstimme. »Ihr seid da.«

Edie starrte den Mann in der Tür an. Es war dieser Magnus von der Party. Einer der Blödmänner. Der, der die Bemerkung über die Katzenladys gemacht hatte. »Das kann nicht dein Ernst sein.«

»Hi, Edie«, sagte er und reichte ihr die Hand. Sein höfliches Lächeln erschien ihr gezwungen. »Ich bin froh, dass du und deine Assistentin heute herkommen konntet.«

»Ich werde nicht hierbleiben«, begann Edie.

»Doch, das wirst du«, entgegnete Bianca, nahm ihren Arm und zerrte Edie trotz ihrer Proteste nach oben. Dann lächelte Bianca Magnus schüchtern an. »Dürfen wir reinkommen?«

Edie starrte ihre Schwester entsetzt an und stemmte sich gegen ihren Griff. »Warte mal. Du wusstest, zu wem wir fahren? Warum hast du mir das nicht gesagt, verdammt noch mal? Das ist alles von langer Hand geplant, habe ich recht?«

Bianca warf Edie einen verletzten Blick zu, und ihre Unterlippe bebte. »Natürlich nicht.«

»So ein Blödsinn.« Edie starrte Magnus wütend an. »Was soll der Scheiß?«

»Dieser Scheiß«, begann er mit eiskalter Stimme, »dreht sich um eine Katze. Ich habe sie neu und komme nicht mit ihr zurecht. Ich kann sie natürlich ins Tierheim zurückbringen und sie einschläfern lassen, aber ich dachte, ich bitte zuerst einmal eine Verhaltenstherapeutin um Rat. Du wurdest mir als die beste in dieser Gegend empfohlen, und ich dachte, ich probiere es trotz unserer Vorgeschichte mal mit dir. Oder soll ich die Katze lieber gleich zurück ins Tierheim bringen?«

Edie drehte sich der Magen um. Er hatte sie genau an ihrer Schwachstelle erwischt. Irgendwo in diesem Haus befand sich eine Katze aus dem Tierheim, die man von einer beängstigenden Umgebung in eine andere verfrachtet hatte. Wenn sie jetzt wieder ging, suchte sich dieser Magnus vielleicht jemand anderen ... oder er brachte das Tier einfach ins Tierheim zurück.

Sie kaute auf ihrer Unterlippe herum und wusste nicht, was sie tun sollte. Schließlich bedachte sie Magnus mit einem finsteren Blick. »Wenn du dich wie ein Arschloch benimmst, verschwinde ich wieder.«

»Keine Sorge«, versicherte er ihr und hob kapitulierend die Hände. »Ich verspreche, ich werde mich benehmen. Ich möchte nur, dass du meiner Katze hilfst, okay?«

»Okay«, knurrte sie und ignorierte den glücklichen Blick, den Bianca Magnus zuwarf.

Edie betrat das Haus und begann sofort damit, es aus dem Blickwinkel einer Katze zu inspizieren. Sie runzelte die Stirn. Die Böden bestanden aus kaltem, bemaltem Beton, die Wände waren nackt und nur von ein paar modernen Bildern geschmückt. Die Möbel sahen minimalistisch und seltsam aus, und vor dem gläsernen Kamin lag ein Teppich aus Perlen (ausgerechnet Perlen!). Eine zertrümmerte Vase stand in einer Ecke des offenen Raums neben ein paar hängenden astartigen Dingern, bei denen es sich nur um moderne Kunst handeln konnte, wie sie vermutete. Sie ging weiter und rieb ihren Schal an ihrem Hals, damit er ihren Körpergeruch annahm.

»Hey«, sagte die nervtötende Baritonstimme. »Ist alles okay? Du humpelst.«

Sie starrte ihn mit zusammengekniffenen Augen an. »Mir geht es gut.«

»Möchtest du dich vielleicht hinsetzen? Ich...«

»Sehe ich so aus, als müsste ich mich hinsetzen?« Sie spie die Worte förmlich aus und sah ihn finster an. Danach drehte sie sich um. »Wo steckt meine Schwester?«

Er zuckte mit den Achseln. »Vermutlich will sie mit meinem Bruder die Bezahlung regeln.« Magnus verschränkte die Arme vor der Brust. »Möchtest du Cujo jetzt sehen?«

»Cujo? Das ist nicht dein Ernst.«

»Was stimmt denn mit dem Namen nicht?«

»Damit verurteilst du deine Katze ja von vornherein zum Scheitern. Indem du ihr einen negativ belasteten Namen gibst, wird dein Eindruck von ihr gleich noch schlechter.« Wieder zupfte sie an ihrem Schal und humpelte in die Küche. Zumindest ging sie davon aus, dass es sich um die Küche handelte. Eigentlich sah es in dem Raum mit der langen Bar, den Barhockern sowie dem Kühlschrank und den elektrischen Geräten an der Wand dahinter eher aus wie in einem altmodischen Diner.

»Zum hundertsten Mal: Es ist eine verdammte Katze, wen interessiert es denn, wie ich sie nenne?«, brummte Magnus, der ihr hinterherlief. »Er ist übrigens in meinem Schlafzimmer.«

Na, das war doch schon mal ein Anfang. »Dann bring mich dorthin.«

»Hier entlang, Eure Majestät«, sagte Magnus und machte eine spöttische kleine Verbeugung, um dann in den vorderen Teil des Gebäudes und die Wendeltreppe nach oben zu gehen.

Natürlich mussten sie nach oben. Es ging immer eine verdammte Treppe hinauf. Edie ignorierte das Pochen in ihrem Knie und folgte ihm, so schnell sie konnte, da sie nicht den Anschein erwecken wollte, als könnte sie nicht mit ihm mithalten oder bräuchte Hilfe. Sie wollte in seinen Augen nicht als »weniger wert« gelten, verdammt noch mal. Nicht, wo er ohnehin schon so selbstgefällig und herablassend war.

Oben sah es genauso karg aus wie unten, und Edie fragte sich, warum sich jemand ein so großes Haus kaufte, um dann so gut wie nichts reinzustellen. Magnus ging durch den Flur auf eine geschlossene Tür zu, drehte sich dann um und deutete darauf. »Das ist mein Zimmer. Letzte Gelegenheit, noch einen Rückzieher zu machen.«

»Warum sollte ich das tun? Fliegen mir da gleich die Sexpuppen um die Ohren oder was?«

»Nein, nur eine stinksaure Katze«, erwiderte er mit ebenso sarkastischem Tonfall wie sie. »Und behaupte später nicht, ich hätte dich nicht gewarnt.«

Magnus öffnete die Tür, und Edie ging hinein. Es ... sah in seinem Zimmer nicht so aus, wie sie erwartet hatte. Sie wusste, dass er irgendetwas mit Computern machte, und seine breiten Schultern und der muskulöse Körperbau ließen vermuten, dass er regelmäßig trainierte. Aber auch sein Zimmer war ebenso minimalistisch eingerichtet wie der Rest des Hauses. In einer Ecke des Raums stand ein Heimtrainer, an einer Wand ein riesiges Messingbett, und ein paar seltsam aussehende Schals hingen vor dem deckenhohen Fenster. Einer der Schals schien ein wenig zerfetzt zu sein, und der andere beulte sich am Boden aus und ein Schwanz schnellte darunter hervor.

Das war dann wohl ihr Schützling.

Edie zog sich die Schuhe aus, da sie auf dem Holzboden damit keine unnötigen Geräusche erzeugen wollte. Auf Socken machte sie einige Schritte in den Raum hinein und schaute sich um. »Das ist nicht gerade ein schöner Ort für eine Katze.«

»Warum nicht?«, wollte Magnus wissen, und seine tiefe Stimme ließ sie zusammenzucken. Sie hatte gar nicht bemerkt, dass er so dicht hinter ihr stand.

Sie deutete auf den fast leeren Raum. »Sie kann sich hier nirgendwo verstecken. Bist du etwa gerade erst eingezogen? Du hast überhaupt keine Möbel.«

»Das ist ein minimalistischer Einrichtungsstil«, erwiderte Magnus, der so klang, als hätte sie seine Fähigkeiten als Innenarchitekt beleidigt. »Das Haus hat früher einem Künstler gehört. Wir haben sehr viel Geld dafür hinlegen müssen.«

»Dann hätte ich lieber noch ein bisschen mehr für ein paar Möbel ausgegeben«, entgegnete Edie und sah sich das Bett an. »Ich hätte ja vermutet, er würde sich unter dem Bett verstecken, aber ...«

»Da drunter stehen Kisten, da ist kein Platz.«

»Katzen haben gern einen sicheren Rückzugsort, musst du wissen. Er hat vermutlich große Angst.«

»Dieses Tier ist ein Dämon«, schimpfte Magnus. »Sagte ich schon, dass er mich gebissen hat?«

»Wolltest du ihn etwa hochnehmen?«

»Was glaubst du, wie ich ihn hier reinbekommen habe?«

Sie bekam immer mehr Mitleid mit der Katze. »Das arme Ding. Mach keine schnellen Bewegungen, hast du verstanden? Ich werde mal Hallo sagen.« Sie stellte ihren Rucksack neben ihre Schuhe und ging langsam näher an die Katze heran. Ihr schlimmes Knie schmerzte, als sie sich neben den Vorhang kniete, aber sie ignorierte es. Sie setzte sich im Schneidersitz auf den Boden, nahm den Schal ab, faltete ihn ordentlich zusammen und legte ihn dicht neben den Vorhang.

Eine Pfote schnellte hervor, und es war ein tiefes Knurren zu hören.

Das war schon okay. Sie würde geduldig sein und warten. Edie lehnte sich in einem Meter Entfernung mit dem Rücken an die Wand, streckte die Beine aus und rieb sich das schmerzende Knie.

»Soll ich dir vielleicht einen Stuhl holen?«, erkundigte sich Magnus, dem das Herumstehen anscheinend unangenehm war. Er hatte schon wieder die Arme vor der Brust verschränkt.

»Nein, der Boden ist in Ordnung«, antwortete sie und musterte die zusammengekrümmte Gestalt hinter dem Vorhang. »So fürchtet er sich nicht so sehr vor mir. Wo steht die Katzentoilette?«

Magnus schwieg.

Sie sah ihn fragend an. »Wo ist das Katzenklo?«

»Äh, ich habe noch keins gekauft.«

War das sein Ernst? Was war er denn für ein Katzenbesitzer? Sie sah sich erneut im Zimmer um, und ihre Lippen zuckten. »Das erklärt dann auch, warum er auf dein Bett gemacht hat.«

»Was?«, brüllte Magnus, rannte zu seinem Bett und entdeckte am Fußende den braunen Fleck auf der weißen Decke.

»Schrei nicht so laut«, ermahnte Edie ihn, deren Stimme weiterhin leise und sanft blieb. Sie legte eine Hand auf den Boden und streckte die Finger aus, sodass sie zwischen ihrem Schal und dem Vorhang lagen. »Idiot.«

»Er hat auf mein Bett geschissen«, flüsterte Magnus. »Das ist doch widerlich!«

»Das ist ein Tier«, stellte sie mit säuselnder Stimme fest – die fast so klang wie Biancas falscher Tonfall. »Was soll die Katze denn machen, wenn du ihr keine Katzentoilette hinstellst?« Die Katze regte sich nicht, daher beschloss Edie, weiter zu warten. Sie würde dem Tier mehr Zeit geben. Manchmal brauchten Katzen sehr viel Zeit, vor allem dann, wenn sie sich in ihrer neuen Umgebung fürchteten. Und hier würde sich ja selbst ein Mensch kaum wohlfühlen. »Du kannst dich ruhig hinsetzen«, meinte sie zu Magnus. »Es könnte eine Weile dauern, bis er rauskommt.«

Irgendetwas klapperte, und sie knirschte mit den Zähnen. Als sie sich zu Magnus umdrehte, stellte sie fest, dass er sich die Schuhe auszog und sich auf der anderen Seite des Raums auf den Boden gesetzt hatte, um sich ebenso wie sie an die Wand zu lehnen. Er sah ... genervt aus. Aber er wirkte nicht so, als würde er sich wie ein guter Besitzer Sorgen um seine Katze machen. Was für ein seltsamer Mann.

Aus dem Augenwinkel sah sie, wie sich der Vorhang ein wenig bewegte und eine Nase darunter hervorlugte, um an ihrem Schal zu schnüffeln. Na, das war doch schon mal ein Fortschritt. Wagemutig und mit ganz langsamen Bewegungen zog sie den Vorhang zur Seite und enthüllte die fauchende Katze, die sich dahinter verbarg.

Das arme Tier war völlig verängstigt, was Edie beinahe das Herz brach. Sabber tropfte aus dem Mäulchen, und es keuchte, ein eindeutiges Zeichen dafür, dass die Katze nervös und gestresst war. Edie nahm die Zeichnung, die buschigen Ohren und die Größe der Katze in Augenschein und schaute dann mit gerunzelter Stirn zu Magnus hinüber. »Warum hast du diese Katze aus dem Tierheim mitgenommen?«

Er zuckte mit den Achseln. »Ich wollte eben eine Katze haben.«

Sie zog die Augenbrauen zusammen. »Okay, aber warum ausgerechnet diese?«

Wieder zuckte er mit den Achseln. »Keine Ahnung. Warum fragst du?«

»Weil es eine Savannah-Katze ist.«

»Ich habe keine Ahnung, was du mir damit sagen willst.«

»Du hast dir da eine Gattung ausgesucht, die halb Wildkatze ist.« Sie grinste amüsiert. »Viel Spaß damit.«

※ ※ ※

Magnus konnte nicht damit aufhören, Edie anzusehen. Wenn sie ihn nicht gerade mit ihrer spitzen Zunge attackierte, war sie eigentlich ganz ... interessant. Er wollte mehr darüber wissen, warum sie humpelte. Das lag an seiner ihm angeborenen Neugier und daran, dass er früher Leistungssportler gewesen war. Während seiner Zeit als Footballer hatte er sich ein halbes Dutzend Verletzungen zugezogen, von gerissenen Bändern über einen geprellten Knöchel bis hin zu anderen von Mitspielern verursachten Blessuren. Ein so schwer verletztes Knie ... Entweder war ihr etwas Schlimmes zugestoßen oder es war schon von Geburt an so gewesen. Jedenfalls war seine Neugier geweckt und er wollte wissen, was passiert war. Möglicherweise war sie ja auch aus diesem Grund immer so gereizt.

Ihre übermäßige Verschrobenheit machte es aber auch so spannend, sie jetzt zu beobachten. Sie war ganz sanft, als die Katze vorsichtig den Kopf nach vorn schob und ihr Edie langsam die Finger entgegenstreckte. Dabei bewegte sie sich so gut wie gar nicht und wartete einfach. Und er lehnte sich zurück und sah ihr zu, weil das spannender war als alles, was er seit langer Zeit gesehen hatte. Die Minuten verstrichen, während die Katze an ihren Fingerspitzen schnüffelte und sich dann ein kleines Stück vorwärtsbewegte. Sie schlich mit eingezogenen Schultern immer näher, bis sie schließlich fast an Edies Bein angekommen war. Dann strich ihr Edie ganz sanft und vorsichtig einmal über den Kopf, und als die Katze beschloss, das zu mögen, rückte sie noch etwas näher. Nach gerade mal zwanzig Minuten lag die Katze schließlich auf Edies Schoß und ließ sich streicheln, während sie sich immer weiter entspannte.

»Ich glaube, sie ist noch sehr jung«, sagte Edie mit seidiger Stimme, die wie flüssiger Honig auf seine Sinne wirkte. Er wusste, dass sie nur der Katze zuliebe so sprach, aber sein Penis reagierte dennoch darauf. »Sie hat Angst, sehnt sich aber auch nach Liebe und Aufmerksamkeit.«

»Tun wir das nicht alle?«, witzelte er, schien aber zu laut gesprochen zu haben, da die Katze zusammenzuckte und er sich einen bösen Blick von Edie einfing.

»So etwas dauert seine Zeit, weißt du«, murmelte sie und streichelte dem Tier zärtlich über die aufgestellten Ohren und glättete das gestreifte Fell. »Du kannst gern gehen, wenn du möchtest.«

»Ich bleibe hier«, erwiderte er und passte seine Stimme an die ihre an. »Es ist ja schließlich meine Katze, nicht wahr?« Außerdem hatte er Levi versprochen, Edie wenigstens zwei Stunden lang zu beschäftigen, damit Levi mit Bianca schlafen oder sich zumindest an ihr sattsehen konnte. »Was ist eigentlich eine Savannah-Katze?«

»Das sind Katzen, die zum Teil Wild- und zum Teil Hauskatzen sind. Deine macht den Anschein, als wäre sie eine F2.« Sie berührte die großen Ohren und fuhr die Streifen nach, um dann auf den Kopf der Katze zu zeigen. »Sie hat wirklich ein einzigartiges Fell.«

»Und was genau ist eine F2?«

»Eine Katze der zweiten Generation. Deine Katze hat vermutlich einen Großvater, der in der Wildnis lebt.«

»Hm«, murmelte er, da ihm das alles ziemlich theorielastig

vorkam, während er doch nichts weiter als eine kleine gestreifte Katze sah. »Und ... muss ich sie dann irgendwie anders füttern? Als wäre sie eine Gazelle?«

Edies Blick war wieder einmal vernichtend, und er musste sich ein Grinsen verkneifen. Es machte ihm großen Spaß, sie auf diese Weise zu ärgern und mitanzusehen, wie sie erzürnt das Gesicht verzog. Sie machte es ihm aber auch wirklich leicht. »Du kannst ihr ganz normales Katzenfutter geben«, erwiderte sie. »Finde heraus, ob Cujo«, wieder dieser entrüstete Blick, »lieber Nass- oder Trockenfutter frisst. Falls sie wählerisch ist oder nicht fressen will, dann setz ihr Nassfutter vor, damit sie nicht dehydriert.«

»Ich schicke meine Assistentin nachher einkaufen«, versprach er ihr. »Und lasse sie auch eine Katzentoilette mitbringen.«

Edie schüttelte leicht den Kopf. »Du bist nicht gerade gut auf dein neues Familienmitglied vorbereitet.«

Tja, das lag vielleicht daran, dass er überhaupt nicht damit gerechnet hatte, völlig unvermittelt zum Katzenbesitzer zu werden. Dieser verdammte Levi und seine tollen Pläne, damit er diese Blondine mit dem winzigen Mund ins Bett bekommen konnte. »Beim nächsten Mal werde ich besser vorbereitet sein«, erwiderte Magnus. »Und, wie bist du zu so einer Katzenexpertin geworden?«

Ihre langen Finger streichelten ein Katzenohr, und aus irgendeinem Grund empfand Magnus diese Bewegung als ... erregend. Vielleicht lag es an der Reaktion der Katze oder daran, dass Edie genau zu wissen schien, wo sie das Tier berühren musste, damit es zu schnurren anfing. Möglicherweise hatte er aber auch einfach schon viel zu lange nicht mehr mit einer Frau geschlafen. Eigentlich war es verdammt armselig, scharf zu werden, nur weil er Edie beobachtete, wie sie eine

Katze streichelte. Aber der Anblick ihrer geschickten Hände bewirkte, dass er unruhig hin- und herrutschte und sich am liebsten im Schritt gekratzt hätte.

»Warum willst du das wissen?«, murmelte sie mit dieser sanften Stimme, und er musste sich schon wieder etwas anders hinsetzen.

»Vielleicht einfach nur, um mir die Zeit mit dir zu vertreiben. Um ein bisschen zu plaudern.«

»Meinetwegen musst du dir keine Mühe geben.« Die Katze drückte sich gegen ihre Hand, wie es Magnus' Penis auch gern getan hätte. Himmel, dieses Bedürfnis wurde noch viel größer, als Edies Lippen ein sanftes, zufriedenes Lächeln umspielte. Wieso war ihm bisher nicht aufgefallen, dass sie derart volle Lippen besaß und dass ihre Oberlippe ein bisschen größer war als die Unterlippe? Ihr Mund war perfekt, er sah so aus, wie es zahllose Frauen mithilfe von Injektionen erreichen wollten. Aber Edie schien kein großes Aufhebens um ihr Erscheinungsbild zu machen, daher würde sie sich wohl kaum die Lippen aufgespritzt haben ... Und er fragte sich, wie sie sich wohl rund um sein Glied anfühlen würden.

Er hatte nicht die geringste Ahnung, warum er auf einmal so oft an seinen Penis denken musste, wo sie in der Nähe war, und er schien gar nicht wieder damit aufhören zu können. Wieder rutschte er auf dem Boden herum und zog ein Knie an, um die Tatsache zu verbergen, dass er eine Erektion hatte.

Bei seiner kleinen Bewegung fauchte Cujo und raste zurück unter den Vorhang, und Edie warf ihm einen wütenden Blick zu.

»Entschuldigung.«

Sie schüttelte nur leicht den Kopf und stand langsam und offenbar unter Schmerzen auf. Als sie sich ganz aufgerichtet hatte, beugte sie sich vor und rieb sich das Knie, und dabei rutschte ihr T-Shirt herunter und er konnte ihr beachtliches Dekolleté in Augenschein nehmen.

Ach, verdammt. Unter all diesen Klamotten verbarg sie einen hinreißenden Körper. Möglicherweise machte sich Levi gerade an die falsche Schwester heran.

Aber einen Augenblick später stand sie wieder gerade und fixierte ihn mit einem herrischen Blick. »Okay. Ich werde dir eine To-do-Liste mit Dingen schreiben, die du in den nächsten Tagen erledigen musst.«

»Was? Eine To-do-Liste? Warum?«

Sie sah ihn überrascht an. »Weil es deine Katze ist.« Danach bezog sie mit einer umfassenden Geste sein ganzes Zimmer mit ein. »Das hier reicht auf keinen Fall, nur damit du es weißt.«

Mit einem Mal hatte er seinen dummen Penis vergessen und wurde richtig sauer. »Was soll das heißen, ›das hier reicht auf keinen Fall‹?« Er machte ihre Geste nach und wedelte mit einer Hand in der Luft herum.

Edie bedachte ihn mit einem ihrer mörderischen Blicke. »Der Kater hat Angst...«

»Ach, jetzt ist es also ein ›Er‹?«

»Ich bin mir nicht hundertprozentig sicher, dazu müsste ich erst unter den Schwanz sehen können...«

»Findest du es nicht auch sehr interessant, dass die Katze ein ›Er‹ ist, wenn du sauer wirst, aber eine ›Sie‹, wenn du in friedlicher Stimmung bist?«

Er sah, wie sie ihre kleinen Nasenflügel entrüstet aufblähte, und war wider Erwarten fasziniert. »Okay, dann bleiben wir vorerst bei ›das Tier‹. Ich möchte, dass es bis auf Weiteres in diesem Zimmer bleibt. Dein Haus ist riesig...«

»Oh, vielen Dank. Ich mag es, wenn Frauen die Größe meines... Hauses bewundern.«

»Könntest du mal für zwei Sekunden die Klappe halten?«

Er ging der Kratzbürste anscheinend unter die Haut. Witzig, wie unterhaltsam das war. Magnus grinste und bedeutete ihr, dass sie fortfahren möge.

»Wie ich gerade sagte, Pappnase, lass die Katze nicht aus diesem Zimmer. Katzen brauchen einen kleinen Bereich, an den sie sich gewöhnen können, bevor sie ihr Territorium vergrößern. Also lass die Tür zu und sorg dafür, dass Cujo diesen Raum nicht verlässt. Außerdem«, fuhr sie fort und deutete auf seine Möbel, »solltest du ein paar Plätze einrichten, an denen sich Cujo verstecken kann. Bring das Zeug, das du unter dem Bett aufbewahrst, woanders unter. Stell ein paar Kratzbäume mit Höhlen auf. Auch ein paar große Pappkartons an strategisch günstigen Stellen wären sehr hilfreich. Im Moment hat Cujo keinen Ort, an dem er sich verstecken kann, daher fühlt er sich angreifbar. Du musst ihm ein paar sichere Rückzugsmöglichkeiten schaffen.«

»Ich will den ganzen Scheiß hier aber nicht haben. Mir gefällt mein Zimmer so, wie es ist«, entgegnete er und wurde ob ihrer hochnäsigen Kommentare immer aggressiver. »Es ist minimalistisch.«

»Es ist hässlich«, erklärte sie offen, »und überhaupt nicht einladend.«

»Du sollst dich hier auch nicht zu Hause fühlen«, fuhr er sie an.

»Ich rede auch von der Katze, du Blödmann. Und besorg eine Katzentoilette, es sei denn, du möchtest, dass sie ab sofort immer ihr Geschäft in deinem Bett verrichtet.« Ihr verbittertes Lächeln wurde fast schon boshaft. »Auch wenn ich mir sicher bin, dass schon genug Scheiße in deinem Bett gelegen hat.«

Ein Gespräch mit ihr war so, als würde man versuchen, einen Skorpion zu streicheln. »Bist du jetzt fertig?«

»Das war meine Beratung«, erklärte sie mit zuckersüßer Stimme. »Außerdem solltest du versuchen, täglich ein paar Stunden mit Cujo zu verbringen. Keine plötzlichen Bewegungen. Warte darauf, dass die Katze zu dir kommt. Streichle Cujo nur, wenn er das auch will. Fass ihn dabei nicht an den Kopf, sondern nur an die Seite, da einige Katzen nervös werden, wenn man ihnen ins Gesicht fassen will.«

»Noch was?«, fragte er mit sarkastischem Unterton.

»Ja. Ich hätte jetzt gern mein Geld.«

※ ※ ※

Kurze Zeit später bekam Bianca den Scheck in die Hand gedrückt, und zusammen mit der schlecht gelaunten Edie verließ sie das Haus. Bis dahin war Magnus ebenfalls mürrisch, und seine Verärgerung richtete sich allein gegen Levi, der auf Wolke sieben zu schweben schien. Levi wirkte glücklich und hatte zerzaustes Haar, als wäre jemand mit den Händen hindurchgefahren.

Sobald die Frauen gegangen waren, wandte sich Magnus an seinen Bruder. »Hast du mit ihr geschlafen? Können wir diesen Scheiß jetzt endlich beenden?«

Levi verschränkte die Finger hinter dem Kopf und schenkte seinem Bruder ein glückliches Lächeln. »Sie ist wunderbar, nicht wahr?«

»Tatsächlich ist sie eher eine Nervensäge«, erwiderte Magnus. »Edie, meine ich. Aus diesem Grund würde ich die Sache jetzt gern beenden.«

»Das geht nicht«, protestierte Levi. Er ging gähnend in die Küche und öffnete die Kühlschranktür. »Ich habe Bianca ja noch nicht einmal richtig kennengelernt. Zwei Stunden war viel zu wenig Zeit.«

»Genug Zeit, um mit ihr zu schlafen.«

Levi sah seinen Bruder entrüstet an. »Rede nicht so über sie.«

Großer Gott. Nicht das schon wieder. »Dann ... hast du nicht mit ihr geschlafen?«

»So ein Mädchen ist sie nicht. Wir haben uns unterhalten. Ich wollte sie besser kennenlernen.« Levi nahm eine Milchpackung aus dem Kühlschrank und trank direkt aus dem Karton.

Magnus stürmte auf seinen Bruder zu und riss ihm die Packung aus der Hand. »Erstens, lass den Scheiß, das ist widerlich. Zweitens, hierbei ging es nicht darum, die Kleine kennenzulernen. Du solltest über sie hinwegkommen.«

Levi schien Magnus' schlechte Laune nicht einmal zur Kenntnis zu nehmen. Er strahlte seinen Bruder an. »Ich weiß nicht, ob ich jemals über Bianca hinwegkommen werde. Sie ist etwas ganz Besonderes.«

»Das hast du bisher bei jedem Mädchen gesagt, in das du dich verliebt hast.«

»Bei ihr ist es etwas anderes.«

»Das hast du bisher auch jedes Mal gesagt.« Magnus verschloss die Milchpackung wieder und stellte sie zurück in den Kühlschrank. »Nur dass du nicht über diese Kleine hinwegkommen willst, sondern anscheinend beschlossen hast, ihr Freund zu sein, während ich mich mit einer Wildkatze und einer Katzenflüsterin herumschlagen muss.«

»Du solltest sie bezirzen«, meinte Levi.

»Die Katze?«

»Die Katzenlady.«

Magnus sah ihn wütend an. »Ich will niemanden bezirzen. Ich will unser gottverdammtes Projekt voranbringen. Du weißt doch, das, bei dem du mich unterstützen wirst? Du hast es mir versprochen.«

»Und sobald das mit Bianca und mir geregelt ist, werde ich das auch tun.«

Geregelt? Was zum Henker sollte das denn jetzt wieder heißen? Magnus kämpfte gegen seine Wut an, da er damit bei Levi sowieso nichts ausrichten konnte. Sein jüngerer Bruder hatte selektive Amnesie, wenn es um Dinge ging, die nicht seinem aktuellen Interesse entsprachen. »Und was glaubst du, wie lange das noch dauern wird?«

»Keine Ahnung«, entgegnete Levi und rieb sich nachdenklich das Kinn. »Ich muss mich mit ihr außerhalb des Hauses treffen. Fern von ihrer Schwester.« Er musterte Magnus. »Du solltest mit Edie ausgehen.«

»Ausgehen«, wiederholte Magnus mit tonloser Stimme. »Warum in aller Welt sollte ich das wollen?«

»Weil du mit *The World* weiterkommen willst und mich dazu brauchst?«

Magnus knirschte mit den Zähnen. Es war ja nicht so, dass er nicht ohne Levi arbeiten konnte – aber Levi war nun einmal der kreative Kopf des Teams. Magnus war der Macher und derjenige, der sich um die Details kümmerte. Er konnte allein sehr viel bewerkstelligen, aber ohne Levis Ideen war er aufgeschmissen. »Du machst mich echt fertig, Alter.«

Levi drehte sich zu seinem Bruder um und legte Magnus mit zerknirschter Miene die Hände auf die Schultern. »Ich weiß. Und es tut mir wirklich leid. Ich verspreche dir, sobald wir Bianca aus Edies Klauen befreit haben, können wir am Spiel weiterarbeiten. Aber vorerst ... wird dir wohl nichts anderes übrig bleiben, als mit Edie auszugehen. Bleibt ein paar Stunden weg, damit ich genug Zeit habe, um mich mit Bianca zu beschäftigen.«

»Sie ist keine zwölf mehr. Sie wird wohl allein ausgehen können, ohne ihre Schwester um Erlaubnis fragen zu müssen.«

Aber Levi schüttelte den Kopf und tätschelte Magnus' Schulter, als wäre er ein Kind. »Bianca ist sehr fürsorglich und will Edie nicht allein lassen, solange sie glaubt, dass Edie Hilfe brauchen könnte.«

»Auf mich hat Edie keinen sehr hilfsbedürftigen Eindruck gemacht. Gut, sie humpelt, aber das ist auch alles. Es ist ja nicht so, als würde ihr ein Arm oder ein Bein fehlen.« Und selbst wenn dem so gewesen wäre – er war überzeugt, dass Edie selbst dann noch in der Lage gewesen wäre, ihn zurechtzuweisen. »Ich habe noch nie jemanden kennengelernt, der besser dazu in der Lage war, allein klarzukommen.«

»Willst du jetzt meine Hilfe bei diesen Figuren oder nicht?«

Magnus warf die Hände in die Luft. »Ich gebe auf. Okay. Scheiße. Was immer du willst. Ich werde mit der Katzenlady ausgehen, verdammt noch mal. Aber hör endlich auf, mir von Bianca vorzuschwärmen, hast du verstanden?« Er stürmte die Treppe hinauf, weil er Levis zufriedenes Lächeln nicht mehr sehen wollte. Sonst hätte er seinem Bruder vermutlich eine reingehauen. Automatisch lief er in den dritten Stock und zum Büro, doch dann blieb er vor der Tür stehen. Er konnte jetzt nicht arbeiten – er konnte erst weitermachen, wenn sich Levi hingesetzt und einige der Grundlagen des Programmes zusammen mit ihm ausgetüftelt hatte. Verdammt noch mal. Fluchend lief er die Stufen wieder hinunter und ging in sein Zimmer. Dann würde er eben ein paar Runden auf dem Heimtrainer absolvieren.

Aber als er die Tür öffnete, sah er, wie die Katze erneut auf sein Bett kackte. Sie sah ihn an und fauchte wütend.

Magnus fauchte zurück. Verdammte Katze. Verdammter Levi. Verdammte Edie. Warum wollten ihn denn nur alle in den Wahnsinn treiben? Warum war er der einzige vernünftige Mensch hier? Warum war er der Einzige, der arbeiten wollte?

Ups, den Gedanken musste er zurücknehmen. Edie arbeitete ebenfalls. Zumindest das hatten sie gemeinsam.

Er zog sich die Jeans aus, warf sie in eine Ecke und streifte sich seine Trainingsshorts über. Als er auf dem Laufband stand und losjoggte, griff er nach seinem Handy und schickte seiner Assistentin Jenna eine Sprachnachricht. »Ich brauche mehrere Pappkartons, zwei Kratzbäume, Nassfutter für Katzen und eine Katzentoilette, und zwar noch heute.« Er schaute zu seinem Bett hinüber, auf dem jetzt zwei Häufchen zu sehen waren. »Und ein frisches Bettlaken.«

Zumindest würde er sich mit fünfhundert Millionen Dollar jede Menge frischer Bettlaken kaufen können. Er stellte ein anspruchsvolles Tempo ein und lief los. Vielleicht sollte er Levi eines dieser Bettlaken über den Kopf ziehen, damit er dessen selbstzufriedenes Grinsen nicht mehr sehen musste.

※ ※ ※

»Was hast du heute vor?«, fragte Bianca zwei Tage später und runzelte die Stirn, weil eine der Katzen beim Frühstück ihre Hand anstupste. »Kannst du nicht mal dafür sorgen, dass sich diese Katze benimmt?«

»Das tut sie doch«, erwiderte Edie und streichelte Sleepy, bevor sie ihn auf den Boden setzte. »Ich bin eigentlich sogar beeindruckt, dass sie so agil ist, wenn man bedenkt, dass ihr ein Bein fehlt und dass sie Arthritis hat. Außerdem weißt du ganz genau, dass das Erdgeschoss Katzenterritorium ist.« Sie hatten ihre gemeinsame Wohnung in zwei Bereiche eingeteilt – Bianca gehörte die gesamte obere Etage, während Edie die untere für sich beanspruchte. Die meiste Zeit gefiel ihnen das sehr gut, da Bianca das luxuriöse Badezimmer mit der Badewanne hatte und Edie nur das Gästebad mit der winzigen Dusche. Aber die Küche befand sich unten, daher herrschte bei den Mahlzeiten oftmals eine gereizte Stimmung, da Edies sieben Katzen immer um sie herumwuselten.

»Mir wäre es lieb, wenn sie beim Essen nicht ganz so agil wäre«, erklärte Bianca und warf ihr Haar in den Nacken. »Das ist ungesund.«

Nicht ungesünder als die Tatsache, dass Bianca ihre Haare überall herumschleuderte. »Katzen sind reinliche Tiere. Das liegt nur daran, dass du Cornflakes isst. Sie riecht die Milch.«

»Vergiss die Katze. Man hat uns gebeten, noch einmal nach New York zu kommen und nach Cujo zu sehen.« Bianca schenkte Edie ein strahlendes Lächeln. »Mach dich bereit, noch mehr Geld zu verdienen!«

Edie blinzelte. »Wirklich? Wir sollen jetzt schon wieder nach New York kommen? Magnus hatte doch kaum genug Zeit, all das zu besorgen, was ich ihm aufgetragen habe.« Sie musste an sein karg eingerichtetes Zimmer denken und runzelte die Stirn. »Ich kann mir nicht vorstellen, dass er überhaupt irgendetwas davon gekauft hat. Die Katze schien ihm völlig egal zu sein. Das Ganze ist wirklich sehr seltsam.«

Bianca schenkte ihr ein schüchternes Lächeln. »Ich finde das gar nicht so seltsam.«

»Wie meinst du das?«

»Es ist doch offensichtlich, dass der Mann mit dir geflirtet hat.«

Edie hielt inne, obwohl sie gerade den Löffel zum Mund führen wollte. »Das ... ist nicht dein Ernst, oder?«

»Doch!«

»Er kann mich nicht ausstehen.«

»Hmmmm.« Bianca warf ihr einen vielsagenden Blick zu.

»Ich … Nein! Ganz im Ernst. Er hat jeden meiner Vorschläge abgelehnt. Er wollte nichts davon hören. Ich kann dir versichern, dass mich dieser Mann ganz bestimmt nicht leiden kann.« Es kam ihr schon komisch vor, auch nur darüber nachzudenken.

»Ach, Edie, du bist manchmal wirklich blind«, meinte Bianca mit mitleidiger Stimme und sah ihre Schwester fragend an. »Wollen wir das Ganze mal analysieren? Da haben wir einen Mann, den du auf einer Party kennengelernt hast, bei der ihr den ganzen Abend nebeneinandergesessen habt…«

»Ohne ein Wort miteinander zu wechseln, wie ich anmerken möchte.«

»… und einige Tage später kauft dieser Mann irgendeine Katze, ohne das Geringste über Katzenhaltung zu wissen.« Bianca zählte die Punkte an ihren Fingern ab. »Dieser Mann kontaktiert dich und bittet dich, zu ihm zu kommen und mit seiner Katze zu arbeiten, und er bietet dir sogar an, mehr zu bezahlen, damit du den weiten Weg auf dich nimmst.«

»Oh, aber…«

»Hat er das Zimmer verlassen, solange du dort gewesen bist?«

»Nein, aber…«

»Ist dir überhaupt aufgefallen, dass ich die ganze Zeit weg war? Sein Bruder hat mich mit Fragen über unser Geschäft und die Abrechnungen gelöchert. Glaubst du denn wirklich, dass er sich derart dafür interessiert?«

Dieses Mal fiel Edie keine Ausrede mehr ein. Sie hatte sich wirklich schon gefragt, wo ihre Schwester die ganze Zeit gesteckt hatte.

»Hat er dich ausgefragt, als ihr allein gewesen seid? Wollte er wissen, wie du so bist? Hat er dich persönliche Dinge gefragt?«

»Natürlich nicht«, begehrte Edie auf. Es war doch lächerlich, so etwas auch nur in Betracht zu ziehen ...

Und, wie bist du zu so einer Katzenexpertin geworden?, hörte sie Magnus in ihrem Kopf fragen.

Edie riss die Augen auf. Das konnte doch nicht wahr sein. »Ich ... Äh, bist du dir sicher, Bianca?«

»Ich glaube, ich weiß, wie es aussieht, wenn ein Mann versucht, eine Frau wissen zu lassen, dass er an ihr interessiert ist. Und ich bin mir ziemlich sicher, dass er etwas von dir will.« Ihr Lächeln wurde ermutigend. »Ist es nicht offensichtlich, dass er sich die Katze nur angeschafft hat, um dir näherzukommen?«

Das war so ... seltsam. Edie musste an die Party in Gretchens Haus zurückdenken. Sie hatte mitangehört, wie die Männer in der Küche geprahlt und gelästert hatten, und sowohl sie als auch Magnus waren entsetzt gewesen, als sie feststellten, dass sie nebeneinandersaßen. Es hatte ganz den Anschein gemacht, als würde die Abneigung auf Gegenseitigkeit beruhen, und sie hatten den ganzen Abend kein Wort miteinander gewechselt.

Und doch ... Alles, was Bianca gesagt hatte, traf zu. Wenn man die Dinge aus diesem Blickwinkel betrachtete, ergab Biancas Vermutung durchaus einen Sinn. Es war eine merkwürdige Situation, und es gab keine logische Erklärung dafür, es sei denn, Magnus versuchte wirklich, Edies Aufmerksamkeit zu erregen.

Aber ... Warum sollte er es bei Edie versuchen, wenn er doch Bianca haben konnte? Edie wusste, dass sie nicht die Hübschere von ihnen war. Gut, sie war auch nicht grottenhässlich, aber sie legte bei Weitem keinen so großen Wert auf ihre Frisur und ihre Kleidung wie Bianca. Edies braunes Haar war schulterlang, und sie trug normalerweise zwei Zöpfe, die sie sich hinter die Ohren schob. Bianca hatte perfektes, glattes champagnerfarbenes Haar, das ihr in einem dichten Pony in die Stirn fiel, sodass ihre großen braunen Augen sogar noch größer wirkten. Sie hatten dasselbe herzförmige Gesicht, aber Bianca besaß einen winzigen, süßen Mund, während Edies Lippen eine normale Größe hatten und niemals süß wirkten.

Außerdem humpelte Bianca nicht. Sie war anmutig und zart, ganz anders als Edie.

Und anders als sie behandelte sie ihre Umwelt auch nicht wie eine Kratzbürste.

»Ich ... Bist du dir sicher, dass er nicht vielmehr dich und nicht mich mag?«, fragte Edie und war vollkommen verwirrt. Sie hatte den Mann beleidigt. Sie hatte schlecht über sein Haus und sein Aussehen gesprochen und jedes freundliche Wort von ihm mit einem garstigen erwidert.

»Ach, bitte«, murmelte Bianca bescheiden. »Er hat doch kaum zwei Sekunden in meiner Gegenwart verbracht. Dazu war er viel zu sehr mit jemand anderem beschäftigt.« Wieder lächelte sie vielsagend. »Und er bittet dich, heute wieder vorbeizukommen.«

Edie rutschte verlegen auf ihrem Stuhl herum. »Wir sollten behaupten, dass wir keine Zeit haben.«

»Wir ...«, Bianca betonte das Wort ganz besonders, »sollten überhaupt nichts Derartiges tun. Ich kann dich einfach vor seinem Haus absetzen und ...«

»Augenblick mal. Was?«

»... und ein paar Erledigungen in der Stadt machen. Vielleicht bringe ich ein paar Dinge bei den Tierheimen vorbei und halte Ausschau nach besonderen Katzen, die du vielleicht retten musst.« Bianca sah ihre Schwester mit weit aufgerissenen Augen und arglosem Blick an. »Dann könnt ihr ein bisschen Zeit miteinander verbringen.«

»Nein, Bianca«, protestierte Edie. »Wenn wir da noch einmal hinfahren, dann werde ich ... wir ... Er wird ...«

»Er wird was? Denken, dass du dich für ihn interessierst?« Wieder schenkte ihr Bianca dieses scheue Lächeln. »Wäre das denn so schlimm? Er sieht doch ganz annehmbar aus, oder nicht?«

»Das kann man wohl sagen«, stimmte ihr Edie zu. Sie musste an seine strahlenden grün-goldenen Augen denken, an die dichten Wimpern, an das markante Gesicht, das sich völlig zu verwandeln schien, wenn er lächelte. An seine kräftigen Arme und seinen muskulösen Körper. Dabei spürte sie, wie sie errötete. Großer Gott, warum dachte sie überhaupt darüber nach, wie attraktiv dieser Mann war? Sie war ja schon genauso verrückt wie Bianca!

»Er hat Geld«, merkte Bianca an. »Und er mag Katzen, sonst hätte er sich keine geholt und die Vorstellung, dass du einen ganzen Haufen davon besitzt, würde ihn abschrecken. Welche anderen Argumente brauchst du noch?«

Edie fehlten die Worte, und sie ließ den Löffel in ihre Cornflakesschüssel sinken, sodass die Milch aufspritzte. »Ich ... Ich weiß einfach nicht. Es ist verdammt lange her, dass ich mit einem Mann ausgegangen bin.«

»Sechs Jahre«, stellte Bianca fest. »Seitdem das mit deinem Knie passiert ist. Du und Drake ...«

»Ja«, fauchte Edie. »Danke für diese freundliche Erinnerung.« Sie wollte nicht an Drake erinnert werden. Sollte er doch in der Hölle schmoren. Er hatte ihr so wehgetan, als sie an ihrem Tiefpunkt angelangt war. »Dann weißt du ja ganz genau, warum ich keine große Lust habe, wieder etwas mit einem Mann anzufangen.«

»Ich denke, der hier ist nicht wie die anderen«, sagte Bianca. »Und außerdem befürchte ich, dass du mit der Zeit zu einer völlig verrückten Katzenlady mutieren wirst, wenn du nicht hin und wieder mal mit einem Mann ausgehst. Einer unserer Kunden ist doch ein idealer Kandidat für einen potenziellen Freund, findest du nicht? Ihr habt zumindest schon mal eine Sache gemeinsam.« Sie strahlte ihre Schwester an. »Soll ich seiner Assistentin sagen, dass du heute vorbeikommen wirst?«

Edie runzelte die Stirn. »Augenblick mal. Seine Assistentin hat angerufen? Kommt dir das nicht auch komisch vor? Er lässt seine Assistentin bei meiner anrufen, anstatt selbst mit mir zu sprechen?«

»Ich denke, du interpretierst da zu viel hinein«, erwiderte Bianca, stand vom Küchentisch auf und stellte ihre Schüssel ins Spülbecken. »So läuft so etwas nun mal. Assistentinnen sprechen mit Assistentinnen.«

Da mochte sie recht haben. Edie hätte sich dennoch besser gefühlt, wenn er sie direkt angerufen und gefragt hätte, ob sie mit ihm ausgehen wollte. Aber vermutlich hätte sie ihn dann nur ausgelacht und aufgelegt, weil sie geglaubt hätte, er wollte sie auf den Arm nehmen.

Verdammt noch mal, jetzt hatte Bianca sie mit ihren Vermutungen völlig aus dem Konzept gebracht, und sie glaubte tatsächlich daran, dass er an ihr interessiert wäre. »Ich bin trotzdem nicht davon überzeugt, dass er mich mag.«

»Du solltest diesen neuen Lippenstift tragen, den ich mir gekauft habe«, schlug Bianca vor. »Unsere Hautfarbe ist fast identisch, daher müsste er dir ebenfalls gut stehen. Und zieh dir ein Kleid an.«

»Ich ziehe ganz bestimmt kein Kleid an«, protestierte Edie.

Aber ... sie würde vielleicht den Lippenstift ausprobieren. Vielleicht. Sie beugte sich vor und hob Sleepy auf, damit er die restliche Milch aus ihrer Cornflakesschüssel lecken konnte.

4

Als Edie an diesem Nachmittag vor Magnus' Tür stand, war er sehr überrascht.

Nicht darüber, dass Edie allein war, denn er hatte ja gewusst, dass Levi und Bianca ausgehen wollten, nachdem Bianca sie hier abgesetzt hatte. Das war es nicht. Vielmehr sah sie ... anders aus. Ihr glänzendes, langes braunes Haar fiel ihr wie zuvor in ungezähmten Locken auf die Schultern, eine Seite hatte sie einfach hinters Ohr geschoben. Sie trug auch wieder ein T-Shirt unter einem anderen Blazer, Jeans und Turnschuhe und sah sehr lässig aus.

Aber ihr Mund – dieser sinnliche, himmlische Schmollmund, von dem er letzte Nacht geträumt hatte – war knallrot geschminkt, sodass er ihn am liebsten geküsst hätte.

Er konnte nicht aufhören, ihre Lippen anzustarren. Durch ein bisschen Farbe hatten sich Edies Gesichtszüge von langweilig zu durch und durch sinnlich verändert. Und ihre Oberlippe! Großer Gott. Er musste sich einfach ausmalen, wie sie seinen Penis in den Mund nahm und mit diesen Lippen berührte. Dieser Mund war wie dafür gemacht, hätten seine Freunde vermutlich gesagt. Und dann hätte Magnus sie verprügeln müssen, weil sie so über sein Mädchen sprachen.

Nur dass Edie gar nicht sein Mädchen war. Sie war die gottverdammte Katzenlady.

»Hi. Danke, dass du noch mal herkommen konntest«, sagte Magnus und öffnete die Tür, um sie hereinzulassen.

Sie humpelte ins Haus. »Du hast um einen Termin mit der

Therapeutin gebeten, oder etwa nicht? Und hier bin ich.« Sie breitete die Arme aus und ließ sie dann wieder sinken, um aus einem ihm unerklärlichen Grund zu erröten. Sie wurde rot? Warum denn?

Er kratzte sich am Kopf. »Ist alles in Ordnung?«

»Ja! Ja, alles bestens. Warum fragst du?« Sie war definitiv rot geworden.

»Ach, nur so.«

Sie schenkte ihm ein angedeutetes Lächeln, nickte, verschränkte die Arme vor der Brust und schaute sich um. »Wo steckt denn dein Bruder heute? Ich habe ihn auch beim letzten Mal gar nicht gesehen.«

Ach, verdammt. »Levi? Oh, der trifft sich mit, äh, mit ein paar Beratern. Wegen unseres aktuellen Projekts.« Ja, genau. Als ob sich Levi schon jemals mit irgendwelchen Beratern getroffen hätte. Die wollten immer nur über Zahlen und Deadlines sprechen, und alles, was Levi ihnen geben konnte, waren Konzeptzeichnungen und Skizzen von seinen Ideen sowie Tagträume von seinen Storyplänen. Magnus war der Mann, der die Details kannte, aber woher sollte Edie das wissen? Es wurde Zeit, sie abzulenken. Er deutete ins Hausinnere. »Möchtest du dich noch ein bisschen umsehen, bevor wir zu Cujo raufgehen?«

Zu seiner Überraschung lächelte sie ihn an und zeigte ihm ihre perfekten weißen Zähne, und er konnte den Blick kaum noch von ihrem sündigen Mund abwenden. »Gern. Ihr habt ein komisches Haus, und ich würde es mir wirklich gern genauer ansehen.«

Er machte eine ungelenke kleine Verbeugung. »Dann werde ich dich herumführen.« Nach einem Schritt nach hinten machte er eine ausladende Handbewegung. »Das hier ist die Diele.«

Sie kicherte heiser, und dieses Geräusch schien ihm direkt in den Schritt zu fahren, wo sein Penis aufmerkte. »Den Teil kenne ich schon.« Edie sah sich um und steckte die Hände in die Hosentaschen, als würde sie sich nicht ganz wohlfühlen. »Ich hoffe, du nimmst mir das nicht übel, aber euer Haus wirkt auf mich ein bisschen wie eine Lagerhalle.«

»Das ist tatsächlich genau die Wirkung, die wir erzielen wollen.«

»Wirklich?« Sie schien überrascht zu sein.

»Ja, wirklich«, bestätigte er und war beeindruckt, dass es ihr aufgefallen war. »Das Haus wurde in den Zwanzigerjahren gebaut, und ein sehr berühmter moderner Künstler hat es in den Neunzigern gekauft und komplett entkernt. Ich glaube, es gab ursprünglich fünf Stockwerke, aber er hat die zweite Etage rausnehmen lassen, um höhere Decken zu bekommen.« Er deutete nach oben. »Du kannst einen Teil der einstigen Etage noch erkennen, darunter auch die nackten Balken.«

»Hm«, murmelte sie und klang wenig beeindruckt.

»Er hat auch so viele Wände wie möglich entfernen lassen, da er offene Räume haben wollte, wie in einem Lagerhaus. Ich glaube, das sollte das moderne Leben widerspiegeln und dass wir leben, wo wir arbeiten, oder so etwas in der Art.« Magnus zuckte mit den Achseln. »Aus diesem Grund gibt es keine Trennwand zwischen der Küche und dem Wohnzimmer, und die Treppen sind alle im hinteren Teil des Hauses.«

»Das ist sehr ... merkwürdig«, meinte sie, als sie in Richtung Küche gingen. »Auf jeden Fall wirkt es nicht besonders einladend. Das soll jetzt nicht unhöflich klingen, denn das Haus ist wirklich faszinierend, aber es wirkt einfach nicht wie ein ...«

»Wie ein Zuhause? Ja, ich habe dasselbe gedacht, als ich es zum ersten Mal gesehen habe.«

Sie warf ihm einen seltsamen Blick zu und lächelte verschmitzt. »Warum habt ihr es dann gekauft?«

»Aus zwei Gründen: wegen der Lage und des Preises.«

Edie nickte nachdenklich und strich mit den Fingern über die Granitplatte des »Küchentisches«. »Die Lage ist wirklich gut.«

»Wir kommen zu Fuß in alle wichtigen Ecken von New York«, stimmte er ihr zu.

»Und ihr konntet es preiswert erwerben?«

»Oh nein, ganz im Gegenteil. Es war fast schon lächerlich teuer.« Er hob die Finger und malte Anführungszeichen in die Luft. »Weil es ein ›Kunstwerk‹ ist.«

Sie lachte und schüttelte den Kopf. »Ihr wolltet unbedingt ein teures Haus kaufen?«

»Das war direkt, nachdem wir *Warrior Shop* verkauft hatten.«

Sie runzelte die Stirn und schüttelte leicht den Kopf, um ihm zu verstehen zu geben, dass sie ihm nicht folgen konnte.

»*Warrior Shop*? Das Spiel?« Er konnte es nicht fassen, dass sie noch nie davon gehört hatte. Das ganze Internet war doch voll mit Meldungen darüber gewesen. Verdammt, es gab unzählige Seiten und Posts, die diesem Spiel gewidmet waren. »›Nimm eine Axt mit‹? ›Hack es nieder‹? Das Spiel mit den großen Plastikschwertern? Hast du die T-Shirts noch nie gesehen?«

»Ich... habe wohl nie darauf geachtet. Dann ist es also ein Spiel?«

Er schnaubte und war ein wenig angesäuert, dass sie nicht wusste, was für eine große Sache *Warrior Shop* war. »Das größte Onlinespiel seit Jahren. Eine Computerfirma hat es uns für zwei Milliarden Dollar abgekauft.«

Sie riss die Augen auf. »Zwei... Milliarden Dollar? Für ein Spiel, das ihr erfunden habt?«

»Genau«, bestätigte er stolz. Er war wirklich ungemein stolz auf dieses kleine Spiel. »Levi und ich haben es ganz allein gemacht. Levi hat die Konzepte entworfen, und ich habe alles programmiert. Anfangs wollten wir es verkaufen, aber ich bekam immer wieder zu hören, dass es einfach zu simpel wäre. Es wäre zu einfach, man könnte damit kein Geld verdienen. Doch dann haben wir es online gestellt, und es wurde immer beliebter. Zuerst haben wir die Filmrechte verkauft, dann die für das Merchandising. Kurz darauf konnte man an jeder Straßenecke *Warrior-Shop*-T-Shirts und -Rucksäcke kaufen. Danach standen die großen Firmen bei uns Schlange. Daher beschloss ich, dass ich, sobald wir das Spiel verkauft haben, das teuerste Haus in ganz New York, das ich finden kann, kaufen werde.«

Sie tippte mit einem Finger auf die Arbeitsplatte. »Und das war dieses hier?«

»Ganz genau«, bestätigte er.

»Hättest du nicht weniger ausgeben und es gemütlicher haben können?«, fragte sie und verzog ihre roten Lippen zu einem Lächeln.

»Das hätte ich tun können, aber damit hätte ich überhaupt nichts bewiesen«, erwiderte Magnus und lächelte ebenfalls. »Möchtest du auch die anderen Stockwerke sehen?«

»Sehr gern«, meinte sie und sah sich dann um. »Dann befinden sich im Erdgeschoss also die Diele, das Wohnzimmer, die Küche und dieser weite, offene Bereich mit dem Pooltisch, der vermutlich das Esszimmer sein soll.«

»Ganz genau. Im ersten Stock sind die Schlafzimmer, im zweiten das Medienzimmer und der Fitnessraum und im dritten liegen unsere Büros.«

»Das klingt faszinierend. Gehen wir.«

Er hielt inne, als sie an ihm vorbeihumpelte. »Es ... Es ist doch nicht zu anstrengend mit deinem Bein, oder?«

Sie sah ihn genervt an. »Ich breche schon nicht zusammen. Habt ihr einen Fahrstuhl?«

»Äh, nein...«

»Dann muss ich wohl die Treppe nehmen, was?«

Sie wurde wirklich zickig, wenn man sie auf ihr Knie ansprach. »Ich könnte dich auch tragen«, bot er ihr an, vor allem, weil er sehen wollte, wie sie entrüstet ablehnte.

Edie zeigte ihm einen Mittelfinger und ging weiter, woraufhin er lachen musste.

Als Erstes zeigte er ihr die oberste Etage, damit sie die Treppe auf einmal erklimmen konnte. Sie schien sich sehr für sein Arbeitszimmer zu interessieren und bewunderte den Ausblick auf die Straße. Danach nahm sie seinen Schreibtisch und somit die ordentliche Seite des Raums in Augenschein, bevor sie ihm einen vielsagenden Blick zuwarf, als sie auf Levis chaotischen Bereich blickte. Sie sah sich die *Warrior-Shop*-Poster an, die an den Wänden hingen, und studierte seine Ideen zu *The World*, die er auf einem Whiteboard notiert hatte, an dem jetzt auch mehrere historische Landkarten aus unterschiedlichen Zeitepochen, Konzeptzeichnungen sowie Ideen für verschiedene Länder und Figuren hingen. Der zweite Stock interessierte sie weitaus weniger, da es hier nur das Medienzimmer voller Filme und mit einem Projektor und Kinositzen sowie den Fitnessraum zu sehen gab. Im ersten Stock war ihre Endstation, und er blieb vor seiner geschlossenen Zimmertür stehen. »Ich habe Cujo seit deinem letzten Besuch nicht rausgelassen. Er scheint sich langsam an mich zu gewöhnen, ist aber noch immer sehr scheu.«

Edie nickte. »Das ist bei einer verängstigten Katze ganz normal. Hast du schon mal versucht, sie zu streicheln? Wie reagiert sie darauf?«

Er rieb sich betreten den Kopf. »Nun ja, eigentlich ignorieren wir einander die meiste Zeit und benehmen uns eher wie zwei schlecht gelaunte Zimmergenossen.«

Sie musterte ihn tadelnd und öffnete die Tür.

Magnus folgte Edie ins Zimmer und war gespannt, was sie zu den Veränderungen, die er vorgenommen hatte, sagen würde. Drei Katzenbäume unterschiedlicher Größe standen im großen Raum verteilt, und in den Ecken mehrere »Häuser« aus Pappkartons, in denen weiche Decken lagen. In der hintersten Zimmerecke befanden sich Wasser- und Futternäpfe und in der gegenüberliegenden Ecke die Katzentoilette.

Edie nickte zufrieden und sah ihn an. »Wie ich sehe, hast du deine Hausaufgaben gemacht. Zumindest fast alle.«

»Fast alle? Soll das ein Witz sein?« Er deutete auf sein Zimmer. »Das hier ist das reinste Katzenparadies.«

Sie kicherte und zog die Schuhe aus, was ihn immer an intime Dinge denken ließ. »Nein, tut mir leid. Du bekommst noch kein Sternchen. Erst recht nicht, weil ich schon wieder herkommen musste.«

»Hm?« Ihre kleinen nackten Füße auf dem Fußboden hatten ihn abgelenkt.

»Um dir mit deiner Katze zu helfen?« Sie sah ihn tadelnd an.

Ach ja, genau. »Es ist nicht so, als würde ich nicht mit ihr fertig werden«, behauptete er und zog sich ebenfalls die Schuhe aus. »Aber ich hätte eben gern eine professionelle Meinung. Immerhin kann ich es mir leisten.«

Sie musterte ihn nachdenklich und inspizierte dann einen der Pappkartons.

Nachdem sie in den dritten geschaut hatte, hatte sie Cujo endlich entdeckt, der auf dem Schal lag, den Edie vor einigen Tagen hiergelassen hatte. Sie setzte sich neben den Karton, gab leise kehlige Geräusche von sich und kratzte an ihrer Jeans, um anzudeuten, dass sie die Katze streicheln wollte. Nach einigen Augenblicken gähnte Cujo, streckte sich und kam neugierig näher.

»Oh, das ist aber ein gutes Zeichen«, sagte Edie in diesem leisen, beruhigenden Tonfall, den Magnus langsam, aber sicher mit seiner Katze assoziierte. »Vielleicht brauchst du mich ja doch nicht.«

»Da bin ich mir nicht so sicher«, erwiderte Magnus, der ganz genau wusste, dass er Edie hierbehalten und ablenken musste, damit Levi Bianca umgarnen konnte. »Ich habe gestern fast den ganzen Tag hier bei ihr gesessen, aber sie ist immer noch sehr scheu.« Es war ihm nicht gelungen, Levi zum Arbeiten zu bewegen, daher hatte er sich in sein Zimmer zurückgezogen, um sich auf dem Laufband abzureagieren. Stattdessen hatte er sich aber mit dem Laptop auf den Boden gesetzt und versucht, selbst einige der Probleme zu lösen. Die Katze hatte sich das Ganze zwar neugierig angeschaut, aber noch schienen sie einander nicht wirklich zu trauen.

In diesem Augenblick rieb Cujo den Kopf an Edies Hand und bettelte darum, gestreichelt zu werden. Magnus schnaubte. »Verräter.«

Edie grinste ihn an, und das zog ihm beinahe die Socken aus. Warum war er nur derart fasziniert von dieser Frau? Sie kleidete sich auf jeden Fall nicht so, als wollte sie sein Interesse wecken. Sie war weder von seinem Haus noch von seinem Spiel beeindruckt, und die Hälfte der Zeit, in der sie sich sahen, stritten sie sich. Aber sie hatte etwas an sich, das seine … Begierde weckte. Ja, genau das war es. Reine, ungezügelte Begierde. Denn wenn Edie außerhalb des Bettes schon derart feurig war, dann hätte er zu gern gewusst, wie der Sex mit ihr war. Wahrscheinlich war sie unglaublich anspruchsvoll und fordernd, wenn er mit ihr schlief, drückte ihm gierig eine Hand auf den Hinterkopf, wenn er sie leckte...

Verdammt, er musste aufhören, an so etwas zu denken. Magnus rieb sich die Stirn.

»Hast du Kopfschmerzen?«

Nicht ganz. »Ein bisschen.«

Sie streichelte Cujos Kopf noch eine Weile, und die Katze rieb sich an ihrem Bein und machte einen sehr zufriedenen Eindruck. Edie wirkte unglaublich friedlich, als sie die Katze hochhob und auf ihren Schoß setzte. »Sie ist an Menschen gewöhnt«, meinte sie, als sich Cujo sofort auf ihren Schoß kuschelte. »Vielleicht mag sie einfach nur dich nicht.«

»Haha«, erwiderte er sarkastisch.

»Katzen sind sehr anspruchsvoll«, erklärte sie.

Ja, sie wäre im Bett auf jeden Fall sehr fordernd. Das gefiel ihm.

Sie streichelte Cujo den Rücken und die Seiten, doch dann hielt sie inne und bewegte die Hände vorsichtig über den Bauch der Katze, bis diese auf einmal fauchte und weglief.

»Super gemacht, Katzenversteherin. Das hat ihr anscheinend nicht gefallen.«

»Nein, das mochte sie nicht«, murmelte Edie nachdenklich. »Und es ist definitiv eine ›Sie‹, daher solltest du dir lieber einen neuen Namen ausdenken.« Sie stand unbeholfen vom Boden auf und versuchte, ihr schlimmes Knie dabei nicht zu belasten.

Er war derart abgelenkt davon, sie zu beobachten, dass er ihre Worte erst gar nicht richtig mitbekam. »Einen neuen Namen? Warum?«

»Weil es definitiv ein Weibchen ist«, antwortete Edie und humpelte zu ihm zurück. »Und sie ist trächtig.«

Er riss vor Schreck die Augen auf. »Du willst mich doch verscheißern.«

»Nein, das will ich nicht. Weil es eine Savannah-Katze ist, vermute ich, dass sie vorher einem Züchter gehört hat. Bestimmt war sie rollig, ist abgehauen und die Besitzer haben sie nicht wiedergefunden. Du könntest ein paar Flugblätter aufhängen, vielleicht vermisst sie ja irgendjemand. Aber ich gehe davon aus, dass der Vater ihrer Jungen ein Straßenkater ist, daher werden wir uns darum kümmern müssen.« Sie schaute ihn mit schräg gelegtem Kopf an. »Soll ich dir jetzt einen Vortrag über das Sterilisieren halten?«

»Ist es dafür nicht ein bisschen spät?«

Edie verdrehte die Augen. »Das kann natürlich erst nach der Geburt passieren, du Dummerchen. Wenn sie ihre Jungen bekommen hat, muss sie sterilisiert werden.«

»Okay.« Verdammt. Was sollte er denn mit den Kätzchen anstellen? Er wusste doch kaum, was er mit einer Katze anfangen sollte. Zu seinem Glück hatte Jenna die Aufgabe übernommen, das verdammte Vieh zu füttern. Der Drang, Levi zu erwürgen, wurde von Minute zu Minute stärker. Er fand es schon furchtbar, eine Katze zu besitzen, und jetzt würde er bald noch viel mehr haben.

Edie blickte erwartungsvoll zu ihm auf. »Abgesehen davon musst du ihr weiterhin Plätze zur Verfügung stellen, an denen sie sich verstecken und es sich gemütlich machen kann. Wenn sie wirklich trächtig ist, braucht sie sehr viele Verstecke. Du solltest also noch weitere Kisten und Decken besorgen. Sie muss sich hier wohlfühlen. Achte darauf, dass sie in deinem Zimmer und somit in Sicherheit ist, bis sie ihre Jungen bekommen hat, sonst könnte die Geburt noch an einem Ort stattfinden, an dem du nicht damit rechnest.«

»Hm.«

Sie näherte sich ihm, und ihr Humpeln schien sich zu verstärken. Als sie vor ihm stand, stemmte sie die Hände in die Hüften. »Willst du mir jetzt endlich erklären, was das Ganze hier eigentlich soll?«

»Wie bitte?« Als er auf sie herabblickte, stellte er fest, dass sie ihm kaum bis zum Kinn reichte.

»Du legst dir eine Katze zu, obwohl du nicht die geringste Ahnung hast, wie man sich um sie kümmern muss, und heuerst mich dann an. Ich hatte schon mit einigen sehr schrecklichen Katzen zu tun, aber deine gehört ganz bestimmt nicht dazu. Hat sie noch mal in dein Bett gekackt?«

»Einmal.« Aber da hatte er die Katzentoilette auch noch nicht gehabt.

»Ich würde dich ja fragen, ob sie an deinen Möbeln kratzt, aber du besitzt ja nichts, was sie in Versuchung führen könnte. Was mich wieder daran erinnert, dass du ihr vielleicht noch einen Kratzbaum kaufen solltest.« Sie sah ihm in die Augen. »Aber so langsam frage ich mich, warum ich wirklich herkommen sollte.«

Magnus schaute auf sie herab. Sie war clever, das musste er ihr lassen. Es lag ihm schon auf der Zunge, ihr einfach zu sagen, dass Levi mit Bianca schlafen wollte und sie aus diesem Grund diesen ganzen Rummel veranstalteten. Er wollte ihr schon gestehen, dass Levi nicht arbeiten konnte, bevor er nicht bekommen hatte, was er wollte, und dass Magnus aus diesem Grund ebenfalls in der Klemme saß, weil dadurch ein sehr großes und sehr prestigeträchtiges Projekt in Gefahr geriet und sein störrischer kleiner Bruder einfach keine Ruhe gab.

Aber er sagte nichts davon. Stattdessen bat er sie: »Geh mit mir aus.«

Sie starrte ihn erschrocken an. »Ist das dein Ernst?«

Okay, das tat seinem Ego jetzt schon ein bisschen weh. Normalerweise freuten sich Frauen darüber, dass er mit ihnen ausgehen wollte. Er war schließlich nicht abstoßend und außerdem reich. Diese Fassungslosigkeit war für ihn daher etwas Neues. »Was ist denn daran so schrecklich?«

»Du kannst mich doch nicht einmal leiden!«

Er mochte einiges an ihr. Ihr Lächeln gefiel ihm, ebenso ihr kluges Köpfchen. Er bewunderte es, dass sie keine Angst hatte. Und ihr knallroter Mund hatte es ihm ganz besonders angetan. Es war ganz offensichtlich, dass er sich mehr anstrengen musste. »Und ob ich das tue. Wir hatten nur einen denkbar schlechten Start.«

»Du meinst, als ich dich dabei erwischt habe, wie du dich über meine Freundin und ihre Brautjungfern lustig gemacht hast?«

»Damit meinst du doch bestimmt, dass ich gesagt habe, es müsste auch eine Katzenlady darunter sein.« Er trat so, als würde er sich nachdenklich am Kinn kratzen. »Ich weiß gar nicht, wie ich darauf kommen konnte.«

»Blödmann«, erwiderte sie, lächelte aber dabei.

»Dann möchte ich dir mal etwas verraten, meine kleine Katzenlady. Männer, die unter sich sind, unterhalten sich über drei Themen: Sport, Spiele und Frauen. Und nichts von dem, was sie da sagen, sollte besonders ernst genommen werden.« Er überlegte kurz und fügte dann hinzu: »Erst recht nicht, wenn sie über Sport reden.« Nach einem weiteren Augenblick meinte er: »Und auch nicht über Spiele. Und ganz besonders nicht das, was sie über Frauen sagen. Das sind nur Kerle, die dummes Zeug zu anderen Kerlen sagen.«

Sie verschränkte die Arme vor der Brust. »Ich glaube dir nicht. Das alles ist doch nur ein abgekartetes Spiel, oder?«

Da hatte sie recht, aber das durfte sie nun mal nicht wissen.

»Es ist kein abgekartetes Spiel«, log er. »Ich mag dich. Das tue ich wirklich.« Als ihre Miene weiterhin skeptisch blieb, ergänzte er: »Wenn ich dich nicht mögen würde, dann würde ich das wohl kaum tun, oder?«

Bei diesen Worten beugte er sich vor, legte ihr die Hände an die Wangen und presste den Mund auf ihre vollen roten Lippen.

Sie erstarrte und war augenscheinlich völlig überrascht. Tja, da waren sie dann schon zwei. Magnus hatte eigentlich gar nicht vorgehabt, sie zu küssen. Aber als sie die Lippen derart schürzte und ihn skeptisch ansah, war ihm nichts anderes übrig geblieben, als ihr seine Zuneigung zu beweisen. Ihr zu zeigen, dass er durchaus jemanden wie sie mögen konnte und dass er ihr einiges zu bieten hatte.

Daher küsste er sie.

Es war ein schneller Kuss, er presste die Lippen kurz auf ihre, und Edie war viel zu erschrocken, um den Mund für ihn zu öffnen. Aus reiner Gewohnheit strich er mit der Zunge über den Spalt zwischen ihren Lippen, bevor er sich wieder von ihr löste, und dann sahen sie einander verblüfft und blinzelnd an.

»Du hast mich geküsst«, stellte sie leise fest und klang völlig schockiert.

»Ich weiß. Und ich ... Ich würde es gern noch einmal tun.«

»Okay.« Sie blickte zögerlich zu ihm auf.

Das war ihm Aufforderung genug. Er zog sie an sich, und als er die Lippen dieses Mal auf ihre presste, öffnete sich ihr Mund ihm und seiner Zunge. Beinahe hätte er laut gestöhnt, als sie ihm mit ihrer Zunge entgegenkam, und in seinem Körper stieg Verlangen auf. Dann öffnete sie den Mund noch weiter, und ihr Kuss wurde inniger und leidenschaftlicher. Sie klammerte sich an sein T-Shirt, und er zog sie an sich und küsste sie wieder und wieder, liebkoste sie mit der Zunge, als würde er den Mund zwischen ihre Beine pressen, sie hätte die Oberschenkel auf seine Schultern gelegt und ...

Magnus löste sich von ihr, und Edie blickte benommen zu ihm auf. »Geh mit mir aus«, bat er sie ein weiteres Mal und ließ sie dann los.

Sie taumelte ein wenig und musste einen Schritt nach hinten machen, um nicht das Gleichgewicht zu verlieren. Fast hätte er sie festgehalten, aber er riss sich zusammen. Edie hasste es, so behandelt zu werden, als bräuchte sie Hilfe. Daher sah er nur zu, wie sie ihren Blazer richtete und ihr Haar glättete, und bemerkte, dass ihr Lippenstift rund um ihren wunderschönen Mund verschmiert war. Am liebsten hätte er die Flecken mit einem Finger weggewischt, aber er hatte Angst, dass er sie an den Hüften packen und auf sein Bett werfen würde, sobald er sie noch einmal berührte.

Eine Verabredung, das war alles, was sie brauchten. Nur eine Verabredung.

»Und?«, hakte er nach, als sie noch immer nichts sagte.

Ihre Lider flatterten. »Ich ... Ich werde es mir überlegen.«

Magnus grinste, denn das war immerhin kein Nein. Seiner Meinung nach war das fast so gut wie ein Ja. »Mach das.«

5

Als Edie an diesem Abend im Bett lag, starrte sie die Zimmerdecke an und dachte an diesen Kuss.

Ihre Katzen kletterten über sie hinweg und machten es sich auf ihrem Bett bequem. Auf beiden Seiten ihrer Beine hatten sie sich hingelegt, eine kuschelte sich an ihren Kopf und eine weitere tretelte mit den Vorderpfoten auf ihrer Brust, während sie sie geistesabwesend streichelte. Die meisten ihrer Katzen waren schon recht alt oder krank und hätten im Tierheim keine Chance mehr gehabt. Daher nahm sie sie bei sich auf, gab ihnen ein Zuhause und liebte sie, weil sie kein anderer mehr haben wollte. Sie wusste, wie sie sich fühlten, da sie sich manchmal ebenso ungeliebt vorkam.

Aber heute ... Heute hatte sie jemand gewollt. Er hatte sie geküsst und sie gebeten, mit ihm auszugehen.

Es schien eine Ewigkeit her zu sein, dass sie das letzte Mal geküsst worden war, schoss es ihr durch den Kopf, und sie fuhr sich erneut mit den Fingern über die Lippen, die sich nach seinem Kuss noch immer ein wenig wund anfühlten.

Wenn ich dich nicht mögen würde, dann würde ich das wohl kaum tun, oder?

Nein, dann hätte er das wohl kaum getan. Es gab keinen anderen Grund für ihn, sie zu küssen. Und es war ein schöner Kuss gewesen. Allein bei dem Gedanken daran wurde ihr ganz warm, und ihre seit Langem schlummernden Bedürfnisse machten sich bemerkbar wie ein Bär, der aus dem Winterschlaf erwachte.

Sie durchschaute Magnus zwar nicht im Geringsten, aber sie wollte wirklich gern mit ihm ausgehen. Doch sie hatte auch Angst. Eine solche Verabredung bedeutete, dass sie auch verletzt werden konnte. Sie würde sich einer anderen Person öffnen und nicht wissen, ob sie letzten Endes doch zurückgestoßen wurde.

Beim letzten Mal war das Ganze so schlimm und schmerzhaft gewesen, dass die Narben bis heute schmerzten. Sie fürchtete sich davor, erneut ein Risiko einzugehen. Schließlich gab es für sie ja immer noch die Katzen, dachte sie und rieb sich das von Magnus' Bartstoppeln leicht wunde Kinn.

Verdammt. Bianca hatte recht. Sie verwandelte sich wirklich allmählich in eine verrückte Katzenlady.

Mit einem schweren Seufzer bewegte sie sich so vorsichtig wie möglich auf dem Bett, um die an sie gekuschelten Katzen nicht zu stören, griff nach ihrem Handy, schaltete es mit einer Daumenbewegung ein und schickte Gretchen eine SMS.

Sag mal ... Was weißt du über Magnus Sullivan? Er hat mich heute gebeten, mit ihm auszugehen.

Gretchens Antwort folgte trotz der späten Stunde fast augenblicklich. *Ich weiß, dass ich ein gottverdammtes Genie bin, weil ich euch beide nebeneinandergesetzt habe. Nennt euer erstes Kind Gretchen, ja?*

Okay, schrieb Edie zurück, *aber wenn es ein Junge wird, würden mir ein paar bessere Namen einfallen, für die er nicht gehänselt wird.*

Gretchen: *Nein, ich werde meinem Patenkind den besten Kung-Fu-Lehrer besorgen, den es gibt.*

Edie: *Wie sind wir von »Soll ich mit ihm ausgehen« zu Kung-Fu-Lehrern für mein Kind gekommen?*

Gretchen: *Dank der Macht der Fantasie?*

Edie: *Mal im Ernst, wie gut kennst du ihn?*

Gretchen: *Ich kenne ihn so gut wie gar nicht, Süße, aber Hunter mag ihn so sehr, dass er ihn bei der Hochzeit dabeihaben will. Er hat ihm dieses abgefahrene Lagerhaus verkauft. Hast du es schon gesehen? Es ist wirklich schrecklich. Und wahnsinnig teuer.*

Edie: *Ja, ich war schon da.*

Gretchen: *Wow, ihr habt es aber eilig. Vergesst nicht zu verhüten.*

Edie: *So war das nicht! Er hat eine Katze, und ich arbeite mit ihr.*

Gretchen: *Hm. Ich hätte ihn nicht für einen Katzenfreund gehalten.*

Edie: *Ich auch nicht, aber sie ist wunderschön. Eine F2-Savannah, wenn ich mich nicht irre.*

Gretchen: *Bla, bla, bla. Ist sie nackt wie mein Igor?*

Edie: *Nein, dein Zimmerlöwe ist eine andere Rasse.*

Gretchen: *Igor lässt dich übrigens grüßen.*

Edie: *Jetzt lenk nicht vom Thema ab. Frag Hunter bitte, wie Magnus so ist.*

Gretchen: *Süße, ist dir nicht klar, dass er mich nur vielsagend ansehen und ihn als netten Kerl bezeichnen wird? Männer können derartige Fragen nun einmal nicht vernünftig beantworten. Geh einfach mit ihm aus. Ihr beide werdet sowieso zusammen zum Altar gehen.*

Edie: *Du meinst hoffentlich auf deiner Hochzeit…*

Gretchen: *Bingo. Aber ihr könnt ja da schon mal üben. :)*

Edie: *Ich werde jetzt schlafen. Danke, dass du mir keine Hilfe warst.*

Gretchen: *Jederzeit wieder! Halt mich auf dem Laufenden. Ich will alles wissen.*

Edie: *Vergiss es. Gute Nacht, Gretchen.*

Gretchen: *Nacht!*

Nachdenklich ließ Edie das Handy wieder sinken. Sollte sie zu Bianca raufgehen und ... mit ihr reden? Auf gar keinen Fall. Sie verwarf den Gedanken sofort wieder. Bianca war ... Nun ja, sie hielt jede Verabredung für den ersten Schritt auf dem Weg zu ihrem zukünftigen Dasein als Trophäenfrau. Obwohl sie Schwestern waren, hatten sie eigentlich nichts gemeinsam. Zwar arbeitete Bianca als ihre Assistentin, aber Edie hatte sich schon öfter gefragt, ob Bianca Katzen überhaupt mochte. Eine Hilfe war sie ihr jedenfalls noch nie gewesen. Bianca wusste viel darüber, wie man Männer manipulierte, aber wenn es um normale Verabredungen ging oder darum, wie man sich über alltägliche Dinge unterhielt, stand sie meist auf dem Schlauch.

Edie starrte ihr Handy noch einen Augenblick lang an. Sie brauchte irgendein Zeichen, dass es richtig war, mit Magnus auszugehen. Dass ihre Seele nicht erneut in eintausend Stücke zertrümmert wurde, wenn sie mit einem Mann ausging. Sleepy, ihre alte dreibeinige Katze, kam angeschlichen und stieß mit dem Kopf gegen das Handy, da sie gestreichelt werden wollte. Dabei drückte sie das Handy nach vorn, sodass es gegen Edies Kinn stieß.

Tja, das war dann wohl das Zeichen, auf das sie gewartet hatte. Edie wappnete sich und suchte in ihrer Kontaktliste nach Magnus' Namen. Dann schrieb sie ihm eine SMS.

Okay, ich habe angebissen. Wann gehen wir aus?

* * *

Die SMS kam gegen Mitternacht, als Magnus gerade ins Bett gegangen war. Sein Handy summte auf dem Nachttisch, und er griff danach, da er wissen wollte, wer ihm jetzt noch schrieb.

Okay, ich habe angebissen. Wann gehen wir aus?

Wow. Er hatte fast schon geglaubt, sie mit dem Kuss verschreckt zu haben. Grinsend überlegte Magnus, was er ihr jetzt antworten sollte. Währenddessen sprang Lady Cujo (wie er sie jetzt nannte) auf sein Bett. Sie miaute ihn an, und er streckte automatisch eine Hand aus, um sie zu streicheln. Überrascht stellte er fest, dass sie es zuließ. Er freute sich, als sie den Kopf gegen seine Hand drückte und nach mehr verlangte. Das war eigentlich ganz niedlich. Er streichelte sie eine Minute lang, nahm dann erneut das Handy in die Hand und las die SMS noch einmal. Schließlich schrieb er eine Antwort.

Magnus: *Wollen wir essen gehen und dann ins Kino oder ist dir das zu klischeehaft?*

Edie: *Das klingt eigentlich ganz gut. Ich hätte allerdings gedacht, dass ein Mann wie du fantasievoller wäre.*

Magnus: *Dann ist das also eine Herausforderung? Die nehme ich an. Gut, dann erwartet dich ein etwas interessanterer Abend.*

Edie: *Wo gehen wir denn hin?*

Magnus: *Das wird eine Überraschung.*

Edie: *Soll ich Bianca bitten, mich nach New York zu fahren?*

Magnus: *Das klingt nach einem Plan. Morgen?*

Edie: *Morgen habe ich keine Zeit.* Das überraschte ihn. Wie viel hatte so eine komische Katzenlady denn zu tun?

Magnus: *Wann dann?*

Edie: *Vielleicht übermorgen. Ich sage dir noch Bescheid, ob das bei mir klappt.*

Einen Augenblick lang ärgerte er sich, dass er sich nach einer Katzenlady richten sollte, und er hätte beinahe zurückgeschrieben: *Gut, und ich sage dir, ob ich dann Zeit für dich habe.* Aber er war selbstständig und konnte sich seine Zeit daher mehr oder weniger frei einteilen, solange sie sich im Kreativmodus befanden. Außerdem wollte er Levi möglichst schnell wieder an den Schreibtisch bekommen. *Okay, sag mir einfach Bescheid,* schrieb er daher nur.

Danach legte er das Handy zur Seite und kuschelte mit Lady Cujo, während er sich fragte, wann sein Leben derart verrückt geworden war, dass er mit einer Katze im Bett lag und darauf wartete, dass eine Katzenlady Zeit für ihn hatte.

Großer Gott, das klang ja schon armselig, wenn er es nur dachte.

※ ※ ※

»Wir gehen in den Zoo?«

»Komm schon«, sagte Magnus und deutete auf das Löwengehege. »Ich dachte, es würde dir hier gefallen. Das sind doch deine Leute.«

Sie schnaubte, aber ihre Lippen umspielte ein Lächeln. »Ich mache auch noch andere Dinge, als mich mit Katzen zu beschäftigen, weißt du?«

Er musterte sie skeptisch.

Sie warf den Kopf in den Nacken, wobei ihre kurzen Zöpfe gegen ihre Schultern stießen. »Okay, ich mache kaum etwas anderes, aber gelegentlich trifft man mich auch bei gesellschaftlichen Ereignissen, die nichts mit Katzen zu tun haben.«

Er lachte bei ihrem amüsierten Tonfall und ihrer gespielt entrüsteten Miene.

Es war ein Wochentag, daher war es nicht besonders voll im Zoo. Der Himmel war bedeckt, und es war recht frisch. Aus diesem Grund kam es ihnen beinahe so vor, als wären sie ganz allein in dem riesigen Park. Was alles in allem wirklich sehr schön war. Das bedeutete, dass sie so langsam gehen konnten, wie sie wollten, ohne dass es so aussah, als würde Magnus seinen normalerweise schnelleren Gang an Edies Humpeln anpassen. Nicht dass er das auch nur in Betracht gezogen hätte, denn dann wäre sie stinksauer geworden. Aber er stellte fest, dass er sich gern Zeit nahm, um mit ihr zusammen die Umgebung zu bewundern.

Und vor allem hatte er so Zeit, sie in Ruhe anzuschauen.

Sie war erneut lässig gekleidet und trug eine Jeans und einen dunklen Pullover, auf dem sich einige Katzenhaare abzeichneten, die sie immer wieder abzuzupfen versuchte. Auf dem Kopf trug sie eine dunkle Strickmütze, und sie hatte erneut diesen knallroten Lippenstift aufgelegt, der ihn schon beim letzten Mal so fasziniert hatte. Magnus gab gern Geld für teure Kleidung aus, damit man ihm ansehen konnte, dass er sehr reich war. Das war durchaus eitel von ihm, aber so war er eben. Da sich Edies Gesichtsausdruck beim Anblick seiner Kleidung nicht verändert hatte, ging er davon aus, dass sie nicht wusste, wie teuer diese gewesen war. Irgendwie war das auch schon wieder lustig. Er vermutete, dass allein seine Socken mehr gekostet hatten als ihr komplettes Outfit.

»Ich habe mich eben für den Zoo entschieden«, sagte er. »Verklag mich doch.«

Sie drohte ihm mit einem Finger, lächelte aber weiterhin. In einer Hand hielt sie die kleine Tüte Popcorn, die er bei einem der Stände gekauft hatte, schob sich ein Stück in den Mund und bot ihm dann die Tüte an.

Er nahm sich eine Hand voll Popcorn heraus, kaute und zuckte dann mit den Achseln. »Ich hatte die Auswahl zwischen dem Zoo und einer Videospielemesse, daher habe ich mich hierfür entschieden. Ich denke, es war die bessere Wahl.«

Edie grinste und warf den Vögeln, die auf dem Weg herumhüpften, ein paar Popcornkörner zu. »Ich wäre auch mit dir zu einer Spielemesse gegangen, wenn du mich nett gefragt hättest.«

»Dann muss ich einfach nur nett fragen, um etwas zu bekommen?«

»Um alles zu bekommen«, erwiderte sie mit glänzenden Augen.

»Und ich dürfte dich erneut küssen, wenn ich dich nett frage?«

»Vielleicht...« Als er sich vorbeugte, schüttelte sie den Kopf und grinste ihn keck an. »Vielleicht auch nicht.« Mit diesen Worten ging sie weiter und warf ihm über die Schulter einen koketten Blick zu. »Nicht bei der ersten Verabredung.«

Magnus lachte leise und lief ihr hinterher. »Aber ich habe dich doch schon einmal geküsst.«

»Den Kuss hast du geklaut. Der zählt nicht.«

Sein Grinsen wurde noch breiter.

Er stellte fest, dass es eine gute Entscheidung gewesen war, in den Zoo zu gehen. Bei einer Spielemesse kam es immer wieder zu seltsamen Begegnungen. Die eine Hälfte der Frauen dort kleidete sich normal, die andere Hälfte trug Kostüme, von denen einige aus sehr wenig Stoff bestanden. Dann gab es da immer die Fanboys, die jede Frau anglotzten, und er musste sich mit den ganzen Anhängern von *Warrior Shop* herumschlagen. Aber im Zoo konnten sie einfach nur sie selbst sein.

Dabei stellte er fest, dass es großen Spaß machte, Zeit mit Edie zu verbringen, was ihn einerseits überraschte ... andererseits aber auch wieder nicht. Sie hatte einen unglaublichen Sinn für Humor, konnte ebenso austeilen wie einstecken und wusste eine Menge über jede Katzenart, die sie sahen. Er beobachtete, wie sie dahinschmolz, als sie am Leopardenkäfig vorbeikamen und ein Leopardenjunges gerade von seiner Mutter geputzt wurde. Wenn es um Tiere ging, hatte sie wirklich ein weiches Herz.

»Es überrascht mich, dass du nicht über die Zäune kletterst und versuchst, all diese Tiere zu befreien«, neckt er sie.

Sie lachte. »Nein, denn im Gegenteil zu dem, was du zu denken scheinst, kümmern sich die meisten Zoos sehr gut um ihre Tiere. Es gibt natürlich immer ein paar negative Ausnahmen, aber größtenteils liegen die Tiere den Angestellten des Zoos sehr am Herzen.«

»Wie bist du denn nun dazu gekommen, Katzenflüsterin zu werden?«, wollte er wissen, als sie auf das Reptilienhaus zugingen.

»Katzentherapeutin«, korrigierte sie ihn, schüttete den Vögeln die letzten Popcornreste auf den Boden und warf die Tüte dann in den Müll. »Und es schien mir eine gute zweite Wahl zu sein.«

»Wieso eine zweite Wahl?«

Ein Schatten schien sich über ihr Gesicht zu legen, und ihr Lächeln verblasste. Dann sah sie ihn an, schüttelte den Kopf und ging wortlos weiter.

Er hielt ihr die Tür des Reptilienhauses auf und überlegte, ob er sie weiter drängen und nachfragen sollte, was sie damit gemeint hatte. Aber sie kannten einander noch nicht so gut, und eigentlich war es so geplant, dass sie sich bei diesem Date in ihn verliebte. Wenn sie zu früh zurückkamen, musste Levi seine Verabredung mit Bianca abbrechen, und er würde sich wieder einiges anhören müssen.

Nein, diese Verabredung war eine einmalige Sache, soweit es ihn betraf. Er würde mit Edie durch den Zoo schlendern, sich amüsieren, und danach wäre Levi bereit, wieder an die Arbeit zu gehen, und sie konnten *The World* weiter voranbringen. Sie lagen in dem Zeitplan, den Magnus für seinen Bruder erstellt hatte, ohnehin schon weit zurück. Daher konnte es sich keiner von ihnen erlauben, durch Frauenprobleme noch mehr abgelenkt zu werden.

Nicht einmal dann, wenn die Frau volle rote Lippen hatte, ihn anlächelte und ihm mit ihrer spitzen Zunge Kontra gab.

Dennoch erwischte er sich dabei, wie er ihren Hintern anstarrte, als er ihr ins Reptilienhaus folgte. Die Bewegung sah aufgrund ihres Humpelns irgendwie ungelenk aus, aber er fand sie dennoch erregend, da ihre Hüften wackelten, wenn sie das Gewicht auf einer Seite balancierte. Im Inneren des Reptilienhauses war es dunkel, und außer seinen Bewohnern waren sie die einzigen Besucher. Aufgrund dieser Abgeschiedenheit wurden seine Gedanken gleich wieder lüstern, während er ihren Hüftschwung bewunderte.

»Und was ist mit dir?«, wollte sie wissen, als er neben sie trat.

Er schaute irritiert auf sie herab. »Was meinst du?«

Sie stieß ihn mit einem Ellbogen an. »Wieso hast du beschlossen, Spieleprogrammierer oder -hersteller oder was immer du bist zu werden?«

»Tatsächlich habe ich sogar sehr viele Funktionen. Ich bin Designer, Programmierer, Entwickler.« Er zuckte mit den Achseln. »Es gefällt mir, dass ich alles selbst in der Hand habe, denn so weiß ich, dass alles genau so gemacht wird, wie ich es mir vorstelle. Und wie ich entschieden habe, das zu werden ... Es ist einfach passiert. Levi und ich haben schon als Kinder Computerspiele geliebt, und wir haben ständig versucht, sie zu hacken, um sie zu verbessern. Danach habe ich einen Informatikabschluss gemacht und angefangen, insgeheim eigene Spiele zu entwickeln. Es lief zwar ganz gut, aber Levi ist der kreative Kopf von uns beiden.«

»Jetzt stell dein Licht nicht unter den Scheffel. Ich weiß genau, dass du ebenfalls kreativ bist.«

»Nicht so wie Levi. Er kann Ideen aus dem Nichts entwickeln und daraus etwas Großes machen.«

»Verstehe. War er derjenige, der die Idee für *Warrior Shop* hatte?«

»Eigentlich war ich das«, antwortete Magnus und runzelte nachdenklich die Stirn. »Aber Levi hat mir bei der Entwicklung vieler Teile geholfen. Er ist ein wichtiger Bestandteil von allem, was ich tue, vor allem von *The World*.«

»Das ist dieses neue Spiel, das ihr entwickelt, nicht wahr? Hast du dir das Konzept ausgedacht oder war er das?«

»Das war ich.«

»Aha. Ich habe irgendwie den Eindruck, dass du viel unabhängiger von Levi bist, als du selbst zu glauben scheinst«, meinte Edie.

Sie begriff es nicht, oder sie verstand ihn absichtlich falsch. »Tja, nehmen wir doch mal Bianca als Beispiel. Bist du von ihr abhängig?«

»Ja«, erwiderte sie mit ausdrucksloser Stimme und klang nicht gerade erfreut.

Es überraschte ihn, dass sie das sagte, wo sie doch so großen Wert auf ihre Unabhängigkeit legte. »Was? Wirklich?«

»Ich kann keine längeren Strecken fahren, da ich dann immer Krämpfe in den Beinen bekomme. Bianca fährt mich überall hin, und sie ist außerdem meine Assistentin.«

»Aber sie ist auch wichtig für deine Arbeit, nicht wahr? Ebenso wie Levi für das, was ich tue, wichtig ist.«

Edie zuckte mit den Achseln. Dieses Thema schien ihr nicht zu behagen. *Blöde Idee, Magnus*, sagte er sich. Er wollte nicht, dass sie sich in die Ecke gedrängt fühlte, oder dass sie jedes ihrer Worte auf die Goldwaage legte. Daher war es wohl besser, sie erst einmal abzulenken.

»So«, meinte Magnus und trat näher an sie heran, sodass Edie zwischen einer Wand und einer Reihe gläserner Absperrungen, hinter denen sich die Reptilien befanden, eingesperrt war. »Was ist, wenn ich jetzt noch einmal nett frage? Bekomme ich dann einen Kuss?«

Sie runzelte die Stirn. »Verstehe ich das richtig, dass dich der Anblick dieser Schlangen und Eidechsen erregt?«

»Nein«, erwiderte er, musste jedoch grinsen. »Dass ich mit dir im Dunkeln allein bin, erregt mich. Außerdem bin ich ein Mann. Es braucht nicht viel, um uns anzumachen.« Er beugte sich zu ihr herüber und drückte die Nase schon fast in ihr Haar. Der Duft ihres Shampoos stieg ihm in die Nase, der süß und sauber roch. »Dann ist das ein Nein?«

Edie blickte nachdenklich zu ihm auf.

»Was ist?«

»Ich überlege.«

Er zog eine Augenbraue hoch, legte ihr einen Daumen unter das Kinn und drehte ihren Kopf so, dass er ihr in die Augen sehen konnte. »Überanstreng dich nicht.«

Sie schob seine Hand weg, aber seine Worte hatten es geschafft, ihr erneut ein Lächeln auf die Lippen zu zaubern. »Ich habe mich nur gefragt ... Warum ich?«

»Wie meinst du das?«

Sie wandte den Blick ab. »Warum interessierst du dich für mich? Da draußen gibt es für einen Mann wie dich doch unendlich viele Frauen, und ich wette, die meisten sind weitaus freundlicher zu dir als ich. Aber du ... Du holst dir eine Katze, um mit mir ausgehen zu können, habe ich recht?«

Edie war wirklich scharfsinnig, das musste er ihr lassen. »Natürlich nicht«, entgegnete er betont locker. »Ich liebe

Lady Cujo. Sie ist genau das, was mir in meinem Leben gefehlt hat.«

»Schon klar«, erwiderte sie noch immer lächelnd. »Dann lautet meine Frage wohl eher: Warum ich? Bei unserer ersten Begegnung haben wir uns ja nicht gerade gut verstanden.«

Weil mein Bruder ein Idiot ist und sich in deine Schwester verliebt hat. Weil er nicht nachgibt und erst wieder an die Arbeit gehen will, wenn er sie ins Bett gekriegt hat, und aus genau diesem Grund musste ich mir plötzlich eine Katze anschaffen und mit dir ausgehen. Doch all das konnte er ihr nicht sagen, denn die schöne Bianca schien Levi fest im Griff zu haben, und sobald Edie herausfand, was wirklich los war, würde sie ihrer Schwester alles verraten. Und dann bekäme Levi nicht, was er wollte, und konnte nicht kreativ werden, und Magnus wäre derjenige, der darunter leiden müsste.

Es war eigentlich alles verdammt anstrengend. Und was immer er auch tat, Magnus hatte stets das Gefühl, dass er letzten Endes den Kürzeren zog.

Aber er konnte auch charmant sein, wenn er es wollte. Schließlich war es ihm gelungen, zwei Milliarden Dollar von einer Computerfirma für ein einziges Computerspiel zu bekommen. Da würde es ihm doch wohl gelingen, einer Katzenlady den Kopf zu verdrehen.

So strich er mit einem Finger über Edies Unterkiefer. »Warum nicht du?«

»Im Ernst?« Wieder schob sie seine Hand weg. »Wie wäre es, wenn du mir eine ehrliche Antwort gibst und nicht versuchst, mich zu verschaukeln?«

Okay, so funktionierte das nicht. Er brauchte eine neue Taktik. »Gut, jetzt mal ganz im Ernst. Du möchtest wissen, warum ich dich mag? Weil du eine messerscharfe Zunge hast. Weil du mir nichts durchgehen lässt. Weil du einen sehr heißen Körper hast, und weil dein Mund allein unglaublich erotisch ist. Weil du clever bist und mich diese ganze Katzensache wider Erwarten sehr interessiert. Und dein Mund ist wirklich verdammt sexy. Reicht dir das?«

Sie verzog die Lippen zu einem kaum merklichen Lächeln. »Das war schon besser«, murmelte sie.

»Und das«, fügte er hinzu. »Diese kehlige Stimmlage, die du manchmal hast. Die steht eindeutig auch mit auf der Liste.«

Sie kicherte und sah ihm nachdenklich in die Augen. »Es ist eine Weile her, dass ich zuletzt mit Männern ausgegangen bin, daher bin ich noch nicht bereit fürs Küssen. Vor allem nicht unter diesen Umständen.«

Er musste zugeben, dass ihn ihre Worte ein wenig enttäuschten. Schließlich war er ein Mann und dachte bereits darüber nach, wann er endlich mit ihr schlafen konnte. »Unter diesen Umständen? Weil das unsere erste Verabredung ist?«

»Ich meinte damit eigentlich eher das Reptilienhaus.«

»Wir könnten ja wieder rausgehen.«

Sie schüttelte den Kopf, lächelte ihn an und huschte unter seinem Arm hindurch. »Es ist trotzdem noch eine erste Verabredung.«

»Kein Problem, ich kann auch bis zur zweiten warten«, erklärte er leichtherzig.

»Dann kannst du mir in der Zwischenzeit ja alles über deine Katze erzählen.«

»Ich wünschte, du würdest damit etwas Zweideutiges meinen«, grummelte Magnus.

Edie lachte nur.

6

»Und, hast du ihn geküsst?«, wollte Bianca wissen, als sie wieder im Wagen saßen. Ihre Schwester überprüfte ihr Aussehen im Rückspiegel und musterte Edie dann mit kritischem Blick. Das, was sie sah, schien ihr zu gefallen. »Du siehst nicht so aus, als wärst du geküsst worden. Hast du meinen Ratschlag befolgt?«

»Allerdings«, bestätigte Edie. »Kein Kuss.« Sie schnallte sich an und streckte ihr Bein aus, soweit es im engen Fußraum möglich war. Ihr Knie tat nach dem Spaziergang durch den Zoo weh, aber sie hatten sich Zeit gelassen, daher war es bei Weitem nicht so schlimm wie befürchtet. Außerdem hätte sie sich ohnehin nicht darüber beschweren können, da sie den ganzen Zoobesuch sehr genossen hatte. Sie würde einfach einen Eisbeutel drauflegen, sobald sie zu Hause war.

»Gut. Küssen ist bei der ersten Verabredung tabu«, sagte Bianca, die aus der Seitenstraße fuhr und sich in den Verkehr einfädelte. »Das ist die oberste Regel, um das Interesse eines Mannes nicht zu verlieren. Man muss ihm weismachen, dass man schwer zu kriegen ist.«

Edie wrang die Hände in ihrem Schoß und dachte an Magnus. An seine frechen grün-goldenen Augen, die immerzu mit ihr zu flirten schienen, und das breite Lächeln, bei dem ihr immer ganz warm wurde, sobald er sie anschaute. An die Art, wie er sich im Reptilienhaus vor ihr aufgebaut und versucht hatte, ihr einen Kuss abzuringen. »Aber ich hätte ihn wirklich sehr gern geküsst.«

»Nein«, beharrte Bianca. »Damit musst du noch wenigstens eine oder zwei Wochen warten. Du kennst die Regel. Männer kaufen die Kuh nicht, wenn sie die Milch umsonst bekommen können.«

»Aber was ist, wenn die Kuh wahnsinnig gern gemolken werden würde?«

Bianca warf ihr einen eisigen Blick zu. »Nein, Edie. Es sei denn, du willst, dass er dich fallen lässt, sobald ein neuer Milchshake vor ihm auftaucht.«

»Okay, so langsam übertreiben wir es aber mit den Metaphern.«

»Vertrau mir einfach, okay?«

»Okay«, grummelte Edie. »Aber jetzt habe ich Hunger.«

Bianca wandte den Blick nicht von der Straße ab, um sie anzusehen, und Edie schwieg und sah zu, wie sie durch die Straßen von New York fuhren. Dabei gab sie innerlich zu, dass Bianca vermutlich recht hatte. Ihre Schwester wusste weitaus mehr über Männer als Edie. Edies letzte Beziehung war sechs Jahre her, und sie hatte ein äußerst unschönes Ende gefunden, daher hatte sie offensichtlich nicht die geringste Ahnung, wie man einen Mann an sich binden konnte. Vielleicht kam sie wirklich zu schnell zur Sache. Möglicherweise war das der ganze Trick, dass man es langsamer angehen lassen musste. Oder es wäre sogar besser gewesen, wenn Magnus und sie bloß Freunde geblieben wären, anstatt ihre Beziehung auf eine andere Ebene zu befördern.

Aber dann dachte sie an sein Lächeln und daran, wie er ganz dicht vor ihr gestanden hatte. Mit einem Mal wurde ihr ganz warm. Nein, sie war auf jeden Fall gespannt darauf, wie es mit ihnen weitergehen würde. Selbst wenn sie es noch immer nicht begriff, warum er sich zu ihr hingezogen fühlte, stand eines einhundertprozentig fest: Sie mochte ihn sehr.

»Und, will er wieder mit dir ausgehen?«, erkundigte sich Bianca, setzte den Blinker und warf Edie einen Seitenblick zu.

»Ja. Dieses Wochenende. Aber ich habe gesagt, dass ich schon etwas anderes vorhabe.«

Bianca riss die Augen auf. »Du hast was? Warum?«

»Weil ich beim Erntefest im Tierheim an diesem Wochenende Standdienst habe und das nicht absagen kann.«

»Edie, die Verabredung mit einem Milliardär ist weitaus wichtiger als die Rettung von ein paar Katzen, die niemand haben will!«

Edie biss die Zähne aufeinander. »Nein, das sehe ich anders. Er wird eben warten müssen.«

»Milliardäre warten aber nicht.«

»Dann sind wir beide wohl doch nicht füreinander bestimmt.« Sie behielt einen beiläufigen Tonfall bei, aber noch während sie diese Worte aussprach, musste sie an seine grüngoldenen Augen, diese strahlende, ungewöhnliche Farbe, denken und daran, wie er um die Augen immer kleine Fältchen bekam, wenn er richtig breit grinste. Er konnte wirklich jede haben. In dem Augenblick, in dem er eine Frau anlächelte, hätte diese bereits ihr Höschen in der Hand. Und dabei spielte sein Reichtum noch nicht einmal eine Rolle. Warum er sich all diese Mühe machte, um sie kennenzulernen, war ihr ein Rätsel. Ihr Knie schmerzte immer stärker, und das dumpfe, stetige Pochen darin wollte gar nicht mehr weggehen. »Ich bezweifle sowieso, dass er wirklich an mir interessiert ist.«

Bianca stieß ein kehliges Geräusch aus, sagte aber nichts weiter dazu.

* * *

Als Edie ihre Katzen mit Medikamenten versorgt und sich mit einem Buch ins Bett gelegt hatte, ging Bianca nach oben in ihr Badezimmer, schloss leise die Tür und holte ihr Handy aus der Tasche. Heute war einer dieser Tage, an denen sie es nicht ausstehen konnte, mit ihrer Schwester zusammenzuwohnen, da sie leise sein und hinter ihrem Rücken agieren musste. Sie drehte den Wasserhahn auf, um die Geräusche zu übertönen, und rief Levi an.

Er ging nach dem ersten Klingeln ran, als hätte er nur auf ihren Anruf gewartet. »Bianca«, hauchte er ins Telefon. »Du hast mir gefehlt.«

Damit hatte sie natürlich gerechnet. Sie begutachtete ihre Fingernägel, die sie rosa lackiert hatte, und stellte fest, dass der Lack an einer Stelle abgeplatzt war. Verdammt. »Du hast mir auch gefehlt«, säuselte sie automatisch, da sie wusste, dass er das hören wollte. Danach senkte sie die Stimme und sprach mit süßlicherem Tonfall weiter. »Wir können uns an diesem Wochenende leider nicht sehen, Levi. Das tut mir so unglaublich leid.« Sie schniefte leise, um ihre Worte zu unterstreichen.

»Nein! Was ist denn los? Ich ... Höre ich da im Hintergrund die Dusche?«

»Ich lasse das Wasser laufen, damit uns Edie nicht hören kann. Sie wird sich nur aufregen, wenn sie denkt, dass ich hinter ihrem Rücken etwas aushecke. Du weißt doch, wie sehr sie sich auf mich verlässt.« Da waren ja noch mehr Stellen, an denen der Lack abgeplatzt war. So ein Mist! Das hatte sie davon, dass sie so einen billigen Nagellack gekauft hatte. »Es tut mir so leid, Levi.« Sie schniefte noch einmal laut genug, damit er es hören konnte.

»Was ist denn aus ihrer Verabredung geworden?« Levi klang sehr aufgeregt. »Magnus weiß doch, dass er ihr den

Kopf verdrehen soll! Ich werde gleich mal mit ihm reden...«

»Nein«, fiel ihm Bianca schnell ins Wort. »Vielleicht mag Edie deinen Bruder einfach nicht. Möglicherweise war er gemein zu ihr.«

»Gemein? Magnus hat auf dem College mit der Hälfte der Cheerleadertruppe geschlafen. Er kann jeder Frau den Kopf verdrehen, wenn er das nur will. Für mich klingt das eher so, als würde er sich nicht richtig anstrengen.«

»Na, wenn du meinst«, sagte Bianca langsam. Wenn Levi Magnus die Schuld gab, machte ihr das die Sache leichter, vor allem, falls das Problem tatsächlich bei Edie lag. »Jedenfalls können wir uns an diesem Wochenende nicht treffen. Edie arbeitet als Freiwillige bei einem Festival hier und kann nicht mit Magnus ausgehen. Daher kann ich auch nicht nach New York fahren, um dich zu sehen.« Sie sprach mit ihrer Kleinmädchenstimme weiter, weil sie genau wusste, dass Levi darauf stand. »Und du fehlst mir so sehr.«

»Du fehlst mir noch viel mehr«, erwiderte Levi aufgebracht. »Wenn ihr nicht zu uns kommen könnt, dann lässt es sich ja eventuell einrichten, dass wir zu euch kommen.«

»Oh, meinst du, das wäre möglich?« Sie ließ einen Funken Hoffnung in ihrer Kleinmädchenstimme mitschwingen und knibbelte an einem Riss im Nagellack herum. Wenn sie zu ihr und Edie kamen, musste sie wenigstens nicht diese alberne lange Autofahrt durchstehen, und das war ihr nur recht. Aber sie sagte dennoch: »Das kann ich doch nicht von dir verlangen, Levi...«

»Mach dir deswegen mal keine Sorgen, süße Bianca. Überlass das mir.«

»O...Okay.« Sie ließ ihre Stimme ein wenig zittrig klingen und schnippte ein loses Nagellackstück weg.

»Wir werden bald wieder zusammen sein.«

»Gut«, säuselte sie. »Aber jetzt muss ich aufhören. Aber ich werde die ganze Zeit an dich denken, mein süßer Levi.«

»Ich denke auch immerzu an dich, Bianca.«

»Tschüss«, verabschiedete sie sich und legte auf, bevor sich die Verabschiedung noch lange hinziehen konnte. Dann holte sie leise summend ein Fläschchen Nagellack aus dem Schrank und machte sich daran, ihre Nägel auszubessern.

Wenn sich doch nur jeder so leicht manipulieren ließe wie Levi.

✶ ✶ ✶

Edie kraulte die blinde Perserkatze, die in ihren Armen lag. »Das ist eine ganz süße Katze«, versicherte sie der Dame, die neben ihr stand. »Sie könnte niemandem etwas zuleide tun. Alles, was sie möchte, ist geliebt zu werden und in einer sicheren Umgebung zu leben.« Sie streichelte das weiche weiße Fell. »Möchten Sie sie vielleicht mal streicheln?«

»Oh nein, lieber nicht«, erwiderte die Frau und machte einen Schritt nach hinten. »Ich habe zwei Kinder und bin mir sicher, dass eine blinde Katze nichts für uns ist. Haben Sie denn keine kleinen Kätzchen?«

»Im Tierheim gibt es immer Jungkatzen«, erwiderte Edie fröhlich und versuchte, der Frau ihre Frage nicht übel zu nehmen. Im Grunde genommen verstand sie sie sogar. Doch, wirklich. Kätzchen fanden immer schnell ein Zuhause. Es waren die älteren Katzen und die mit Problemen, die, die nicht mehr so süß und anhänglich waren, die nie einen neuen Besitzer bekamen. Sie drückte der blinden Katze einen Kuss auf den Kopf und streichelte sie weiter, während die Frau zu dem Käfig ging, in dem die kleinen Katzen herumstromerten.

Die Katze hatte sich in ihren Armen entspannt und reagierte auf Edies Zuwendungen, sodass sie gar nicht mehr an das verschreckte, zitternde Tier erinnerte, das sie noch an diesem Morgen gewesen war.

Auch wenn sie keine weitere Katze mehr bei sich aufnehmen konnte, würde sie nicht zulassen, dass diese zurück ins Tierheim musste. Sie drückte ihr noch einen Kuss auf den flauschigen Kopf.

Das Erntefest war gut besucht, und viele Eltern hatten Styroporbecher mit Apfelpunsch in der Hand, während die Kinder kandierte Äpfel aßen und rote Wagen, auf denen sich Kürbisse und andere Feldfrüchte türmten, durch die Gegend zogen. Ballons schwebten in der Luft, die an den Handgelenken kostümierter Kinder festgebunden waren. Es war ein schönes Fest, aber Edie war sich nicht sicher, ob dies der passende Ort für einen Stand des Tierheims war. Sie hatten schon einige Spenden eingenommen, aber niemand schien daran interessiert zu sein, eine Katze mit nach Hause zu nehmen.

»Das ist ein ziemlicher Reinfall«, meinte Edie zu Peggy, die neben ihr am Stand saß.

»Ich habe dir doch gleich gesagt, dass es besser wäre, die Katzen zu verkleiden«, erwiderte Peggy hochnäsig.

Edie bleckte die Zähne und fauchte Peggy an. Man verkleidete Katzen nicht. Erst recht dann nicht, wenn sie ohnehin schon völlig verängstigt waren. Sie ignorierte die Dämlichkeit der anderen Frau und streichelte weiter die Perserkatze.

Bianca stand anmutig von ihrem Klappstuhl auf und steckte ihr Handy weg. »Hier ist ja nicht viel los, da kann ich ja mal eine Runde drehen und ein bisschen was einkaufen.«

»Okay«, erwiderte Edie.

»Ich bin gegen ...«, Bianca sah kurz auf das Display ihres Handys, »fünf wieder zurück.«

»Geh nur.« Edies Laune wurde mit jedem Augenblick schlechter.

Während sie die Katze in ihren Armen hielt, gingen unzählige Menschen an ihrem Stand vorbei. Nicht ein einziger blieb stehen. Okay. Dann eben nicht. Sie würde heute dafür sorgen, dass sich diese Katzen geliebt fühlten, und danach musste sie sich eben etwas ausdenken. Während sie darüber nachdachte, wie sie wohl noch mehr einsame Katzen in ihrem winzigen Haus unterbringen konnte, fiel ein Schatten über den Tisch. Edie blickte auf ... und stöhnte. »Das ist jetzt nicht dein Ernst, oder?«

Magnus griff sich den Stuhl, auf dem Bianca eben noch gesessen hatte, drehte ihn herum und setzte sich neben sie. »Ich freue mich auch, dich zu sehen.«

»Ist das ein Überfall?« Die Katze in ihren Armen verspannte sich, da sie auf Edies Körpersprache reagierte, und sie zwang sich, lockerer zu werden und das Tier weiter zu streicheln.

»Natürlich nicht.« Er grinste sie an, und ihr albernes Herz machte einen kleinen Satz. »Du hast gesagt, du wärst beschäftigt, aber da ich gerade Zeit habe, bin ich eben zu dir gekommen.«

Sie seufzte schwer. »Du kommst mit einer Abfuhr nicht besonders gut klar, was?«

»Nein.«

»Dabei ist das ganz einfach. Lass dir das Wort ein paar Mal auf der Zunge zergehen und gewöhn dich daran. Abfuhrrrrr.« Sie machte übertriebene Mundbewegungen, bis sie bemerkte, dass er ihre Lippen sehr interessiert betrachtete. Okay, das war nicht die erhoffte Reaktion, aber jetzt, wo ihr das aufgefallen war, konnte sie an nichts anderes mehr denken. Sie erinnerte sich genau daran, wie sich sein Mund auf ihrem angefühlt hatte – fest und entschlossen –, und sie wollte ihn so gern noch einmal küssen.

Doch da war auch noch die dumme Bianca mit ihren blöden Regeln hinsichtlich des Küssens.

»Und, was ist das hier?«, wollte er wissen. »Ich dachte ja erst, du wolltest die Unnahbare spielen, aber die Katze auf deinem Schoß lässt etwas anderes vermuten.«

Sie zuckte zusammen, wodurch sie den Kater erschreckte. Es war, als würde Magnus wissen, was Bianca ihr geraten hatte. Edie kniff die Augen zusammen. »Ich hatte dir doch erzählt, dass ich hier Standdienst habe.«

»Was super ist. So kann ich dir Gesellschaft leisten.« Er sah sich in der Menschenmenge um. Die einzigen Besucher, die sich überhaupt in ihrer Nähe aufhielten, waren Kinder, die die Finger in den Käfig mit den kleinen Kätzchen steckten. Kein Mensch kam zu ihnen an das Ende mit den älteren Katzen, obwohl sie sogar ein Schild aufgestellt hatten, um darauf hinzuweisen, dass am heutigen Tag keine Vermittlungsgebühren erhoben wurden. Magnus beugte sich zu ihr herüber. »Ich weiß nicht, ob dir das schon aufgefallen ist, aber deine finstere Miene schreckt die Leute ab.«

Edie sah ihn erschrocken an. »Was? Das liegt nicht an mir. Keiner will eine der älteren Katzen, die nicht ganz perfekt sind.«

»Nicht?« Er musterte die weiße Perserkatze in ihren Armen. »Die hier sieht doch richtig gut aus.«

»Sie ist elf Jahre alt und blind.«

»Oh.« Er grinste sie breit an. »Tja, das erklärt, warum er sich von deiner grimmigen Miene nicht einschüchtern lässt.«

Sie bleckte die Zähne.

»Oder davon.«

»Niemand will eine alte blinde Katze bei sich aufnehmen«, erklärte Edie und ging nicht auf seine frechen Worte ein. Sie deutete auf die anderen beiden Käfige. »Die hier hat Diabetes, und die andere hat nur drei Beine.«

»Und was passiert, wenn sie keinen neuen Besitzer finden?«

»Dann kommen sie zurück ins Tierheim und müssen weiter warten.« Sie streichelte die niedliche Katze auf ihrem Schoß. »Aber diese Katze kommt mit mir nach Hause. Sie hat viel zu große Angst und muss nicht wieder ins Tierheim.«

»Hast du nicht schon ziemlich viele Katzen?«

»Ein paar«, erwiderte sie abwehrend. »Aber für eine weitere ist immer Platz.« Eigentlich stimmte das nicht, aber irgendwie würde sie das schon hinbekommen.

»Du hast ein sehr weiches Herz, nicht wahr?«

Sie ignorierte seine sanfte, neckende Bemerkung und konzentrierte sich auf die Katze auf ihrem Schoß. »Diese Katze wurde elf Jahre lang von jemandem geliebt und umsorgt. Doch dann wird sie aufgrund eines kleinen Defekts einfach von den Menschen, die sie liebt, abgegeben, weil sie nicht mehr gut genug ist. Sie wird in eine furchtbare neue Welt geschickt, in der sie niemand liebt und die voller furchteinflößender Geräusche ist, und sie versteht nicht, was überhaupt los ist, weil sie nichts mehr sehen kann. Dahin werde ich sie auf gar keinen Fall zurückschicken.«

Er sah ihr ins Gesicht. »Irgendetwas sagt mir, dass es dabei nicht nur um die Katze geht, habe ich recht?«

Eine Psychoanalyse aus seinem Mund? Sie starrte ihn verärgert an.

Aber er ignorierte ihren Gesichtsausdruck und streckte die Arme aus. »Darf ich sie mal halten?«

»Weißt du überhaupt, wie das geht?«

»Es ist eine Katze, kein Stachelschwein. Ich werde mich schon nicht allzu dumm anstellen.«

»Sie wird dir nur weglaufen.« Sie musterte ihn unsicher. »Ich kann sie nicht wieder einfangen, wenn du sie fallen lässt.«

»Sie wird nicht abhauen. Und ich habe meine Fähigkeiten als Katzenflüsterer bei Lady Cujo geübt.« Er zwinkerte ihr zu. »Inzwischen schnurrt sie schon, sobald ich sie berühre.«

»Wir reden hier von einer Katze und keiner Nutte«, fauchte sie ihn an. »Bei dir klingt das so schmutzig.«

Er legte sich eine Hand an die Brust und schaute Edie mit gespielt schockierter Miene an. »Du bist doch nur eifersüchtig, dass ich so von ihr und nicht von dir rede.«

Edie verdrehte die Augen. »Ich bin nicht eifersüchtig auf eine Katze.«

»Dann zeig mir, wie ich diese hier richtig halten kann.«

Weil ihr kein Grund mehr einfallen wollte, aus dem sie ihm das verwehren konnte, und weil Peggy sie genau beobachtete, hob sie die Katze hoch, damit er sie ihr abnehmen konnte.

Magnus hielt die Katze sanft fest, drückte sie an seine Brust und kraulte sie dann. Dabei sah er Edie triumphierend an, als wollte er sagen: *Siehst du?* Sie schüttelte nur den Kopf und verkniff sich ein Lächeln. Dann deutete er mit dem Kinn auf sie. »Anscheinend hast du mir nur die halbe Katze gegeben.«

Sie blickte auf ihren schwarzen Pullover herab und stöhnte. Eine weiße Langhaarkatze und ein schwarzer Pulli bedeuteten, dass sie jetzt ein Berg Katzenhaare zierte. »An diesen Look habe ich mich schon gewöhnt«, erwiderte sie und zupfte einige der größten Haarbüschel ab. »Und du solltest dich auch lieber daran gewöhnen, wenn du Schnurrella noch länger streicheln möchtest.«

»Schnurrella?«

»So werde ich sie nennen.«

»Das ist ein furchtbarer Name.« Er beugte sich zu der Katze herunter. »Sie will dich mit diesem Namen ärgern, nicht wahr?«

Die Katze hob nur den Kopf, und er kraulte ihr gehorsam das Kinn, während sie es sich auf seinem Schoß gemütlich machte, als würde sie dorthin gehören.

Verräter. Edie verschränkte die Arme vor der Brust, einerseits aus Verärgerung, andererseits aber auch, um die Katzenhaare zu verbergen. »Wie würdest du sie denn nennen?«

Er überlegte kurz. »Weißt du, wer blind und trotzdem ein richtiger Superheld ist? Daredevil.«

»Aber das ist ein Weibchen.«

»Dann eben Lady Daredevil.«

»Wir reden hier über eine weiße, flauschige Katze«, musste sie einfach noch einmal betonen.

Er streichelte der Katze weiterhin den Kopf, und die kleine Verräterin schien es zu genießen. »Aus genau diesem Grund wird ihr auch niemand die Superheldenfähigkeiten zutrauen.« Dann kraulte er ihr das Kinn. »Sie wird wie ein Ninja sein.«

Bei der Vorstellung, eine blinde, flauschige Perserkatze könnte ein Superheld sein oder sich wie ein Ninja bewegen, zuckten ihre Lippen. »Wie ein Ninja, was?«

Magnus sah sie an, und auf seinem Gesicht zeichnete sich seine Belustigung ab. »Etwa nicht? Sie kann sein, was immer sie sein möchte. Versuch ja nicht, ihr etwas anderes einzureden.« Er tat so, als würde er der Katze die Ohren zuhalten.

Edie konnte nicht anders – sie lachte laut. »So langsam begreife ich, woher deine ganze Kreativität kommt.«

»Ich habe dir doch gesagt, dass nicht ich der kreative Kopf bin. Das ist Levi.«

»Und ich habe dir gesagt, dass ich das nicht glaube.« Sie

deutete auf ihn, wie er mit der Katze auf dem Schoß dasaß. »Jeder Mann, der aus dieser Katze einen Ninja machen kann, ist weitaus kreativer als die meisten anderen Menschen.«

»Lady Daredevil braucht einfach jemanden, der an sie glaubt«, erklärte er und streichelte sie weiter. »Und, wirst du sie wirklich mit nach Hause nehmen?«

»Ich lasse auf gar keinen Fall zu, dass sie zurück ins Tierheim muss.«

Er nickte und reichte ihr die Katze vorsichtig wieder zurück. »Kannst du dich hier mal für eine Weile loseisen? Ich dachte, wir holen uns einen frittierten Schokoriegel und plaudern ein bisschen.«

Sie zögerte und warf Peggy einen Blick zu. Als diese nickte und lächelte, setzte Edie die Perserkatze wieder in ihren Käfig. »Aber nicht zu lange. Ich werde hier am Stand gebraucht.«

»Aber natürlich«, erwiderte Magnus ernst. »Ich sehe ja, wie die Leute Schlange stehen, um diese armen Katzen zu retten.«

»Okay, okay«, sagte sie leicht gereizt. »Du musst ja nicht gleich gemein werden.« Sie schnappte sich ihre Handtasche, strich einmal über ihren Pullover, ohne dabei viele Katzenhaare zu entfernen, und trat dann aus dem Stand. »Und du willst echt frittierte Schokoriegel essen?«

»Ja, ich dachte, wenn man schon auf so einem Jahrmarkt etwas isst, dann kann es auch etwas richtig Perverses sein.« Magnus rieb sich die Hände wie ein kleiner Junge. »Allerdings habe ich gerade gesehen, dass es auch Waffeln gibt.«

»Oh ja«, stimmte sie ihm zu und nahm widerstrebend seinen Arm, den er ihr anbot. »Aber irgendwie kommt mir das hier verdächtig wie eine Verabredung vor.«

»Wäre das denn so schlimm?«

»Ich habe dir doch gesagt, dass ich das nicht möchte.«

»Nein, das hast du nicht«, widersprach er gelassen. Sie bemerkte, dass er langsamer ging, um sich an ihr Tempo anzupassen. »Du hast nur gesagt, dass du heute keine Zeit für mich hättest, aber nicht, dass du keine weitere Verabredung möchtest.«

»Dann hätte ich mich klarer ausdrücken müssen.«

»Oder du solltest einfach aufhören, dir selbst etwas vorzumachen«, fuhr er fort, als hätte sie überhaupt nichts gesagt. Stattdessen deutete er auf einen Verkaufsstand in der Nähe. »Möchtest du jetzt mit mir einen frittierten Schokoriegel essen?«

Verdammt, und ob sie das wollte. Immer, wenn sie Bianca so etwas vorschlug, rümpfte ihre Schwester nur die Nase und sagte etwas über viel zu viele Kalorien, daher hatte Edie es immer sein gelassen. »Ich schätze schon«, meinte sie und versuchte, nicht allzu begierig zu klingen.

Magnus grinste nur und sah sie wieder auf diese jungenhafte Art an, um sie dann zu dem Stand zu führen. Nachdem Magnus bezahlt hatte, reichte man ihnen kleine rot-weiß karierte Papierschiffe, und Edie musterte ihren Schokoriegel neugierig. Er sah aus wie ein Corn Dog und war ebenso in Backteig eingehüllt, allerdings mit Puderzucker bestreut. Und er roch natürlich auch ganz anders. »Das ist ja interessant.«

»Das ist köstlich«, korrigierte Magnus sie und biss in seinen Riegel hinein. Der Puderzucker wurde ihm dabei ins Gesicht geblasen, und plötzlich sah er gar nicht mehr begeistert, sondern erschrocken aus.

»Was ist denn?«, erkundigte sie sich neugierig.

Er bewegte eine Minute lang die Kiefer und murmelte dann: »Isch glaub, meine Schähne kleben schusammen.«

Edie kicherte und biss ein deutlich kleineres Stück ab. Der Riegel schmeckte sehr schokoladig und klebte, und sie hatte auch sofort das Gefühl, dass ihre Zähne darin festhingen. Aber, oh, schmeckte das lecker! Sie leckte sich die Finger, schluckte den Bissen herunter und schnitt dann eine Grimasse. »Holen wir uns was zu trinken?«

Magnus nickte, und sie gingen zum Stand daneben. Einige Augenblicke später hatten sie beide einen Becher Punsch in der Hand, und nachdem sie die Schokoriegel verspeist hatten, bestand Magnus darauf, kandierte Äpfel zu kaufen. Genau so verlief der Rest des Nachmittags, und sie besuchten einen Stand nach dem anderen, kosteten, was dort angeboten wurde, amüsierten sich und lachten viel.

※ ※ ※

Magnus' Handy vibrierte in seiner Hosentasche und informierte ihn über eine neue SMS. Er ignorierte es und konzentrierte sich lieber auf die strahlende Frau an seiner Seite, die gerade an einem Becher heißen Apfelpunsch nippte. Obwohl ihre Kleidung mit Katzenhaaren bedeckt war, sah sie zum Anbeißen aus, hatte aufgrund des kühlen Winds rote Wangen, und auch ihre Lippen, die ein Lächeln umspielte, waren leicht gerötet. Sie hatte jedes noch so widerliche Gericht, das sie an den Ständen entdeckt hatten, ebenso wie er gekostet, von Schottischen Eiern über Truthahnbeine und Maiskolben bis hin zu Waffeln, Süßigkeiten und jetzt dem heißen Punsch. Dabei zierte sie sich nicht, und auch, als sie zwischendurch ein paar Spiele gemacht hatten, war sie begeistert mitgegangen und hatte ihn aufgezogen, wenn er verloren hatte.

Auch wenn er anfänglich nur sehr widerwillig bei Levis dummen Spielchen mitgemacht hatte, änderte sich das in dem

Augenblick, als er Edie missmutig und mit einer Langhaarkatze im Arm am Stand entdeckt hatte. Die Anziehungskraft, die sie auf ihn ausübte, war nicht zu leugnen gewesen.

Levis Anweisungen lauteten, dass Magnus Edie einige Stunden lang ablenken sollten. Danach würde Levi zumindest an den Hunnen weiterarbeiten, das hatte er ihm geschworen. Vielleicht würde er sich sogar noch an die Skripte für die Hyksos-Invasoren machen. *Vielleicht*. Magnus wusste, dass sein liebeskranker Bruder ihn verschaukelte, aber was hatte er denn schon für eine andere Wahl? Levi war der kreative Kopf. Magnus brauchte ihn. Aus genau diesem Grund musste er eben nach Levis Pfeife tanzen, auch wenn es ihn noch so sehr nervte.

»Ich muss mal auf die Toilette«, sagte Edie. »Könntest du kurz mein Getränk halten, bitte?«

Magnus nickte geistesabwesend, nahm ihr das Glas ab und sah ihr nach, als sie mit der Menge verschmolz. Nun gut, eigentlich verschmolz sie nicht mit der Menge, sondern fiel aufgrund ihrer Gangart weiterhin auf. Er sah ihr nach, bis sie verschwunden war, hielt dann beide Getränke mit einer Hand fest, zog mit der anderen das Handy aus der Tasche und sah auf das Display.

Ich brauche noch mehr Zeit mit Bianca. Kannst du sie hinhalten?

Ob er sie hinhalten konnte? Was zum Henker sollte er denn mit Edie anstellen? Sie entführen und Scharaden mit ihr spielen? Sie trotz ihrer Gegenwehr in ein Kino schleifen? Obwohl er immer wütender auf seinen Bruder wurde, missfiel ihm die Vorstellung nicht, noch mehr Zeit mit Edie zu verbringen. Ihre ständigen Widerworte brachten seinen Verstand auf Trab, und ihre Wortgefechte machten Spaß ... und waren auch ein bisschen erregend. Es gefiel ihm, dass sie nie nachgab.

Vielleicht fiel ihm ja etwas ein, wie er noch ein paar Stunden mit Edie verbringen konnte.

✼ ✼ ✼

Während sie herumschlenderten und alles kosteten, bewunderten sie auch die Stände der Händler aus der Region, die alles von Wollmützen bis hin zu handgefertigten Puppen verkauften. Das Erntefest war eher ein Kunsthandwerkermarkt, den die Kleinstadt jeden Herbst veranstaltete, daher gab es dort nicht viel Aufregenderes als etwas zu essen und handgefertigte Waren. Aber Edie hatte dennoch großen Spaß. Jedes Mal, wenn sie ein besonderes Interesse an irgendetwas entwickelte ... kaufte Magnus es ihr sofort. Als es langsam dämmerte, hatte sie eine lächerliche Mütze auf, trug Stulpen, hatte ein Glas selbst gemachte Marmelade, drei Badeseifen und eine Marionette in der Tasche und den Bauch voll mit ganz viel Junkfood.

Außerdem hatte sie sich prächtig amüsiert. Es war so entspannend, einfach nur albern zu sein und an nichts anderes denken zu müssen als an das, was einen beim nächsten Stand erwartete. Es gefiel ihr sehr, dass Magnus vor nichts zurückscheute und bereit war, alles zu probieren, und sie forderte ihn nicht nur einmal heraus, etwas zu kosten, das an sich schon höchst giftig klang. Als sie zurück zum Tierheimstand kamen, war Edie bester Laune, aber auch erschöpft. Ihr Bein schmerzte stark, und sie war völlig k. o., hatte jedoch seit langer Zeit nicht mehr so viel Spaß gehabt.

Doch sie bekam augenblicklich Schuldgefühle, als sie sah, dass Peggy mit dem Wagen vorgefahren war und gerade die letzten Käfige verlud. Sie eilte rasch näher, ließ Magnus' Arm los (den sie den ganzen Nachmittag lang umklammert hatte) und half Peggy beim Rest des Abbaus. »Es tut mir so leid! Ich hätte hier sein und dir helfen müssen!«

»Nein, das ist schon in Ordnung so«, erwiderte Peggy und tätschelte Edies Schulter. Dann strahlte sie sie an. »Nachdem du weg warst, konnten bis auf eine Katze alle vermittelt werden!«

»Bitte ... Was?« Edie wollte ihren Ohren nicht trauen. »Wirklich?«

»Ja! Ist das nicht großartig?«

Magnus trat hinter Edie. »Das lag nur daran, weil du nicht jeden mit deinem finsteren Blick verschrecken konntest«, raunte er ihr spöttisch ins Ohr.

Sie stieß ihm mit dem Ellbogen in die Rippen und konzentrierte sich wieder auf Peggy. »Wer ist denn noch übrig geblieben?«

»Die Perserkatze«, antwortete Peggy lächelnd. Sie holte den Käfig wieder aus dem Wagen, damit Edie die traurige weiße Katze sehen konnte. »Die kommt dann wieder zurück ins Tierheim.«

Edie unterdrückte einen Schauder bei dem Anblick dieser armen, süßen Katze, die jetzt wieder in einem Käfig sitzen musste. »Eigentlich wollte ich sie bei mir aufnehmen...«

»Ich nehme sie«, fiel ihr Magnus ins Wort.

»Wirklich?« Peggy strahlte, als hätte man ihr ein Geschenk gemacht. »Wirklich?«

Edie sah ihn mit gerunzelter Stirn an. »Du hast doch bereits eine Katze, mit der du kaum allein fertig wirst. Ich weiß nicht, ob eine zweite Katze da die Lösung ist. Du...«

»Du könntest ja mitkommen und ihr dabei helfen, sich einzuleben«, schlug Magnus grinsend vor. Dann streckte er die Hand aus und nahm Peggy den Käfig mit der Perserkatze aus der Hand.

»Aber ... Was ist mit deiner anderen Katze? Du kannst die beiden nicht einfach aufeinander loslassen.«

»Ich lasse Lady Daredevil zuerst einmal im Büro, bis sich die beiden näher kennengelernt haben.« Er zeigte auf den Käfig. »Ich weiß ja, dass du gesagt hast, du hättest noch Platz für eine weitere Katze, aber deine Schwester würde sich bestimmt darüber aufregen, oder?«

Da hatte er nicht unrecht. »Na ja ...«

»Und du willst doch nicht, dass sie zurück ins Tierheim muss, oder?«

Edie leckte sich zögerlich die Lippen. Nein, sie wollte nicht, dass die Katze zurück ins Tierheim musste, aber sie wurde den Eindruck nicht los, dass mehr hinter dieser Sache steckte. Als würde sie mit einem Mal völlig die Kontrolle verlieren, wenn sie jetzt nachgab. »Eigentlich nicht.«

»Dann nehme ich sie mit nach Hause«, entschied Magnus. »Ich mag sie.«

»Wenn du dir sicher bist ... Es ist eine langfristige Entscheidung, sich eine Katze zuzulegen«, erwiderte Edie. »Und das ist dann schon die zweite innerhalb einer Woche. Ich weiß nicht...«

»Ich muss los«, unterbrach Peggy sie. »Macht das unter euch aus.« Sie schloss die Heckklappe ihres Wagens und ging nach vorn. »Danke für deine Hilfe, Edie.«

»Gern«, erwiderte Edie geistesabwesend, und dann war Peggy auch schon weggefahren. Jetzt waren nur noch sie, Magnus und die Katze da. Sie sah sich betreten um und bemerkte, dass alle Händler ihre Stände abbauten und die Besucher zurück zu ihren Autos gingen. »Hast du Bianca vielleicht irgendwo gesehen?«

»Nein«, antwortete er und sah seltsamerweise sehr zufrieden aus. »Soll ich dich nach Hause fahren?«

»Ich schicke ihr einfach eine SMS«, meinte Edie und holte ihr Handy aus der Tasche,

»Bevor du das tust, würde ich dich gern fragen, ob du nicht einfach mit zu mir kommen möchtest.« Magnus hielt den Käfig hoch und strahlte sie an. »Dann könntest du mir dabei helfen, dafür zu sorgen, dass sich Lady Daredevil in ihrem neuen Zuhause wohlfühlt.«

7

Hatte ein attraktiver Mann sie gerade etwa gebeten, die Nacht in seinem Haus zu verbringen? Edie zögerte. »Das ist eine ziemlich lange Fahrt.«

»Nur ein paar Stunden. Die gehen in angenehmer Gesellschaft sehr schnell rum.« Als sie ihn skeptisch anschaute, hob er den Katzenkäfig hoch. »Damit habe ich natürlich die Katze gemeint.«

»Aber natürlich«, entgegnete sie grinsend. Es fiel ihr sehr schwer, ihm zu widerstehen, vor allem, wenn er so schelmisch und witzig war. »Aber es geht wirklich nicht. Es wird viel zu spät, als dass du mich noch zurückfahren könntest, und...«

»Dann bleibst du eben die Nacht bei mir«, bot Magnus an. »Ich sagte ja schon, dass du mir dabei helfen kannst, Lady Daredevil an ihre neue Umgebung zu gewöhnen, und dann kannst du auch gleich nach Lady Cujo sehen.«

»Und in deinem Bett schlafen?«, spottete sie. »Das kannst du vergessen.«

»Du kannst auch auf der Couch schlafen.«

»Ich habe deine Couch gesehen. Sie hat eine Lippenform und sah nicht besonders bequem aus.«

»Dann schlafe ich eben auf der Couch. Na, komm schon. Ohne Hintergedanken. Nur wie Freunde.« Seine Miene wirkte auch nicht gerade wie die eines lüsternen Verführers. »Wir versorgen die Katzen, trinken ein paar Bier, spielen ein Videospiel und schlagen die Zeit tot. Sieh es als Pyjamaparty, nur ohne das Zöpfeflechten. Machen Frauen nicht ständig solche Sachen?«

Das war das Albernste, das sie je gehört hatte. Sie sollte das nicht machen. Auf gar keinen Fall ... Aber sie wollte auch dafür sorgen, dass es den Katzen gut ging. Das wäre nur eine Erweiterung ihres Jobs, oder nicht? Würde das nicht jede gute Katzentherapeutin tun?

Ach, wem versuchte sie hier etwas vorzumachen? Ein heißer, stinkreicher Kerl bat sie, den Abend mit ihm zu verbringen. Selbst im platonischen Sinne war dies eine Verabredung. Auch wenn sie sich selbst dafür hasste, dass sie so schwach war, wollte sie es tun.

Aber Edie zögerte dennoch. Sie griff zwischen den Gitterstäben hindurch und kraulte Lady Daredevil hinter einem Ohr. »Ich habe keine Kleidung zum Wechseln dabei.«

»Ich kann dir was leihen, worin du schlafen kannst.«

»Ich muss morgen Mittag wieder zu Hause sein.« Die Katzen brauchten ihre Medikamente, und so hatte sie eine perfekte Ausrede.

»Ich lasse dich gleich morgen früh von meinem Fahrer nach Hause bringen. Fällt dir sonst noch ein Argument ein, das dagegenspricht?«

Bei ihm klang das Ganze so unschuldig, aber sie wusste genau, dass Bianca einen Aufstand machen würde. Dieses Vorhaben passte so gar nicht in Biancas sorgfältig ausgeklügelten Plan, wie man sich einen Mann angelte. Doch genau das gab den Ausschlag. Es war so schön gewesen, an diesem Nachmittag ein paar sorgenfreie Stunden zu verbringen, dass sie einfach nicht genug davon bekommen konnte. »Okay.«

»Großartig«, erwiderte Magnus und strahlte sie breit an.

»Ich schicke meiner Schwester nur schnell eine SMS, bevor wir losfahren«, meinte Edie und holte ihr Handy aus der Tasche. *Hey. Ich gehe noch mit einer Freundin ins Kino und Karten spielen. Es wird spät, du musst nicht aufbleiben. XOXO*

Das war eine Notlüge, mit der sie keinen Schaden anrichtete. Sobald Bianca etwas vom Kartenspielen hörte, war sie sowieso nicht mehr interessiert. Sie konnte Edies Freundinnen nicht leiden und hielt sie alle für unglaublich langweilig.

Biancas Antwort kam augenblicklich und war kurz. *OK.*

Wow. Sie stellte nicht einmal Fragen. Na gut. Dann würde sie das jetzt wirklich durchziehen. Edie schenkte Magnus ein nervöses Lächeln. »Von mir aus kann's losgehen. Wo steht dein Wagen?«

Er deutete in eine Richtung. »Der Fahrer müsste irgendwo da vorn stehen.«

»Du hast also einen Fahrer?« Sie warf Magnus im Gehen einen Seitenblick zu. Zwischen ihnen trug er den Katzenkäfig. Das arme Tier miaute jämmerlich und kauerte sich im hintersten Winkel zusammen. »Und du hast deinen Fahrer die ganze Zeit im Wagen warten lassen, während du dich auf dem Fest amüsiert hast?«

Magnus zuckte mit den Achseln. »Er wird ja schließlich dafür bezahlt. Und sogar sehr gut, möchte ich hinzufügen. Außerdem wäre es auch kein Problem gewesen, wenn er losgeht und sich auch etwas zu essen und zu trinken holt.« Er blieb stehen und reichte ihr den Käfig. »Könntest du sie mal einen Moment halten, bitte?«

Sie nahm den Käfig und sah schweigend zu, wie Magnus eine SMS schickte, sich auf dem Parkplatz umsah und erneut etwas tippte. Danach nahm er ihr den Käfig wieder ab, und sie standen beide etwas verlegen da, während sie auf den Wagen warteten.

Einen Augenblick später hielt eine schwarze Limousine mit getönten Scheiben vor ihnen am Straßenrand. Der Fahrer stieg aus, und Magnus reichte ihm den Katzenkäfig. »Stellen Sie den bitte auf den Beifahrersitz.«

»Natürlich, Mr. Sullivan«, antwortete der Fahrer, der Edie nur kurz musterte, ihr zunickte und dann die Tür aufhielt.

Sie fragte sich, ob der Mann schon viele Frauen mit Magnus nach Hause gefahren hatte. Doch sie beschloss, dass das völlig unwichtig war, weil es hierbei doch vor allem um die Katzen ging. Oder etwa nicht? Nein, definitiv nicht. Sie stieg hinten ein und zuckte zusammen, als sie auf die andere Seite rutschte, da ihr Knie stark schmerzte.

Es war enger auf dem Rücksitz, als ihr lieb war. Jeder andere Mensch hätte die Knie gekrümmt und genug Platz gehabt, aber Edie musste ihr Bein ausstrecken, erst recht nach diesem Tag. Schon als sie sich hinsetzte, protestierten ihre Muskeln. Sie ballte in ihrem Schoß die Hände zu Fäusten und beschloss, den Schmerz zu ignorieren, während Magnus neben ihr Platz nahm.

Einige Augenblicke vergingen, dann fuhr der Wagen los, und es herrschte Totenstille, die nur gelegentlich von einem verwirrten Jaulen von Lady Daredevil durchbrochen wurde. Nach einer gefühlten Ewigkeit warf der Fahrer einen Blick in den Rückspiegel. »Ich lasse die Trennscheibe hoch, wenn es Ihnen recht ist, damit Sie etwas mehr Privatsphäre haben.«

»Danke, Reynolds«, erwiderte Magnus, drehte sich zu Edie um und hob die Augenbrauen.

Sie lachte nicht. Dazu war sie viel zu sehr damit beschäftigt, dem Drang zu widerstehen, das Bein auszustrecken und ihr Knie zu massieren.

Magnus schien ihre Anspannung zu bemerken, denn seine Miene verfinsterte sich. »Ist alles in Ordnung?«

Sie nickte verkrampft. »Ich bin nur müde.« Dann zwang sich Edie, ihn anzulächeln. »Aber es war ein wunderschöner Nachmittag. Und ich denke, du wirst dich sehr gut mit der Katze verstehen. Sie ist eine ganz liebe, und ich...«

»Edie«, unterbrach Magnus sie mit leiser Stimme, und sie bekam eine Gänsehaut. »Du bist ganz blass. Ist etwas mit deinem Knie?«

Sie versuchte, die Sache abzutun, zuckte dann jedoch zusammen. Verdammt, wie sie es verabscheute, sich wie eine Invalidin vorzukommen. »Ich muss es nur ein wenig ausstrecken, das ist alles.«

»Warum sagst du das denn nicht?« Er lehnte sich zurück und tätschelte seine Knie. »Leg dein Bein einfach hier drauf.« Als sie zögerte, verdrehte er die Augen. »Ich werde dich nicht begrapschen, Edie. Ich versuche doch nur, dir zu helfen.«

Widerstrebend streckte sie ihr Bein langsam aus und legte es auf seinen Schoß. Ihre Muskeln protestierten, und sie stieß die Luft aus.

»Hilft reiben?«, wollte er wissen.

»Ein wenig. Ich sollte...« Sie beugte sich vor und wollte schon ihr Knie massieren.

Aber er schob ihre Hand weg, legte seine große Rechte auf ihr Knie und rieb es sanft. Zuerst intensivierte sich der Schmerz, doch dann ließ er langsam nach. Edie lehnte sich gegen die Wagentür und entspannte sich nach und nach. Sie schloss die Augen. »Hm, das tut gut. Danke.«

»Fühlst du dich schon besser?« Er strich ihr weiter über das Knie und knetete sanft die überanstrengten Muskeln unter dem alten Narbengewebe.

»Sehr sogar.« Die Berührung war so beruhigend und entspannend. Sie hatte ganz vergessen, wie es war, von einem anderen Menschen auf diese Weise berührt zu werden.

»So«, meinte Magnus und ließ die Finger seitlich an ihrem Knie entlangwandern. »Darf ich mal neugierig sein?«

»Ja, solange du damit weitermachst.«

»Wie hast du dir das Knie verletzt?«

Natürlich musste er danach fragen. Es war offensichtlich, dass es sich um eine Verletzung handelte, man sah es bei jedem Schritt. Da war es naheliegend, dass er sich danach erkundigte. »Es war ein Skiunfall. Ich bin gegen einen Baum gefahren. Mein Bein wollte in die eine Richtung, der Rest meines Körpers in die andere. Ich hätte es mir bei dem Sturz beinahe abgetrennt.«

»Das klingt ja übel.«

»Das war es auch.« Sie ließ die Augen zu und behielt einen lockeren Tonfall bei. Selbst jetzt konnte sie noch vor ihrem inneren Auge sehen, wie der Baum auf sie zuraste, und spüren, wie sie gegen das Holz knallte und der Schmerz durch ihren Körper raste. Drake schrie ihren Namen. Krankenwagen. Operationen. Reha. Drake, der herausfand, dass er mit einer Stubenhockerin, die an Krücken laufen musste, wenig gemeinsam hatte, da er mit ihr nicht mehr Bergsteigen gehen oder Marathons laufen oder all die anderen Dinge tun konnte, die sie immer gemeinsam gemacht hatten. Sie hatte ihre ganzen Collegekurse in Kinesiologie aufgegeben und sich stattdessen auf die Tierverhaltensforschung konzentriert, da sie weder Personal Trainer noch Physiotherapeutin mehr werden konnte, wo doch schon jeder Schritt schmerzte. Daher hatte sie auch angefangen, Katzen zu sammeln.

Und sie hatte zugelassen, dass Bianca alle Dinge erledigte, die Edie schwerfielen. Bianca, deren einziges Lebensziel es war, zur Trophäenfrau zu werden, und die nicht weiter vorausplante als bis zur Farbe, die in der nächsten Saison in war.

»Möchtest du nicht darüber reden?«

»Eigentlich nicht«, gab sie zu. »Ich hatte drei Wiederherstellungsoperationen, und trotzdem tut das verdammte Knie jeden Tag weh. Wenn ich zu viel darüber nachdenke, bekomme ich nur das Gefühl, dass es mein ganzes Leben bestimmt.«

»Das kann ich nachvollziehen«, erwiderte Magnus, der sie weiter massierte. »Ich werde dich nicht dazu drängen.«

»Danke«, sagte sie und entspannte sich unter seiner Hand immer mehr. Sie musste gähnen und verzog das Gesicht. »Ich muss das Knie vielleicht während der ganzen Fahrt auf deinem Schoß lassen.«

»Das macht mir nichts aus«, versicherte er ihr. »Warum entspannst du dich nicht und machst ein kleines Nickerchen?«

Edie warf ihm einen misstrauischen Blick zu, aber als er sein Handy in die Hand nahm und darauf herumtippte, während er mit der anderen weiterhin ihr Knie massierte, als wäre das das Normalste auf der Welt, schloss sie die Augen.

Das Nächste, was sie wieder klar mitbekam, war, wie Magnus in der offenen Autotür stand und sie sanft rüttelte. »Wir sind da. Wach auf.«

Sie setzte sich ruckartig auf und strich sich unauffällig mit einer Hand über den Mund, um sich zu vergewissern, dass sie nicht gesabbert hatte. »Habe ich die ganze Zeit geschlafen?«

»Ja, das hast du«, antwortete Magnus. »Aber das ist völlig in Ordnung. Du musst sehr müde gewesen sein.«

»Das tut mir leid«, murmelte Edie und schob sich unbeholfen aus dem Wagen. »Normalerweise schlafe ich nie im Auto. Ich ...«

»Es ist okay«, wiederholte Magnus und reichte ihr eine Hand, um ihr beim Aussteigen behilflich zu sein. »Du hast mich zwar zweimal beinahe in die Eier getreten, aber es ist nichts Schlimmes passiert.«

Sie hätte bei seinen Worten beinahe laut gelacht und nahm seine Hand, bis sie ihr Gleichgewicht wiedergefunden hatte. Auf dem Bürgersteig hielten sich trotz der späten Stunde sehr viele Menschen auf, und die Stadt war so hell erleuchtet, dass sie sich fragte, wie sie überhaupt hatte schlafen können. Sie rieb sich die Augen, während Magnus den Katzenkäfig aus dem Wagen nahm und zur Haustür ging.

»Kannst du sie eben halten, damit ich aufschließen kann?«, bat er Edie, und sie nahm ihm den Käfig ab. Dann beobachtete sie, wie er aufschloss und die Alarmanlage durch Eingabe des Codes deaktivierte. Schließlich nahm er ihr die Katze wieder ab, und sie betrat ein weiteres Mal sein seltsames Haus. So langsam gewöhnte sie sich daran, was irgendwie lustig war, dachte Edie, als sie hineinging und ihre Handtasche auf den Tisch stellte.

»Wie wäre es, wenn du uns Kaffee kochst, während ich Lady Daredevil in den vierten Stock bringe, damit sie sich schon mal an mein Büro gewöhnen kann?«

»Gute Idee«, erwiderte Edie. »Aber vergiss nicht, ihr eine Katzentoilette und etwas zu fressen hinzustellen. Sie hat vermutlich Hunger und muss mal.«

»Geht klar«, versicherte Magnus ihr und stampfte die Treppe hinauf. »Bin gleich wieder da.«

Edie ging durch den riesigen Vorraum in die Küche und suchte in den Schränken nach Kaffeetassen. Anders als alles andere im Haus sahen die Tassen ganz normal aus, und sie stellte die Kaffeemaschine an. Da sie neugierig war und er sich noch nicht wieder hatte blicken lassen, schaute sie sich noch ein wenig länger um und inspizierte den Inhalt des Kühl- und des Vorratsschranks. Im Letzteren befanden sich vor allem viele Chipstüten und Limonadedosen, und der Kühlschrank war bis auf ein paar Bierflaschen, Essensreste und Gewürzsoßen leer. Typisch für einen Männerhaushalt.

Sie schenkte den Kaffee ein, setzte sich auf einen Barhocker und wartete. Als sie gerade den ersten Schluck trinken wollte, kam Magnus die Treppe herunter. Ihr gefiel die Art, wie er sich bewegte. Es war irgendwie seltsam, dass sie es bemerkenswert fand, wie jemand die Treppe herunterlief, aber Magnus wirkte wie ein Athlet, hatte die Hände zu Fäusten geballt, als wollte er gleich mehrere Wiederholungen machen, und den Körper angespannt.

Ja, das hätte sie sich stundenlang ansehen können.

Er sprang die letzten Stufen herunter und kam auf sie zu. »Ist der Kaffee fertig?«

Sie hob die Tasse hoch, aus der sie gerade trinken wollte.

»Großartig.« Er rieb sich die Hände und setzte sich neben sie auf den Barhocker, während sie die Tasse hinstellte. Dann griff er danach, trank einen Schluck und stellte sie schwungvoll wieder ab. »Der Kaffee ist gut.«

Edie sah ihn blinzelnd an. »Woher willst du das wissen? Du hast ihn doch gerade erst gekostet.«

Magnus grinste und hob die Tasse wieder hoch, um sie auszutrinken. »Ich bin kein Mensch, der lange irgendwo rumhängt und Dinge genießt. Mir liegt eher etwas daran, Dinge zu erledigen, und zwar schnell.«

»Vielleicht ist das der Grund dafür, dass du noch Single bist.« Sie konnte sich diesen Spruch einfach nicht verkneifen.

Er riss die Augen auf und musterte sie eindringlich. »Das gilt nur für Kaffee, Edie. Nur für Kaffee.«

Mit einem Mal konnte sie ihre Tasse nicht mehr leer trinken. Sie wurde rot und stellte die Kaffeetasse ab. »Und, wie macht sich Lady Daredevil?«

Er deutete energisch in Richtung Treppe. »Wollen wir nach oben gehen und nach ihr sehen? Ich habe ihr eine Toilette und etwas Futter hingestellt, aber sie hat doch sehr ängstlich gewirkt.«

Edie nickte, rutschte von ihrem Stuhl herunter und ging um die lange Bar herum, um ihre Kaffeetasse ins Spülbecken zu stellen.

Sie gingen die Treppe hinauf in Magnus' Büro, und Edies Knie protestierte die ganze Zeit. Als sie oben ankamen, pochte ihr Knie stark und erinnerte sie eindringlich daran, dass sie das Treppensteigen eigentlich vermeiden sollte. Sie versuchte, ihr Humpeln zu verbergen, als sie durch den Flur gingen, und musste daran denken, mit welcher Leichtigkeit Magnus die Treppen bewältigt hatte. Manchmal war es wirklich furchtbar, in ihrer Haut zu stecken.

Das Büro sah noch genau so aus, wie sie es in Erinnerung hatte, durch und durch steril auf Magnus' Seite und völlig chaotisch auf der anderen. Auf Levis Schreibtisch lagen überall Papiere verstreut, und der kleine Mülleimer darunter quoll über vor zerknüllten Notizen. Abgesehen von den beiden Schreibtischen und einem Aktenschrank befand sich hier nicht sehr viel, was einer verängstigten blinden Katze Zuflucht bieten konnte.

»Vielleicht hätten wir mit einem kleineren Zimmer wie dem Bad anfangen sollen«, meinte Edie und sah sich suchend nach Lady Daredevil um. Sie entdeckte die Katze, die sich neben dem Aktenschrank ganz klein machte und an die Wand presste. Langsam ging Edie näher, hockte sich vor das Tier, wobei sie die Schmerzen in ihrem Knie ignorierte, machte leise Glucksgeräusche und streckte die Finger aus.

»Können wir sie nicht einfach zu Lady Cujo bringen?«, erkundigte sich Magnus, der hinter sie trat.

»Nicht sofort«, erwiderte Edie. »Katzen sind Revier-Tiere, daher werden sie sich streiten, und ich könnte mir vorstellen, dass Lady D in letzter Zeit schon genug durchmachen musste.«

»Dann sollten wir sie lieber woanders einquartieren?«

Edie nickte. »Wie wäre es, wenn du hier sitzen bleibst und sie auf den Schoß nimmst, damit sie sich an deinen Geruch gewöhnen kann, und ich bringe die Katzentoilette und das Futter ins Badezimmer?«

»Warum bringe ich die Katzentoilette nicht rüber und du streichelst die Katze?«

Sie runzelte die Stirn. »Weil sie deinen Geruch kennenlernen muss, wenn sie deine Katze sein soll. Gerade für eine blinde Katze ist der Geruch sehr wichtig. Ich ...« Sie stockte, als er sich plötzlich das Hemd aufknöpfte. Dann stand sie langsam auf und starrte ihn an. »Was ... Was machst du denn?«

»Du kannst meinen Geruch an dir tragen«, erklärte er, zog sich das Hemd aus und reichte es ihr. Somit trug er am Oberkörper nur noch ein eng anliegendes Unterhemd, das sich an seine ausgeprägten Muskeln schmiegte.

Oh, großer Gott. Sollte dieser Mann nicht ein Videospielnerd sein? Wie kam es dann, dass er so gebaut war? Sie versuchte, ihn nicht anzustarren, während sie das Hemd umklammerte, das er ihr reichte.

»Brauchst du Hilfe dabei, es dir überzuziehen?«, fragte er spöttisch. »Ich gehe dir sehr gern zur Hand.«

»Was? Nein, ich komme schon zurecht.« Sie zog es über ihren Pullover und war augenblicklich von seinem Geruch umgeben. Ach, verdammt. Dieser Mann roch wirklich unglaublich gut.

Das war so unfair.

»Du siehst gut in meinen Sachen aus«, meinte er grinsend und rückte ihr den Kragen zurecht. Dabei kamen sie einander ganz nahe, und sie blickte in sein attraktives Gesicht. Seine Finger strichen über ihren Hals, und einen Augenblick lang glaubte sie schon, er würde sich vorbeugen und sie küssen. Seine Lippen auf die ihren pressen, ihren Mund erobern ...

Aber nein. Er zwinkerte ihr nur zu und ging dann wieder, und sie starrte seinen knackigen Hintern an, als er den Raum verließ.

Das war wirklich unglaublich unfair. Sie wickelte sich sein Hemd um den Körper und setzte sich wieder neben Lady Daredevil. Die Katze machte sich ganz klein und fauchte leise, und Edie brauchte ein paar Minuten, bis sie sie beruhigt hatte und schließlich auf ihren Schoß setzen konnte.

Als Magnus ins Büro zurückkehrte, hatte Edie es sich auf dem Boden bequem gemacht und drückte die Katze an ihre Brust, die ganz entspannt war und schnurrte. Er hatte länger gebraucht, als sie erwartet hatte. »Ist alles okay?«

»Ich habe nur ein paar Dinge für unsere neueste Mitbewohnerin vorbereitet«, antwortete er, und sie konnte nicht anders, als ihn anzustarren, als er auf sie zukam und ihr die Katze abnahm. Er drückte sich die flauschige Perserkatze an die Brust und reichte Edie die andere Hand, um ihr beim Aufstehen zu helfen. Edie war überrascht, wie mühelos er sie hochziehen konnte.

»Danke«, murmelte sie und wischte sich einige Katzenhaare von der Kleidung, um ihm dann zu folgen. Sie gingen die Treppe hinunter und zu seinem Zimmer, und als er die Tür öffnete, stellte Edie überrascht (und erfreut) fest, dass Lady Cujo gemütlich auf seinem Bett lag, als würde sie dorthingehören. »Da fühlt sich anscheinend jemand zu Hause.«

»Ja«, bestätigte Magnus und ging ins angrenzende Badezimmer. »So weit, so gut. Und der Neuzugang wird sich auch schon eingewöhnen, da musst du dir gar keine Sorgen machen.«

Sie folgte ihm ins Badezimmer und war sich überdeutlich bewusst, wie intim sich das anfühlte. Das Badezimmer war einer der privateren Räume, denn wenn man den Zustand der

Handtücher und der Badewanne sah, wusste man, wie gut organisiert und reinlich ein Mann war. Wie Edie zufrieden feststellte, hatte Magnus eine saubere Badewanne mit Löwenfüßen im Bad, und in der Nähe hing ein flauschiges, cremefarbenes Handtuch an einem Haken. Diese Inspektion hatte er bestanden. Nicht dass sie ihn wirklich auf die Probe stellen wollte – weit gefehlt.

Auf dem gekachelten Boden lag ein dicker Vorleger, und er hatte das Katzenklo in eine Ecke in die Nähe der Toilette gestellt. Auf der anderen Seite konnte sie den Futter- und den Wassernapf erspähen. An der hinteren Wand hatte Magnus einige Kisten aufgestellt und mit Handtüchern ausgelegt, damit sich die Katze darin verstecken und einkuscheln konnte.

Magnus setzte sich im Schneidersitz auf den Fußboden und hatte die Katze noch immer in seinen Armen. Da es so aussah, als würden sie eine Weile hierbleiben, setzte sich Edie ebenfalls und streckte ihr schmerzendes Bein aus.

Sie saßen eine Zeit lang schweigend da, und Edie beobachtete, wie Magnus die Katze absetzte und Lady Daredevil vorsichtig eine erste Erkundigung startete. Sie machte ein paar Schritte, kehrte dann jedoch zu Magnus zurück und rieb den Kopf an seinem Bein, um erneut gestreichelt zu werden. Edies Herz machte einen Satz, als er schmunzelte, die Katze erneut hochnahm, auf seinen Schoß setzte und wieder streichelte.

»Sie ist ein kleines Kuschelmonster, was?«

»Vermutlich musste sie sehr lange Zeit darauf verzichten«, mutmaßte Edie leise.

Er kraulte der Katze das Kinn. »Sag doch nicht so was. Du könntest mir mein Männerherz brechen.«

»Das ist aber die traurige Realität, was Tierheimkatzen angeht. Einige sind sofort wieder weg, und andere finden nie ein neues Zuhause. Sie sind zu alt, nicht niedlich genug oder unfreundlich, wenn ein Interessent auftaucht, und das ist dann ihr Todesurteil.«

»Und daher versuchst du, sie zu retten?«, fragte er.

»Nur weil sie einen Makel haben, heißt das noch lange nicht, dass sie nicht liebenswert sind.«

»Das hat auch niemand behauptet«, meinte Magnus. Er strich mit den Fingern über die Schnurrhaare von Lady D, und sie schloss die Augen und schien die Zuwendung zu genießen. »Ich glaube, ich bin ein ziemlich guter Katzenbesitzer.«

»Offenbar hast du magische Hände«, erwiderte Edie und wurde dann rot, weil das so vieldeutig klang.

»Man muss der Dame nur die Zuwendung schenken, die sie verdient hat«, murmelte er und konzentrierte sich ganz auf die Katze. »Es geht vor allem darum, dass sie sich bei einem wohlfühlt. Sobald sie weiß, was man für Absichten hat, kann man sie überall anfassen, und das, wann man will.« Er strich mit einem Finger über die buschigen Ohren der Katze.

»Irgendwie habe ich das Gefühl, dass wir gar nicht mehr über Katzen reden«, stellte Edie trocken fest.

»Für Katzen und Frauen gelten dieselben Regeln. Jeder sehnt sich nach Liebe und Sicherheit ... und sehr vielen Streicheleinheiten.«

Edie schnaubte.

»Das ist dir peinlich, oder?«, fragte er und schaute Edie an, während er den Kopf der Katze streichelte.

»Ach, bitte.«

»Doch, gib es ruhig zu. Du hast ganz rote Wangen.«

»Das liegt daran, dass du Anspielungen machst, während du eine Katze streichelst.«

»Ihr macht das nichts aus«, sagte er und kraulte Lady Ds Kopf. »Sie weiß, dass es nur harmloses Gerede ist. Bei dir sieht die Sache schon wieder anders aus ...«

»Wie bitte?« Sie verschränkte die Arme vor der Brust und stellte erschrocken fest, dass sie noch immer sein Hemd anhatte.

»Du bist ganz unruhig.«

»Bin ich nicht!«

»Bist du doch«, stellte er süffisant fest. Etwas leiser fügte er hinzu: »Ich mache dich wirklich sehr gern so nervös, musst du wissen.«

Sie bekam einen trockenen Mund.

Es wurde ganz still im Zimmer, und die Anspannung war beinahe spürbar. Edie verkrampfte sich am ganzen Körper, ihr Herz raste, und sie umklammerte den Kragen seines Hemdes und fühlte sich auf einmal sehr verletzlich.

»Ich würde dich gern wieder küssen«, sagte Magnus leise. »Meinen Mund auf deine vollen Lippen drücken und dich so lange küssen, bis du mich anflehst, nie mehr aufzuhören.«

Sie spürte, wie sie knallrot wurde, und sog die Luft ein. Jetzt konnte sie ihn nicht mehr ansehen, da seine grünen Augen ihr zu vermitteln schienen, dass er genau wusste, wie sie nackt aussah. Alles, was sie noch tun konnte, war, ganz still dazusitzen und sich auszumalen, wie er sich vorbeugte und sie küsste. Erst sanft und dann immer leidenschaftlicher, und wie seine Lippen die ihren berührten. Sie presste die Oberschenkel fest zusammen.

»Ich kann nicht.«

»Aber du möchtest es tun«, fuhr Magnus mit seiner heiseren, verführerischen Stimme fort. »Nicht wahr?«

Ihre Brustwarzen wurden als Reaktion darauf steif, und sie erschauerte. »Ich ... Ich kann dich nicht küssen, Magnus.«

»Warum denn nicht?«

Weil sich Bianca mit Männern auskennt und weil sie gesagt hat, dass ich mich zieren muss, wenn ich auf lange Sicht eine

Chance bei dir haben will. Doch das konnte sie ihm natürlich nicht sagen. Aber ihr fiel auch nichts anderes ein, was sie ihm antworten konnte, das irgendwie so klang, als wäre sie clever, gefasst und hätte sich unter Kontrolle. Daher starrte sie mit leerem Blick die Katze an und weigerte sich, Magnus in die Augen zu sehen. »Ich sollte Bianca anrufen.«

Magnus reckte sich, seine verführerische Miene verschwand, und Edie war kurz enttäuscht. »Ruf sie nicht an. Es geht ihr gut.«

»Woher willst du das wissen?«

»Weil sie eine erwachsene Frau ist.« Er musterte sie eindringlich. »Oder ist das nur eine Ausrede, damit du die Flucht ergreifen kannst?«

»Ich ergreife nicht die Flucht!«

»Oh doch, das tust du. Dann sag doch mal, ist es diese Furcht erregende Katze, die dir Angst einjagt, oder ihr weichherziger Besitzer?«

Auch wenn sie sich mit jeder Minute mehr über Magnus ärgerte, musste sie bei seinen Worten lächeln. »Ich ergreife nicht die Flucht, ich muss nur mal aufstehen und mir die Beine vertreten. Dieses ganze Rumsitzen auf dem harten Fußboden ist nichts für mich.«

»Dann komme ich mit«, erklärte Magnus. Er kraulte die Katze noch ein letztes Mal hinter den Ohren und setzte sie dann sanft auf den Fußboden. »Sie sollte sich vielleicht lieber ohne uns an ihre neue Umgebung gewöhnen, was?«

»Klar«, murmelte Edie geistesabwesend, da sie seine Nähe ein wenig verwirrte. Okay, nicht nur ein wenig.

»Wollen wir nach oben ins Medienzimmer gehen? Wir könnten fernsehen oder uns entspannen und was spielen.«

Sie betrachtete ihn einen Moment lang. »Wir können was spielen«, antwortete sie dann, weil sie gespannt darauf war, ihn in seinem Element zu erleben. Immer wenn sie sich miteinander unterhielten, schien er sich auf Katzen oder auf sie zu konzentrieren. Dabei wollte sie mehr über ihn wissen, natürlich nur aus rein platonischen Gründen.

Sie verließen das Badezimmer, schlossen die Tür hinter sich, und sobald sie Magnus' großes Schlafzimmer betraten, begrüßte sie Lady Cujo, die noch immer auf dem Bett lag, mit einem lauten Maunzen. Edie und Magnus blieben beide stehen, um sie zu streicheln, und Edie bemerkte, dass es der Katze in ihrem neuen Zuhause zu gefallen schien. Sie sah gesund und zufrieden aus, und Magnus knuddelte sie liebevoll. »Sie schläft jetzt bei mir im Bett«, berichtete er. »Und sie klaut mir ständig die Bettdecke. Außerdem bringe ich ihr das Apportieren bei.«

Während ihr dummes Katzenladyherz vor Freude einen Satz machte, stieß sie nur ein tiefes Brummen aus. »Sie ist doch kein Hund.«

Aber Magnus grinste sie trotzdem stolz an.

Edies Knie protestierte, als sie gefühlt zum hundertsten Mal an diesem Abend die Treppe nach oben gingen. Vor sechs Jahren hatten ihr Treppen nicht das Geringste ausgemacht, aber jetzt, wo ihr Knie kaputt war, bereiteten sie ihr Probleme, und sie hasste jede einzelne Stufe.

Falls Magnus auffiel, dass sie nicht mit ihm Schritt halten konnte, so ließ er sich das nicht anmerken. Er hatte allerdings recht, dass die Sitzgelegenheiten vor der Projektorleinwand sehr bequem waren, was sie sofort feststellte, als sie sich setzte. Magnus ging zur Wand und drückte auf einen Knopf, woraufhin das Entertainmentcenter aufging und diverse Konsolen zutage förderte, die sie gar nicht alle einordnen konnte und neben denen die jeweiligen Controller und Fernbedienungen lagen. Noch beeindruckender war die Spielesammlung –

Magnus schien jedes Spiel zu besitzen, das in den letzten zehn Jahren erschienen war, und die meisten standen noch eingeschweißt im Regal. Er erklärte Edie, dass er sehr viele Spiele von den Firmen zugesandt bekam, die sich Ideen von ihm erhofften, und noch mehr auf Conventions geschenkt bekam, aber dass sie sich viele Spiele auch einfach kauften, weil sie wissen wollten, wie der Spielmechanismus funktionierte. Das war reine Forschungsarbeit, erklärte er und bot ihr an, ein Spiel auszusuchen.

Da sie nichts über Spiele wusste und selbst nur das spielte, was sie gerade auf dem Handy hatte, entschied sie sich für eine Box mit einem sehr vielversprechenden Titel: *Die Schatzsucher von Arkandiz*. Es war anscheinend ein Plattformspiel, was ihr nichts sagte, und schon nach wenigen Spielminuten stürzte Edies Figur in eine Grube und starb.

Zu Edies Überraschung zog Magnus sie nicht damit auf. Stattdessen begann er seine Runde und sprang mit seiner Figur genau in dieselbe Grube. Als er das noch mehrmals machte, fragte Edie ihn neugierig, was er da eigentlich tat. Er erwiderte, dass er herausfinden wollte, wie das Spiel auf unterschiedliche Wiederholungen desselben Szenarios reagierte.

Sie vermutete, dass das für einen Spieleentwickler durchaus interessant sein mochte, aber sie langweilte sich beim Zusehen schnell. Irgendwann reichte sie ihm einfach ihren Controller und sah ihm zu, wie er mit mehreren verschiedenen Charakteren immer wieder dieselben Wege entlanglief und dasselbe Ergebnis erzielte, wobei er sich das Ganze fasziniert und aufmerksam ansah. Hin und wieder stieß er ein interessiertes Geräusch aus, als hätte das Spiel etwas Unerwartetes gemacht, aber die meiste Zeit sah sie ihn einfach nur an.

Dabei stellte sie fest, dass sie Magnus problemlos stundenlang anschauen könnte. Während er spielte, zeichnete sich eine kleine Konzentrationsfalte zwischen seinen Augenbrauen ab, und sie bemerkte, dass er unbewusst hin und wieder den Unterkiefer anspannte, als er einige der schwereren Level spielte. Er spannte die Arme an, wenn er den Controller betätigte, und kommentierte einige der Spielmechanismen, ohne den Blick vom Fernseher abzuwenden. Zwar verstand sie den Großteil davon nicht, aber es gefiel ihr, dass er sich zumindest die Zeit nahm und versuchte, es ihr zu erklären.

Irgendwann sah Magnus dann doch zu ihr herüber, und seine Miene wurde sofort sanfter. »Du bist bestimmt müde.«

»Oh nein, es geht mir gut«, behauptete sie und musste ihren Worten zum Trotz gähnen.

»Na los, Schlafmütze. Bringen wir dich ins Bett.« Er beendete das Spiel und trat vor ihren Sessel. Zu ihrer Überraschung beugte er sich vor, hob sie hoch und trug sie aus dem Zimmer. Als Edie protestierte, schnitt er ihr das Wort ab. »Glaubst du, ich hätte nicht gesehen, wie du beim Raufkommen immer langsamer geworden bist? Dein Knie muss höllisch wehtun. Daher werde ich dich jetzt runter in mein Zimmer tragen.«

Sie legte die Arme um seinen Hals und ließ sich nach unten tragen, auch wenn es sie ein wenig ärgerte, dass sie nicht selbst laufen konnte. »Und wo wirst du schlafen?«

»Ich schlafe unten auf dem Sofa. Das ist überhaupt kein Problem. Ich bin ein Mann und habe schon an schlimmeren Orten übernachtet. Aber du hast einen langen Tag hinter dir. Du brauchst deinen ... Schlaf.«

Widerstrebend entspannte sie sich in seinen Armen. »Ich hätte dir eine Ohrfeige gegeben, wenn du jetzt Schönheitsschlaf gesagt hättest.«

»Aus genau diesem Grund habe ich es auch nicht gesagt«, meinte er, und sie konnte hören, dass er grinste.

»Guter Mann.«

»Freut mich, dass du das so siehst.«

Natürlich wurde sie daraufhin wieder rot.

Als sie in sein Zimmer kamen, setzte er sie vorsichtig ab, und sie ließ sich auf die Bettkante sinken und streichelte Lady Cujo, während Magnus ein paar Sportklamotten heraussuchte, in denen sie schlafen konnte. Er reichte sie ihr, nahm sich auch ein paar Sachen und beugte sich vor. »Bekomme ich wenigstens einen Gutenachtkuss?«

»Du kannst eine Gutenachtfaust haben«, antwortete sie und schüttelte die rechte Faust. »Mitten ins Gesicht.«

»Du kannst es mir nicht verdenken, dass ich es wenigstens versuche«, erklärte er unbeeindruckt von ihrer ruppigen Drohung. Dann winkte und zwinkerte er ihr noch einmal zu, verließ das Zimmer und schloss die Tür hinter sich.

Edie sah sich in der ungewohnten Umgebung um. Zuerst überlegte sie, ob sie in seinen Sachen herumschnüffeln sollte, aber dann musste sie erneut herzhaft gähnen. Ihre Erschöpfung war einfach übermächtig, und so zog sie sich seine Sportsachen über und legte ihre Kleidung ordentlich zusammengefaltet auf den Nachttisch. Sein T-Shirt und die Boxershorts waren ihr viel zu groß, aber auch schön weich und bequem. Sie kroch unter die Bettdecke, legte sich hin und sah zu der fremden Decke hinauf. Sogar die Bettwäsche roch nach ihm. Sein ganzes Bett war wie ein riesiges Kissen. Kein Wunder, dass die Katze so gern hier lag.

Während sie langsam einschlummerte, fragte sie sich, ob es merkwürdig war, dass sie in der Kleidung eines Mannes und in seinem Bett mit seiner Katze zu ihren Füßen schlief. Dabei hatte sie diesen Mann noch vor gerade mal einer Woche überhaupt nicht leiden können.

Einige Zeit später wachte Edie wieder auf und wusste

zuerst gar nicht, wo sie sich befand. Die Uhr auf dem Nachttisch zeigte 4.30 Uhr an, es war also viel zu früh, um aufzustehen. Doch als sie sich gerade wieder entspannte, hörte sie Schritte auf der Treppe. Neugierig stand sie auf, was ihr ein entrüstetes Maunzen von Lady Cujo einbrachte, die auf einem der Kissen lag, und schlich auf Zehenspitzen zur Tür. Sie öffnete sie vorsichtig, konnte aber niemanden auf dem schmalen Flur sehen. Von oben drang leise Musik herunter, und Edie schlich leise weiter zur Treppe.

Im dritten Stock schaute sie um die Ecke und sah, dass Magnus an seinem Schreibtisch saß und laute Heavy-Metal-Musik hörte, während er wie ein Wilder auf der Tastatur herumtippte. Er starrte einen Augenblick lang den Bildschirm an, hielt inne, tippte etwas anderes und vergrub dann frustriert den Kopf in den Händen. Seine Schultern bebten, und sie hörte, wie er schwer seufzte.

Anscheinend war etwas nicht in Ordnung. Kurz überlegte Edie, ob sie hineingehen, ihm auf die Schulter klopfen und beruhigend auf ihn einreden sollte.

Aber ... was dann? Sie war sich überdeutlich bewusst, dass sie seine Klamotten trug und dass ihr Haar vom Schlafen zerzaust war. Außerdem pochte ihr Knie und erinnerte sie deutlich daran, dass sie längst nicht mehr so fit war wie vor ein paar Jahren. Sie war mürrisch, unfreundlich und noch dazu eine Katzenlady. Magnus hingegen war unglaublich attraktiv und konnte etwas Besseres finden als sie.

Daher ging sie leise wieder die Treppe hinunter und ins Bett, während sie sich mit ihren bedrückenden Gedanken herumschlug.

Seit wann hatte sie denn ihr Selbstvertrauen völlig verloren?

Und wieso wusste sie nicht, wie sie es je wiederbekommen sollte?

8

Edie brach früh am nächsten Morgen auf und hinterließ Magnus eine Liste mit Anweisungen für die Katzen, zu denen unter anderem gehörte, dass sie die Zimmer tauschen und den Geruch der anderen kennenlernen und bei halb geöffneter Tür gefüttert werden sollten. Sie erklärte ihm, wenn sie nicht gerade gähnte, dass sich die Katzen mit der Zeit an den Geruch der jeweils anderen gewöhnen würden und dass er sie dann zusammenführen konnte.

Er hörte ihr zu. Gewissermaßen. Größtenteils sah er Edie und ihre schläfrige Miene an und fragte sich, wie sie wohl aussehen mochte, wenn sie erregt war. Vermutlich hätte sie denselben schläfrigen, sanften Gesichtsausdruck, wenn er zwischen ihren Beinen lag und ihre Klitoris leckte.

Nachdem er sich das ausgemalt hatte, fiel es ihm schwer, sich auf Katzen zu konzentrieren. Eigentlich hätte man ihm sogar eine Medaille verleihen sollen, weil er es überhaupt schaffte, so kontrolliert zu bleiben. Magnus war sogar noch freundlich, als er sie in die Hände seines Fahrers übergab, sich fröhlich von ihr verabschiedete und ihr einen Becher Kaffee (auf dem das *Warrior-Shop*-Logo prangte) in die Hand drückte. Es war offensichtlich, dass Edie ein Morgenmuffel war, und sie gähnte und winkte ihm noch einmal zu, bevor sie in den Wagen einstieg.

Magnus ging wieder an die Arbeit und kam bei *The World* noch immer nicht weiter. Er hatte mehrere Zivilisationen entworfen, aber das Zusammenspiel der Figuren war nicht so clever, wie es sein sollte. Es gab einfach nicht genug Konzepte im Spiel, die das Wachstum bremsten, und wie immer geriet auch jetzt bei seinen Simulationen schnell alles außer Kontrolle. Theoretisch arbeitete Levi an den Barbareninvasoren und den Hunnen, aber ohne die Einflüsse dieser Stämme konnte ein Königreich (und somit ein Spieler) bald die Oberhand über alle anderen gewinnen, sodass das Spiel furchtbar unausgeglichen war. Irgendetwas fehlte noch. Das ganze Konzept ging bisher einfach nicht auf.

Verdammt noch mal. Er konnte es nicht ausstehen, dass er seinen Bruder so dringend brauchte – seinen Bruder, der momentan an alles andere als an die Arbeit dachte.

Und der außerdem nirgendwo zu finden war. Frustriert griff Magnus zum Handy und schickte Levi eine SMS.

Magnus: *Wo steckst du?*

Die Antwort kam einige Minuten später. *Seid wann bist du meine Mom?*

Magnus: *Lass den Scheiß, Mann. Du weißt ganz genau, dass wir Abgabetermine haben. Kommst du bald zur Arbeit?*

Levi: *Noch nicht. Ich muss noch ein bisschen Zeit mit Bianca verbringen, bevor Edie nach Hause kommt und alles ruiniert.*

Bis Edie alles ruinierte? Edie war zehnmal bereiter, sich für die Arbeit aufzuopfern als Levi. Sie ignorierte ihre eigenen Bedürfnisse, damit sie den Katzen das Leben etwas erleichtern konnte. *Bitte sag mir, dass du mit Bianca geschlafen hast, damit wir endlich weiterarbeiten können.*

Levi: *Ich bin beleidigt, dass du so etwas auch nur denkst. Bianca ist nicht so eine.*

Magnus: Du *warst die ganze Nacht bei ihr. Was zum Teufel habt ihr denn getrieben?*

Levi: *Wir haben uns die Sterne angesehen und ein Mitternachtspicknick gemacht. Es war magisch.*

Magnus: *Großer Gott. Das muss aufhören, Levi.*

Levi: *Kannst du dich am Dienstag wieder mit Edie treffen? Bianca möchte ins Konzert gehen.*

Magnus: *Ins Konzert? Wir müssen arbeiten, verdammt noch mal. Ich bekomme schon E-Mails von unseren Auftraggebern, die ihre Projekte für 2018 planen und wissen wollen, wie weit wir sind. Ich brauche deine Hilfe bei diesem Scheiß.*

Levi: *Ich habe eine Kreativblockade. All meine Kreativität konzentriert sich auf Bianca.*

Magnus hätte sein Handy beinahe quer durch den Raum geschleudert. Aber er zwang sich, es ruhig auf den Tisch zu legen, für zehn Minuten das Zimmer zu verlassen und mehrmals tief durchzuatmen, bevor er es erneut in die Hand nahm. *Dieser Mist macht mir echt keinen Spaß mehr, Levi. Dieses ganze Vortäuschen und Lügen gefällt mir nicht. Edie wird sehr verletzt sein, wenn sie es herausfindet.*

Levi: *Edie ist kein netter Mensch! Was macht es schon, wenn sie verletzt wird?*

Daraufhin musste Magnus das Handy erneut aus der Hand legen und eine Runde durch das Haus drehen. Aus irgendeinem Grund machten ihn Levis Worte über Edie sogar noch wütender als sein Widerwille, wieder an die Arbeit zu gehen. Gut, Edie konnte hin und wieder grantig und unfreundlich sein, aber sie setzte sich auch mit aller Kraft für jene ein, die sie als schwach erachtete und die nicht für sich selbst sprechen konnten. Er erinnerte sich ganz genau daran, wie sanft sie die Katze gestreichelt hatte, obwohl ihr Knie sehr geschmerzt hatte. Sie stellte sich nie an die erste Stelle. Er fragte sich, wie viel ihrer Partnerschaft mit Bianca wohl daraus bestand, dass Edie alles regelte, und wie viel daraus, dass Bianca Edie einredete, sie hätte das Sagen.

Edie hat es nicht verdient, durch deine dummen Spielchen

verletzt zu werden, Levi, schrieb er zurück und malte sich aus, wie Edie wohl reagieren würde, wenn sie erfuhr, dass Magnus nur so viel Zeit mit ihr verbrachte, weil sein Bruder ihn darum gebeten hatte, sie abzulenken, damit er mit ihrer Schwester anbandeln konnte.

Sie würde ihn wütend anstarren und mit Blicken durchbohren. Wahrscheinlich würde danach ihre rasiermesserscharfe Zunge aktiv werden, und sie würde ihm die Hölle heißmachen … in der Öffentlichkeit. Im Privaten würde sie sich vermutlich nur still und leise die Wunden lecken und eine noch höhere Mauer um ihr weiches Herz errichten.

Edie war schon früher verletzt worden, und Magnus hatte nicht vor, ihr irgendwann einmal wehzutun. *Dieser Scheiß endet hier und jetzt*, schrieb er Levi. *Das ist Edie gegenüber unfair.*

Was interessiert es dich? Du magst sie doch nicht mal!

Magnus warf sein Handy zur Seite. Er konnte einfach nicht mit Levi reden, wenn der in dieser Stimmung war. Dann musste er sich wohl mit Edie aussprechen, ihr schonend die Wahrheit beibringen und darauf hoffen, dass sie nicht zu verletzt war.

※ ※ ※

»Nein, es ist nicht empfehlenswert, der Katze beizubringen, die Toilette zu benutzen«, erklärte Edie gerade Mrs Silvestri.

»Das sieht man aber immer im Fernsehen«, erwiderte die gebrechliche alte Frau. »Ich habe es auch schon gesehen! Die Katze steigt einfach auf die Brille und erledigt ihr Geschäft. Das ist alles sehr zivilisiert.«

»Ich weiß«, sagte Edie und versuchte, weiterhin geduldig zu bleiben. Mrs Silvestri war mindestens neunzig Jahre alt und ein schmales, zierliches Persönchen. »Aber Sie müssen mir glauben, dass es das Beste ist, wenn Katzen weiterhin die Katzentoilette benutzen.«

»Ich bin viel zu alt, um mich vorzubeugen und die Streu auszutauschen«, erklärte Mrs Silvestri entschlossen. »Er wird eben einfach lernen müssen, sein Geschäft in der Toilette zu verrichten. Aus genau diesem Grund sind Sie doch hier.«

Edie lächelte weiterhin höflich und sah, wie Bianca aus dem Zimmer huschte und vermutlich zurück zum Wagen ging, damit sich Edie allein mit der reizbaren Frau herumschlagen konnte. Was eigentlich sogar gut war, denn Edie arbeitete viel lieber, ohne dass Bianca ständig um sie herumschwirrte. »Uns fällt bestimmt etwas ein, das sowohl für Sie als auch für Skittles machbar ist«, versicherte sie Mrs Silvestri. »Lassen Sie mich mal überlegen.«

Einige Zeit später verließ Edie das winzige Stadthaus der alten Dame. Sie hatte Mrs Silvestri einige Methoden gezeigt, wie sie verhindern konnte, dass Skittles die Vorhänge hochkletterte, und es geschafft, sie dazu zu überreden, die Katzentoilette in eine Ecke der Waschküche zu stellen, sodass einige Stufen hinaufführten. Auf diese Weise konnte die Katze das Klo mühelos erreichen, und Mrs Silvestri musste sich nicht vorbeugen, um es zu reinigen. Das war eine Lösung, die allen gerecht wurde.

Mit Ausnahme von Bianca natürlich. Edie ließ sich auf den Beifahrersitz sinken und schloss die Tür. »Ich kann ihr nichts berechnen.«

»Warum nicht?« Bianca runzelte die Stirn. »Sie hat dich zwei Stunden lang beansprucht.«

»Sie hat mich angeheuert, damit ich ihrer Katze beibringe, die Toilette zu benutzen, aber das kann ich nicht«, erwiderte Edie gereizt. »Außerdem hast du doch gesehen, wie es bei ihr aussieht. Ich bezweifle, dass sie genug Geld hat, um eine Katzentherapeutin zu bezahlen. Lass ihr das Geld, damit sie Katzenstreu kaufen kann.«

»Wir schwimmen auch nicht gerade im Geld«, entgegnete Bianca direkt und wischte mit einem Finger über das Display ihres Handys. Daraufhin ertönte die Hintergrundmusik eines Spiels.

»Was machst du da?«

»Ich spiele *Warrior Shop*«, antwortete Bianca, die ihr Handy sinken ließ und Edie anschaute. »Können wir los?«

»Klar.« Edie starrte Biancas Handy an, dessen Display jetzt nicht mehr leuchtete. »Ich wusste gar nicht, dass du solche Spiele magst.«

»Das tue ich eigentlich auch gar nicht«, erwiderte Bianca, deren Lippen ein rätselhaftes Lächeln umspielte. »Aber das hier fasziniert mich irgendwie.« Sie zuckte mit den Achseln. »Außerdem habe ich nicht viel zu tun, wenn du Hausbesuche machst.«

»Du weißt schon, dass du mich nicht begleiten musst«, stellte Edie fest und schnitt dieses Thema lieber ganz vorsichtig an. Bianca konnte die Hausbesuche nicht ausstehen, und es machte Edie immer ganz nervös, wenn ihre Schwester nur wartend herumstand. »Ich kann dich auch anrufen, damit du mich fahren kannst, oder die öffentlichen Verkehrsmittel nehmen...«

»Jetzt mach dich nicht lächerlich«, fiel ihr Bianca ins Wort und sah Edie verletzt an. »Du brauchst meine Hilfe.«

»Natürlich tue ich das«, bestätigte Edie, und damit war das Thema abgeschlossen. Wenn Bianca sich nützlich fühlen wollte, weil sie Edie herumfuhr, wer war Edie dann, dass sie sich deswegen beschweren wollte? Bianca widmete Edies Geschäft selbstlos ihre Zeit und wurde nicht einmal ansatzweise so gut bezahlt wie eine richtige Assistentin, daher sollte sich Edie eher glücklich schätzen, dass sie auf die Hilfe ihrer Schwester zurückgreifen konnte.

Wobei die Betonung auf »sollte« lag.

Zwei Hausbesuche später konnten sie endlich nach Hause fahren. Dort holten sie auch die Post rein, und zwischen den ganzen Rechnungen befand sich auch eine dekorative Einladung, die an Edie gerichtet war. Als sie sie öffnete und las, versuchte sie, Biancas offen zur Schau gestelltes Interesse zu ignorieren. »An diesem Wochenende findet eine Kostümparty im Buchanan-Haus statt. Alle Gäste müssen maskiert erscheinen oder bekommen Masken gestellt. Bitte erscheinen Sie kostümiert. Anstelle von Geschenken wird eine Spende an eine wohltätige Organisation erwartet. Offene Bar. Und so weiter und so fort.« Edie seufzte. »Ich kann mich da wohl nicht entschuldigen lassen, da ich zur Hochzeitsgesellschaft gehöre, was?«

Bianca starrte die Einladung sehnsüchtig an. »Steht da etwas davon, dass du jemanden mitbringen darfst?«

Edie sah sich die Einladung erneut an. »Edie und ein Gast«, log sie und freute sich, als Bianca sofort zu strahlen begann. »Du solltest in der Hochzeitsgesellschaft sein und nicht ich«, meinte Edie. »Du bist doch diejenige, die diesen ganzen Trubel so sehr liebt.«

»Ja, aber du bist ihre Freundin«, erwiderte Bianca. »Mich kann sie nicht leiden.«

»Das stimmt doch gar nicht«, flunkerte Edie, die Biancas Gefühle nicht verletzen wollte. »Aber vielleicht rufe ich einfach an und sage ab. Wir haben eigentlich gar kein Geld für Kostüme. Sneezy braucht diesen Monat einen neuen Asthmainhalator, und du weißt ja, wie teuer die Dinger sind.«

Bianca starrte sie verzweifelt an, während sie zu ihrer Wohnungstür gingen. »Sag jetzt noch nicht ab. Ich kann uns bestimmt bis dahin Kostüme besorgen.«

»Ach ja?«

»Ich kenne da jemanden bei einem Kostümverleih«, sagte Bianca.

»Zu schade, dass du niemanden in einer Apotheke kennst«, murmelte Edie. Aber eigentlich hörte sich das doch ganz gut an. Sie konnte sich ein hübsches Kostüm besorgen, in dem sie hoffentlich nicht allzu viel herumlaufen musste.

Und vielleicht... Vielleicht war Magnus ja auch da. Edie errötete bei diesem Gedanken und verabscheute sich dann dafür. Es stand ihr wirklich nicht zu, ihn anzuhimmeln. Das war absolut indiskutabel.

Nachdem sie sich auf ihr Zimmer zurückgezogen, ihre Katzen wie immer gestreichelt und versorgt hatte, legte sie sich aufs Sofa. Im nächsten Augenblick hatte sie auch schon eine Katze auf den Schultern und eine auf dem Schoß. Sie zog ihr Handy aus der Tasche und schickte Gretchen eine SMS.

Edie: *Danke für die Einladung zur Kostümparty. Wie willst du sicherstellen, dass wir nicht dasselbe Kostüm haben?*

Ha!, kam fast augenblicklich eine Antwort. *Ich gehe als Ursula, die Meereshexe. Klau mir ja nicht meine Idee!*

Edie: *Pff. Kein Problem, dann gehe ich als Krabbe.*

Gretchen: *Komm nicht als Krabbe! Das ist unsexy! Es sei denn, es ist eine heiße Krabbe.*

Edie: *Die gibt es nicht. P.S.: Ich bringe Bianca mit, okay?*

Gretchen: *Ach, du und deine Abhängigkeiten. Na gut. Wie du willst. Aber halte sie und ihre Goldgräberfinger von meinem Mann fern. An diesem Abend werden genug andere Milliardäre auf der Party sein.*

Was Edie der Frage näherbrachte, auf die sie eigentlich

hinauswollte. *Werden alle aus der Hochzeitsgesellschaft da sein?*

Nicht alle, antwortete Gretchen und schickte einen traurigen Smiley hinterher.

Edies Herz schlug schneller. *Nicht?*

Gretchen: *Brontë und Logan sind geschäftlich im Ausland. Bron wollte mir alles erzählen, aber ich habe irgendwann einfach nicht mehr aufgepasst. Jedenfalls sind sie in Deutschland. Oder war es Schweden? Irgendwas da drüben.*

Edie: *Aha. Und ... noch irgendjemand?*

Gretchen: *Stell doch einfach die Frage, die dir auf der Seele brennt. Magnus und sein Bruder haben zugesagt. Du kannst ihn auf der Party anbaggern, wenn du willst.*

Edie: *Ich weiß gerade nicht, ob ich dich lieben oder hassen soll.*

Gretchen: *Das höre ich öfter. Am besten beides.*

Edie schickte noch einen grinsenden Smiley zurück, ließ ihr Handy sinken und dachte nach. Bei der Vorstellung, dass Magnus auf der Kostümparty sein würde, schlug ihr Herz schneller. Würde er ihr Aufmerksamkeit schenken oder sie genauso ignorieren, wie er es bei dem Abendessen getan hatte?

Und erlaubte ihr Bianca endlich, diesen Mann zu küssen?

* * *

Edie: *Wie geht es Lady C und Lady D diese Woche?*

Magnus: *Es geht ihnen gut, danke der Nachfrage.*

Edie: *Super! Freut mich zu hören. Sind sie noch immer in getrennten Räumen?*

Magnus: *Ich habe sie wechseln lassen, wie du es vorgeschlagen hast. Heute waren sie zum ersten Mal zusammen in einem Zimmer. Es blieb alles friedlich und lief super.*

Edie: *Das ist ja großartig. Ich bin so froh darüber. Bitte sag mir Bescheid, falls es Probleme gibt.*
Magnus: *Mache ich.*
Edie: *Danke, dass ich neulich bei dir schlafen durfte. Tut mir leid, dass du auf das Sofa umziehen musstest.*
Magnus: *Kein Problem,*
Edie: *Okay. Man sieht sich.*
Magnus: *Tschüss.*
Edie starrte ihr Handy an und war verwirrt und zugegebenermaßen ein bisschen sauer. Es hatte Spaß gemacht, am letzten Wochenende Zeit mit Magnus zu verbringen. Er hatte mit ihr geflirtet, bis sie kurz davor gewesen war, Biancas Regel zu brechen und ihn zu küssen. Verdammt, sie hätte sogar alle Regeln gebrochen und den Mann bestiegen. Sie hatte die Nacht in seinem Bett verbracht. Es hatte da einen besonderen Moment gegeben. Eigentlich sogar mehrere, zumindest hatte sie sich das eingebildet.

Aber diese SMS gerade, die waren rein geschäftlich gewesen. Kalt, unpersönlich, und jetzt kam sie sich dumm vor, weil sie sich solche Mühe gegeben hatte.

Sie hatte geglaubt, sie wären Freunde. Hatte sie sich etwa geirrt? Möglicherweise hatte sie ihn die ganze Zeit falsch verstanden.

Ach ... Scheiß auf ihn. Sie würde nicht diejenige sein, die sich die ganze Zeit meldete. Sollte er doch auch mal etwas tun. Wenn er mit Edie befreundet sein wollte, dann musste er sich schon ein bisschen Mühe geben.

※ ※ ※

Magnus fühlte sich richtig mies, als er sich Edies freundliche Nachrichten noch einmal durchlas. Er hatte ihr mit voller

Absicht so kurz angebunden geantwortet. Dabei lag es gar nicht an ihr, sondern an dieser ganzen Situation mit Levi und Bianca und diesen dummen Spielchen, die sie spielten. Sie benutzten Edie als ahnungsloses Bauernopfer und ihn als bösen Strippenzieher, und er war diese ganze Sache so was von leid. Wenn Levi Bianca sehen wollte, dann sollte er wie ein gottverdammter Erwachsener einfach mit ihr ausgehen, anstatt Magnus zu bitten, Edie abzulenken, damit sie sich davonstehlen konnten.

Das war kindisch, und er würde nicht mehr dabei mitspielen. Edie hatte das nicht verdient, sie brauchte jemanden, der mit ihr ausgehen wollte, weil sie liebenswert und witzig war, weil sie ein weiches Herz hatte, wenn es um Tiere ging, und einen Mund, der so unglaublich war, dass man ihn einfach küssen wollte.

Aber nicht jemanden, der nur mit ihr ausging, um sie abzulenken. Er hatte in der letzten Woche einen Einblick in Edies Seele bekommen. Sie war wie eine Zartbitterpraline in einer Pralinenschachtel, dunkel und bitter, wenn man sie von außen betrachtete, aber im Inneren sehr süß.

Und sie hatte jemanden verdient, der diese Süße zu schätzen wusste, aber ganz bestimmt nicht diese dummen Spielchen, die Levi und Bianca mit ihr spielen wollten.

Frustriert schmiss er sein Handy zur Seite und genoss das Geräusch, als es klappernd auf seinen Schreibtisch fiel. Logischerweise war Levi auch nicht da, sondern schmollte irgendwo.

Scheiß auf ihn. Scheiß auf das alles hier. Magnus warf die Hände in die Luft und ging zum Fitnessraum, um etwas Dampf abzulassen.

✼ ✼ ✼

»Bitte, bitte, sag mir, dass du das nicht anziehen willst«, sagte Bianca zu Edie und jagte mit einem Puderpinsel hinter ihrer Schwester her. »Sieh mal, ich habe noch Glitzer und ein langes Kleid! Wir können aus dir auch eine Prinzessin machen!« Sie sah Edie mit großen, flehenden Augen an.

Aber Edie schwang nur ihr Schwert. »Arr. Ich bin eine Piratin.«

»Piraten sind nicht sexy! Und du willst heute Abend doch sexy aussehen, oder nicht?«

»Ich kann auch eine sexy Piratin sein.«

»Nein, nicht mit einem Holzbein.«

»Das ist die perfekte Lösung«, erklärte Edie und tippte mit dem Schwert gegen das Holzbein, das ihr Knie schützte. »Mit diesem Ding kann ich in einer Ecke herumsitzen, ohne aus der Rolle zu fallen, und niemand wird von mir erwarten, dass ich tanze, mich unter die Leute mische oder etwas in der Art.« Sie klappte die Augenklappe herunter. »Du kannst gern heiß aussehen.«

»Aber ... Aber ...«

»Kein Aber. Ich würde sowieso nur über den Saum dieses Kleides stolpern.« Bianca hatte anscheinend tatsächlich geglaubt, Edie würde das glitzernde, hautenge Meerjungfrauenkostüm mit der roten Perücke und dem Muschel-BH anziehen. Zwar wäre es wirklich witzig gewesen, als Meerjungfrau hinzugehen, wo Gretchen doch Ursula war, aber sie wäre auch ziemlich aufgefallen. Sie hätte viel herumlaufen und sich mit anderen unterhalten müssen, und so stellte sie sich den kommenden Abend nun einmal nicht vor. Daher war sie in einen Secondhandladen gegangen und hatte sich ihr eigenes Kostüm zusammengestellt aus einem verschlissenen, asymmetrischen schwarzen Rock, ein paar Halloween-Requisiten aus Plastik und einer rot-weiß gestreiften Carmenbluse, die aus der *Flashdance*-Ära der 80er Jahre zu stammen schien. Aber eine Retropiratin war trotz allem eine Piratin.

»Können wir nicht wenigstens ein bisschen Glitzer auf deine Wangenknochen auftragen?«, fragte Bianca und schwenkte den Pinsel.

Edie widerstand dem Drang, Bianca den Pinsel aus der Hand zu schlagen. »Kein Glitzer.« Als Bianca dennoch versuchte, ihr Gesicht zu bearbeiten, zuckte Edie zurück. »Geh mir weg mit dem Zeug! Lass das!«

»Willst du denn nicht sexy aussehen? Heute Abend werden sehr viele heiße Kerle da sein.«

»Dann können sie sich ja alle deine glitzernden Titten anschauen«, meinte Edie und deutete auf Biancas beeindruckendes Dekolleté. »Und ich werde in einer Ecke sitzen und in Ruhe etwas trinken.«

»Spaßbremse«, murmelte Bianca und zog eine Schnute. »Magnus wird auch da sein.«

»Schön für ihn.« Ein Grund mehr, warum sie eigentlich gar nicht hingehen wollte. »Er kann sich ja auch an deinem glitzernden Ausschnitt erfreuen.«

»Ich dachte, du magst Magnus?«, fragte Bianca und riss die Augen auf.

»Nein. Er ist ein Arsch.«

»Was hat er zu dir gesagt?« Bianca kniff misstrauisch die Augen zusammen.

»Eigentlich gar nichts. Und wir kommen noch zu spät zur Party, wenn du nicht langsam fertig wirst«, schimpfte Edie. Sie wollte nicht über ihre Verabredungen – oder den Mangel daran – reden, und erst recht nicht mit der perfekten Bianca. »Jetzt komm endlich. Wir müssen uns einen anständigen Parkplatz ergattern, weil das Kopfsteinpflaster mit diesem Holzbein die Hölle sein wird.«

»Du bist echt eine Katastrophe«, erklärte Bianca dramatisch. »Die reinste Katastrophe.«

»Ich weiß, aber du bist meine Schwester, daher wirst du mich nun mal nicht los.«

※ ※ ※

Kurze Zeit später glitzerte Bianca am ganzen Körper, hatte das glatte Haar in perfekte Locken gelegt, Edie trug ein wenig Lipgloss auf – nichts weiter! –, und die Schwestern fuhren los. Nach einigen Stunden Autofahrt fuhren sie vor dem Buchanan-Haus vor, auf dessen langer, gewundener Auffahrt schon zahlreiche Limousinen und teure Autos parkten.

Edie wurde das Herz schwer, als sie sich ausmalte, wie viele Gäste anwesend sein würden. Sie mochte keine Partys. Obwohl das Herrenhaus mit Lampen entlang der Wege und weißen Lichterketten geschmückt worden war, konnte sie keinen Enthusiasmus aufbringen. Allein der Anblick der Menschen, die wartend vor der Tür standen, bewirkte, dass sich ihr Magen vor Nervosität zusammenzog.

Bianca kreischte hingegen erfreut auf. »Sieh dir all die Lichter im Garten an! Das sieht ja wunderschön aus.«

»Stimmt«, erwiderte Edie wenig begeistert.

Die Parkplatzsuche verlief einfacher als gedacht, da Hunter und Gretchen einen Parkdienst eingerichtet hatten, sodass man direkt vor der Haustür aussteigen konnte. Selbstverständlich hatten sie das. Geld spielte für Hunter keine Rolle, und Gretchen gab es nur zu gern aus. Sie gaben dem Diener die Wagenschlüssel und gingen den langen, von Lichtern gesäumten Weg zur Haustür, und bei jedem Schritt bereute Edie es ein wenig mehr, sich für das Holzbein entschieden zu haben. Die Wattierung, die sie am Knie angebracht hatte, fühlte sich schon jetzt an, als wäre sie gar nicht vorhanden, und sie bekam bereits Schmerzen. Das war ja wieder klar. Noch ein Grund mehr, sich eine schöne ruhige Ecke zu suchen und sich für den Rest des Abends dort zu verstecken.

Zwei Männer in Smokings und mit Headsets warteten an der Tür und überprüften die Einladungen. Edie reichte ihre weiter und wartete. »Ich habe bereits mit Gretchen geklärt, dass meine Schwester Bianca auch kommen darf.«

Der Mann ging mit seinem Stift die Liste entlang und nickte dann. »Ihr Name steht hier. Haben Sie beide Masken dabei?«

Sie erhielten ihre Masken, und dann wurde die Tür geöffnet und sie traten ein.

Das Haus schien voller Menschen zu sein. Farbenfrohe Bänder schmückten das Geländer der breiten Treppe, und überall standen wunderschöne Blumen. Dienstmädchen gingen mit Tabletts voller Leckereien und Kellner mit Drinks herum. Überall standen Menschen in eleganten Kostümen und mit schlichten schwarzen Masken.

Und sie war als Piratin verkleidet. Tja, so viel dazu, nicht aufzufallen. Wenigstens war Bianca dazu in der Lage, mit der Menge zu verschmelzen.

»Wow, das sieht ja sehr beeindruckend aus«, meinte Edie. »Ich werde mir mal eine nette Bank suchen, um mich dort zu verstecken. Ich schicke dir eine SMS, wenn ich wieder gehen möchte, okay?«

»Aber nicht zu bald«, erwiderte Bianca aufgeregt. Sie umarmte Edie noch einmal und tauchte dann im Gewühl unter.

Edie wischte sich ein wenig Glitzer ab, den Bianca bei ihr zurückgelassen hatte, und bahnte sich einen Weg durch die Menge. Sie wollte Gretchen suchen, Hallo sagen, sich dann irgendwo einen Platz suchen und Handyspiele spielen, bis sie sich wieder verabschieden konnte. Ja, das versprach, ein aufregender Abend zu werden.

Eine halbe Stunde später hatte sie Gretchen begrüßt, die in ihrem Kostüm einfach umwerfend aussah und vor Begeisterung strahlte. Sie hatte sich ein paar Minuten mit Hunter unterhalten, der als das Phantom der Oper sehr beeindruckend wirkte und mit der Maske den Großteil seiner Narben verdecken konnte. Der arme Mann sah so aus, als würde er sich fast so unwohl fühlen wie Edie und das Ganze nur aus Liebe zu seiner Verlobten ertragen. Das war Edies Meinung nach sehr süß. Sie plauderte noch ein bisschen mit den beiden, begrüßte einige der anderen Brautjungfern, und als ihr Knie zu sehr protestierte, entschuldigte sie sich und machte sich auf die Suche nach einer Bank, wie sie es sich vorgenommen hatte.

Sie ging am Rand des Raumes entlang, nahm einem vorbeilaufenden Kellner ein Glas Champagner ab und nippte daran, während sie weiterging. In der Nähe befand sich ein kleinerer Nebenraum, und sie konnte auch ein Hinweisschild entdecken, das die Partygäste zur nächsten Toilette leitete. Als Edie an der Wand lehnte, lief Gretchen in ihrem lilafarbenen Kleid mit Tentakeln vorbei und unterhielt sich mit einer anderen Brautjungfer. Edie erinnerte sich vage an Kat, Gretchens Literaturagentin.

»Wenn wir jetzt mit den Proben anfangen, haben wir eine unglaubliche Tanzeinlage parat, sobald ihr zum Altar schreitet«, sagte Kat gerade, und Edie versteifte sich und versuchte, mit den Vorhängen zu verschmelzen, um nicht gesehen zu werden.

Sie hörte, wie Gretchen aufstöhnte. »Auf gar keinen Fall, Kat. Selbst, wenn Hunter dem zustimmen würde, was ich stark bezweifle, wäre das unfair Edie gegenüber.«

Kat seufzte enttäuscht auf. »Das ist die Zickige mit dem schlimmen Bein und der anhänglichen Schwester, richtig?«

»Genau das ist sie.«

Kat schüttelte den Kopf, sodass ihr Pferdeschwanz wippte. Sie trug ein grünes Schulmädchenkostüm, das aussah, als stammte es aus einem Anime. »Es ist wirklich schade, dass sie nach ihrem Unfall so verbittert und unfreundlich geworden ist.«

Gretchen lachte auf. »Ach, du kennst Edie nicht besonders gut, was? Ihre Fehlerlosigkeit ist angeboren. Sie kann jeden mühelos zur Schnecke machen, wenn sie das will. Das hat nichts mit ihrem Bein zu tun. Sie war schon immer so.« Gretchen seufzte leise. »Und aus genau diesem Grund bewundere ich sie.«

Edie, die weiterhin in ihrem Versteck stand, musste lächeln. Das war nicht das erste Mal, dass jemand annahm, sie wäre aufgrund ihrer Verletzung so zickig geworden. Aber das stimmte überhaupt nicht. Sie war schon immer ungeduldig mit anderen Menschen gewesen und hatte diese zurechtgewiesen. Die Beinverletzung hatte nur bewirkt, dass sie die Dummheit anderer noch weniger ertragen konnte. Sie wollte Kat gerade sagen, dass sie sich ihre Meinung sonst wohin stecken konnte, stockte dann jedoch.

Das war Gretchens Abend. Selbst Edie war nicht zickig genug, um eine Verlobungsparty zu ruinieren, weil sie sich mit einer anderen Brautjungfer streiten musste, die eine dumme Bemerkung über sie gemacht hatte. Daher leerte sie ihr Champagnerglas, stellte es auf einem mit Rosen bedeckten Beistelltisch ab und machte sich auf die Suche nach einem anderen Versteck.

Im Buchanan-Herrenhaus gab es mehrere terrassenförmig angelegte Innenhöfe voller Topfpflanzen und einigen kunstvollen Steinbänken. Man hatte einige Türen der größeren Säle geöffnet, damit die Gäste hinausgehen konnten, und dort waren weitere der kleinen funkelnden Lampen aufgestellt und boten einen hinreißenden Anblick. Allerdings war es recht kühl, daher hielt sich kaum jemand im Freien auf ... was Edie nur recht war. Mit Ausnahme von Gretchen und ihrer hochschwangeren Schwester trugen fast alle Frauen sehr knappe Kostüme, die sehr viel Haut freiließen. Sie hatte ein sehr nuttig aussehendes Krümelmonster gesehen und sich gefragt, wie jemand auf die Idee kommen konnte, so etwas zu einer Verlobungsparty anzuziehen. Aber Edie vermutete, dass man mit vielem durchkommen konnte, wenn man nur sexy genug war. Sie setzte sich auf eine Bank, die zwischen zwei Buchsbäumen stand, nahm ihr Holzbein ab und rieb sich das Knie. Vor sechs Jahren hätte sie sich vielleicht auch als nuttiges Krümelmonster verkleidet, dachte sie reumütig. Ach, Quatsch. Sie wäre viel eher Oskar aus der Mülltonne gewesen. Das war schon eher ihr Stil.

Jemand in einem leuchtend blauen und gelben Kostüm ging an einem der Fenster vorbei, und sie schaute automatisch hin, da die Farben ihre Aufmerksamkeit erregten. Ein Mann hatte sich als Footballspieler verkleidet, und sein Hintern steckte in einer hautengen glänzenden Hose, die die muskulösen Oberschenkel betonte. Auch seine Waden waren perfekt geformt, und die Farben seines Kostüms waren zwar sehr grell, doch er konnte das tragen. Sie musterte den breiten Rücken und die gewaltigen Schulterschoner, während sich der Mann, der einen Helm trug, mit einer hübschen blonden nuttigen Emily Erdbeer unterhielt. Auf dem Rücken seines Trikots stand WARRIOR 01 in Höhe der Schultern.

Sie starrte das Trikot an und begriff nicht, wen sie da vor sich hatte, während Emily Erdbeer, die eine pinkfarbene

Maske trug, sich vorbeugte und den Genitalschutz des Footballers befingerte. Wow, das ging aber schnell. Die Party hatte noch nicht einmal richtig angefangen und der Footballer hatte bereits punkten können. Ha.

Doch dann riss Edie vor Schreck die Augen auf, als sich der Footballspieler ein wenig drehte und sie ein vertrautes Profil und grün-goldene Augen erkennen konnte. Ach, verdammt. Es war Magnus, dessen Schritt gerade von einer anderen Frau befühlt wurde.

Kein Wunder, dass er nicht mehr auf ihre SMS reagiert hatte. Offenbar hatte er bereits etwas Besseres gefunden.

Scheiß auf ihn. Es war Zeit zu gehen. Edie ignorierte den Schmerz, der in ihr aufstieg, und erhob sich von der Steinbank. Dabei fiel ihr Holzbein mit lautem Klappern zu Boden.

Emily Erdbeer drehte sich um und starrte Edie direkt an.

Ebenso wie Magnus.

Edie erstarrte und konnte sich nicht mehr bewegen. Sie konnte genau sehen, wie Magnus sie erkannte. Er nahm den Helm ab, sodass sein zerzaustes Haar und zwei schwarze Balken unter seinen wunderschönen Augen zum Vorschein kamen. Irgendwie wirkte er schockiert, als er sie da stehen sah, und während Edie noch zögerte, machte Emily Erdbeer einen Schritt auf Magnus zu, sodass sie jetzt ganz dicht vor ihm stand.

Da endlich konnte sich Edie wieder in Bewegung setzen. Sie biss die Zähne zusammen, zeigte ihm den Mittelfinger – ebenso wie der Erdbeerschlampe –, drehte sich um und humpelte die Stufen hinunter und in die dunklen Gärten, wobei sie ihr Holzbein hinter sich liegen ließ, als wäre sie eine Art verrückte Cinderella.

»Edie«, rief Magnus ihr hinterher. »Warte.«

»Fick dich«, brüllte sie zurück und lief so schnell, wie sie konnte. In den Gärten hatte man keine Lampen aufgestellt, aber sie konnte direkt vor sich eine dichte Hecke erkennen und hielt direkt darauf zu. Wenn sie hier irgendeinen Schutz für ihr verletztes Herz finden konnte, dann würde sie ihn auch nutzen.

Sie würde auf gar keinen Fall zurück auf die Party gehen. Nicht, nachdem sie sich Magnus in der letzten Woche förmlich an den Hals geworfen hatte.

Dabei war es doch ganz offensichtlich, dass er sie überhaupt nicht wollte.

9

Scheiße, Scheiße, Scheiße. Die Party wurde ja immer schlimmer. Magnus warf seinen Helm beiseite und rannte die Stufen hinunter, wobei er zu erkennen versuchte, wohin Edie verschwunden war. Für eine Frau mit einem verletzten Bein hatte sie sich verdammt schnell zwischen den Büschen versteckt. Er hielt inne und sah sich in den gewaltigen Gärten um.

Als er da stand, trat die Blondine, die ihn vor wenigen Augenblicken ungeniert angefasst hatte, hinter ihn und legte ihm einen Arm um die Taille. »Wo willst du denn hin, Süßer? Wir haben doch gerade erst angefangen, uns zu amüsieren.«

Er schob ihren Arm weg und war richtig verärgert über ihre Direktheit. Bevor er Edie kannte, hätte er es vielleicht sogar mit ihr versucht. Er wäre mit ihr nach oben gegangen, hätte mit ihr geschlafen, so wie sie es wollte, und sie danach nie wiedergesehen. Aber wenn er das jetzt tat, würde Edie es wissen. Sie würde es erfahren.

Und es würde ihr wehtun.

Aus irgendeinem Grund konnte er das einfach nicht zulassen. Es war wichtig, Edie nicht zu verletzen. Verdammt noch mal, vermutlich dachte sie jetzt schon das Schlimmste über ihn, nachdem er ihre SMS während der letzten Woche immer so kurz angebunden beantwortet hatte. Sie würde es nicht verstehen, und da Bianca und Levi nicht bereit waren, ihr kleines Spielchen aufzugeben, wäre Edie verletzt und würde davon ausgehen, dass das Problem bei ihr lag.

Aber Magnus wollte nicht, dass sie so etwas dachte. Er wusste nicht, warum das so war, aber es belastete ihn sehr.

Daher lief er ihr hinterher. Emily Erdbeer schnaufte in seinem Rücken verärgert, lief ihm jedoch nicht nach. Gut.

Die Hecken in dem riesigen Garten versperrten ihm die Sicht, bis er weiter hineingegangen war und die Party hinter sich zurückgelassen hatte. Die Feier war ihm jetzt sowieso völlig egal. »Edie?«, rief er, während er weiter durch die Gärten lief und nach einem gestreiften Oberteil und einer Frau mit einem unbeholfenen Gang Ausschau hielt.

Er bekam keine Antwort. Natürlich nicht. Also lief er weiter, umrundete die kunstvoll beschnittenen Hecken und Dornenbüsche, die an seiner Kleidung zerrten, und fluchte, als er gegen einen dekorativen Brunnen lief, weil er auf nichts anderes als die dunklen Formen am Rand seines Blickfelds geachtet hatte. Das riesige Herrenhaus war nur noch in der Ferne und anhand der Lichter zu erkennen. Auf einmal hörte er ein Rascheln in den Büschen in seiner Nähe. »Edie?«

Jemand trat vor ihm aus einer Hecke, und Magnus wurde langsamer. Es war ein Mann, und er konnte gerade so dessen Smoking erkennen. Hinter ihm trat eine kleinere Gestalt heraus, und einen furchtbaren Moment lang glaubte Magnus schon, es wäre Edie. Aber dann legte der Mann der Frau einen Arm um die Schultern, während sie ihre Kleidung richtete, und Magnus fiel auf, dass die Frau deutlich kleiner als Edie war.

Offenbar war er in ein Techtelmechtel geplatzt. »Habt ihr beide Edie gesehen?«

»Magnus, bist du das?«, fragte der Mann und trat näher. Er nahm die Maske ab.

Magnus stöhnte innerlich auf. Es war dieser Blödmann Asher.

Asher strahlte ihn breit und fast schon unheilvoll an. »Was führt dich hierher?« Er schlug der Frau, die er bei sich hatte, auf den Hintern, und sie zuckte zusammen und ging schon einmal voraus, während sie noch immer dabei war, ihr Kostüm wieder zuzuknöpfen.

Arrgh. Asher war nicht nur der letzte Mensch, den Magnus jetzt sehen wollte, der Kerl war überdies auch noch betrunken und anscheinend gerade wieder in besonders garstiger Stimmung. »Ich suche jemanden«, meinte Magnus daher nur und wandte sich ab.

Asher lachte. »Ach ja, richtig. Ich habe schon gehört, dass du die verkrüppelte Brautjungfer vögelst. Die mit der spitzen Zunge. Die muss ja im Bett eine richtige Granate sein, dass du das alles einfach so übersehen kannst.«

Magnus ballte die Fäuste. Er wusste ganz genau, dass Asher trotz seines ewigen Lächelns ein ziemlicher Mistkerl war und dass er, früher ein guter Kerl, zynisch und verbittert geworden war, nachdem ihn seine Verlobte verlassen hatte. Es gab also gute Gründe für sein rüpelhaftes Benehmen, und Magnus nahm es ihm oftmals auch nicht übel ... Aber nicht immer. Wenn der Mann doch nur seine verdammte Klappe halten könnte. »Zieh Leine, Asher.«

Asher taumelte jedoch auf ihn zu und war ganz offensichtlich betrunken. Er versuchte, Magnus einen Arm um die Schultern zu legen, was die Footballschoner jedoch verhinderten, daher gab er sich damit zufrieden, ihm unbeholfen den Arm zu tätscheln. »Ist schon okay, Mann. Du opferst dich für das Team auf ...«

Das ging dann doch zu weit, auch wenn es fast ins Schwarze traf. Mit wütendem Knurren drehte sich Magnus zu Asher um und schlug ihm ins Gesicht.

Asher stürzte zu Boden. Magnus' Arm schmerzte, aber er

begrüßte den Schmerz, weil das bedeutete, dass er Ashers fies grinsendes Gesicht getroffen hatte.

»Oh mein Gott!«, kreischte eine Frau. »Asher!« Die Kleine kam wieder angelaufen und half Asher beim Aufstehen. Während sie das tat, legte Asher einen Finger an die Lippen und grinste Magnus zynisch an. »Vielleicht ist sie ja doch nicht so gut im ...«

Mit geballten Fäusten wollte sich Magnus erneut auf ihn stürzen – wurde dann jedoch unerwartet festgehalten.

»Nein, Magnus«, sagte Edie leise. »Es ist schon okay. Wirklich.«

»Ja, Magnus«, meinte Asher und wischte sich das Blut aus dem Gesicht. »Alles cool.«

Magnus starrte Asher noch einige Sekunden lang wütend an, bevor er in Edies besorgtes Gesicht hinabblickte. Im Mondlicht sah sie wunderschön aus. Sie hatte eine Hand auf seinen Arm gelegt und streichelte ihn beruhigend. In ihrer Miene las er Sorge, und sie hatte die vollen Lippen geschürzt. Doch sie warf nicht einen einzigen Blick zu Asher hinüber, sondern sah Magnus nur mit ihren großen Augen an und streichelte seinen Arm. Seine Hand schmerzte in Erinnerung an das, was er gerade getan hatte, aber eigentlich war das nicht weiter wichtig. Es zählte nur, dass er Edie verteidigen musste, die sich gegen Menschen wie Asher nicht wehren konnte.

Er wollte derjenige sein, der sie beschützte und für ihre Sicherheit sorgte.

»Es ist okay«, sagte sie leise. »Wirklich.«

Er holte tief Luft, schloss die Augen und versuchte, sich zu beruhigen. »Sieh zu, dass du verschwindest, Asher«, knurrte Magnus, ohne die Augen zu öffnen. »Sonst tue ich noch was, das ich später bereuen könnte.«

»Wie einen Kumpel zu schlagen?«, fragte Asher mit sarkastischem Unterton und klang so, als würde er sich gerade aufrappeln.

»Ich sprach von etwas, das ich später bereuen werde«, erwiderte Magnus mit eiskalter Stimme. »Das bereue ich ganz bestimmt nicht.« Edie streichelte weiterhin seinen Arm und schaffte es so, ihn daran zu hindern, den Verstand zu verlieren.

»Fick dich«, fauchte Asher.

Es wurde totenstill im Garten. Als Magnus sich endlich beruhigt hatte und die Augen aufschlug, war Asher verschwunden. Er blickte über die Schulter und sah Asher und seine kleine Freundin gerade noch um eine Ecke biegen. Edie stand immer noch neben ihm, streichelte seinen Arm und blickte besorgt zu ihm auf.

Er schaute die Stelle an, an der sie ihn berührte. »Wie kommt es, dass du meinen Arm streichelst?«

Sie zog die Hand weg. »Bei den Katzen funktioniert es meistens.« Sie klang ein wenig peinlich berührt, aber es war zu dunkel, als dass er erkennen konnte, ob sie errötete. »Geht es dir gut?«

Das tat es, und auch wieder nicht. Es ging ihm gut, weil sie jetzt hier war und neben ihm stand, aber er war noch immer sauer und ging davon aus, dass sie Ashers bittere Worte gehört hatte und von dem Schlimmsten ausging: dass er sich des Teams zuliebe mit ihr abgab. Denn war das nicht im Grunde genommen genau das, was er für Bianca und Levi tat, wenn die beiden zusammen sein wollten? Dass er seine Freizeit opferte, damit Levi flirten konnte? Er hasste sich ein wenig dafür, dass er dabei überhaupt mitgemacht hatte. Edie würde am Boden zerstört sein, wenn sie davon erfuhr. »Tut mir leid, dass du das sehen musstest.«

»Mir nicht«, erklärte sie fast schon fröhlich. »Es kommt nicht jeden Tag vor, dass ich mitansehe, wie ein Mann geschlagen wird, weil er mich als Krüppel bezeichnet hat.«

»Asher hat ... Probleme.«

»Ach was.« Sie klang amüsiert.

Als er ihre Stimme hörte, ging es ihm gleich viel besser. »Du bist kein Krüppel.«

»Ich weiß«, erwiderte Edie.

»Und ich tue das auch nicht nur für das Team.«

»Das weiß ich ebenfalls. Ich habe die Blondine gesehen, mit der du hier bist.«

Er schüttelte den Kopf. »Ich bin nicht mit ihr hier, und ich will sie auch nicht. Ganz bestimmt nicht.« Als er den Blick über ihr verletzliches Gesicht wandern ließ, ging ihm auf, dass es nur eine Einzige gab, die er wollte: Edie. Und das hatte nichts mit Levi, Bianca oder sonst jemandem zu tun. Er wollte Edie, weil er sie aus ganz eigenen Gründen küssen wollte. Am liebsten hätte er sie gepackt, ausgezogen und überall berührt, weil er gespannt auf ihre Reaktion war, ihr leises Seufzen hören und ihren fordernden Mund küssen wollte – und das nur, weil sie sie war, und nicht, weil es jemand anderes von ihm verlangte.

Bei dieser Erkenntnis musste er grinsen. Scheiß auf Levi. Magnus würde seine kleinen Spielchen nicht mehr mitspielen, denn für ihn war es kein Spiel mehr. Es ging ganz allein um Edie. »Ich tue das nicht für das Team«, sagte er noch einmal.

Sie sah ihn belustigt an. »Warum hast du ihn dann geschlagen, Magnus?«

»Weil ich den Gedanken nicht ertragen kann, dass dich jemand verletzen könnte.«

Edies Miene veränderte sich. Auf einmal sah sie ihn nachdenklich an und schien eine Entscheidung zu treffen.

»Was ist?«, wollte er wissen.

»Ich habe beschlossen, auf die Regeln zu pfeifen.« Dann packte sie ihn vorn am Trikot, zog ihn an sich und küsste ihn.

10

Magnus war mehr als nur ein bisschen verblüfft, dass Edie ihn küsste. Er stand reglos da und war förmlich schockiert, als sie ihre süßen, vollen Lippen kurz auf seine presste. Dann erst schaltete sich sein Gehirn – ebenso wie sein Penis – ein. Er legte die Arme um sie, öffnete die Lippen und erwiderte ihren Kuss, wie er es schon seit so langer Zeit hatte tun wollen. Schließlich übernahm er die Kontrolle und forderte sanft, dass Edie die Lippen öffnete. Als sie es tat, liebkoste er sie mit der Zunge und der entsprechenden Technik, um ihr zu beweisen, wie schön es sein konnte, ihn zu küssen. Er spürte, wie sie erschauerte, schlang die Arme noch etwas fester um sie und wollte sie vor der ganzen Welt beschützen.

Sie war die Seine, verdammt noch mal. Niemand durfte auch nur versuchen, ihr noch einmal wehzutun.

Er verschlang sie regelrecht, umgarnte ihre Zunge mit der seinen und bewegte den Mund auf ihren sinnlichen Lippen. Himmel, wie er ihren Mund liebte. Er war so süß und voll und leicht geschwollen von seinen Küssen. Magnus löste sich kurz von ihr, um ihre feuchten Lippen im Mondlicht zu bewundern, und Edie blickte leicht benommen zu ihm auf.

»Warum hören wir auf?«

Da beugte er sich vor und küsste sie wieder, dieses Mal jedoch hart und fordernd. Kurz darauf zwang er sich jedoch, wieder von ihr abzulassen. »Weil wir eigentlich zurück auf die Party müssten«, murmelte er leise und konnte einfach nicht damit aufhören, sie zu berühren. Er legte ihr eine Hand an die

Wange und strich mit dem Daumen über ihre volle, feuchte Unterlippe. Sein Penis zuckte als Reaktion darauf, und er malte sich aus, wie es wohl aussehen mochte, wenn sie ihn in den Mund nahm. Dabei verfluchte er diesen Teil seines Kostüms, weil jeder sehen konnte, was er für Edie empfand. »Und du möchtest bestimmt wieder zurückgehen, nicht wahr?«

Sie schüttelte den Kopf. »Scheiß auf die Party. Ich will dich.« Dann knabberte sie an seinem Daumen und sah ihn lüstern an.

Er stöhnte und konnte einfach nicht wegsehen. »Ich stehe zwei Sekunden davor, dich einfach hinter den nächsten Busch zu schleifen und gleich hier zu nehmen.«

Wieder knabberte sie an seinem Daumen. »Eins, zwei.«

Gottverdammt. Diese Frau würde noch sein Untergang sein. »Ich habe kein Kondom dabei.«

»Dann zieh ihn eben wieder raus, bevor du kommst.« Sie ließ die Zunge um seinen Daumen kreisen. »Aber sorge zuerst dafür, dass ich meinen Spaß habe.«

»Oh, darauf kannst du dich verlassen«, flüsterte er und beugte sich vor. Er ließ eine Hand von ihrer Taille zu ihrem Hintern wandern und umfing die rechte Pobacke. »Ich werde dich so gut lecken, dass du hinterher kaum mehr laufen kannst.«

»Das ist nicht gerade eine Drohung, die bei mir zieht, Magnus«, neckte sie ihn und ließ eine Hand über seine Brust gleiten, um an seiner Hüfte zu verharren.

»Dann lecke ich dich eben so gut, dass ich hinterher kaum mehr laufen kann«, korrigierte er sich.

Sie erzitterte in seinen Armen. »Wo sollen wir hingehen? Ich brauche dich. Jetzt und hier.« Sie knetete seinen Hintern. »Wow, du hast einen unglaublichen Hintern. Ich will ihn nackt sehen.«

Er stöhnte und eroberte erneut ihren Mund. »Lass uns weiter in die Büsche gehen. Na, komm.«

Dann nahm er ihre Hand und zog sie mit sich, da er es vor Begierde kaum noch aushalten konnte. Am liebsten hätte er sie auf den Boden geworfen und wie ein Tier bestiegen, weil das Adrenalin so durch seine Adern peitschte und er davon ausging, dass Edie das auch gefallen würde. Schließlich hatte sie ihn gerade geküsst, nachdem er ihretwegen einen Mann geschlagen hatte. Aber der Boden war feucht und kalt, und er wollte nicht, dass sich Edie unwohl dabei fühlte. Es sollte allein um ihre Lust gehen. Kurz überlegte er, ob er sich auf den Rücken legen sollte, damit sie sich auf ihn setzen und ihn reiten konnte, aber er zwang sich, diese wundervolle Idee wieder zu vergessen, da er nicht wusste, ob ihr Knie das mitmachen würde. Dieses erste Mal sollte für sie beide unglaublich werden. Und so ging er tiefer in die Gärten hinein und entfernte sich weiter von der Party, bis er genau das gefunden hatte, was er suchte.

Direkt vor ihnen stand ein großer, flacher Stein, der Edie etwa bis zur Hüfte reichte. Im Näherkommen sah er, dass sich darauf eine große Sonnenuhr aus Bronze befand, daher ließ er Edies Hand los, griff danach und hob sie an. Die Sonnenuhr war schwer, aber nicht am Stein befestigt. Unter großem Kraftaufwand hob er sie herunter und warf sie zur Seite auf den Boden. Danach wischte er den Stein mit der Hand ab und drehte sich zu Edie um.

»Das war ... beeindruckend«, murmelte sie ganz atemlos und sehr süß. Sie ging zu dem Stein und musterte ihn unsicher, daher legte ihr Magnus die Hände um die Taille und hob sie darauf. Sie wog so gut wie gar nichts, und für einen Augenblick war er sich ihrer Zerbrechlichkeit überdeutlich bewusst. Normalerweise wirkte sie gar nicht so, weil sie immer damit beschäftigt war, Feuer zu spucken. Aber hier im Dunkeln, wo sie kaum noch etwas sagte, nahm er ihre zarten Knochen und ihre schlanke Gestalt erst so richtig zur Kenntnis.

Er schwor, dass dies der beste Sex werden würde, den sie je gehabt hatte. »Du hast doch noch gar nichts gesehen, Baby.«

Edie kicherte, und das Geräusch klang ganz kehlig und niedlich. »Sind wir hier allein?« Sie ließ die Füße herunterbaumeln und sah kurz unsicher aus.

»Allein genug«, erwiderte er. »Bis hierher wird niemand kommen.« Er trat vor, schob ihre Beine auseinander und hob den Kopf, um sie zu küssen. Auf dem Stein sitzend war sie größer als er, aber nur ein kleines Stück. Außerdem befanden sich ihre Brüste so in der perfekten Höhe, und er hatte wundervolle Pläne damit.

Sie beugte sich vor, um ihn zu küssen, und als sich ihre Lippen berührten, zog er sie enger an sich und auf dem Stein ein Stück nach vorn, bis sie sich aneinanderpressten. Er küsste sie weiter, tief und innig und legte ihr eine Hand in den Nacken. Edie stöhnte in seinen Mund, und bei diesem heißen Geräusch wäre es beinahe um ihn geschehen gewesen, obwohl er sogar noch die Hose anhatte. Er vertiefte den Kuss und ließ die Hand auf ihre nackte Schulter wandern, da dank ihres weit ausgeschnittenen Shirts ihr Brustansatz zu sehen war. Es wäre ein Kinderspiel, den Kragen weiter herunterzuziehen und ihre Brust zu entblößen, damit er sie küssen konnte, und dieser Gedanke war fast schon qualvoll. Er unterbrach den Kuss, um ihr mehrere kleinere aufzudrücken, und strich mit den Fingern über die nackte Haut an ihrer Schulter. »Ich möchte dich sehen, Edie. Und ich möchte den Mund auf deine wunderschönen Brüste drücken.«

Edie erschauerte, zog ihr Shirt jedoch für ihn weiter herunter. Dieser Anblick war unglaublich erregend, und als ihr halterloser BH hervorblitzte, übernahm er die Initiative, zog ihn herunter und entblößte ihre steife Brustwarze. »Mann, ist das schön«, sagte er sanft und genoss es, wie sie zitterte. Sie war schon jetzt so wahnsinnig empfänglich, dass sein Penis noch viel steifer wurde. »Deine Brüste sind wunderschön«, sagte er, und das entsprach der Wahrheit. Die Brust, die er jetzt sehen konnte, war voll und rund, mit einer kleinen, steifen Brustwarze. Er beugte sich vor, gab ihr einen Kuss auf die Schulter und bahnte sich dann eine Spur aus Küssen bis hinunter zu ihrer Brust, wobei er sich genüsslich Zeit ließ. Er umfing ihre Brust mit einer Hand, drückte sie zusammen, und Edie erschauerte erneut. Danach legte er die Hand unter ihre Brust und hob sie an, bis die Brustwarze hervorstand und er sie in völliger Perfektion vor sich hatte. Erst jetzt legte Magnus den Mund darauf und leckte über die hervorstehende Spitze.

Als Edie die Luft einsog, schob sie die Hände in sein Haar, und er leckte und küsste ihre Brustwarze, bis sie den Körper durchdrückte und wieder erbebte. Er ließ die Zunge um die Spitze kreisen, leckte sie und versuchte, herauszufinden, worauf Edie am stärksten reagierte. Sie schien es besonders zu mögen, wenn er die Zunge langsam über die Brustwarze gleiten ließ, daher machte er das wieder und wieder, um danach fest daran zu saugen.

Edie schrie leise auf und krümmte die Finger auf seiner Kopfhaut. Er spürte, wie sie die Hüften auf dem Stein bewegte, als würde sie sich unbewusst rhythmisch an ihn drücken. Mann, das war so süß. Er knabberte und saugte weiter an ihrer wundervollen Brust, schob dabei die andere Hand unter ihren Rock und zwischen ihre Beine. Als er in ihrem Schritt angekommen war, stöhnte er, weil sie vor Erregung schon ganz feucht war. »Himmel, du bist wirklich schon bereit für mich, was?«

Ein leises Keuchen war ihre einzige Antwort.

Er biss ihr zärtlich in die Brustwarze, und sie drückte das Becken gegen die Hand, die auf ihrem Venushügel lag. Als er ihr in die Augen sah, stellte er fest, dass sie ihn genauso schläfrig und erregt anschaute, wie er es sich ausgemalt hatte. Sein Penis schmerzte schon, weil er endlich in ihr sein wollte. »Das Höschen muss weg«, erklärte er. »Zieh es aus. Ich möchte alles von dir sehen.« Er drückte einen Finger gegen den feuchten Stoff ihres Höschens und fand schließlich ihre Klitoris. »Ich möchte, dass du bereit für mich bist.«

Sie nickte, zog den Rock weiter hoch, verlagerte ihr Gewicht erst auf die eine und dann auf die andere Seite und streifte sich das Höschen herunter. Nachdem sie es sich ausgezogen hatte, sah sie sich verwirrt um. »Ich weiß nicht, wo ich es hinlegen soll.«

Magnus nahm es ihr aus der Hand und warf es in die Büsche.

Edie kreischte erschrocken und schlug mit einer Faust auf seinen Schulterschutz. »Das brauche ich noch!«

»Nicht heute Nacht!«, erwiderte Magnus und bedachte sie mit einem lüsternen Blick.

Ihr Blick wurde erneut ganz erregt, und sie starrte seinen Mund an.

Dann küssten sie sich wieder, wild, heiß und leidenschaftlich, voneinander angezogen durch die Hitze, die zwischen ihnen waberte. Ihre Zungen und Lippen umspielten einander, und Edie stieß leise lustvolle, kehlige Geräusche aus, wann immer er mit seiner Zunge in ihren Mund eindrang, was ihn ganz verrückt machte. Wieder umfing er ihre Brust und musste sie einfach berühren, sie streicheln, und als sie den Rücken durchbog, wollte er mehr. »Lass mich dich lecken«, murmelte er zwischen den Küssen. »Hier und jetzt.«

Sie stöhnte, und er konnte spüren, wie sie vor lauter Lust zitterte. Aber trotz der leisen, wohligen Geräusche, die sie ausstieß, versteifte sie sich. »Kann uns jemand sehen?«, fragte sie schüchtern.

»Hier ist niemand, der uns sehen kann«, versicherte er ihr und saugte kurz an ihrer sinnlichen Oberlippe, bis sie sich gegen ihn sinken ließ. »Ich schiebe den Kopf unter deinen Rock, sodass man nichts außer Beinen und Schultern sehen kann. Mein Gesicht und meine Zunge werden in deinem Schoß verborgen sein.«

Edie stöhnte leise, nickte dann und küsste ihn wieder.

Widerstrebend zog er ihr Oberteil hoch und bedeckte ihre wundervolle Brust, weil er wusste, dass sie so nicht gesehen werden wollte. »Es ist wirklich schade, sie zu verstecken«, murmelte er dabei, und sie stieß eines dieser atemlosen Geräusche aus, die ihm sagten, dass seine Worte sie ebenso erregten wie seine Berührungen. »Leg dich auf den Rücken«, bat er sie.

Sie lehnte sich nach hinten, stützte sich jedoch auf die Ellbogen, sodass sie nicht ganz flach auf dem Rücken lag und ihm zusehen konnte. Und, wow, es erregte ihn sehr, dass sie sehen wollte, was er tat, selbst wenn sie nur die Bewegungen seines Kopfes unter ihrem Rock erkennen konnte. Anscheinend hatte seine kleine Katzenlady auch eine ungezogene Seite.

»Dann zeig mir doch mal, was du darunter verbirgst«, sagte Magnus, legte Edie die Hände an die Hüften und hob ihren Rock hoch. Das Kostüm reichte er ihr auf einer Seite bis auf die Mitte der Waden, auf der anderen jedoch nur bis zum Oberschenkel. Als er den Rock hochhob, sah er ihr verletztes Knie, das Narbengewebe und die Operationsnarben, die ihre Haut überzogen. Aber er ignorierte es, da er sich nicht sicher war, ob sie eine gründliche Begutachtung jetzt so gut finden würde, und küsste sich an ihrem Oberschenkel weiter nach oben, bis er sich schließlich den Rock über den Kopf legte und zu seinem Ziel vordrang.

Unter ihrem Rock stieg ihm der Duft ihrer Erregung in die Nase, und ihm lief schon das Wasser im Mund zusammen, bevor er sie überhaupt gekostet hatte. Er spürte, wie sich Edie wieder versteifte, und die Muskeln in ihren Oberschenkeln waren angespannt, als würde sie sich bei jedem Atemzug mehr verkrampfen. Magnus drückte die Nase gegen ihr Schamhaar, streckte die Zunge aus und kostete sie. Sofort merkte er, wie sie nach Luft schnappte, was ihn weiter ermutigte. Er drückte fester mit der Zunge zu und hatte mit einem Mal einen süßen Geschmack im Mund. »Himmel, du schmeckst so gut.«

Wieder erschauerte sie und drückte ihm durch den Stoff des Rockes hindurch eine Hand auf den Hinterkopf, genau wie er es sich ausgemalt hatte. »Mach weiter.«

»Oh, das habe ich vor«, versicherte er ihr, presste das Gesicht in ihren Schritt und leckte sie. Er erkundete sie mit dem Mund, da er sie ja nicht sehen konnte. Ihre Schamlippen waren feucht, und ihre Klitoris drückte sich gegen seine Zunge, wenn er den Mund bewegte. Edie war sehr erregt, und als er seine Zunge gegen ihre Scheidenöffnung drückte, wand sie sich unter ihm.

»Bitte«, stieß sie stöhnend aus. »Oh ja, Magnus.«

»Gefällt es dir, meinen Mund dort zu spüren, Edie?« Er leckte über ihre Schamlippen und die Klitoris und nahm ihren Geschmack in sich auf.

»Oh Gott, ja.«

»Dann sag mir, was du willst. Zeig es mir.«

Wieder drückte sie die Hand auf seinen Hinterkopf, als sich

seine Zunge ihrer Klitoris näherte. »Hier«, sagte sie leise. »Saug hier.«

»Ja?«, murmelte er und machte sich sofort ans Werk. Er leckte ihre Klitoris wieder und wieder, um den kleinen Nervenknoten dann in den Mund zu nehmen und wie verlangt daran zu saugen. Es gab nichts Heißeres als eine Frau, die wusste, was sie beim Sex wollte.

Edie wimmerte, stieß erregte leise Geräusche aus, und als er sie leckte und an ihr saugte, um ihr zu geben, was sie wollte, bewegte sie das Becken unter ihm. Er legte die Hände an ihre Hüften und hielt sie fest, damit sie sich seinen Liebkosungen nicht entziehen konnte, und als er sie leckte und an ihr saugte, wurden ihre Bewegungen immer heftiger und wilder und ihr Wimmern stetig lauter und flehender. »Oh, bitte. Oh, Magnus. Ja. Genau da«, flüsterte sie, als er mit der Zunge seitlich an ihrer Klitoris entlangfuhr. »Großer Gott, genau da. Oh. Oh! Ich komme! Oh Gott, hör nicht auf! Oh! Oh Gott!«, schrie sie auf und hob die Knie in die Luft, während er spürte, wie sie kam. »Oh«, wimmerte sie erneut, und das klang so unglaublich sexy, dass sein Penis umso heftiger pochte. »Oh! Oh! Oh!« Und bei jedem ihrer leisen Geräusche bewegte er wieder die Zunge und zog ihren Höhepunkt in die Länge, der ewig anzuhalten schien.

Dann wurde ihr Wimmern zu einem leisen, lang gezogenen Seufzen, und er spürte, wie sie auf den Stein sackte und ihr Körper erschlaffte. Magnus leckte sie noch ein letztes Mal und genoss es, wie ein Schauer durch ihren Körper lief. Dann leckte er sich die Lippen, kam unter ihrem Rock hervor, und bei ihrem Anblick überkam ihn eine große Zufriedenheit. Edie lag flach auf dem Rücken, und ihre steifen Brustwarzen bohrten sich durch den Stoff ihres Oberteils. Sie hatte eine Hand auf ihre Stirn gelegt, auf der sich Schweiß abzeichnete, und ihr Haar war ganz zerzaust. Auf ihrem Gesicht zeichneten sich Benommenheit und große Befriedigung ab.

Sie sah so wunderschön aus. Er zog sie weiter nach vorn, sodass ihr Becken am vorderen Rand des Steins lag, schob ihren Rock bis zu den Oberschenkeln hoch und holte seinen Penis aus den Footballerleggings. Das Suspensorium, das er als Teil des Kostüms getragen hatte, schränkte ihn schon seit einiger Zeit schrecklich ein, sodass es fast schon schmerzhaft war, und als er es abriss und sein Glied hervorschnellte, seufzte er erleichtert. Sofort trat er vor und drückte seinen Penis gegen ihre feuchten Schamlippen, rieb ihn an ihrer Scheide, um ihn anzufeuchten, falls sie noch nicht feucht genug war, um ihn in sich aufzunehmen. »Ich werde jetzt in dich eindringen, Edie«, teilte er ihr mit. »Leg die Beine um meine Taille.«

Sie hob die Knie an, und er spürte, wie sie die Unterschenkel von hinten gegen seine Beine presste. Dabei öffnete sie leicht die Lippen und sah ihn gespannt an. Sie wartete auf ihn. Er stellte fest, dass ihm dieser Gesichtsausdruck noch viel besser gefiel als der der schläfrigen, erregten Edie. Wenn sie gefickt wurde, sah sie noch viel heißer aus. Mit diesem Gedanken im Kopf drang er tief in sie ein.

Der erste Augenblick war einfach nur wundervoll. Edie wimmerte erneut auf diese scharfe Weise, und er spürte sie um sich herum. Sie war so eng, und ihre Scheide umklammerte ihn wie eine Faust. Und er trug kein Kondom. Großer Gott, er schlief ungeschützt mit ihr. Das war verdammt gefährlich, aber er genoss es dennoch einen Augenblick lang. Er schloss die Augen, während jedes Nervenende in seinem Körper nach Erlösung schrie, und konzentrierte sich ganz allein auf Edie.

Jede Frau war anders. Das hatte Magnus schon auf dem College herausgefunden, als die Freundin, bei der er sich eingebildet hatte, er würde ihr himmlische Orgasmen schenken, ihrer besten Freundin gestand, dass sie ihm nur etwas vorspielte, und ihm das weitererzählt worden war. Nachdem sich sein Ego von diesem Schlag erholt hatte, beschloss er, darauf zu achten, wie die Frau, mit der er schlief, auf das reagierte, was er tat. Einige waren so in ihrer eigenen Welt versunken, dass versaute Worte und ein paar Berührungen ausreichten, um sie kommen zu lassen. Andere mussten ständig berührt und tief penetriert werden, um einem Orgasmus auch nur nahe zu kommen. Manche kamen nur nach sehr viel Lecken und Liebkosungen. Sehr viele erreichten allein durch vaginale Penetration keinen Orgasmus, und das merkte man meist am schwersten, da viele Frauen ihrem Partner lieber etwas vorspielten, als ihn zu beleidigen, indem sie ihm die Wahrheit sagten. Aus diesem Grund schloss Magnus die Augen und wartete auf Edies Signale, während sein Penis tief in ihr steckte. Genau jetzt würde sie ihn entweder ermutigen weiterzumachen, oder sie gäbe ihm unterschwellig das Signal, er möge sich beeilen und endlich von ihr runtergehen. Er bewegte die Hüften und drang noch etwas tiefer in sie ein.

Edie seufzte leise. »Das fühlt sich so gut an. Du bist so tief in mir.« Ihre Muskeln zuckten, und als er sich ein Stück herauszog und wieder tief eindrang, stieß sie einen dieser hinreißenden kleinen Seufzer aus und legte die Beine fester um ihn. Das war eindeutig die Aufforderung weiterzumachen, daher legte Magnus einen langsamen Rhythmus vor. Wenn er zu schnell war, rechnete sie damit, dass er gleich kam. Ließ er sich jedoch Zeit, so gab er ihr zu verstehen, dass er diesen Teil auskosten und gemeinsam mit ihr genießen wollte.

Während er sie penetrierte, beobachtete er sie genau und wartete auf den Hinweis, dass sich ihr nächster Orgasmus aufbaute. Anfangs war Edie noch eher träge und strich mit den Händen über die Vorderseite seines Trikots, während er sich in sie hineinstieß und ihr schmutzige Dinge zuflüsterte. Aber als die Intensität seiner Stöße zunahm, galt das auch für ihre Reaktion. Sie bohrte die Finger in seine Kleidung, und ihr Seufzen wurde zu diesem erregten Flüstern, das er so sehr genoss. Als er schließlich so heftig in sie eindrang, dass seine Hoden gegen ihren Hintern schlugen, wand sie sich unter ihm und stieß ein beständiges Wimmern aus. »Bitte«, brachte sie keuchend über die Lippen. »Bitte, Magnus. Bitte.«

Sein Höhepunkt bahnte sich ebenfalls an, und seine Hoden verhärteten sich und zogen sich zusammen. Instinktiv wollte er sich tief in ihr vergraben, aber er zwang sich, sein Glied nach dem letzten Stoß herauszuziehen, um nicht Gefahr zu laufen, ganz die Kontrolle zu verlieren.

»Nein«, wimmerte Edie und klammerte sich an ihn. »Ich war so kurz davor.«

Das gab ihm den Rest. Er umklammerte seinen Penis fest mit der Hand, rieb die Eichel an ihrer Scheide und kam mit einem überwältigenden Orgasmus. Sein Sperma ergoss sich über ihren Rock, ihre Oberschenkel und ihre Scheide. Derweil stieß Edie weiterhin dieses keuchende Stöhnen aus, das ebenso ihre Erregung wie ihre Enttäuschung erkennen ließ.

Sie hämmerte ihm mit einer Hand gegen die Brust. »Vergiss mich nicht!«

Er lachte und war von seinem Höhepunkt noch ganz außer Atem. »Niemals.« Magnus strich mit den Fingern durch sein Sperma und rieb ihre Klitoris dann mit seinen feuchten Fingern, bis sie erneut kam, ihm ins Ohr kreischte und seinen Namen schrie.

Danach lagen sie eine Weile atemlos und keuchend da. Magnus schob seinen Penis zurück in die Hose und verzog das Gesicht, weil alles klebte. »Vielleicht hätte ich dein Höschen doch nicht wegwerfen sollen«, meinte er. »Zumindest hätten wir uns damit abwischen können.«

Edie stützte sich auf die Ellbogen, hatte völlig zerzaustes Haar und blickte auf ihre gespreizten Beine herab, auf denen noch sein Sperma klebte. Sie sah ihn mit gespielt finsterer Miene an. »Du bist ein sehr unordentlicher Mann, Magnus Sullivan.«

»Aber das gefällt dir«, erwiderte er und zwinkerte ihr zu.

»Darum geht es doch gar nicht«, stellte sie altklug fest. »Besorg mir ein bisschen Gras, damit ich mich sauber machen kann.«

Nachdem er ihrer Bitte nachgekommen war und sie sich notdürftig gereinigt hatten, fanden sie auch Edies Höschen wieder und konnten damit den Rest abwischen. Magnus half Edie, von dem Stein herunterzuklettern, und spürte männlichen Stolz in sich aufwallen, als sie sich stützend an ihn klammerte und weiche Knie bekam. »Ist alles okay?«, erkundigte er sich.

»Ich bin nur ein bisschen wacklig auf den Beinen.«

Er konnte beinahe hören, wie sie bei diesen Worten rot wurde. Verdammt. Das war so sexy. Während er zusah, wie sie versuchte, ihr Haar mit den Fingern in Ordnung zu bringen und ihre Augenklappe richtete, zog er sie an sich und spürte, wie sich ihre weichen Brüste gegen seine Brust drückten – und den verdammten Schulterschutz. Er wollte nur noch dieses Kostüm loswerden und nackt mit ihr im Bett liegen, um ihr ein weiteres Mal dieses heiße Wimmern zu entlocken. »Komm heute mit mir nach Hause, Edie. Ich habe auch Kondome im Nachttisch.«

»Ich kann nicht.«

Er erstarrte und war überrascht, dass sie nicht mitkommen wollte. Eigentlich hatte er geglaubt, dass sie das, was sie eben getan hatten, genauso gewollt hatte wie er. War es ihr jetzt peinlich? War sie nicht gekommen? Er war sich ziemlich sicher, dass sie ihm keinen der beiden Höhepunkte nur vorgespielt hatte, aber ...

Als hätte sie seine Gedanken gelesen, tätschelte Edie Magnus' Arm. »Es liegt nicht an dir, sondern an Sneezy. Und Chunk«, fügte sie nach einem Augenblick hinzu. »Eigentlich an all meinen Katzen. Zwei bekommen regelmäßig Medizin, und die anderen muss ich füttern. Ich kann sie nicht zu lange allein lassen, und Bianca traut sich nicht, ihnen die Arznei zu geben, da sie Angst hat, sie könnten sie kratzen.«

Magnus entspannte sich. Wenn das das einzige Problem war, dann gab es dafür eine ganz einfache Lösung. »Darf ich dann mit zu dir kommen?«

»Aber ja«, antwortete sie, packte sein Trikot und gab ihm einen wilden Kuss. »Wir können auf dem Heimweg noch Kondome besorgen.«

»Was ist mit deiner Schwester? Hat sie dich hergefahren oder bist du allein hergekommen?« Er fuhr ihr mit einer Hand durch das Haar und stellte sich bildlich vor, wie er es packte, während er sie von hinten nahm.

Edie schnitt eine Grimasse. »Ach ja. Ja, ich bin mit Bianca hier. Ich werde ihr per SMS irgendeine Ausrede auftischen. Wahrscheinlich sieht sie sowieso erst in einer Ewigkeit auf ihr Handy, aber dann macht sie sich wenigstens keine Sorgen.« Sie klopfte ihren Rock ab und wurde dann ganz blass. »Mist. Mein Handy ist in meinem Holzbein.«

»Was?«

»Komm einfach mit«, meinte Edie und nahm seine Hand. »Es müsste eigentlich noch bei der Bank liegen.«

11

Edie beschloss, beim nächsten Mal ein Prinzessinnenkostüm anzuziehen, wie Bianca es vorgeschlagen hatte, und sei es auch nur, weil eine Handtasche dazugehörte. Die Suche nach ihrem Holzbein war nervig, aber dank Magnus' Hilfe durchaus erträglich. Nach kurzer Zeit hatte Edie es gefunden, und es war noch immer heil, und ihr Handy steckte auch noch darin. Nun musste sie nur noch Bianca Bescheid sagen. Sie beschloss, Kopfschmerzen als Ausrede vorzubringen. *Ich hab Migräne. Gretchen lässt mich nach Hause bringen. Bleib, solange du möchtest. Viel Spaß! Ich gehe dann schlafen. XO*

Das war die perfekte Ausrede. Bianca hatte viel zu große Angst vor Gretchen, um sie darauf anzusprechen, daher war ihr Alibi bombensicher. Sie steckte ihr Handy weg und drehte sich zu Magnus um, der ebenfalls gerade eine SMS schrieb. »Können wir los?«, erkundigte sie sich und war ein wenig unsicher, als sie ihn mit dem Handy in der Hand sah. Hatte er seine Meinung etwa geändert und schickte einen Notruf los, damit er sie nicht nach Hause begleiten musste?

Doch dann steckte er das Handy weg und nahm sie in die Arme. Sie vermutete, dass er sie gern geküsst hätte, aber er trug dummerweise wieder seinen Helm. »Ich habe nur meinen Bruder informiert. Jetzt gehöre ich für den Rest des Abends ganz dir.«

»Dann lass uns von hier verschwinden«, erklärte sie und fühlte sich unbeschwert und, ja, auch ein kleines bisschen übermütig. Es war ihr sogar egal, dass ihr Knie schmerzte.

Scheiß auf das Knie. Sie hatte gerade unglaublichen Sex auf einer Sonnenuhr (oder zumindest deren Steinsockel) gehabt, und das mit einem attraktiven, heißen Mann.

Und jetzt würden sie zu ihr nach Hause fahren, um erneut miteinander zu schlafen. Dieser Abend hatte sich eindeutig zum Besseren gewendet. Edie nahm seine Hand, und sie gingen durch ein paar abgelegenere Räume zum Eingang. Sie wollten mit niemandem mehr reden.

»Wollen Sie schon gehen, Mr. Sullivan?«, fragte einer der Dienstboten, die den Parkdienst übernommen hatten, als Magnus und Edie näher kamen.

»Ja«, stimmte Magnus zu und ging nicht weiter auf die Frage ein. »Könnten Sie meinen Wagen vorfahren?«

»Wir waren sehr vorsichtig damit«, versicherte ihm der Mann enthusiastisch, und Edie wunderte sich darüber, bis sie den Wagen vor sich sah.

Es war ein gottverdammter Maserati. Du liebe Güte! Sie beäugte das Auto leicht ängstlich. Wenigstens gab es keinen Fahrer, der darüber die Nase rümpfen könnte, dass sie zu einem winzigen Haus voller Katzen fuhren. »Ich kann nur hoffen, dass der Innenraum geräumig ist«, meinte sie zu Magnus.

Er sah sie erschrocken an. »Scheiße.«

»Das geht schon«, versicherte ihm Edie rasch. »Fahr einfach schnell.«

»Das kriege ich hin«, erwiderte er lachend.

Sie rasten mit Höchstgeschwindigkeit über die Highways und erreichten Edies Wohnort in Rekordzeit. Das Innere des Maserati war eigentlich sogar ganz bequem, aber sie konnte es trotzdem kaum erwarten, mit Magnus nach Hause zu kommen, da sie befürchtete, er könnte seine Meinung in letzter Minute noch einmal ändern. Das alles kam ihr so unwirklich vor. Als müsste sie nur blinzeln oder mit den Fingern schnippen und schon würde sie aufwachen und dieser wunderbare Mann, der einen tollen Penis hatte und mit ihr zusammen sein wollte, wäre verschwunden, und sie wäre wieder die Katzenlady Edie.

Was an und für sich nicht so schlimm war. Es war nur ein wenig einsam.

Sie hielten an einem kleinen Supermarkt an, und Edie wartete im Wagen, während Magnus Kondome kaufte. Danach fuhren sie zu Edies kleinem Stadthaus, in dem sie zusammen mit Bianca wohnte. Als Magnus davor parkte, runzelte er die Stirn. »Stufen? Bei deinem Knie?«

»Ich habe hier schon vor dem Unfall gewohnt. Danach ist Bianca bei mir eingezogen«, erklärte sie. »Sie steuert auch was zur Miete bei. Ich wohne im Erdgeschoss und sie oben.«

»Du hättest dir etwas suchen sollen, das für dein Bein besser geeignet ist«, meinte er, als er ihr beim Aussteigen half.

»Tja, ich überprüfe ständig meinen Kontostand, aber bisher lässt der Reichtum auf sich warten, daher muss ich wohl noch eine Weile mit dem auskommen, was ich habe«, fauchte Edie ihn an. »Können wir jetzt endlich reingehen, oder möchtest du dich auch noch darüber beschweren, dass mein Parkplatz so weit von der Haustür entfernt ist?«

Magnus lachte leise, trat neben sie und zog sie an sich, obwohl sie sich völlig verkrampft hatte. »Entschuldige, wenn ich mich wie ein Alphatier benehme. Mir gefällt nur die Vorstellung nicht, dass du einen Teil deines Hauses nicht erreichen kannst.« Er beugte sich vor und küsste sie. »Ich habe eben das Bedürfnis, dich zu beschützen.«

Es war nicht gerade leicht, wütend auf einen Mann zu sein, der einem einen Kuss auf die Nasenspitze gab und sagte, er wolle sich um einen kümmern. Edie warf ihm noch einen finsteren Blick zu und wand sich dann aus seinen Armen. »Na, dann komm, damit ich dir meine Katzen vorstellen kann.«

Irgendwie war es Edie schon ein wenig peinlich, Magnus in ihr Haus zu lassen. Es sah zwar ganz ordentlich aus, aber war auch nicht gerade im neuesten Zustand mit den abgenutzten Teppichen und den Styroporplatten an den Decken. Edies Teil des Hauses war außerdem winzig und bestand aus einer engen Diele, durch die man über einen schmalen Flur in Küche und Wohnzimmer gelangte. Das Badezimmer lag unter der Treppe, und ihr Schlafzimmer – das ursprünglich als Arbeitszimmer gedacht gewesen war – befand sich im hinteren Teil des Hauses. Die Katzen liebten ihre Möbel, was man unschwer an den zerkratzten Armlehnen des Sofas erkennen konnte. In dem winzigen Wohnzimmer standen mehrere Kratzbäume. Die Decken waren mit Katzenhaaren übersät, und ihre armen, süßen Katzen lagen auf jedem verfügbaren gemütlichen Plätzchen. Außerdem standen mehrere Katzentoiletten an strategisch günstigen Stellen im Raum, und obwohl sie diese zweimal täglich reinigte, roch es ein wenig. Sie zuckte zusammen, als sie sah, wie sich Magnus in ihrem kleinen Haus umschaute. Dann fiel sein Blick auf die Treppe und das Gitter an deren Fuß, das verhinderte, dass die Katzen in Biancas Teil des Hauses gelangen konnten. »Da beginnt dann wohl Biancas Bereich?«

Edie nickte und ging weiter durch den Raum, wobei sie im Vorbeigehen ein Kissen aufschüttelte und Tripod, eine ihrer dreibeinigen Katzen, wegscheuchte. »Ja, genau. Mir ist klar, dass es hier ziemlich eng ist und sehr nach einer Katzenlady aussieht, aber ich hatte keine andere Wahl. Jede dieser Katzen kam zu mir, als es keine andere Möglichkeit mehr für sie gab. Ich habe sie alle aufgenommen und geliebt, als es kein anderer tun wollte.« Sie nahm Chunk auf den Arm und rieb über den

Stummel, an dem ihr ein Ohr fehlte. »Sie sind alle hier, weil sie gesundheitliche Probleme haben, alt oder hässlich sind und daher nicht vermittelt wurden. Es gab immer ein Kätzchen, das niedlicher war als sie. Und so sind sie dann bei mir gelandet.«

Er sagte nichts und sah ihr nur ins Gesicht. »Wie viele Katzen hast du?«

»Sieben.« Bei diesem Thema ging sie immer automatisch in die Defensive.

»In diesem kleinen Haus?« Er sah sich mit finsterer Miene um.

»Tja, ich bitte die Katzen ja immer, arbeiten zu gehen, aber sie halten es in keinem Job lang genug aus«, erwiderte sie mit sarkastischem Unterton.

Magnus grinste sie an. »Ich urteile nicht über dich, nur über die Größe deines Hauses. Du brauchst mehr Platz.«

»Das steht auf meiner To-do-Liste«, stellte sie mit bemüht fröhlicher Stimme fest. »Direkt hinter ›mehr Geld verdienen‹. Aber dazu komme ich irgendwann noch.«

»Du bist sauer«, murmelte er, zog sie an sich und rieb ihr sanft die Arme. »Aber das ist unnötig. Ich würde mir nur wünschen, dass du mehr Platz hättest. Ich kann mir vorstellen, dass das alles nicht leicht für dich ist.«

Sie zuckte mit den Achseln. »Es wäre für mich härter, mitansehen zu müssen, wie eine meiner Katzen eingeschläfert wird, daher komme ich schon irgendwie über die Runden.« Noch während sie das sagte, sprang Tripod wieder auf die Couch, stieß sie mit dem Kopf an und wollte gestreichelt werden. Sie tat es, und zu ihrer Überraschung streichelte Magnus die Katze ebenfalls. »Ich sollte sie füttern und ihnen ihre Medizin geben, bevor wir etwas anderes tun, sonst sitzen sie doch nur die ganze Zeit vor der Tür und maunzen.« Es war ihr fast schon peinlich, über Sex zu sprechen. Was war, wenn er gar keine Lust mehr hatte?

Magnus grinste. »Ich bin mir nicht sicher, ob ich Wert auf Publikum lege.«

Edie wurde rot. »Vermutlich nicht.« Okay, offenbar hatte er doch nicht das Interesse verloren. Natürlich nicht. Er war ein Mann. Wollten Männer nicht immer Sex?

Sie ging zur Speisekammer und holte die Katzenmedikamente und Futter heraus. Zuerst wurden die Tiere verarztet, und da gab es eine feste Reihenfolge. Zunächst verteilte sie die Diabetesmedizin, dann ließ sie Sneezy inhalieren, und zuletzt verabreichte sie Tripod die Tabletten gegen die Infektion. Als das erledigt war, fütterte Edie die Katzen. Das Diätfutter war für Chunk, das Futter für ältere Katzen für Tripod, und so ging es weiter. Magnus sagte nichts, während sie sich um die Katzen kümmerte. Er beobachtete nur, wie sie sich zwischen den Stubentigern hindurchbewegte und sie hier und da streichelte. Als alles erledigt war, legte sie die Löffel ins Spülbecken und drehte sich zu Magnus um. »Möchtest du etwas zu trinken? Oder hast du Hunger? Wo ich doch schon alle anderen gefüttert habe...«

Seine Lippen umspielte ein raubtierhaftes Lächeln, bei dem ihr Herz einen Schlag aussetzte. Er hatte an ihrem Esstisch gesessen, während sie die Katzen fütterte, aber jetzt stand er auf und kam auf sie zu. »Adoptierst du mich jetzt auch und kümmerst dich um mich, Edie? Ich dachte, das machst du nur bei den Alten und Kranken.«

»Vergiss nicht, dass ich auch die bei mir aufnehme, die zu grantig sind, als dass sie vermittelt werden könnten«, korrigierte sie ihn und strich mit den Fingern über einen Grasfleck auf seinem Trikot. Dabei musste sie an das denken, was sie vor einigen Stunden getan hatten. Wie er sein Sperma mit etwas

Gras von ihren Oberschenkeln abgewischt hatte, während sie vor ihm gelegen hatte wie auf einem Altar. Ihr wurde ganz heiß.

Der heutige Abend würde ihr auf jeden Fall in Erinnerung bleiben.

»Hältst du mich etwa für grantig?«, fragte Magnus, trat vor sie und stemmte die Hände rechts und links neben ihr auf die Arbeitsplatte, sodass sie gefangen war.

Ihr Herz flatterte, weil er ihr so nah war und sein Grinsen seine zum Küssen einladenden Lippen umspielte. »Du hast eines vergessen«, neckte sie ihn. »Ich habe auch einen Hang zu den Griesgrämigen. Mir ist nämlich aufgefallen, dass sich die meisten von ihnen mit genug Streicheleinheiten durchaus zähmen lassen.«

Er hob die Augenbrauen. »Dann hast du mich mit nach Hause genommen, um mich zu ... streicheln?«

»Vielleicht ein wenig«, erwiderte sie atemlos. »Das hängt ein bisschen davon ab, wie du darauf reagierst.«

»Ich reagiere auf jeden Fall, wenn man mich streichelt«, versicherte er ihr und berührte ihre Lippen ganz leicht mit den seinen. »Davon bin ich überzeugt.«

»Dann bist du genau am richtigen Ort«, sagte Edie und küsste ihn.

Sein Mund war ebenso himmlisch wie in ihrer Erinnerung, seine Lippen weich und seine Zunge besitzergreifend. Er küsste sie, als wollte er sie verschlingen. Von Magnus bekam man keine sanften, zärtlichen Küsse. Er küsste immer so, als wäre sie etwas, das erobert werden müsste, und wenn er sie derart leidenschaftlich küsste, bekam sie immer ganz weiche Knie. Sie sackte gegen den Küchenschrank, während sein Mund sie verschlang und seine Zunge sie mit jeder Bewegung daran erinnerte, dass er noch immer ihr Höschen in der

Tasche hatte, und, großer Gott, sie war noch immer ganz feucht. Als sie ihm die Hände auf die Schultern legen wollte, stieß sie gegen den unglaublich massiven Schulterschutz.

Magnus knurrte kehlig. »Wo ist dein Schlafzimmer? Ich muss aus dieser Uniform raus, bevor ich noch jemanden umbringe.«

Kichernd deutete sie auf die entsprechende Tür.

»Halt dich fest«, forderte er sie auf und hob sie hoch.

Sie klammerte sich an seinem Hals fest, während er die Tür öffnete und hineinging. Dann stieß er ein frustriertes Stöhnen aus, und sie wusste genau, was er dachte. Ihr Schlafzimmer hatte eine Schräge, da es sich unter der Treppe befand, und war gerade mal so hoch, dass er aufrecht darin stehen konnte. Außerdem war es so winzig, dass ihr Bett gerade so hineinpasste.

»Bitte sag mir, dass Biancas Zimmer ebenso klein ist wie deins«, sagte Magnus, dem man seine Verärgerung deutlich anhören konnte.

»Das größere Zimmer nutzt mir nichts, wenn es oben ist, oder?«, erwiderte Edie, während er sie auf dem Bett absetzte.

»Du lässt dich von deiner Schwester ausnutzen...«

»Inwiefern ist das anders als bei dir und deinem Bruder?«, fiel sie ihm entrüstet ins Wort. »Er gammelt den ganzen Tag herum und will nicht arbeiten, während du nicht weiterkommst. Und jetzt erzähl du mir bitte nicht, dass ich strenger mit meiner Schwester sein soll.«

»Er gammelt herum?« Magnus' Lippen zuckten. »Dann willst du mir also weismachen, dass Bianca den ganzen Tag lang hart arbeitet?«

»Zumindest arbeitet sie!«, fauchte Edie.

Er beugte sich mit gebleckten Zähnen vor. »Versuchst du

etwa, mich wütend zu machen, damit ich dich hart und schmutzig durchvögele?«

»Eigentlich nicht«, erwiderte Edie mit zittriger Stimme, als diese wunderschönen Augen sie anstarrten. »Aber jetzt, wo du es erwähnst, klingt es gar nicht mal so übel.«

Magnus drückte die Lippen auf ihre, küsste sie innig und richtete sich dann wieder auf. Ohne seinen lüsternen Blick von ihr abzuwenden, zog er sich langsam das Trikot aus. Sie sah fasziniert zu, wie er sich die Kleidung herunterriss, wobei er mit den Armen an die Schräge stieß, sobald er sie über den Kopf heben wollte. Das Trikot landete auf dem Boden, gefolgt vom Schulterschutz und seinem Unterhemd. Dann stand Magnus mit nacktem Oberkörper vor ihr und rieb sich mit einer Hand die Brust, als wollte er sie darauf hinweisen, dass seine Muskeln einfach perfekt waren.

»Du siehst irgendwie gar nicht aus wie ein Computernerd«, murmelte Edie, der bei diesem Anblick schon das Wasser im Mund zusammenlief.

Magnus grinste sie frech an. »Ich trainiere gern, wenn ich bei der Arbeit nicht weiterkomme, und das ist in letzter Zeit sehr oft vorgekommen.«

»Das sieht man«, stellte sie anerkennend fest und deutete auf seine Hose. »Zieh alles aus. Ich will dich ansehen.«

»Du bist ganz schön herrisch«, stellte er fest, zog sich aber dennoch mit schnellen, entschlossenen Bewegungen die Hose aus. Als er nur noch mit seiner Unterhose und dem Suspensorium, das seiner Erektion kaum noch Einhalt gebieten konnte, vor ihr stand, fing sie beinahe an zu sabbern. Dann zog er sich schnell auch noch den Rest aus. Es war offensichtlich, dass die Zeit des Herumalberns vorbei war. Jetzt ging es ums Ficken.

Schließlich stand er nackt vor ihr und stemmte die Hände

in die Hüften, während sein Penis vor ihm aufragte. Und, okay, es war ein verdammt beeindruckender Penis, dick, mit schwerer Eichel und beachtlichen Hodensäcken. Es kam ihr merkwürdig vor, darüber nachzudenken, dass er die dicksten Hoden hatte, die ihr je untergekommen waren, aber eigentlich war alles an ihm prächtig. Er stand reglos vor ihr. »Wartest du auf eine formelle Einladung?«, fragte Edie.

»›Edies Scheide erwartet die Ehre, meinen Schwanz in sich zu spüren, in etwa dreißig Sekunden?‹«, erwiderte Magnus grinsend. »Und nein, eigentlich warte ich darauf, dass du dich auszieht. Ich möchte dich nackt sehen.«

»Oh.« Natürlich wollte er das. Ein wenig unbeholfen zog sie sich das Shirt über den Kopf und warf es auf den Boden. Ihr BH folgte, und danach ihr Rock und ihre Schuhe. Da sie sich ihr Höschen nach dem Intermezzo im Garten nicht wieder angezogen hatte, war sie jetzt nackt. Etwas irritiert starrte sie die schwarzen Streifen auf der Innenseite ihrer Oberschenkel an. »Was ist denn das?«

Er beugte sich vor, berührte einen der Streifen, lachte und griff sich an die Wangen, wo die schwarze Schminke unter seinen Augen, die zu seinem Kostüm gehörte, inzwischen ziemlich verschmiert war.

Edie wurde knallrot. Wieso war ihr nicht aufgefallen, dass er sich die Streifen an ihren Beinen verschmiert hatte? Großer Gott. »Vielleicht solltest du beim nächsten Mal als Astronaut gehen«, schlug sie leicht pikiert vor. »Dann fasst dir auch niemand in den Schritt.«

Er verdrehte die Augen, kroch aufs Bett und kauerte dann über ihr. »Geht das schon wieder los?«

»Mir fiel gerade ein, dass wir noch gar nicht darüber gesprochen haben, also ja.«

»Ich weiß nicht mal, wer die Kleine war. Sie hat mich einfach angesprochen und begrapscht. Ich habe ihr gesagt, sie soll sich verziehen. Die Einzige, die meinen Schwanz anfassen darf, liegt gerade unter mir«, erklärte er und sah sie lange nachdenklich an. »Und sie hat einen verdammt umwerfenden Körper, wie ich zugeben muss.«

»Bis auf das Knie«, warf Edie spielerisch ein und verkrampfte sich ein wenig. Es war keine schöne Rekonstruktion geworden. Im Grunde genommen konnte sie von Glück reden, dass sie überhaupt noch laufen konnte, auch wenn ihr Knie bei Tageslicht betrachtet schrecklich aussah.

»Das Knie macht mir nichts aus«, erklärte Magnus und küsste sie. »Zumindest weiß ich jetzt, dass ich dich immer einfangen kann, wenn wir irgendwelche heißen Spielchen spielen.«

»Das ist jetzt nicht gerade nett von dir«, protestierte sie, musste aber dennoch lachen.

»Vielleicht sage ich ja nur so schreckliche Dinge, damit du wieder lächelst«, behauptete er zwischen zwei Küssen und drückte sie mit dem Rücken aufs Bett. Er legte sich auf sie, sodass seine Brust auf ihrer ruhte, seine Beine zwischen ihren lagen, und presste seinen Penis in ihren Schritt. Dann nahm er ihre Hände und verschränkte die Finger mit ihren, um sie erneut zu küssen. »Vielleicht gefällt es mir aber auch, dass unter dieser harten Schale eine Frau mit einem Rückgrat aus Nudelteig und einem Herz aus Gold steckt.«

»Blödsinn«, sagte sie leise.

»Das ist die Wahrheit«, beharrte er und stützte sich auf die Ellbogen. Er bewegte das Becken, und sie stöhnte, als sein Glied vor ihre Scheidenöffnung glitt. »Du hast eines vergessen, Edie«, raunte er ihr ins Ohr. »Ich war bereits in dir und weiß, wie weich … und feucht … und wunderbar du bist.«

Sie stöhnte bei seinen Worten.

»Jetzt bleib genau so liegen«, verlangte er und biss ihr sanft ins Kinn. »Ich werde schnell die Kondome holen, und wenn ich zurückkomme, vögele ich dich um den Verstand, genau so, wie du es dir ersehnst.«

»Beeil dich.«

Er schenkte ihr ein jungenhaftes Grinsen, stand so hastig vom Bett auf, dass sie lachen musste, und lief ins Wohnzimmer. Einen Augenblick später kehrte er mit den Kondomen zurück und riss im Gehen die Packung auf. Er wickelte ein Kondom aus, rollte es über sein Glied, und Edie sah ihm mit angehaltenem Atem zu. Als es richtig saß, warf er ihr einen weiteren begehrlichen Blick zu, bei dem ihr ganz heiß wurde, und kam zurück zum Bett. »Das wird leider kein langes, ausgedehntes Liebesspiel werden.«

»Nicht?«

»Nein. Dafür brauche ich dich viel zu sehr. Aber das holen wir später nach«, versprach er ihr, kroch auf das Bett und drückte ihre Beine auseinander. »Ich muss jetzt in dir sein.«

»Ich brauche dich auch in mir ...«

Er bewegte das Becken und war mit einem Stoß tief in sie eingedrungen. Edie wimmerte leise.

Magnus stöhnte. »Gott, dieses Geräusch, das du machst, wenn ich in dir bin ...«

»Entschuldige ...«

»Du musst dich nicht entschuldigen«, fiel er ihr ins Wort und eroberte erneut ihren Mund, um dann zu verkünden: »Ich finde es unglaublich sexy und stehe total auf dieses kehlige Wimmern, das du immer ausstößt.«

»Du bist auch sehr gut darin, es auszulösen«, meinte sie atemlos und wimmerte erneut, als er sich in sie hineinstieß. Sie hob die Beine an und drückte die Waden gegen die Rückseite seiner Oberschenkel, da sie mehr von ihm brauchte.

Er küsste sie wieder, dieses Mal hart und besitzergreifend. »Sag mal, Edie«, murmelte er zwischen den Stößen, »ich muss das jetzt wissen. Bist du schon mal nur durch gute harte Stöße gekommen?«

Seine schmutzigen Worte ließen sie erzittern. »Ich, ähm... Ich glaube nicht, dass ich es schon mal versucht habe. Normalerweise brauche ich, na ja, du weißt schon, noch was anderes...«

»Ja?«, fragte er und küsste ihren Hals.

»Ja.« Himmel, sein Mund. Sein großer, muskulöser Körper über ihr, sein Gewicht auf ihr und in ihr. Großer Gott. Einfach nur... Gott!

»Ich wette, ich kann dich auch ohne diesen anderen Kram zum Höhepunkt bringen«, sagte er und leckte ihr über die Kehle. »Mit nichts als dir, mir und meinem Schwanz tief in dir.«

»Das... klingt nach einer Herausforderung.«

Er lachte. »Du kennst mich. Ich mag Herausforderungen.« Dann stieß er sich wieder in sie hinein, so fest, dass sie es kaum noch aushalten konnte.

Wie sich herausstellte, mochte Edie ebenfalls Herausforderungen.

Und es stellte sich außerdem heraus, dass sie nichts außer seinem Penis in sich brauchte, um zu kommen. Sogar mehrmals.

❖ ❖ ❖

Edie wachte einige Stunden später auf – mit einem angenehm wunden Gefühl zwischen den Beinen, dem Bein eines Mannes zwischen ihren und einem steinharten Penis, der sich gegen ihren Hintern drückte. Irgendwann im Laufe der Nacht hatte ihr Magnus das Kissen und den Großteil der Decke geklaut, aber irgendwie machte ihr das gar nichts aus. Sie schmiegte sich an seine breite Brust und fühlte sich geborgen und durch und durch befriedigt. Magnus bekam von all dem nichts mit und schnarchte leise weiter, und Edie schlummerte langsam wieder ein.

Ein Klopfen an ihrer Tür weckte sie wieder. »Edie?«

Verdammt. Bianca. Edie umklammerte die Decke und starrte erschrocken die Tür an. »J...Ja?«

Magnus murmelte etwas und drehte sich ohne aufzuwachen auf die andere Seite, und Edie drückte ihm eine Hand auf den Mund, um ihn zum Schweigen zu bringen.

Bianca rüttelte am Türknauf. Sie hatten glücklicherweise daran gedacht, die Tür abzuschließen.

»Was ist?«, rief Edie ihrer Schwester zu und versuchte, so mürrisch wie immer zu klingen. »Was willst du?«

»Ich wollte mich nur erkundigen, wie es dir geht«, rief Bianca durch die Tür. »Du bist so früh von der Party abgehauen.«

»Ich habe dir doch geschrieben, dass ich Migräne habe«, erwiderte Edie. »Und du machst es gerade nicht besser.«

»Jetzt habe ich auch Kopfschmerzen«, flüsterte Magnus unter ihrer Hand. »Könntest du bitte versuchen, mir nicht ins Ohr zu schreien?«

Sie drückte ihm einen Finger an die Lippen, setzte sich jedoch auf, um seinem Wunsch nachzukommen. »Es geht mir gut. Ich werde einfach noch ein bisschen schlafen.« Edie blickte auf Magnus herab, der sie aus grün-goldenen Augen schläfrig ansah. Himmel, war das ein wundervoller erster Anblick am Morgen. Als hätte er ihre Gedanken erraten, zog er sie an sich und hielt sie so fest, dass sich ihre Brüste direkt vor seinem Gesicht befanden. Dann nahm er eine Brustwarze zwischen die Lippen und saugte daran. Edie stieß ein ersticktes Stöhnen aus.

»Brauchst du Kopfschmerztabletten oder irgendwas?«, fragte Bianca durch die Tür hindurch. »Ich könnte eben einkaufen gehen und dir Hühnersuppe besorgen, wenn du möchtest. Oder falls du ein Heizkissen brauchst, kann ich dir meins leihen. Oder...«

»Ich kann auch dafür sorgen, dass dir heiß wird«, murmelte Magnus an ihrer Brust.

»Es geht mir gut«, rief Edie noch einmal. Ihre Stimme klang ein wenig zittrig, da dieser furchtbare Mann an ihrer Brust saugte und sie ganz verrückt machte. Sie legte ihm erneut die Finger an den Mund, um ihn zum Schweigen zu bringen, was jedoch nur dafür sorgte, dass er an einem Finger saugte und seine rechte Hand über ihr Bein nach oben wandern ließ.

Oh Gott. Er spielte wirklich nicht fair.

»Ich, äh, werde einfach noch ein paar Stunden schlafen«, rief Edie, während Magnus ihre Klitoris streichelte. Sie biss sich auf die Unterlippe, um ein Wimmern zu unterdrücken.

Er nahm ihren Finger aus dem Mund und widmete sich erneut ihrer Brust, und Edie verdrehte vor lauter Lust beinahe die Augen. Schon drückte Magnus sie wieder aufs Bett und bahnte sich eine Spur aus Küssen über ihren Bauch, während er mit den Fingern ihre feuchten Schamlippen spreizte. Dieser Mann war morgens ganz offensichtlich leicht erregbar ... und sie konnte sich nicht beschweren. Nicht wenn sie davon profitierte.

»Die Party war übrigens noch schön«, rief Bianca. »Sie ging erst sehr spät zu Ende. Ich glaube fast, Gretchen und Hunter kennen jeden Milliardär im ganzen Staat New York.«

»D... Das ist schön«, erwiderte Edie, während Magnus ihre Schamlippen weiter spreizte, ihre Klitoris freilegte, sie mit einem frechen Grinsen bedachte und die Lippen darauf presste. Edie drückte den Rücken durch und biss sich in die Fingerknöchel, um ihre Schreie zu unterdrücken.

Bianca bekam von all dem nichts mit und berichtete weiter von der Party, von einigen Kleidern, von den Leuten, die sie letzte Nacht kennengelernt hatte, und von dem Toast, den diese Brontë ausgesprochen hatte, der das Zitat irgendeines Philosophen enthielt, und war Gretchens Freund Cooper nicht ein wirklich netter Mann? Ihm gehörte eine Reihe von Cafés, bei denen er sich mit Hunter zusammengetan hatte. So ging es immer weiter und weiter, während sich Magnus Edies Beine auf die Schultern legte und sie leckte, wobei ihn das Gefasel ihrer Schwester auf der anderen Seite der Tür nicht im Geringsten zu stören schien. Edie griff nach ihrem Kissen und drückte es sich aufs Gesicht, damit Bianca ihr Wimmern nicht hörte und nicht mitbekam, dass sie nicht allein war.

»Wusstest du, dass einer der Nachbarn einen Maserati fährt?«, rief Bianca durch die Tür. »Er parkt auf unserem Parkplatz. Ich musste weiter hinten parken und ...«

»Das ist mir egal«, brüllte Edie ins Kissen, als die erste Welle ihres Höhepunkts über sie hereinbrach. Großer Gott, Magnus konnte mit seinem Mund unglaubliche Dinge anstellen. »Verschwinde, Bianca!«

»Okay«, sagte Bianca verletzt und in ihrer Kleinmädchenstimme. »Ich ... Ich gehe einfach zum Supermarkt und hole dir eine Suppe. Bis später.«

»Tschüss«, brachte Edie gerade noch hervor, doch dann drang Magnus mit der Zunge in sie ein, und sie verkrampfte die Beine und hatte einen Orgasmus, der gar nicht mehr aufhören wollte. Einen Augenblick später legte sich Magnus mit sehr selbstzufriedener Miene und feucht glänzenden Lippen auf sie. Als er sie küsste, schmeckte sie sich selbst, aber sie war derart ausgelaugt von ihrem Höhepunkt, dass es ihr nicht das Geringste ausmachte.

»Du schmeckst so gut«, flüsterte Magnus ihr ins Ohr, streckte den rechten Arm aus und nahm ein Kondom vom Nachttisch.

»Was bin ich doch für ein Glückspilz«, flüsterte sie zurück und konnte nicht aufhören, ihn wie eine liebeskranke Idiotin anzustarren.

Er grinste sie nur an, streifte sich das Kondom über und drang im nächsten Moment auch schon in sie ein. Edie legte ihm automatisch die Arme um den Hals, schlang die Beine um seine Taille, und er stieß sich wieder in sie hinein und stützte eine Hand auf ihre Schulter, um sie nicht zu erdrücken. »In zwei Tagen findet eine Spielemesse statt«, raunte er ihr zwischen den Stößen ins Ohr. »Ich möchte, dass du mich dorthin begleitest.« Wieder ein Stoß. »Levi und ich halten einen Vortrag über *Warrior Shop* und unsere nächsten Projekte.« Zwei Stöße. »Ich habe ein riesiges Zimmer und ein breites Bett, und du würdest dich hervorragend darin machen.« Ein weiterer Stoß.

Sie biss in seine Schulter, als er sie so heftig nahm. Ausgerechnet jetzt wollte er sich mit ihr darüber unterhalten? War das sein Ernst? Dabei konnte sie doch gerade überhaupt nicht klar denken. »Kann ... Katzen ... nicht allein lassen«, stieß sie zwischen den hämmernden Stößen hervor. Schon jetzt bahnte sich der nächste Orgasmus an. Wie in aller Welt schaffte er das nur, dass sie wirklich jedes Mal kam? Er würde sie noch vollkommen fertigmachen.

»Ich kann meine Assistentin herschicken, die sie füttert und ihnen die Medikamente gibt«, erwiderte er. Er legte sich ihr linkes Bein auf die Schulter, verlagerte sein Gewicht ein wenig und konnte in dieser Position noch tiefer in sie eindringen. Es war einfach unglaublich. Edie verdrehte die Augen. Das war ja sogar noch besser als vorher.

»B... B... Bianca«, bekam sie mit Mühe über die Lippen.

»Sag ihr, dass ich dich brauche«, erklärte er und rieb sich an ihr.

Sie wollte ihren Ohren kaum trauen.

»Für meine Katzen. Du musst über Nacht bleiben. Es gibt auch viel Geld dafür, etwas anderes wird sie sowieso nicht interessieren.«

Genau. Für seine Katzen. Das Flattern ihres Herzens hörte schlagartig wieder auf.

Aber irgendwann zwischen ihrem und seinem Orgasmus stimmte Edie trotzdem zu.

12

Magnus erzählte ihr, dass die FanBoy Con in diesem Jahr in Boston stattfand, daher hatten sie keine sehr lange Fahrt vor sich. Er holte sie mit seiner Limousine ab und brachte auch gleich seine Assistentin Jenna vorbei, die einige Tage lang im Haus bleiben und Edies Katzen versorgen würde. Edie war ein wenig besorgt, aber Jenna erklärte ihr, dass sie auf einer Farm aufgewachsen war und durchaus Erfahrung damit hatte, Tieren Medikamente zu verabreichen. Sie hörte Edie aufmerksam zu und machte sich Notizen, während Edie ihr die Katzen vorstellte und ihr auftrug, wie sie zu versorgen waren. Jenna versprach, Edie anzurufen, wenn sie Fragen hatte. Magnus hatte für Jenna ein Zimmer in einem Hotel in der Nähe gebucht, und Edie reichte ihr den Hausschlüssel. Bianca war nicht einmal sauer, dass sie zurückbleiben musste und nicht mit auf die viertägige »Geschäftsreise« kommen durfte, wie Edie erstaunt feststellte, sondern plante für diese Zeit eine ausgiebige Shoppingtour mit einigen Freundinnen.

Gut, dass ihre Schwester nicht wusste, worum es bei dieser Reise wirklich ging.

Die Einzigen, die sie vermissen würden, wären ihre Katzen, und selbst die würden es kaum merken. Eigentlich sollte Edie erleichtert sein, aber irgendwie fühlte es sich ... merkwürdig an.

Sie hatte nicht die geringste Ahnung, was sie auf dieser Messe erwartete, daher war sie sehr erstaunt, als sie unzählige kostümierte Menschen in ihrem Hotel herumlaufen sah. Noch schockierter war sie allerdings über die Frauen in ihren sehr knappen Kostümen, die laut kreischend auf Magnus zustürmten. »Wir sind Riesenfans von *Warrior Shop*! Kannst du auf meinen Brüsten unterschreiben?«, bat ihn eine von ihnen.

Zu ihrer Überraschung wurde Magnus rot und sah sichtlich betreten zu Edie hinüber. »Ich weiß nicht, ob das eine so gute Idee ist, aber ich gebe euch gern ein Autogramm auf eure Programmhefte.«

Die Frauen musterten Edie abschätzig und schienen sie nicht als Konkurrenz anzusehen. »Dann bis später«, riefen sie flirtend und gingen mit untergehakten Armen weiter.

Tja, wenn das keine Art war, zurechtgestutzt zu werden, dann wusste Edie auch nicht, was da noch fehlen sollte. Sie sah Magnus neugierig an. »Bittet man dich häufig darum, irgendwelche Körperteile zu signieren?«

Er wurde noch roter. »Dafür gibt es eine gute Erklärung«, meinte er, legte ihr eine Hand in den Rücken und führte sie zur Rezeption.

»Die würde ich zu gern hören.«

Das musste allerdings warten, bis Magnus eingecheckt hatte. Ihre Suite lag im zweiten Stock, und als der Page ihr Gepäck hereingebracht hatte, gingen sie zum Fahrstuhl. Edie stellte geknickt fest, dass sich davor bereits eine lange Schlange gebildet hatte.

»Sollen wir einfach die Treppe nehmen?«, fragte der Page.

»Nein«, antwortete Magnus und legte Edie einen Arm um die Schultern.

Da ging es ihr gleich viel besser. Sie knuffte ihn und lehnte sich dann an ihn an. »Und, was ist jetzt mit dem Autogramm auf den Brüsten?«

»Ach, als wir das Spiel rausgebracht haben, wollte Levi uns beide darin verewigen, da wir das Spiel entwickelt haben, verstehst du? Daher hat er uns beide eingebunden.«

Sie lachte, weil er es anscheinend nur sehr ungern zugab. »Ihr habt euch ins Spiel programmiert?«

»Es heißt doch *Warrior Shop* und spielt in einer riesigen Fantasywelt, durch die man sich als Gladiator durchschlagen muss. Man kämpft gegen andere Spieler oder tut sich mit ihnen zusammen und kann sich alles Mögliche von Waffen bis hin zu Helfern kaufen. Und, na ja, alle Händler sehen entweder aus wie ich oder wie Levi. Anfangs war es als Witz gedacht, aber inzwischen bereue ich es.«

Sie musste kichern, weil ihm das Ganze so peinlich zu sein schien. »Zeig es mir.«

Stöhnend holte er sein Handy aus der Tasche, öffnete die App, tippte ein paar Mal auf das Display und reichte Edie dann das Handy. Eine Ladegrafik war darauf zu sehen, zusammen mit dem großen *Warrior-Shop*-Logo. Einen Augenblick später veränderte sich das Bild und ein Hilfebildschirm erschien: »Wusstest du, dass du weitere Helfer im Laden kaufen kannst?«, fragte ein Barbar, der verdächtig nach Magnus aussah und die Arme vor der Brust verschränkt hatte. Auf einmal wurde ihr klar, dass sie eine etwas übertriebene Version von Magnus mit übergroßen Muskeln und nichts als einem Lendenschurz am Leib vor sich hatte, woraufhin sie laut loslachte.

»Jetzt ist aber gut«, meinte Magnus und nahm ihr das Handy aus der Hand. »Du hast dich genug auf meine Kosten amüsiert. Anderen Damen gefällt mein Lendenschurz.«

»Das kann ich mir nicht vorstellen«, erwiderte sie. »Du siehst eher aus, als wolltest du jemandem ein Auge ausstechen.«

»Sehr witzig«, murmelte er, gab ihr aber einfach so einen

Kuss auf den Scheitel, und ihre Nervosität ließ ein wenig nach.

Magnus' Suite war beeindruckend und verfügte über eine umfangreiche Minibar, eine winzige Küche und ein Wohnzimmer, das an das riesige Schlafzimmer und das moderne Bad anschloss, wobei Letzteres vermutlich schon größer war als Edies Teil ihres Hauses. Auf einem Tisch standen ein Goodie-Bag der Messe und ein großer Blumenstrauß, um Magnus willkommen zu heißen. Alles in allem war Edie sehr beeindruckt. In der Spielewelt stellte Magnus offenbar eine sehr große Nummer dar. Sie war stolz auf ihn, aber auch ein wenig eingeschüchtert, denn wenn alle Mädchen hier so waren wie die, die sie in der Lobby getroffen hatten, würde er es dann nicht bereuen, dass er Edie mitgenommen hatte?

Während sie sich umsah, ließ sich Magnus in einen Sessel fallen und tippte wild auf seinem Handy herum. Edie packte derweil ihre kleine Tasche aus, zog sich einen Knieverband unter der Jeans an (sie vermutete, dass sie auf der Messe sehr viel herumlaufen würden) und streifte sich das *Warrior-Shop*-T-Shirt über, das in der Willkommenstüte gewesen war. Sie flocht sich das Haar zu zwei schmalen Zöpfen, setzte sich aufs Bett und beobachtete Magnus, dessen Miene sich immer weiter verfinsterte.

»Stimmt etwas nicht?«, fragte sie schließlich.

Er blickte auf und wirkte nicht mehr ganz so wütend, als er sie ansah. »Es ist nur wieder mein verdammter Bruder. Er ist noch nicht hier. Dabei hätte er schon vor uns ankommen müssen. Er sagt, dass es noch ein paar Stunden dauern wird. Unsere Podiumsdiskussion findet um siebzehn Uhr statt, und ich trete ihm in den Arsch, wenn er nicht rechtzeitig auftaucht.«

Sie runzelte die Stirn. Levi war anscheinend sehr unzuverlässig. »Kannst du die Veranstaltung nicht ohne ihn machen?«

»Er ist eine Hälfte der *Warrior-Shop*-Erfinder. Die Leute werden auch ihn sehen wollen.« Magnus rieb sich mit einer Hand über das Gesicht und war augenscheinlich frustriert. »Er ist derjenige mit den Ideen. Ich bin bloß der Geschäftsmann.«

Edie bezweifelte das zwar, aber sie widersprach ihm nicht. »Kann ich irgendwie helfen?«

»Nein«, entgegnete er angespannt.

»Was ist, wenn ich dir meine Brüste ins Gesicht drücke und dir einen blase?«

Er musterte sie grinsend. »Das würde zwar auch nicht helfen, mir aber sehr gefallen.«

Wenigstens lächelte er jetzt wieder. Edie spielte mit einem ihrer kurzen Zöpfe herum. »Was hältst du davon, wenn wir das Problem auf später vertagen und uns erst einmal auf der Messe umsehen?«

»Das könnten wir natürlich tun«, stimmte er ihr zu, steckte sein Handy weg und reichte ihr eine Hand. Sie stand vom Bett auf, nahm seine Hand und lächelte, als er sich zu ihr herabbeugte und sie küsste. An diese Aufmerksamkeit könnte sie sich gewöhnen.

✳ ✳ ✳

Und da heißt es, Katzenladys wären seltsam, schoss es Edie durch den Kopf, während sie einen Ritter mit lilafarbenen Haaren dabei beobachtete, wie er gegen einen als rosafarbenes Einhorn verkleideten Mann kämpfte. Bisher hatte sie an diesem Tag schon sehr viele merkwürdige Dinge gesehen. Edie und Magnus waren über das Messegelände geschlendert und hatten sich alles angesehen. Magnus hatte ihr erklärt, dass es keine offizielle Spielemesse war, aber dennoch sehr viele Spieler zu der Convention kamen. Immer wenn sie an einem Stand vorbeikamen, an dem sich eine Menschentraube versammelt hatte, blieben sie stehen, weil sie wissen wollten, was es hier wieder zu sehen gab. Und wenn es etwas mit Videospielen zu tun hatte, konnte sie förmlich sehen, wie die Räder in Magnus' Kopf ratterten. Es war interessant, ihn dabei zu beobachten und zu wissen, dass ihm Dinge auffielen, die andere in Bezug auf Spiele interessierten, um diese Information für später zu speichern.

Es gab natürlich auch jede Menge zu essen – diese Stände gefielen Edie am besten –, und Magnus kaufte ihr bei einem Händler ein paar Katzenohren. Sie trug die Katzenohren gerne, da er bei diesem Anblick lächeln musste, auch wenn er sonst meist mit gerunzelter Stirn auf sein Handy schaute. Mehrmals traten Fans auf Magnus zu, denen er Autogramme gab (glücklicherweise nicht auf irgendwelche Körperteile) und Fragen beantwortete. Natürlich wollten viele wissen, wo denn Levi steckte, und Magnus musste Ausreden für seinen Bruder erfinden. Er war spät losgekommen. Er hatte eine Autopanne gehabt. Er war krank. Jedes Mal, wenn Magnus so etwas sagte, lächelte er dabei, umklammerte Edies Hand jedoch etwas fester, und sie wusste, dass er stinksauer war, weil Levi noch immer nicht aufgekreuzt war.

Dann war es Zeit für Magnus' Podiumsdiskussion. Der riesige Raum war randvoll, aber Edie hatte Glück und ergatterte noch einen Platz zwischen zwei verkleideten Fans. So konnte sie sich anschauen, wie die Männer auf dem Podium über *Warrior Shop* sprachen, die berüchtigte Übernahme für zwei Milliarden Dollar und über das, was die Sullivan-Brüder als Nächstes planten. Magnus gelang es schnell, die anderen Teilnehmer und das Publikum mit seinem Charme und Humor für sich zu gewinnen, und als er Fragen zu seinen zukünftigen Projekten abwimmelte, tat er es überaus freundlich.

Es wurde viel über *Warrior Shop* gesprochen, die Ideen, die dahintersteckten, die kreativen Einflüsse, die Programmierung, und Magnus antwortete ausgiebig und berichtete, wie er und Levi schon auf dem College damit angefangen hatten. Dann waren sie an Investoren herangetreten, und als das gescheitert war, hatten sie das Spiel selbst im Internet veröffentlicht und ihre Dispos dafür so weit es ging überzogen.

Gelegentlich wollte jemand etwas zur kreativen Seite des Spiels wissen, zu den Konzepten oder der Story einzelner Figuren, und Magnus wehrte diese Fragen lächelnd ab. »Mein Bruder Levi könnte das beantworten, wenn er hier wäre, aber er steckt dummerweise im Stau fest.«

Jedes Mal, wenn er das tun musste, zuckte Edie mitfühlend zusammen. Wo steckte Levi? Warum ließ er Magnus bei dieser Sache allein, wo sie doch beide auf dem Podium sitzen sollten? Warum musste Magnus immer wieder für seinen Bruder einspringen?

Als die Diskussion vorbei war, wurden Magnus und die anderen mit Standing Ovations geehrt, aber Edie empfand vor allem Mitleid für Magnus. Sie konnte ihm ansehen, wie angespannt er war, und wusste, dass das einzig und allein Levis Schuld war. Warum konnte Levi nicht zuverlässig und einsatzbereit sein ... so wie Bianca?

Andererseits artete es bei Bianca manchmal so aus, dass sie an Edie hing wie eine Klette. Aber es musste doch auch einen goldenen Mittelweg geben?

Edie ignorierte die Schmerzen in ihrem Knie, ging zur Bühne und wartete, bis Magnus sich von allen verabschiedet hatte. Sie strahlte ihn an, als er sie endlich ansah. »Das war klasse.«

»Freut mich, dass es dir gefallen hat«, meinte er, nahm ihren Arm und zog sie mit sich. »Komm. Wir gehen zurück auf unser Zimmer.«

»Oh, okay«, murmelte sie verblüfft, und dann marschierte Magnus auch schon schnellen Schrittes mit ihr durch die Menge. Ihr Knie protestierte ob des Tempos, nachdem sie vorher schon stundenlang herumgelaufen waren, aber sie vermutete, dass Magnus in diesem Augenblick seinen eigenen Gedanken nachhing und ihre Verletzung vergessen hatte. Beim Sex war er immer sehr vorsichtig, daher passte es eigentlich gar nicht zu ihm, so gedankenlos zu sein. Sie gab sich die größte Mühe, mit ihm Schritt zu halten, und stolperte ihm hinterher.

Sie überquerten das große Messegelände und liefen um die Ecke zum nächsten Fahrstuhl. Die Schlange davor war endlos, und Magnus betrachtete sie und schüttelte den Kopf. »Hier lang«, sagte er und zog Edie mit sich. »Dahinten ist noch ein Fahrstuhl...«

Mit einem Mal blieb er abrupt stehen, da er beinahe gegen Levi geprallt wäre, der einen Rollkoffer hinter sich herzog. Drei kostümierte Mädchen umringten ihn. Als er seinen Bruder sah, strahlte Levi ihn an. »Hey!« Dann fiel sein Blick auf Edie, die Magnus' Hand hielt, und sein Lächeln verblasste ein wenig. Eigentlich sah er sogar fast schon unglücklich aus, als er Edie zusammen mit Magnus sah, was sie schmerzte. »Hi, Edie.«

»Levi«, sagte Magnus mit überfreundlicher Stimme, die so gar nicht zu seinem restlichen Benehmen passte. »Schön, dass du kommen konntest.«

»Oh Mann.« Levi warf dramatisch die Hände in die Luft. »Die Ladys können dir bestätigen, dass der Verkehr einfach die Hölle ist. Es ging stundenlang nicht voran...«

»Das kann ich mir vorstellen«, fiel ihm Magnus ins Wort. »Edie und ich wollten gerade gehen.«

Levi legte den Kopf schief. »Warum ist sie überhaupt hier?«

Magnus kniff die Augen zusammen. »Sie berät mich bei einem Spiel, über das ich gerade nachdenke. Dabei geht es um Katzen.«

»Ach ja?«

Edie sah Magnus überrascht an. Tat sie das? Warum sagte er seinem Bruder nicht, dass sie als seine Freundin hier war?

»Darüber können wir später reden«, fuhr Magnus fort. »Wir gehen jetzt nach oben und ruhen uns aus.« Er wollte schon auf die Treppe zuhalten, aber da protestierte Edie dann doch. »Das geht nicht«, teilte sie ihm mit. »Die Stufen würden mich umbringen.«

Magnus' Miene wurde sanfter, als er auf sie herabblickte. »Ich bin ganz schön rücksichtslos, was? Geht es dir gut? Möchtest du dich kurz hinsetzen?«

»Ach, Scheiße«, meinte Levi und machte eine umfassende Geste. »Ja, genau. Soll ich dir vielleicht einen Rollstuhl besorgen, Edie?«

»Ich brauche keinen gottverdammten Rollstuhl«, fauchte sie gereizt.

Er sah sie kleinlaut an. »Mann, entschuldige. Ich wollte doch nur helfen.«

Die anderen Mädchen warfen ihr irritierte Blicke zu, als wäre sie gerade ausfallend geworden. Scheiß drauf. Edie warf die Hände in die Luft. Sie war doch keine Invalidin. Sie hatte nur ein schlimmes Knie und war heute schon viel zu viel herumgelaufen. »Ich stellte mich an der Schlange für den Fahrstuhl an«, sagte sie zu Magnus. »Wir sehen uns dann oben. Du kannst dich ja noch ein bisschen mit Levi unterhalten.«

Er trat auf sie zu und gab ihr einen Kuss auf die Stirn. »Ich komme gleich nach.«

Sie nickte, und die beiden Brüder gingen weg. Ihr fiel auf, dass Levi sie im Weggehen noch einmal auf diese merkwürdige Art ansah. Sie zeigte ihm den Mittelfinger, denn wenn er glaubte, sein Bruder könnte eine bessere Freundin haben als sie, dann konnte er sie mal kreuzweise. Schließlich war sie eine ganz normale Frau. Vielleicht ein bisschen zickiger, was aber vor allem daran lag, dass Menschen wie Levi ihr einen Rollstuhl anboten und alle anderen so taten, als wäre sie die Idiotin, weil sie das entrüstet ablehnte.

Alle bis auf Magnus. Das waren einige Pluspunkte für ihn.

Irgendwann konnte Edie endlich in die Fahrstuhlkabine steigen, fuhr hinauf zu ihrem Zimmer, holte sich etwas zu trinken aus der Minibar und ließ heißes Wasser in die Badewanne laufen. Es wäre vermutlich klüger gewesen, ihr Knie zu kühlen, doch das war ihr im Augenblick egal. Es würde so oder so am nächsten Morgen höllisch wehtun. Da konnte sie jetzt auch genauso gut ein heißes Bad und einen Drink genießen. Während das Wasser einlief, leerte sie die kleine Flasche Alkohol und noch zwei weitere, weil es sich gut anfühlte.

Innerhalb von zehn Minuten war sie betrunken. Das Schaumbad fühlte sich himmlisch an, und die Badewanne war ein Luxus, den sie zu Hause nie genießen konnte, weil diese im oberen Bad stand, das Bianca gehörte. Außerdem amüsierte sie sich prächtig, da sie sich, als sie in der großen, breiten Wanne lag, an die Szene aus *Pretty Woman* erinnerte. Die Situation war doch ganz ähnlich, nicht wahr? Ein groß gewachsener attraktiver Mann mit unglaublich viel Geld nahm sich ein Hotelzimmer, und sein bankrottes Rendezvous hatte Spaß in der Badewanne. Gut, in *Pretty Woman* war das Hotel nicht voller Nerds gewesen und Edie war keine Prostituierte, aber das waren doch nur Kleinigkeiten.

Sie konnte trotzdem wie Julia Roberts einen Song von Prince singen.

13

Magnus hatte richtig schlechte Laune, als er ins Zimmer zurückkam. Das Schlimmste an diesen Conventions war, dass er ständig freundlich sein musste. Er konnte einen Fan, der ihn um ein Autogramm bat, nicht abweisen, denn der wusste ja nicht, dass sein Bruder ihn sitzen gelassen und seine Freundin beleidigt hatte und dass Magnus sie quer über das Messegelände geschleift hatte, ohne auch nur ein einziges Mal an ihr schlimmes Knie zu denken. Es konnte auch keiner wissen, dass Magnus mehrere Wochen hinter seinem angepeilten Plan lag und dass er nur noch nach oben gehen und mit Edie schlafen wollte, bis sie seinen Namen schrie. Auch dass er keine fünf Minuten zuvor schon dreißig Autogramme gegeben hatte, interessierte niemanden. Ein Fan wusste all das nicht, daher gab er sich die größte Mühe, nett und freundlich zu sein, weil er sich noch gut daran erinnern konnte, wie es war, einfach abgewiesen zu werden.

Aber heute war nicht der beste Tag, um auf einer Messe zu sein. Dabei hatte alles so vielversprechend angefangen. Er würde Edie ein paar Tage lang für sich allein haben, ohne dass sie sich um Katzen oder irgendwelche Termine kümmern mussten. Er hatte sich darauf gefreut, mit ihr über die Messe zu schlendern, herauszufinden, was die Spieler zurzeit begeisterte, sich mit Kollegen und Fans zu unterhalten und seine Liebe zur Spielebranche wieder aufzufrischen. Nichts steigerte die Kreativität mehr als ein langes Wochenende in der Gesellschaft von Menschen, die dasselbe liebten wie er.

Außerdem hatte er gehofft, dass Levis Interesse hier ebenfalls wieder aufleben würde.

Aber er hätte es eigentlich besser wissen müssen. Levi hatte von Anfang an lauter Ausreden vorgebracht, und als er nicht zu ihrer Podiumsdiskussion erschienen war, hatte sich Magnus in Grund und Boden geschämt. Levi war eine Hälfte von Sullivan Games. Er stand ebenso für das Unternehmen wie Magnus. Doch er hatte ihn sitzen lassen und ihm nur per SMS mitgeteilt, dass er ausschlafen wollte. Schließlich war er jetzt Milliardär, und da konnte er doch tun und lassen, was er wollte, oder nicht?

Levi begriff es einfach nicht. Das machte Magnus wirklich wütend, und aus diesem Grund hatte er Levi auch sofort Vorwürfe gemacht, sobald sie die Fans, mit denen er sich umgab, abgewimmelt hatten. Sie hatten sich in eine ruhige Ecke des Hotelrestaurants gesetzt, und Magnus hatte gehofft, dass sie es wenigstens schaffen würden, einen Plan für dieses Wochenende aufzustellen. Stattdessen hatte Levi den Spieß umgedreht.

»Warum bist du mit Edie hier?«, hatte er gefragt, als ob das wichtiger wäre als die Tatsache, dass er seinen Bruder hatte sitzen lassen. »Bianca weiß nichts davon.«

»Bianca ist mir scheißegal«, hatte Magnus erwidert.

»Aber ... Du solltest Edie doch nur ablenken. Du solltest ihr vormachen, du würdest sie mögen. Aber du solltest nicht mit ihr schlafen.«

An dieser Stelle war Magnus so sauer geworden, dass er aufgestanden war, Geld für die Rechnung auf den Tisch geworfen hatte und aus dem Restaurant gestürmt war. Da seine Laune mit jeder Minute, die er auf den Fahrstuhl warten musste, noch schlechter geworden war, hatte er die Treppe genommen und sich dabei große Vorwürfe gemacht, das Edie zuvor auch vorgeschlagen zu haben. Sie war so aufgebracht über Levis dumme Bemerkung mit dem Rollstuhl gewesen, und er wusste genau, wie verletzt sie gewesen war. In diesem Fall ging sie immer hinter ein paar scharfzüngigen Worten in Deckung. Ihm war inzwischen jedoch klar, dass seine Edie im Inneren weich wie ein Marshmallow war.

Er würde es einfach wiedergutmachen müssen.

Anscheinend musste er in letzter Zeit ziemlich viele von Levis Fehler ausbügeln.

Magnus blieb oben an der Treppe stehen, als er begriff, dass er gerade von ihr als »seine Edie« gedacht hatte. Wann war das denn passiert? Er überlegte und musste an die Gärten des Buchanan-Hauses denken. Dort hatte Edie ihre Augenklappe hochgeklappt, ihm die Arme um den Hals geworfen und ihn geküsst und ihn auf diese Weise ebenso für sich beansprucht, wie sie es mit all ihren Katzen tat. Bei diesem Gedanken musste er lächeln.

Selbst wenn dieses Wochenende ein Reinfall war und sein Bruder ihr neues Projekt ruinierte, hatte er immer noch Edie. Magnus legte eine Hand auf die Türklinke ihres Zimmers und erstarrte.

Im Inneren jaulte jemand. Ihm blieb beinahe das Herz stehen, als er die Tür aufdrückte. Weinte Edie etwa? Hatte sie sich derart aufgeregt, dass sie die ganze Zeit geweint hatte? Doch als das Jaulen schriller wurde und er Schmatzgeräusche hörte, wurde ihm bewusst, dass sie ... sang.

Gewissermaßen.

Er hörte ein Platschen, begleitet vom Jaulen und noch mehr Schmatzgeräusche. Das musste er mit eigenen Augen sehen. Magnus ging zum Badezimmer und drückte die Tür auf.

Und konnte sich nicht mehr halten vor Lachen.

Edie saß in der Badewanne und war bis zu den Brüsten hinauf mit Schaum bedeckt. Sie hatte noch immer die beiden Zöpfe im Haar und die Katzenohren auf dem Kopf. Kleine leere Flaschen aus der Minibar standen auf dem Wannenrand, und sie hob eine Hand voll Schaum hoch, warf ihn in die Luft und sang weiterhin schief dieses Lied.

Es sah so hinreißend aus, dass ihm das Herz aufging. »Brauchst du Nachschub, Katzenlady?«

Sie blickte zu ihm auf und schenkte ihm ein benebeltes Lächeln. »Eigentlich schon. Ich spiele gerade *Pretty Woman*. Möchtest du auch in die Wanne kommen? Moment mal.« Sie legte nachdenklich den Kopf schräg. »Ich weiß gar nicht mehr, ob das im Film auch so gewesen ist. Aber das ist ja egal.« Sie wedelte mit einer Hand, um ihn rauszuscheuchen, und es flogen lauter Blasen durch die Luft.

»Wie kommt es überhaupt, dass du betrunken bist?«

»Das liegt daran, dass ich vorhin wütend war und es an niemandem auslassen konnte.« Sie schob die Unterlippe vor und versank in ihrem Schaumbad. »Aber jetzt bin ich nicht mehr wütend, nur noch betrunken. Aber dein Bruder ist trotzdem ein Riesenarschloch.«

Magnus schüttelte den Kopf und setzte sich auf den Wannenrand. »Erinner mich nicht daran.«

»Keine Sorge«, versicherte sie ihm fröhlich. »Aber ich fand, du solltest das wissen. Es gefällt mir nicht, wie er dich behandelt.«

War sie seinetwegen wütend gewesen? Nicht wegen der Bemerkung mit dem Rollstuhl? »Mir gefällt es auch nicht, wie er mich behandelt. Ich weiß einfach nicht mehr, was ich mit ihm machen soll. Aber wir sind Partner. Ich kann nicht ohne ihn weitermachen.«

Sie schnaubte, und das Geräusch war so übertrieben, dass

es fast pferdeartig klang. »Der ist mir ein schöner Partner. Mein Vibrator kriegt ja mehr erledigt als der.«

Magnus riss die Augen auf. »Du bist ziemlich betrunken, was?«

»Und wennschon?«, entgegnete sie schroff. »Ich dachte, ich kann mich hier auch genauso gut amüsieren, während du unten bleibst und Autogramme auf Brüste gibst.«

»Ich kann dir versichern, dass ich das nicht getan habe.« Was nicht bedeutete, dass man ihn nicht darum gebeten hätte. »Ich habe allen gesagt, dass ich mit meiner Freundin hier bin und sie so etwas nicht mag.«

»Allen bis auf Levi«, merkte sie an. »Ihm gegenüber hast du behauptet, ich wäre deine Katzenlady-Beraterin.«

Er zuckte innerlich zusammen. Das hatte sie also mitbekommen, und jetzt ärgerte sie sich darüber, was? »Bei Levi ist das etwas anderes.«

»Inwiefern?«

»Das erkläre ich dir lieber, wenn du nicht betrunken bist.« Er beugte sich vor und zog an einem ihrer kurzen Zöpfe. »Und es tut mir leid, wenn ich deine Gefühle verletzt habe. Das war nie meine Absicht.«

»Entschuldigung angenommen«, erklärte sie und strahlte ihn an, um ihm dann die Arme um den Hals zu werfen. »Lass uns jetzt miteinander schlafen.«

Er half ihr beim Aufstehen und merkte, wie sie ihr verletztes Bein schonte. »Das ist jetzt keine gute Idee. Du bist dafür viel zu betrunken und ich zu nüchtern.«

»Dann trink auch was«, schlug sie vor. »Das macht Spaß.« Sie sah ihn hoffnungsvoll an. »Was ist mit dem Blowjob, über den wir vorhin gesprochen haben?«

Magnus wickelte sie in ein Handtuch ein. »Wie wäre es, wenn wir erst mal dafür sorgen, dass du etwas ausnüchterst?«

»Auch gut«, stimmte sie zu, klammerte sich an seinen Hals und ließ sich gegen ihn sinken. »Trägst du mich?«

Er lachte erneut, hob sie jedoch hoch und achtete dabei besonders auf ihr Knie. »Du bist viel zu betrunken und musst jetzt ins Bett.« Nachdem er sie ins Schlafzimmer getragen hatte, trocknete er sie ab, während sie irgendwelchen Unsinn von sich gab. Dann steckte er sie nackt, wie sie war, ins Bett.

Sie kuschelte sich in die Kissen und tätschelte dann die leere Bettseite neben sich. »Kommst du schmusen?«

Es war ihm nahezu unmöglich, ihr zu widerstehen, wenn sie so niedlich aussah, daher legte er sich neben sie. Sie schlang sofort die Arme um ihn, legte ihm den Kopf auf die Schulter und gähnte ihn an.

Und es machte ihm überhaupt nichts aus.

Wenige Augenblicke später war sie eingeschlafen und atmete ruhig und gleichmäßig. Magnus bewegte sich nicht und streichelte ihr den Rücken. Dieser Tag war eine einzige Katastrophe gewesen, aber wenn Edie ihn zum Lächeln brachte und sich an ihn schmiegte, dann war alles nur noch halb so schlimm. Es war wirklich schade, dass sie so weit weg wohnte, sonst hätte er darauf bestanden, dass sie jede Nacht bei ihm schlief und die Arme um ihn legte, als hätte sie Angst, ihn loszulassen. Diese Vorstellung gefiel ihm. Er hatte das Gefühl, dass er Levi ständig hinterherjagte und Forderungen an seinen Bruder stellte. Dabei war es so viel entspannender, bei Edie zu sein und zu erleben, wie sie beide keine Ansprüche an den anderen stellten.

Das war schön. Er wollte so etwas jeden Tag haben. Vorsichtig, um Edie nicht aufzuwecken, streckte er die Hand aus und nahm sein Handy vom Nachttisch. Er wischte mit dem Daumen über das Display und tippte mit einer Hand eine SMS, während er mit der anderen über Edies Haar strich.

Hey, Mann, schrieb er Hunter. *Du bist doch der Immobilienguru. Sag deinen Leuten, dass ich eine neue Wohnung suche. In einer guten Gegend. Vielleicht was mit Blick auf den Park. Es muss entweder im Erdgeschoss sein oder wenigstens zwei Fahrstühle haben.*

Die Antwort kam fast augenblicklich. *Zwei Fahrstühle? Will ich wirklich wissen, worum es geht?*

Nur für den Fall, dass einer ausfällt, antwortete Magnus. *Aber Treppen kommen nicht infrage.* Er wollte nicht, dass Edie Sorge hatte, wie sie in ihre Wohnung kommen konnte. *Alles auf einer Ebene.*

Hunter: *Ist dir wichtig, wie es aussieht? Epoche? Preis?*

Magnus blickte auf die Frau herab, die an ihn geschmiegt schlief, und dachte darüber nach, was sie wollte. Dann antwortete er: *Das ist mir egal. Es kann ruhig ein paar Millionen kosten, zehn bis zwanzig, würde ich sagen.* Er wollte nicht, dass Edie wegen des Preises zu sehr ausflippte. Nach kurzem Überlegen fügte er hinzu: *Und es sollte katzenfreundlich sein.*

Hunter: *Katzenfreundlich? Hast du dich da gerade verschrieben?*

Magnus: *Nein! Katze wie miau. Ich möchte eine Wohnung mit mehreren Zimmern und genug Raum für Katzenklos.*

Hunter: *Verstehe.*

Magnus: *Ich weiß, wie das klingt, Mann. Such mir einfach was Passendes.*

Hunter: *Ich muss das jetzt fragen: Hast du dir mehrere Katzen zugelegt?*

Magnus: *Nur eine Katzenlady.*

Hunter: *Verstehe. Falls du im Hintergrund jemanden »Ich hab's dir doch gesagt!« kreischen hörst, das ist Gretchen.*

Magnus: *Ha. Sag mir einfach Bescheid, wenn du was findest. Je eher, desto besser.*

Hunter: *Ich kann bestimmt irgendwas auftreiben, das du dir diese Woche noch ansehen kannst. Ich setze meinen besten Mann darauf an.*

Magnus: *Danke, Mann. Und sag Gretchen, es soll eine Überraschung für Edie sein.*

Hunter: *Sie wird kein Sterbenswörtchen verraten.*

Sehr zufrieden mit sich rief Magnus den Browser auf und lud sich einige der neuen Spiele herunter, die er an diesem Nachmittag auf der Messe gesehen hatte. Während Edie schlief, konnte er sich auch genauso gut anschauen, was die Konkurrenz so trieb.

※ ※ ※

Als Edie aufwachte, was es dunkel im Hotelzimmer. Sie setzte sich auf, rieb sich die Augen und sah auf die Uhr. Es war drei Uhr. Ups. Sie schaute sich um, aber das Bett war leer. »Magnus?«

Von irgendwoher drang leise Musik an ihr Ohr, und Edie stieg aus dem Bett. Da sie nackt war, warf sie sich einen der weichen Hotelbademäntel über, die am Schrank hingen. Sie öffnete die Schlafzimmertür und schaute hinaus.

Magnus saß am Schreibtisch, hatte Kopfhörer auf und hörte so laut Musik, dass sie die Gitarrenriffs hören konnte. Sein Laptop stand vor ihm, und er tippte wie wild auf der Tastatur herum. Während sie zögerlich im Türrahmen stand, fluchte er und löschte das Geschriebene wieder. Danach rieb er sich das Gesicht und starrte frustriert auf den Bildschirm.

Machte Magnus so etwas öfter? Dies war schon das zweite Mal, dass sie ihn mitten in der Nacht bei der Arbeit ertappte ... und sich dabei die Haare raufte. Ruhte sich der Mann denn niemals aus? Er besaß unglaublich viel Geld, schien aber irgendwie getrieben zu sein, ein neues Spiel zu erschaffen, anstatt sich auf seinen Lorbeeren auszuruhen. Sie ging auf ihn zu und berührte ihn am Arm, um ihn auf sich aufmerksam zu machen.

Magnus schaute zu Edie auf und legte die Kopfhörer zur Seite. Die Musik war jetzt noch besser zu hören. »Habe ich dich geweckt?«

»Nein«, antwortete sie. »Du hast ganz leise vor dich hin geschäumt.« Sie deutete auf den Bildschirm, auf dem nichts als Programmzeilen zu sehen waren. »Was ist das?«

Er zog sie auf seinen Schoß und legte die Arme um sie. »Nur eine dumme Programmierung. Ich habe mir ein paar andere Spiele angesehen und festgestellt, dass sie sich alle sehr auf das kooperative Spielen im Multiplayermodus konzentrieren, und da habe ich mich gefragt, ob wir das nicht auch in unsere App integrieren können, ohne das ganze Spielprinzip dadurch zu zerstören. Aber das Problem ist dasselbe, das ich schon die ganze Zeit habe: Die unterschiedlichen Nationen werden zu schnell übermächtig.« Er fuhr sich mit einer Hand durch das kurze Haar und rieb sich die Kopfhaut. »Es funktioniert einfach nicht. Irgendetwas stimmt mit dem Konzept nicht, und ich kriege es einfach nicht hin. Ich bekomme es nicht ans Laufen. Dafür brauche ich Levi.«

»Das ist doch Blödsinn«, erwiderte Edie. »Du bildest dir nur ein, du würdest Levi brauchen.«

»Nein, das tue ich wirklich«, protestierte er und legte die Arme fester um ihre Taille. »Er ist das kreative Genie. Ich bin nur der Programmierer.«

»Das glaube ich dir einfach nicht«, beharrte Edie. »Du bist verdammt klug und ebenso kreativ wie er. Du kannst das auch ohne ihn schaffen. Du steckst nur in einer Denkschleife fest und musst da irgendwie rauskommen.«

»Und dafür brauche ich Levi«, wiederholte er.

Sie legte ihm die Hände an die Wangen. »Das tust du nicht. Du kannst das Problem auch allein lösen. Lass uns einfach ein bisschen brainstormen.«

Er warf ihr einen verärgerten Blick zu, aber sie ignorierte ihn einfach und bedeutete ihm weiterzusprechen.

Mit einem schweren Seufzer kam Magnus der Aufforderung nach. »Okay. Die Sache ist die, dass man am Anfang einer Zivilisation beginnt. Man wird per Zufallsgenerator in eine Fantasywelt versetzt, die auf einem Server liegt, oder entscheidet sich, Teil eines bereits existierenden Landes auf dem weltweiten Server zu werden. Dort beginnt man als kleiner Krieger und steigt nach und nach auf. Man bekämpft andere Spieler, um besser zu werden, und über Aufträge bekommt man Beute oder temporäre Boni, die einem gegen andere Spieler helfen. Währenddessen steigt man auch in den Rängen seines Königreichs auf und kann existierende NSCs ersetzen...«

»Moment, was ist ein NSC?«

»Ein Nicht-Spieler-Charakter. Im Grunde genommen der Computer.« Er schien sich ein bisschen über die Unterbrechung zu ärgern und schüttelte den Kopf, als müsste er ihn freibekommen, bevor er fortfuhr. »Der NSC oder andere Spieler können Armeen aufbauen und benachbarte Königreiche erobern oder sich zusammentun, um einen Rivalen auszuschalten. Das Problem ist, dass es nichts gibt, das einen Spieler davon abhält, einen oder zwei Tage am Stück zu spielen und dann die anderen Spieler zu überrollen, weil er einfach mehr

Zeit investiert oder bessere Beute gefunden hat. Und sobald ein Spieler das Territorium beherrscht, kommt es fast automatisch dazu, dass die Balance nicht mehr funktioniert. Es ist fast so, als müsste ich ihnen die Beute wegnehmen oder...« Er riss die Augen auf. »Ja, das ist es! Die Haltbarkeit der Rüstungen und Waffen reduzieren. Das könnte funktionieren.«

»Wenn du meinst, Baby.« Sie verstand im Grunde genommen nur Bahnhof.

»Vielleicht muss ich noch eine Ebene hinzufügen – anstatt Mensch gegen Mensch könnte ich Mensch gegen Umgebung einbauen.« Er griff um sie herum und tippte Notizen in seinen Laptop. »Dann müssen sie sich nicht nur mit anderen Spielern herumschlagen, sondern auch mit ihrer Umgebung. Metallgegenstände können rosten und sich abnutzen und...«

»Was ist mit dem Wetter?«, warf Edie hilfsbereit ein.

»Das ist auch ein guter Vorschlag«, stimmte er ihr zu und tippte wie ein Wilder. »Alles, was das Spiel verlangsamt, ohne dass es zu gewollt wirkt. Wir könnten Weltereignisse einplanen, die allen Boni bringen, die daran teilnehmen, und nach dem Zufallsprinzip jene bestrafen, die beispielsweise einem Orkan ausgesetzt sind oder an der Küste leben. Oder...« Er sah sie an und schüttelte sie aufgeregt. »Die Pest!«

»Ich habe noch nie jemanden dieses Wort so euphorisch aussprechen hören.«

Magnus grinste breit und lachte dann begeistert. »Heilige Scheiße! Die Pest! Naturkatastrophen! Das ist perfekt!«

»Es klingt ganz danach«, murmelte Edie trocken. »Soll ich dich jetzt wieder deiner Arbeit überlassen?«

Aber Magnus ignorierte sie und tippte noch einige Minuten lang weiter. Edie wartete geduldig und beobachtete, wie er emsig arbeitete und konzentriert die Augen zusammenkniff.

Der Mann schrieb wie ein Besessener und als hätte er ganz vergessen, dass sie auf seinem Schoß saß. Sie machte sich schon darauf gefasst, noch eine Weile so sitzen zu bleiben, als er auf einmal eine der Tasten drückte und sich auf dem Stuhl zurücklehnte. Er legte den Kopf in den Nacken, nahm die Hände von der Tastatur und sah absolut begeistert aus, was Edie sehr amüsierte.

»Dann ist dir was Gutes eingefallen?«, fragte sie.

»Ich habe unendlich viele großartige Ideen. Großer Gott. Es ist perfekt. Jetzt brauche ich die Hunnen gar nicht mehr als Ablenkung. Wir können sie wie eine andere Nation behandeln und müssen sie nicht als außenstehendes Element betrachten. Ich brauche Levi überhaupt nicht. Das ist so gottverdammt perfekt.« Er sah ihr in die Augen. »Du bist perfekt.«

»Ich habe doch gar nichts gemacht«, behauptete sie und rutschte auf seinem Schoß herum. »Ich habe dich nur gebeten, mir das Spielprinzip zu erklären, der Rest ist dir ganz allein eingefallen. Du hast nur jemanden gebraucht, mit dem du dich über deine Ideen austauschen kannst.«

Er hob anzüglich die Augenbrauen und setzte einen lüsternen Blick auf. »Wir könnten noch ganz andere Dinge austauschen...«

»Hm.« Sie legte ihm eine Hand auf die Brust und knöpfte ganz langsam sein Hemd auf. »Jetzt hast du also wieder Lust?«

»Ich bin sehr erleichtert«, gab er zu und löste den Gürtel ihres Bademantels. »Froh und glücklich und sehr aufgeregt.« Er schob den Bademantel zur Seite, entblößte ihre Brüste und umfing sie. »Und ich habe dich vernachlässigt, nicht wahr? Zumindest habe ich das Gefühl, dass ich etwas wiedergutmachen muss.«

»Da erhebe ich keine Einwände«, stimmte sie ihm zu und drückte die Brüste gegen seine Hände. Wie immer, wenn er sie berührte, erschauerte sie. »Du darfst fortfahren.«

»Darf ich das, ja?« Er zog sie an sich, stand auf und hielt sie in seinen Armen. Sie legte die Beine um seine Taille und genoss es, dass er so stark war. Bei Magnus fühlte sie sich immer ganz zart und weiblich, vor allem im Bett. Er trug sie ins Schlafzimmer, legte sie auf die Matratze und blickte mit glänzenden Augen auf sie herab. »Ich würde vorschlagen, du setzt dich auf mein Gesicht.«

Sie riss vor Schreck den Mund auf. »Was?«

»Du hast mich schon verstanden«, sagte er, beugte sich vor und biss ihr sanft in die rechte Brustwarze. »Ich glaube, das wäre verdammt sexy. Findest du nicht?«

Sie musste zugeben, dass die Vorstellung, sich rittlings auf Magnus' Gesicht zu setzen und sich lecken zu lassen, bis sie kam, ungemein erregend war. »Es ist nur ... Ich ...« Sie stieß die Luft aus.

»Ich wette, es gefällt dir«, murmelte er verführerisch. Nachdem er noch einmal an ihrer Brustwarze geknabbert hatte, bahnte er sich küssend eine Spur über ihren Bauch und verharrte dicht vor ihrem Venushügel. »Mir gefällt der Gedanke, dass du deine Oberschenkel an meine Ohren presst. Wenn du auf mir sitzt, kann ich mit der Zunge so tief in dich eindringen, dass du gar nicht anders kannst als zu kommen.« Er rückte etwas weiter nach oben und tauchte mit der Zunge in ihren Bauchnabel.

Edie stöhnte.

»Das ist kein Nein«, stellte er mit belegter Stimme fest. »Und du musst für deine genialen Vorschläge belohnt werden.« Er nahm ihre Arme und zog sie in eine sitzende Position, um sie erneut zu küssen. »Komm weiter nach oben und stütz die Hände auf das Kopfbrett, Süße, damit ich den Kopf zwischen deine Beine schieben kann.«

Sie zitterte wieder, war aber stark in Versuchung, es zu tun. Das kam ihr so unglaublich intim vor, aber ... es klang auch wunderbar. Sie nickte, stand auf und sah zu, wie er sich flach in der Bettmitte auf den Rücken legte und dann auf seine Brust klopfte. »Komm her.«

Nachdem sie den Bademantel auf den Boden geworfen hatte, kletterte sie wieder aufs Bett.

Edies Oberschenkel zitterten, als sie sich auf ihn zubewegte, und sie klammerte sich an das Kopfbrett, um nicht hinzufallen, während sie sich über ihn kniete. Die Position fühlte sich fremd an. Unsicher blickte sie auf ihn herab und wusste nicht, wie sie weitermachen sollte. Als hätte er ihre stille Bitte gehört, tätschelte er ihren linken Oberschenkel. »Spreiz die Beine für mich.«

Sie tat, was er verlangt hatte, und fühlte sich so verletzlich und entblößt, als er zwischen ihren Beinen hindurchrutschte.

Er grinste sie an, legte die Hände an ihre Oberschenkel, um sie zu stützen, und zog sie langsam nach unten zu seinem Mund.

Sie schloss die Augen und war entschlossen, das nicht komisch zu finden, sondern sich nur auf das zu konzentrieren, was sie spürte. Magnus hatte sie schon nackt gesehen. Er hatte sie bereits geleckt. Das hier sollte sich auch nicht intimer anfühlen als alles andere ... doch das tat es nun mal.

Sie sog die Luft ein, als seine Lippen sie berührten. Ihr Knie protestierte, da es die Belastung kaum ertrug, aber sie ignorierte es, da Magnus sanft ihre Scham erkundete und sie leckte. Am liebsten hätte sie sich bewegt, aber sie blieb ganz reglos und hielt den Atem an, während seine Zunge sie liebkoste. Großer Gott, er leckte sie, wie man ein Eis lecken würde, und es war gleichzeitig unerträglich und unglaublich erregend. Sie stieß ein leises kehliges Wimmern aus, und er stöhnte, als er es hörte.

Dann spürte sie sein Stöhnen direkt an ihrer Scheide, und im nächsten Augenblick drang er auch schon mit der Zunge tief in sie ein. Edie wimmerte erneut, und ihre Erregung war jetzt stärker als alles andere. Ihr Knie pochte, und der Schmerz wurde immer intensiver, doch sie war fest entschlossen, das einfach auszublenden.

»Du schmeckst so gut«, murmelte er. »Ich könnte dich stundenlang lecken. Vielleicht mache ich das einfach.«

Sie bekam einen Krampf im Knie, und das Wimmern, das sie daraufhin ausstieß, war halb Lust und halb Schmerz. »Ich... Ich kann das nicht, Magnus...«

»Nein, Baby, du machst das super«, murmelte er und hielt ihre Oberschenkel noch fester, während er ihre Klitoris leckte. »Ich halte dich...«

»Es ist mein Knie.« Sie richtete sich auf, rollte sich von ihm herunter und stand auf, wobei sie sofort zusammenzuckte. »Au. Scheiße. Ich hasse mein Knie!« Bei diesen Worten hüpfte sie herum, spannte ihr Bein an und versuchte, den Krampf wieder loszuwerden.

»Ist schon okay«, sagte er vom Bett aus.

»Es ist nicht okay.« Edie biss sich auf die Unterlippe und konnte es einfach nicht fassen, dass ihr die dumme Verletzung jetzt auch noch den Sex verdarb. »Ich möchte es ja, aber...«

»Ich weiß«, erwiderte er, stand auf und legte ihr die Hände auf die Wangen. Dann küsste er sie zärtlich. »Aber es ist wirklich nicht weiter schlimm. Wir versuchen es einfach etwas anders.«

Sie sah ihn misstrauisch an. »Wie denn?«

Er zwinkerte ihr zu. »Mit der guten alten Neunundsechzig-Stellung. Du legst dich auf mich, und auf diese Weise profitiere ich auch noch davon.«

Edie kniff die Augen zusammen. »Wie praktisch für dich.«

»Nicht wahr?« Er grinste frech. »Ich muss zugeben, dass diese Stellung nicht einen Nachteil hat. So kann ich dich nach Lust und Laune lecken und dir gleichzeitig den Schwanz in deinen schönen Mund stecken.« Er strich ihr mit einem Finger über die Unterlippe. »Denn du hast einen wunderschönen Mund, der dazu wie geschaffen ist.«

Bei seinen Worten wallte ihre Begierde wieder auf und sie nickte. Im Bett hätte sie für diesen Mann alles getan, da er ihr einen unglaublichen Orgasmus nach dem anderen schenken konnte.

Magnus küsste sie wieder, nahm ihre Hand und führte sie zurück zum Bett. Dieses Mal zog er sein offenes Hemd und die Hose aus, und nur wenige Sekunden später stand er nackt vor ihr. Als er die Hose fallen ließ, musterte Edie seine Erektion, die bereits hart und prall aufragte und mit Präejakulat bedeckt war. Außerdem war sie auf einmal aufgeregt bei dem Gedanken, dass sie seinen Penis gleich in den Mund nehmen würde, während er sie leckte. So etwas hatte sie noch nie zuvor getan, aber sie hatte kein Problem damit, einen Mann oral zu verwöhnen, und genoss es auch selbst sehr. Es schien für alle Beteiligten eine Win-win-Situation zu sein.

Sie trat vor, nahm sein Glied in die Hand und legte die Finger fest darum. Magnus stöhnte, drückte sich an sie und küsste sie wieder.

»Vertraust du mir?«, murmelte er an ihren Lippen.

Sie nickte. »Ich will dich.« Dann drückte sie seinen Penis kurz und strich mit dem Daumen über die Eichel, um ein wenig von der Feuchtigkeit abzustreifen. Sie steckte sich den Daumen in den Mund und genoss es, wie Magnus sie begierig anstarrte.

»Aufs Bett mit dir«, knurrte er. »Und zwar sofort. Ich will dich lecken.«

Sie bekam weiche Knie. Zugegebenermaßen stand sie sehr auf diesen Dirty Talk. Sie setzte sich auf die Bettkante und sah zu, wie Magnus um das Bett herumging und sich dann auf den Rücken legte. Sein Penis ragte in die Luft, und Edie beugte sich vor und nahm ihn wieder in die Hand, da sie diesen obszönen, unfassbar scharfen Anblick nicht länger ertragen konnte.

»Komm her, Edie.« Er klopfte auf seine Brust. »Ich möchte deine Hüften genau hier sehen.« Danach deutete er auf seinen Penis. »Und deinen Mund genau hier.«

»Noch irgendwelche anderen Anweisungen?«, neckte sie ihn, während sie auf ihn zukrabbelte, wobei sie ihr schmerzendes Knie schonte.

»Nein. Wenn das beides erfüllt ist, bin ich rundum zufrieden.«

Während sie noch in Bewegung war, zog er ihre Beine über seine Brust, als würde sie überhaupt nichts wiegen. Sie verlor das Gleichgewicht und fiel flach auf ihn, sodass sie mit dem Mund schon neben seinem Glied lag. Beinahe hätte sie protestiert, doch dann legte er die Hände an ihre Hüften, und sie spürte erneut seinen Mund an ihren Schamlippen. »Hmm, so ist es gut«, stieß er aus und klang sehr entspannt, bevor er sie einmal kurz leckte. Edie erschauderte.

Sie stützte sich auf die Ellbogen und legte sich bequemer hin. Sein Penis war so groß, dass er ihr Gesicht bereits berührte, und sie verlagerte das Gewicht auf einen Arm und nahm sein Glied in die Hand, um die Lippen auf die Eichel zu drücken.

Sobald sie das getan hatte, leckte er ihre Klitoris und stöhnte auf. »So ist es richtig, Baby.«

Ihrer Kehle entrang sich ein Wimmern – irgendwie stieß sie ständig solche lüsternen Geräusche aus, wenn er sie berührte –, und sie leckte immer wieder über die Eichel und neckte ihn ebenso mit der Zunge, wie er es bei ihr tat.

»Wie gefällt dir das, Baby? Sollen wir aufhören?« Er umkreiste mit der Zunge ihre Öffnung, stieß die Zungenspitze hinein, und Edie hätte sich am liebsten stöhnend dagegen gedrückt. »Oder möchtest du weitermachen?«

Sie glaubte, vor Verlangen am ganzen Körper zu zittern. »Mach weiter«, hauchte sie. »Das fühlt sich gut an.«

»Nimm ihn in den Mund«, verlangte er.

Sie legte die Lippen um sein Glied, leckte mit der Zunge daran entlang und knabberte an jedem Zentimeter, während Magnus sie weiterhin leckte, ihre Klitoris rieb und hin und wieder mit der Zunge in sie eindrang. Edie nahm seinen Penis weit in den Mund und begann zu saugen.

Magnus stöhnte. »Mann, ist das gut.«

Auf einmal spürte sie etwas anderes in ihrem Schritt. Während er mit der Zunge weiterhin ihre Klitoris umkreiste, drang er mit einem Finger in sie ein, sodass Edie wieder diese leisen, kehligen Geräusche ausstieß. Sie hatte sein Glied ganz im Mund, und er pumpte sich in sie hinein, während sie die Lippen bewegte und er sie mit dem Finger penetrierte.

Sie kam dem Höhepunkt immer näher und verkrampfte die Beinmuskeln. Als sie um seinen Penis herum stöhnte, reagierte Magnus, indem er noch tiefer in ihren Mund eindrang, bis seine Eichel gegen ihre Kehle stieß. Sie versuchte, erneut an ihm zu saugen, wurde jedoch zu sehr von ihrem sich aufbauenden Orgasmus abgelenkt und kam einen Augenblick später. Edie schrie auf, während Magnus sie weiter leckte und den Finger in sie hineinstieß. Sie verlor den Rhythmus und wimmerte, während ihr Höhepunkt ewig anzudauern schien. Als sie wieder zu Atem gekommen war, küsste und leckte sie sein Glied und erschauerte weiterhin, da er sie immer noch liebkoste und die Nachwirkungen ihres Höhepunkts gar nicht abzuebben schienen.

»Ich komme gleich«, warnte er sie und stieß sich gegen ihre Lippen.

»Na los«, ermutigte sie ihn, drückte den Mund auf seine Eichel und küsste die weiche, heiße Haut. »Ich will dich kosten.«

Er stöhnte, und sie spürte, wie sein heißer Samen gegen ihre Lippen spritzte und ihre Hände und ihr Gesicht benetzte. Magnus murmelte ihren Namen, und sein ganzer Körper bebte unter ihr, sodass sie genau fühlen konnte, wie der Orgasmus durch ihn hindurchtoste. Es fühlte sich unglaublich intim an, auch wenn sie jetzt ein bisschen klebte.

Magnus atmete noch einmal tief aus und tätschelte ihren Hintern. »Darf ich dich behalten?«

Sie lachte, obwohl sie müde war und ihr Knie schmerzte, da sie das Ganze trotz allem sehr genoss. Sie standen auf, säuberten sich, gingen schnell gemeinsam unter die Dusche und kehrten ein paar Minuten später noch immer nackt ins Bett zurück. Magnus zog sie an sich und duftete nach Seife und sauberer Haut. Er küsste ihren Hals und legte die Arme um sie. »Schlaf ein bisschen. Ich habe morgen einen langen Tag vor mir und muss viel programmieren, und außerdem willst du dir bestimmt noch mehr von der Messe ansehen.«

»Hm.« Noch mehr verkleidete Geeks, die sie schief ansahen, weil sie ihre Gamerwitze nicht verstand. »Oder ... Ich könnte bei dir im Zimmer bleiben und wir kuscheln, wenn du eine Pause machst.«

»Wenn du mit kuscheln meinst, dass wir das wiederholen, was wir gerade gemacht haben, dann bin ich ganz dafür.«

Okay, im Grunde genommen hatte sie genau das gemeint. Sie kicherte bei diesem Gedanken. Magnus verwandelte sie noch in die unanständigste Katzenlady der Welt. Bianca wäre sehr schockiert, wenn sie das wüsste.

Doch sie stellte fest, dass ihr völlig gleichgültig war, was Bianca dachte. Zufrieden schmiegte sie sich an Magnus und schlief ein.

14

Der Rest ihres Aufenthalts verging wie im Flug. Magnus tippte wie ein Wilder, und die Ideen kamen ihm schneller, als er sie aufschreiben konnte. Es würde mehrere Monate dauern, bis er das alles umgesetzt hatte, erklärte er Edie, schien damit aber sehr glücklich zu sein. Für ihn lief es wieder mit der Arbeit, und das ohne Levi, und sie hatte ihn noch nie so zufrieden gesehen. Überdies war sie ein kleines bisschen stolz darauf, dass sie ihren Anteil daran gehabt hatte.

Sie selbst ging noch einige Male hinunter auf die Messe, war aber nicht wirklich an dem ganzen Trubel interessiert und wollte auch nicht so viel herumlaufen, und so blieb sie die meiste Zeit bei Magnus auf ihrem Zimmer. Sie las auf ihrem Handy ein Buch, sah sich ein paar Filme an oder kuschelte einfach mit ihm im Bett, während er arbeitete. Es war perfekt.

Das Einzige, was ihr wirklich fehlte, waren ihre Katzen. Es wäre so schön gewesen, wenn einige davon mit ihnen im Bett gelegen hätten. Magnus rief seine Assistentin an und erkundigte sich nach seinen beiden »Ladys«, und Edie sprach mit Jenna auch über ihre Katzen, weil sie nun einmal Bescheid wissen musste.

Bianca schickte ihr ein paar neugierige SMS, die Edie jedoch ignorierte. Natürlich war sie nicht völlig herzlos und schrieb kurz *Habe viel Spaß! Keine Zeit! XO*, um sie zum Schweigen zu bringen, aber sie wollte Bianca und die wirkliche Welt auch nicht früher als nötig in diese traumhaften Tage eindringen lassen.

Schon sehr bald würde sie in ihr kleines Stadthaus und ihr armseliges Leben zurückkehren. Doch im Moment gab es nur sie und Magnus in einer Blase des Glücks, und sie wollte es einfach genießen.

Aber schließlich war die Messe zu Ende, sie checkten aus und fuhren zu Edies Haus zurück. Irgendwie war sie fast ein bisschen traurig, als der Wagen davor hielt. Sie sah zu Magnus hinüber und lächelte ihn an. »Danke für die Einladung. Es hat wirklich sehr viel Spaß gemacht.«

Sie wollte schon die Tür öffnen und aussteigen, aber er zog sie zurück in den Wagen. »Ist das alles, was ich dafür bekomme?«, fragte er spöttisch. »Nicht mal einen Abschiedskuss?«

Natürlich musste sie da lächeln und küsste ihn. Aus diesem Kuss wurde sehr viel mehr, und schon bald klammerte sie sich benommen und atemlos an sein Hemd, während er sie innig und leidenschaftlich küsste. Danach lächelte er sie träge und zufrieden an und drückte seine Lippen noch einmal auf ihre. »Du wirst mir während der Woche sehr fehlen.«

Bei seinen Worten schmolz sie förmlich dahin. »Du mir auch.«

»Grüß Spanky von mir.«

Edie kicherte. »Ich habe keine Katze, die so heißt.«

»Dann solltest du das ändern. Das ist ein toller Katzenname.«

»Dann nenn doch eine von deinen so!«

Er tat so, als würde er darüber nachdenken. »Lady Spanky klingt irgendwie nicht mehr so gut.«

Edie verdrehte die Augen. »Du bist wirklich schrecklich, weißt du das?«

»Nein, Baby. Ich bin der Beste, und das gefällt dir.« Er küsste sie noch einmal. »Ich werde während der nächsten

Tage vermutlich komplett in meiner Arbeit versinken. Möchtest du nicht mitkommen und bei mir bleiben?«

»Ich wünschte, ich könnte«, erklärte sie reumütig. »Aber meine Katzen brauchen mich, und ich muss diese Woche bei einigen Kunden vorbeischauen.« Sie hatte zwar nicht sehr viel zu tun, durfte ihre Stammkunden aber auch nicht vernachlässigen und wollte sie nicht enttäuschen. »Vielleicht am nächsten Wochenende?«

»Schick mir einfach eine SMS«, bat er sie.

»Das mache ich.« Widerstrebend löste sie sich aus seinen Armen und stieg aus dem Wagen.

Es fiel ihr schwer, nicht niedergeschlagen zu sein, als Magnus wegfuhr, aber in dem Augenblick, in dem sie die Haustür öffnete, wurde sie von mehreren Katzenstimmen begrüßt. »Hallo, ihr Süßen!« Edie stellte ihre Tasche auf den Boden, ging zur Couch und streichelte ihre Katzen, die sich an sie pressten. Sie sahen gut aus, stellte sie beruhigt fest, und als Tripod auf ihren Schoß sprang, war sie sofort entspannt und glücklich. Das Einzige, was jetzt noch fehlte, war Magnus, der gerade weggefahren war. Aber sie würde ihn am nächsten Wochenende wiedersehen. Hoffentlich. Edie schloss die Augen, streichelte ihre Katzen, entspannte sich und dachte an die wundervolle Zeit, die sie erlebt hatte.

Als sie Schritte auf der Treppe hörte, zuckte sie zusammen.

»Du bist wieder zu Hause«, rief Bianca vorwurfsvoll.

Edie öffnete ein Auge. »Ja, das bin ich. Hast du mich vermisst?«

»Aber natürlich.« Ihre Schwester sah sie verletzt an. »Und ich habe mir Sorgen um dich gemacht.«

»Warum?« Edie streichelte Tripod über den Rücken. »Es geht mir gut.«

»Weil es in Magnus' Haus viele Treppen gibt und du ganz

allein dort gewesen bist. Wie sollte ich mir da keine Sorgen machen? Was wäre passiert, wenn dein Knie nicht mehr mitgespielt hätte? Das hätte ich mir nie verzeihen können.«

Jetzt hatte Bianca es geschafft, und Edie fühlte sich schlecht. Sie log nur ungern – und sie hatte Bianca erzählt, dass sie sich um Magnus' Katzen kümmern würde, während er auf der Messe war –, aber sie war sich nicht sicher, ob ihre Schwester die Wahrheit verkraften würde. »Ich kann durchaus ein paar Treppenstufen hoch- und runterlaufen, Bianca. Das ist kein großes Problem. Ich bin doch kein Invalide.«

»Natürlich nicht.« Bianca schien verletzt zu sein, dass Edie das auch nur andeutete. »Entschuldige, dass ich mir Sorgen um meine Schwester gemacht habe, die ein paar Tage weg gewesen ist. Ich... Ich werde dich einfach in Ruhe lassen.«

Edie seufzte. Jetzt sollte sie sich eigentlich bei Bianca entschuldigen, weil sie zickig gewesen war, und ihre verletzten Gefühle besänftigen, aber ihr war überhaupt nicht danach. Es war auch aus dem Grund schön gewesen, mit Magnus zusammen zu sein, weil er Rücksicht auf ihr Knie genommen hatte, ohne dass sie sich gleich vorgekommen war, als wäre sie behindert. Bianca gab ihr immerzu das Gefühl, weniger wert zu sein. Das war ihr in diesem Augenblick erst richtig klar geworden. »Können wir uns später darüber unterhalten? Ich bin ziemlich müde und würde gern erst einmal mit den Katzen kuscheln, wenn das okay für dich ist.«

»Entschuldige, dass ich dich gestört habe.« Bianca drehte sich auf dem Absatz um und marschierte zurück zur Treppe. »Ich sitze dann eben oben ganz allein rum. So wie in den letzten Tagen auch.«

Edie verdrehte die Augen.

✳ ✳ ✳

Bianca knabberte an einem ordentlich lackierten Fingernagel herum. Das gefiel ihr ganz und gar nicht. Warum schickte Edie sie wieder weg? Normalerweise brauchte ihre Schwester sie doch. Sie brauchte Bianca, damit sie sie herumfuhr und ihr bei der Arbeit half. Edie verließ sich auf Bianca und konnte ohne sie nichts erreichen. Aber jetzt war sie vier Tage weg gewesen und hatte Bianca nicht einmal gebeten, sich um ihre Katzen zu kümmern?

Das machte sie nervös und unglücklich. Natürlich machte sie sich Sorgen um Edie. Ihre Schwester neigte dazu, sich zu überfordern, wenn es um andere Menschen und ihre Katzen ging, was oftmals dazu führte, dass sie ihr Knie abends mit Eisbeuteln beruhigen musste. Sie stellte ihre eigenen Bedürfnisse immer zurück und brauchte jemanden wie Bianca, der an sie dachte. Denn so ein Mensch war Bianca nun einmal, eine selbstlose, hingebungsvolle Schwester und Assistentin.

Sie starrte ihr Spiegelbild mit gerunzelter Stirn an und glättete ihr Haar, um dann etwas Lipgloss aufzulegen. Ihre Augen sahen irgendwie müde aus, daher klebte sie sich vorsichtig falsche Wimpern an, schminkte sie mit Mascara und klimperte ein paar Mal damit. Das war schon besser. Derart vorbereitet, schloss sie ihre Zimmertür, schaltete ihren Computer ein und rief Levi über Skype an.

Er nahm den Anruf sofort entgegen. »Bianca! Du hast mir gefehlt!«

Sie schenkte ihm ein schüchternes, kokettes Lächeln. »Du hast mir auch gefehlt.« Aber das war gelogen. Levi klammerte derart, dass sie es kaum noch ertragen konnte, und er wollte ständig Sex, dabei war Bianca fest entschlossen, erst mit ihm ins Bett zu gehen, wenn er sie geheiratet hatte. Das Einzige, was momentan noch zu seinen Gunsten sprach, war die Tatsache, dass er stinkreich war. Aber sie hatte auf Gretchens Verlobungsparty auch einen sehr netten Mann namens Cooper kennengelernt, der zwar nicht gerade umwerfend aussah, aber der Besitzer einer Reihe von Cafés war und sich bisher damit zufriedengab, sie aus der Ferne anzuhimmeln, was weitaus besser war als Levis nervige Fummelversuche und seine ständigen SMS.

»Du bist so wunderschön«, sagte Levi verträumt und starrte sie an. »Ich kann nur noch an dich denken.«

»Das ist lieb von dir«, erwiderte sie höflich. Dann biss sie sich dramatisch auf die Lippen und legte den Köder aus. »Levi ... Ich mache mir Sorgen und weiß nicht, mit wem ich sonst reden soll.«

Er riss die Augen auf. »Was ist denn los?«

»Es ist nur ... Ich mache mir Sorgen um meine Schwester. Hat Magnus irgendetwas über die Zeit gesagt, die sie in eurem Haus verbracht hat?«

Levi legte den Kopf schief wie ein Hund und sah sie neugierig an. »Wie meinst du das? Sie war doch dieses Wochenende auf der Messe.«

»Sie war auf der Messe?« Bianca behielt den hübschen verwirrten Gesichtsausdruck bei, auch wenn sie am liebsten getobt hätte. Man hatte sie angelogen! Sie! Nach allem, was sie für ihre Schwester getan hatte. Sie kümmerte sich aufopferungsvoll um Edie und fuhr sie überall hin. Es kam ihr ein wenig wie Verrat vor, aber sie unterdrückte dieses Gefühl. »Was denn für eine Messe?«

»Sie war mit Magnus auf der FanBoy Con. Sie hat sogar Katzenohren getragen und all das. Er sagte, er hätte sie als Beraterin für ein neues Spiel eingestellt.« Levi schüttelte den Kopf. »Aber sie haben Händchen gehalten. Er hat sie wirklich an der Nase herumgeführt.«

Bianca keuchte auf. »Er gibt sich immer noch mit ihr ab? Das ... Das ist doch unnötig. Er sollte sie nur ablenken, wenn wir ausgehen.« Und da sie momentan nicht so an Levi interessiert war, musste dieser Betrug auch nicht sein. »Ist ihm denn nicht klar, dass er das nicht ständig machen muss?«

»Magnus gibt immer gern alles bei seinen Projekten«, meinte Levi wehmütig. »Du solltest sehen, wie sehr er mich drängt, an diesem neuen Spiel zu arbeiten. Erst neulich ...«

Sie hob eine Hand, um ihn zum Schweigen zu bringen, und er hielt den Mund. »Levi, Schätzchen, hältst du das nicht auch für grausam? Edie ist meine Schwester. Sie ist sehr empfindlich. Sie wird am Boden zerstört sein, sobald sie herausfindet, dass alles nur eine Lüge ist.« Sie klimperte mit den Wimpern und schüttelte traurig den Kopf. »Du wirst deinem Bruder sagen müssen, dass er sie vorerst in Ruhe lassen soll. Wir wollen doch nicht, dass meine Schwester verletzt wird. Ihr letzter Freund ...« Sie verharrte und änderte ihre Taktik. Das musste sie nicht erwähnen. »Ich kümmere mich um Edie, Levi. Wenn sie leidet, fühle ich mit ihr. Es tut mir ebenfalls weh. Verstehst du das?«

»Aber sicher. Ich werde Magnus sagen, er soll die Finger von ihr lassen. Aber was ist mit uns?«

»Wir lassen uns was einfallen.« Sie lächelte ihn traurig an. »Mir gefällt der Gedanke nicht, dass unser Glück auf Kosten meiner Schwester geht.«

»Ich bringe das wieder in Ordnung«, versprach Levi ihr.

»Danke, Liebster«, säuselte Bianca. Sie warf ihm noch eine Kusshand zu und beendete dann die Skype-Verbindung. Oh, Cooper war online. Ihm konnte sie ja auch gleich noch Hallo sagen.

✻ ✻ ✻

Magnus fuhr mit seinem Maserati vor dem Buchanan-Haus vor. Er hatte gehofft, dass er sich mit seinem Freund privat unterhalten konnte, vielleicht sogar über ein neues katzenfreundliches Apartment, in dem er Edie unterbringen konnte. Aber als er parkte, stellte er fest, dass mehrere andere Wagen in der langen, geschwungenen Auffahrt standen, und alle glänzten und sahen aus wie aus einem Automagazin: Tesla, Lamborghini, Mercedes-Benz und der Aston Martin seines Bruders parkte ebenfalls da. Okay, hier fand heute also ein offizielles Treffen statt.

Aber was zum Teufel hatte Levi hier zu suchen? Oder hatte es etwas mit der Hochzeit zu tun? Sie war doch nicht etwa abgesagt worden? Er steckte den Schlüssel in die Hosentasche und ging zur Tür, und der Butler ließ ihn in das Haus mit seinen labyrinthartigen Fluren.

Die anderen Männer warteten bereits in Hunters karg eingerichtetem Arbeitszimmer. Er wusste aus vergangenen Geschäften mit Hunter, dass dieser den Großteil seiner Arbeit von zu Hause aus erledigte, aber auch ein Büro in der Stadt besaß. Als er den Raum betrat, stellte er fest, dass die anderen Trauzeugen ebenfalls im Raum saßen, nur Reese und Logan fehlten. Asher, Cooper, Sebastian und sein Bruder, der die Arme vor der Brust verschränkt und ein sauertöpfisches Gesicht aufgesetzt hatte, warteten auf ihn.

Magnus setzte sich zu ihnen und kam sich irgendwie wie ein Schuljunge vor, der etwas ausgefressen hatte. Hunters grimmige Miene verstärkte diesen Eindruck. »Hallo, Leute«, sagte Magnus und versuchte, möglichst entspannt zu klingen. »Das ist ja eine Überraschung, euch alle hier zu sehen.«

Asher sah Magnus nicht in die Augen, aber das überraschte ihn nicht. Sebastian warf ihm einen kurzen Blick zu, wirkte aber beschäftigt. Nur Cooper lächelte Magnus freundlich zu.

Alle anderen sahen aus, als würden sie sich sehr unwohl in ihrer Haut fühlen.

»Gut, dass ihr da seid«, sagte Hunter kurz angebunden und verschränkte die Finger auf dem Tisch. »Ich habe euch alle heute hergebeten, weil ihr gute Freunde und Geschäftspartner seid. Aus diesem Grund gehört ihr auch meiner Hochzeitsgesellschaft an. Ich vertraue euch allen. Wie ihr wisst, ist Gretchen die Frau, die ich liebe und heiraten möchte, und sie hat sich eine große Hochzeit mit allem Pipapo gewünscht. Weil ich ihr nun einmal nichts abschlagen kann, bekommt sie die aufwendige Feier, die sie haben möchte. Was mich zu dem Grund für das heutige Treffen führt.« Er wischte sich mit einer Hand über die Wange, als würde er sich die Narbe reiben. Dann starrte er sie an. »Hört auf, mit den Brautjungfern zu schlafen.«

Sebastian schnaubte.

Asher grinste nur.

Magnus sagte nichts, ballte aber die Fäuste. Darum ging es also?

»Eine der Frauen ist nicht mehr bereit, als Brautjungfer zu agieren«, fuhr Hunter fort, »und meine Zukünftige hat sich sehr darüber aufgeregt. Gretchen tobt schon den ganzen Tag wie eine Furie durch das Haus, und ich habe ihr versprochen, mich darum zu kümmern.«

»Schuldig im Sinne der Anklage«, sagte Asher. »Ich schlafe mit Greer und habe nicht vor, damit aufzuhören. Und nein, das geht euch nicht das Geringste an.« Er rückte seine Manschettenknöpfe zurück und fügte hinzu: »Ich werde mit ihr reden. Bis eben hatte ich keine Ahnung, dass sie vorhatte, aus der Hochzeitsgesellschaft auszuscheiden.«

Magnus zog die Augenbrauen hoch. Er konnte sich dunkel an die kleine, unscheinbare Frau erinnern, mit der er Asher am Abend der Verlobungsfeier in den Gärten gesehen hatte. War das Greer? Falls ja, war sie zu bedauern. Asher hatte unzählige Gespielinnen und war ein guter Gesellschafter, wenn man feiern wollte, aber nicht für eine Beziehung zu gebrauchen. Magnus wusste, dass der Mann mit einer Menge Dämonen zu kämpfen hatte.

»Greer ist nicht diejenige, von der wir sprechen«, erläuterte Hunter trocken. »Aber jetzt weiß ich wenigstens, dass wir noch ein Problem haben. Es geht um Chelsea, die nicht mehr mitmachen will.«

»Was?« Sebastian erstarrte und sah sich wachsam um. Auf seiner kalten Miene zeichnete sich Überraschung ab. »Chelsea?«

»*Et tu, Brute?*«, murmelte Hunter grimmig. »Ihr beide macht diese Frauen entweder glücklich oder trennt euch auf anständige Weise von ihnen, damit Gretchens Pläne nicht ruiniert werden. Habt ihr mich verstanden?«

»Wenn ihr mich entschuldigen würdet, ich muss mal telefonieren«, sagte Sebastian und stand mit einer geschmeidigen Bewegung auf. Er nickte Hunter steif zu und ging hinaus.

»Möchte noch jemand ein Geständnis ablegen?«

»Edie gehört mir«, erwiderte Magnus nur.

Hunter nickte und sah erneut Asher an. »Behalt deinen gottverdammten Schwanz in der Hose. Greer ist ein nettes Mädchen und hat etwas Besseres als dich verdient.«

»Wow«, stieß Asher aus. »Was ist aus dem Gerede von Bruderschaft, Freundschaft und all dem Scheiß geworden, der dir eben noch über die Lippen gekommen ist?«

»Das mit der Bruderschaft ist eine Sache«, erwiderte Hunter. »Aber jetzt machst du meine Frau unglücklich, und das kann ich nicht zulassen.«

»Mit Greer werde ich fertig«, versicherte Asher ihm und

stand auf. »Mach dir ihretwegen nur keine Sorgen.« Er sah erst Magnus und dann Hunter an. »Willst du ihm keine Vorwürfe machen?«

Hunter zog eine vernarbte Augenbraue hoch und sah Magnus an. »Muss ich das denn?«

»Nein«, antwortete Magnus.

»Sehr schön.«

Asher warf die Hände in die Luft und stürmte aus dem Zimmer.

»Wieso vögelt jeder von euch eine Brautjungfer, nur ich nicht?«, fragte Levi.

»Ich auch nicht«, warf Cooper ein.

»Das war alles, was ich sagen wollte«, meinte Hunter und ging ein paar Papiere auf seinem Schreibtisch durch. »Danke für euer Kommen. Ach ja, und schickt bitte eure Smokingmaße an Gretchens Hochzeitsassistentin.«

Die anderen Männer standen auf.

»Mit dir würde ich gern noch kurz reden, Magnus«, sagte Hunter, als sie sich schon zum Gehen wandten. Levi warf Magnus einen fragenden Blick zu, aber er bedeutete seinem Bruder nur, dass er schon gehen konnte. Kurz darauf war er mit Hunter allein im Raum und setzte sich wieder. Hunter holte einige Papiere hervor und reichte sie Magnus. »Ich habe dir eine E-Mail mit ein paar Angeboten geschickt. Diese beiden hier sind schon frei und werden bestimmt nicht lange auf dem Markt bleiben. Ich kenne da noch einen Popsänger, der sich ebenfalls dafür interessieren wird, aber ich wollte dir die erste Wahl lassen, falls du Zeit hast, sie dir heute Nachmittag anzusehen.«

Magnus warf einen Blick auf die Wohnungsangebote und grinste seinen Freund an. »Wann können wir los?«

»Zuerst einmal«, erwiderte Hunter, »würde ich gern wissen, ob wir über Edie reden müssen. Die Rede vorhin war nicht direkt an dich gerichtet, aber jetzt, wo du es erwähnst, sollte ich dich warnen, dass Gretchen mit dem Messer auf dich losgehen wird, falls du Edie das Herz brichst. Sie möchte all ihre Freundinnen beschützen und Edie ganz besonders.«

»Ich habe nicht vor, Edie wehzutun«, versicherte Magnus ihm und war ein wenig gekränkt darüber, dass sie so eine Unterhaltung führten. Kein Wunder, dass die anderen rausgestürmt waren. Das hier war irgendwie so, als würde der eigene Vater mit einem schimpfen, und dabei war Hunter ein Freund und Gleichgestellter und nicht sein Dad. »Wir sind beide erwachsen und werden alles, was passiert, auch wie Erwachsene regeln.«

»Das wollte ich hören«, meinte Hunter. »Nehmen wir deinen Wagen?«

※ ※ ※

Zwei Tage später unterschrieb Magnus den Vorvertrag für ein wundervolles kleines Apartment in einem Haus in Park Slope. Das ganze Erdgeschoss des Stadthauses war in eine Wohnung umgewandelt worden und bestand aus einhundertundfünfzig Quadratmetern, großen Räumen und einem geräumigen Badezimmer. Er war davon überzeugt, dass Edie die Wohnung lieben würde. Es gab jede Menge Ecken und Winkel sowie zahlreiche Fenster, an denen man Bretter für die Katzen anbringen konnte. Er machte eine Baranzahlung, damit er sofort einziehen konnte, und schrieb Edie eine SMS, sobald man ihm die Schlüssel übergeben hatte.

Magnus: *Wann kann ich dich wiedersehen? Ich habe eine Überraschung für dich.*

Oh Mann, schrieb sie fast augenblicklich zurück. *Ich habe heute noch zwei Hausbesuche, und Bianca rückt mir neuerdings ziemlich auf die Pelle. Wie wäre es, wenn wir uns morgen gegen Mittag treffen? Kannst du deinen Fahrer herschicken, damit er mich abholt? Ich muss rechtzeitig zurück sein, um die Katzen zu füttern und ihnen ihre Medizin zu geben.*

Magnus: *Was immer dir am besten passt. Aber beeil dich, ich will dich in meinem Bett sehen.*

Edie: *Ist das etwa ein Rendezvous, Magnus Sullivan? Denn wenn es so ist, dann musst du an deiner Taktik arbeiten.*

Magnus: *Das hast du letztes Wochenende anders gesehen, als du wie ein Welpe gewimmert hast.*

Edie: *Okay, okay. Du hast gewonnen. Bis morgen.*

Magnus: *Zieh etwas an, das du schnell ausziehen kannst.*

Edie: *Ich suche mir mein Klettverschlusskleid raus.*

* * *

Natürlich trug sie etwas anderes, aber immerhin hatte Edie ein Kleid an, als er sie sah. Sie lächelte ihn zur Begrüßung an, und der lange Rock wehte um ihre Beine. Um ihre Schultern lag ein dunkler Pullover, sie hatte sich wieder zwei kleine Zöpfe geflochten und strahlte ihn an.

Magnus zog sie in seine Arme und küsste sie lange und innig. Er hatte sie während der letzten Tage vermisst.

»Lass uns nach oben gehen und nach deinen Katzen sehen«, meinte sie. »Sie haben mir gefehlt.«

»Ich nicht?«

Sie lachte nur. »Du fehlst mir immer.«

Doch er zog sie stattdessen in Richtung Wagen. »Eigentlich wollte ich dir zuerst dein Geschenk geben.«

»Das können wir natürlich auch machen«, stimmte sie zu. »Atmet es? Denn ich liebe zwar Katzen, bekomme aber unmöglich noch eine weitere unter, und ein Hund würde das ganze Ökosystem in meinem Haus durcheinanderbringen.«

»Es ist besser als eine Katze«, versicherte er ihr und setzte sich neben sie auf den Rücksitz. Er reichte dem Fahrer den Zettel mit der Adresse und lehnte sich zurück, um Edies schlanken Körper an sich zu ziehen, damit er sie endlich wieder berühren konnte. Das wurde langsam zu einer Art Sucht.

Sie sah ihn aufgeregt an. »Wie kommst du mit deinem Spiel voran?«

»Es läuft super«, antwortete er und langweilte sie einige Minuten lang mit Details über das Spiel, das immer spektakulärer zu werden schien. Es machte ganz den Anschein, dass ihm jetzt, wo er diese Hürde überwunden hatte, alles andere zufiel. Er konnte die Szenarien praktisch schon in seinem Kopf sehen und seine Pläne gar nicht schnell genug in die Tat umsetzen.

Das Beste an der ganzen Sache war jedoch, dass er Levi überhaupt nicht brauchte.

Was auch sehr gut war, da sich die Brüder nach dem Treffen in Hunters Haus gestritten hatten. Levi hatte ihm gesagt, er solle die Finger von Edie lassen, weil er damit zu weit ginge. Magnus, der sich ohnehin schon über die Faulheit seines Bruders ärgerte, hatte ihn aus dem *The-World*-Projekt geschmissen und ihm gesagt, er könne ihn mal kreuzweise. Jetzt redeten sie nicht mehr miteinander, und die Stimmung in ihrem Haus war sehr angespannt.

Und Magnus stellte fest, dass ihm das völlig egal war. Levi würde darüber hinwegkommen und sich entweder dazu entscheiden, wieder mit Magnus zusammenzuarbeiten, oder einfach sein Geld verprassen. Beides war Magnus recht. Er war es leid, ständig auf die Bremse treten zu müssen, weil Levi keine Lust zum Arbeiten hatte oder gerade mal wieder von irgendeiner Frau fasziniert war. Dieses Projekt zog Magnus ganz allein durch, und er genoss es sehr.

Als sie vor dem Stadthaus hielten, sah Edie ihn irritiert an. »Was ist hier?«

»Das siehst du gleich«, erwiderte er und wurde immer aufgeregter. Er wollte das für Edie tun, wollte ihr Erstaunen sehen, wenn sie in dem Apartment stand, das er für sie gekauft hatte. Aus Rücksicht auf ihre Gefühle hatte er sich zurückgehalten und keine Wohnung gekauft, die protziger (und somit mehr auf seiner Wellenlänge) war. Falls sie irgendwann in der Zukunft zusammenzogen, dann würde es schon ein völlig anderes Haus sein, sagte er sich. Das war gar nicht mal so abwegig. Dann konnten sie Bianca hier einquartieren ... Und er würde dafür sorgen, dass er mit Edie auf der anderen Seite der Stadt lebte. Somit wäre Bianca allein Levis Problem.

Edie runzelte die Stirn, als sie die vier Stufen hinaufgingen und Magnus den Hausschlüssel aus der Tasche zog. Er schloss die Tür auf und machte eine einladende Geste. »Nach dir.«

Sie musterte ihn skeptisch und ging dann hinein. Er schaltete das Licht ein und wartete auf ihre Reaktion.

Die Wohnung war besenrein und erst vor Kurzem renoviert worden. Die Fenster, die auf den kleinen Hinterhof hinausführten, standen offen und ließen das Sonnenlicht herein. An einer Wand befand sich ein leeres Bücherregal, und durch einen kleinen Flur gelangte man in die Küche und das Schlafzimmer. Edie ging weiter hinein, sah sich um und schaute dann wieder Magnus an.

»Willst du umziehen?«

»Eigentlich nicht«, erwiderte er. »Ich habe das Apartment für dich gekauft.«

Sie riss die Augen auf. »Du hast was?«

»Ich möchte dich in meiner Nähe haben. Mir ist klar, dass du nicht bei mir einziehen kannst, weil mein Haus für dich und dein Knie einfach ungeeignet ist. Außerdem wohnt Levi auch da, und das wäre irgendwie seltsam. Und ich weiß auch, dass du deine Katzen nicht im Stich lassen kannst, aber eigentlich nicht länger mit Bianca zusammenwohnen möchtest. Daher dachte ich, das hier wäre die perfekte Lösung.« Er deutete auf die Wohnung. »Es ist alles auf einer Etage, die öffentlichen Verkehrsmittel sind leicht zu erreichen, hier gibt es viele Ecken, die die Katzen lieben werden, und genug Platz für deinen Freund, der viel zu viel Geld hat und es ausgeben wollte und der nicht immer vier Stunden fahren möchte, wenn er dich in seinen Armen halten will.«

Langsam breitete sich ein Lächeln auf ihren Lippen aus. Sie ging ein paar Schritte und strich mit einem Finger über eines der Regalbretter. »Das ist eine sehr schöne Wohnung«, stimmte sie ihm mit reumütiger Stimme zu. »Du hast an alles gedacht. Ich kann mich nicht einmal darüber aufregen, dass du so viel Geld ausgegeben hast, weil ich genau weiß, dass es für dich keine große Summe ist.«

»Da hast du recht«, bestätigte er und war froh, dass sie sich deswegen nicht streiten würden.

»Aber ich kann das nicht annehmen.«

Er runzelte die Stirn. »Warum nicht?«

Sie sah aus einem der Fenster, und er hörte, wie sie seufzte. »Das Apartment ist wirklich perfekt.« Dann schaute sie ihn mit einem traurigen Lächeln wieder an. »Du bist perfekt. Aber Bianca wird durchdrehen.«

Bianca? War das ihr Ernst? »Jeder, der sich für Biancas Meinung interessiert, möge die Hand heben.« Er sah sich übertrieben in der leeren Wohnung um und schaute dann erneut Edie an.

Sie hob die Hand und blickte ihn entschuldigend an.

Magnus schnaufte verzweifelt. »Ernsthaft?«

»Ernsthaft«, versicherte sie ihm. »Es tut mir leid, und ich weiß, dass es nicht das ist, was du hören willst. Ich würde dir auch gern etwas anderes sagen, aber ... ich bin Bianca etwas schuldig. Sie war so gut zu mir und hat sich um mich gekümmert, nachdem ich diesen Unfall hatte.«

»Du wolltest wohl eher sagen, sie hat dich gezwungen, sich auf sie zu verlassen.«

Edie schüttelte den Kopf. »Nein, so ist das nicht.«

»Doch, es ist genau so. Deine Beziehung zu deiner Schwester ist ebenso von Bedürftigkeit und Abhängigkeit geprägt wie meine zu Levi«, stellte er fest. »Der einzige Unterschied ist, dass ich mir langsam über Levi im Klaren bin, während du Bianca noch immer verteidigst. Du brauchst sie nicht. Du kannst an einem Ort wohnen, wo du dich überall frei bewegen kannst, anstatt dich auf einen kleinen Bereich zu beschränken, den du mit deinem schlimmen Knie erreichen kannst. Du kannst öffentliche Verkehrsmittel nehmen, anstatt immer darauf zu warten, dass sie dich irgendwo hinfährt. Du kannst dein eigenes Leben führen.«

»Das weiß ich«, erwiderte Edie, wrang die Hände und sah verzweifelt und unglücklich aus. »Und das wünsche ich mir auch. Ich würde gern hier wohnen und ich will dich, aber ... noch kann ich das nicht. Während der letzten Jahre hat Bianca ihr ganzes Leben um mich herum aufgebaut. Sie hat mir während der Genesung beigestanden. Mir geholfen, mein Geschäft aufzubauen. Sie war Tag und Nacht an meiner Seite, wenn ich sie gebraucht habe. Daher würde sie das hier als ultimativen Verrat ansehen, und das kann ich ihr nicht antun.«

»Dann ist dir deine Schwester wichtiger als ich?«

»Natürlich nicht«, entgegnete Edie und kam auf ihn zu. Sie legte ihm die Arme um die Taille und drückte eine Wange an seine Brust. »Ich will sie nur langsam an den Gedanken gewöhnen, anstatt ihr gleich die Pistole auf die Brust zu setzen. Gib mir ein bisschen Zeit, damit ich ihr beibringen kann, dass wir zusammen sind und dass es uns ernst ist, okay? Vielleicht wird sie dann ja von selbst darauf kommen und sich etwas Eigenes suchen. Dir ist schon klar, dass sie nicht mehr als meine Assistentin arbeiten kann, wenn sie immer erst ein paar Stunden zu mir fahren müsste.«

Gut, dachte er, sprach es jedoch nicht laut aus. Er wollte, dass sie sich von Bianca und ihren Ränken löste. Je weniger Edie über seine Beteiligung an Biancas dummen Spielchen wusste desto besser. Denn immerhin hatte er dieses scheinheilige Spiel mitgespielt, um zu bekommen, was er wollte...

Aber jetzt wollte er nichts außer Edie, und er würde alles tun, was er tun musste, um sein Ziel zu erreichen. Magnus legte die Arme um sie und stützte das Kinn auf ihren Kopf. »Was soll ich deiner Meinung nach mit einer einhundertfünfzig Quadratmeter großen Wohnung in Park Slope machen?«

»Einziehen?«

Magnus dachte darüber nach. Das war gar keine so dumme Idee.

15

»Was hältst du von dieser Farbe?«, wollte Gretchen wissen, die einen Berg Farbmusterkärtchen in der Hand hatte und eines davon hochhielt. »Das ist venezianisches Senfgrün.«

»Ich werde dir die Freundschaft kündigen, wenn du mich zwingst, diese Farbe zu tragen«, antwortete Edie und tupfte sich den Mund mit einer Serviette ab.

Gretchen strahlte sie an. »Siehst du, aus genau diesem Grund wollte ich dich und nicht Chelsea oder Greer bei der Farbauswahl dabeihaben. Sie würden nur immer begeistert zustimmen und alles toll finden, was mir gefällt. Sie sind einfach viel zu nett.«

»Du brauchst also eine Zicke, die dir sagt, was sie denkt?«

»Ganz genau«, bestätigte Gretchen, hielt dem Kellner ihr Glas hin und wackelte mit den Eiswürfeln darin. »Der Mojito wird sich nicht von selbst wieder auffüllen, wissen Sie.«

Edie nippte an ihrem Cosmopolitan und strich mit den Fingern über das senfgrüne Stoffmuster. Taft. Sie schauderte und schüttelte noch einmal den Kopf. »Auf gar keinen Fall diese Farbe. Nicht wenn dir etwas an unserer Freundschaft liegt.«

»Das weißt du doch«, trällerte Gretchen fröhlich.

Die beiden Freundinnen aßen zu Mittag in einem kleinen Bistro in der Nähe von Hunters Büro. Gretchen hatte darauf bestanden, dass sie sich trafen und die Farben nicht online aussuchten, und es war ohnehin schon eine Weile her, dass Edie mit ihrer Freundin zusammengesessen hatte. Bianca hatte sie gern hergefahren und gesagt, sie müsse ohnehin noch in der Stadt etwas erledigen, daher saß Edie jetzt hier mit Gretchen zusammen und versuchte, nicht ihren Tagträumen von dieser wundervollen kleinen Wohnung nachzuhängen, in die Magnus in diesem Augenblick einzog.

Na ja, klein war sie eigentlich nicht, gab sie zu. Vielleicht von Magnus' Standpunkt aus betrachtet, aber einhundertundfünfzig Quadratmeter waren in New York schon recht beachtlich.

Der Kellner brachte Edie und Gretchen neue Drinks, und sie gingen noch einige Minuten lang die Stoffmuster durch und versuchten, sich auf gute Farbkombinationen zu einigen. Gretchen hatte beschlossen, dass sie eine Hauptfarbe und einen Kontrast dazu wollte, und ihre Geschmäcker waren sehr verschieden. Da Edie vor allem hier war, um ihre Meinung zu sagen, hielt sie damit auch nicht hinter dem Berg. Während Edie Gretchens neuesten Vorschlag, eine Kombination aus Blaugrün und Pink, ablehnte, nippte Gretchen an ihrem Drink. »Dieser ganze Hochzeitskram macht mich völlig fertig, dabei findet die Hochzeit doch erst in einem Jahr statt. Bis ich endlich vor dem Altar stehe, seid ihr vermutlich längst alle hochschwanger. Wusstest du, dass Sebastian und Chelsea zusammenziehen? Und Asher und Greer gehen miteinander ins Bett.« Gretchen schüttelte den Kopf. »Ich bin entweder die weltbeste Kupplerin oder ihr habt es dringend nötig. Wo wir gerade beim Thema sind: Wie läuft es mit Magnus?«

Edie wurde rot. »Gut.«

»Ooooh«, säuselte Gretchen und beugte sich interessiert vor. »Was ist das denn für ein entrückter Gesichtsausdruck? Das sieht ganz danach aus, als würde es sehr gut laufen. Hat er sich eine Katze zugelegt, um in deiner Nähe sein zu können?«

»Sogar zwei«, gestand Edie, der bei diesem Gedanken ganz

warm wurde. Magnus machte immer den Eindruck, ein knallharter Geschäftsmann zu sein, aber eigentlich hatte er ein weiches Herz. Das gefiel ihr. Doch dann überkam sie erneut die Traurigkeit, die sie schon seit Tagen plagte. »Er hat mich gebeten, zu ihm zu ziehen. Gewissermaßen. Er hat eine Wohnung in Park Slope gekauft, in die ich einziehen sollte, damit wir näher beieinander sind und ich genug Platz für meine Katzen habe.«

»Ach, das ist aber süß und unglaublich kontrollsüchtig von ihm«, neckte Gretchen sie. »Das klingt ganz nach etwas, das Hunter auch tun würde. Und, wann ziehst du um?«

Edie starrte in ihren Drink. »Ich kann nicht. Ich muss an Bianca denken.«

Gretchen riss die Augen auf. »Warum, seid ihr etwa ein flotter Dreier?«

»Was? Nein!«

»Oh, gut. Denn das wäre ziemlich widerlich, wenn man bedenkt, dass sie deine Schwester ist.« Sie saugte kurz an ihrem Strohhalm und musterte Edie neugierig. »Und warum hält sie euch dann davon ab zusammenzuziehen?«

Edie rieb sich die Stirn. Gretchen würde es auch nicht verstehen. Sie konnte Bianca nicht ausstehen und sah in ihr eine Schnorrerin. Aber keiner kannte Bianca so gut wie Edie. Die selbstlose Bianca, die ihre ganze Freizeit geopfert hatte, um für Edie da zu sein, während sie sich von ihrem Unfall erholte, die sie zu unzähligen Physiotherapiestunden gefahren hatte und einkaufen gegangen war, wenn Edie nicht hatte laufen können. Bianca, die seit dem Unfall nicht von ihrer Seite gewichen war. Das konnte sie ihrer Schwester doch nicht vergelten, indem sie sie fallen ließ, sobald sie sich verliebte ...

Sie blinzelte und war selbst erschrocken über diese Erkenntnis. Sie war verliebt?

Natürlich war sie das. Das ergab Sinn. Magnus war in jeglicher Hinsicht perfekt für sie. Er war rücksichtsvoll, witzig, liebte Katzen, hatte kein Problem damit, wenn Edie mal zickig wurde (was ziemlich häufig vorkam), gab ihr nicht das Gefühl, eine Invalidin zu sein, und schenkte ihr großartige Orgasmen. Es schadete auch nichts, dass er noch dazu unglaublich gut aussah.

Sie hatte unglaubliches Glück und ...

»Edie?«

Eine vertraute Männerstimme bewirkte, dass sich ihr Magen zusammenzog. Sie blickte überrascht auf, als ein gebräunter, gut gebauter Mann mit hellblondem Haar und einem strahlenden Lächeln auf sie zutrat.

»Ach, verdammt«, murmelte Gretchen. »Drake. Soll ich ihn verscheuchen?«

Edies Exfreund. Verdammt. »Nein, ist schon gut.« Sie zwang sich, ihn anzulächeln, als der Mann, mit dem sie bis vor sechs Jahren zusammen gewesen war, an ihren Tisch kam. »Hi, Drake. Du siehst gut aus.« Sie war sehr stolz auf sich, dass ihre Stimme so ruhig und gelassen klang. Dabei waren die Wunden, die er ihr damals zugefügt hatte, noch immer nicht verheilt. Sie hatte unglaublich gelitten, nachdem er sie nach dem Unfall verlassen hatte. Sie hatte immer geglaubt, er hätte es wegen ihres Knies und ihres Humpelns getan.

Aber als sie ihn jetzt ansah und sein makelloses Erscheinungsbild musterte, schoss ihr durch den Kopf, dass er vermutlich einfach nur ein Arschloch war.

»Danke«, erwiderte er und bleckte seine blendend weißen Zähne. »Neues Fitnessprogramm. CrossFit.«

»Wow, Edie«, spöttelte Gretchen. »Du siehst auch großartig aus.«

Drake wurde rot. »Ich ... Natürlich tust du das. Ich wollte

nur, nun ja, helfen. CrossFit ist super. Du solltest es mal probieren. Ich kann dir die Nummer eines Trainers geben ...«

»Warum, damit er dafür sorgen kann, dass ihr gottverdammtes Knie ganz abfällt?«, fauchte Gretchen.

»Schon okay«, meinte Edie, der Drakes panischer Blick nicht entging. »Aber ich verzichte lieber, Drake, auch wenn es ein nettes Angebot ist. Was führt dich in diesen Teil der Stadt?« Das war eine gute Frage, denn wenn er öfter hier war, würde sie in dieser Gegend vermutlich nie wieder essen gehen wollen.

»Ich treffe mich mit einem Klienten, für den ich als Personal Trainer arbeite«, antwortete Drake, dessen Lächeln ein wenig verblasste. »Wie ... Wie geht es Bianca?«

Edie lächelte weiter, auch wenn in ihrem Kopf die Alarmglocken schrillten. »Es geht ihr gut. Sie arbeitet jetzt als meine Assistentin.«

»Bei dieser Katzensache? Das ist so niedlich. Ich kann es nicht fassen, dass du damit Geld verdienst.«

Ihr Lächeln wurde immer verkrampfter. »Ja, bei der ›Katzensache‹.«

»Ah.« Ein betretenes Schweigen breitete sich aus, dann sah er sich erneut um. »So, ähm, ich weiß, dass wir uns damals getrennt haben, weil ich egoistisch gewesen bin.«

»Das stimmt.« Sie klang so ruhig. Das war gut.

»Ich bedauere das. Das tue ich wirklich.«

Edie war ein wenig besänftigt. Drake war doch ein guter Kerl, nur ein bisschen ... leichtfertig. »Danke. Das bedeutet mir sehr viel.«

»Und du sollst wissen, dass sie mich nie mehr zurückgerufen hat ... danach.«

Zuerst wusste sie nicht, worauf er hinauswollte. Es klang doch bestimmt schlimmer, als es war. »Danach?«

»Nach ... du weißt schon. Der Skisache.« Er sah verlegen aus. »Wir haben es beendet.«

Beendet? Drake und Bianca hatten etwas laufen, das beendet wurde? Ihr wurde am ganzen Körper eiskalt. »Danke«, sagte sie automatisch, aber mit harter Stimme. »Du solltest jetzt gehen.«

»Aber ich ...«

»Himmel noch mal, du gottverdammter Idiot«, fauchte Gretchen und verschränkte die Arme vor der Brust. »Kannst du nicht endlich verschwinden? Wir wollen hier in Ruhe zu Mittag essen, und du versuchst, dein schlechtes Gewissen loszuwerden, obwohl uns das beide einen Scheiß interessiert.«

»Oh. Okay.« Drake sah Edie an. »Entschuldigung. Es war jedenfalls schön, dich wiederzusehen. Ich werde dann mal ... Ja. Schön, dich zu sehen.«

»Hat mich auch gefreut«, erwiderte sie hölzern und schaffte es nicht, ihm ins Gesicht zu sehen. Sie war wie erstarrt und hob auch nicht den Kopf, als er ging, sondern starrte ihr Glas an. Ihr war speiübel. Ihr Knie pochte ebenfalls, und sie wollte einfach nur ganz weit weg.

»Er ist gegangen«, flüsterte Gretchen ihr zu. »Hat er gerade das zugegeben, was ich vermute?«

»Ja«, hauchte Edie. Sie ... Sie wusste nicht, was sie denken sollte. Fühlte sich hilflos. Verraten. War wütend. Verletzt. Ihre Schwester hatte hinter ihrem Rücken mit Drake geschlafen? Und die ganze Zeit hatte ihr niemand etwas gesagt? Sechs Jahre lang nicht?

Stattdessen hatte Bianca sich um sie gekümmert. Sie hatte für Edie ihre Freizeit, ihre Freunde und ihr Leben aufgegeben. Sie hatte Edie zu ihrem Lebensinhalt gemacht. Und alles, was Edie denken konnte, war: *Was bin ich doch nur für ein Glückspilz, dass ich eine so wundervolle Schwester habe. Eine*

Schwester, die derart hingebungsvoll ist. Ich kann ihr nicht wehtun.

Was für ein gottverdammter beschissener Witz.

Dabei hatte sie die ganze Zeit geglaubt, ihr Knie wäre der Grund dafür. Sie war davon ausgegangen, dass Drake, der arme, dumme, sportbesessene Drake, es nicht mit einer Freundin aushalten konnte, die humpelte und nicht mehr Bergsteigen gehen oder Marathons laufen konnte. Hatte er etwa nur nach einer Ausrede gesucht, um sie loszuwerden und mit Bianca zusammen zu sein?

Selbstverständlich war Bianca aufopferungsvoll und klammernd gewesen. Edie konnte sich ausmalen, was ihre Schwester für Schuldgefühle hatte. Sie griff nach ihrem Glas und leerte es in einem Zug.

Gretchen musterte sie besorgt. »Ist alles okay, Eeeds?«

»Ich bin mir nicht sicher«, gab Edie zu. »Aber ich denke, ich sollte jetzt lieber gehen, wenn du nichts dagegen hast.«

»Natürlich nicht«, sagte Gretchen. »Ich zahle. Geh du ruhig, wenn es sein muss. Wir telefonieren dann später, okay?«

Edie nickte, und die beiden Frauen umarmten sich. Sie dankte Gretchen noch leise, die ihr mitfühlend den Rücken tätschelte. Dann ging sie in Richtung des Apartments in Park Slope, auch wenn sie noch zwanzig Blocks davon entfernt war.

Sie konnte auf keinen Fall nach Hause gehen.

Nicht zu Bianca, die Edie versorgen, ihr einen Eisbeutel bringen und herumjammern würde, dass sie besser auf sich aufpassen musste. Als ob Bianca das wirklich interessierte. Edie hatte schon immer gewusst, dass Bianca hin und wieder egoistisch sein konnte, aber die Art, wie sie sich nach dem Unfall um Edie kümmerte, schien der totale Gegensatz dazu zu sein. Bisher war sie davon ausgegangen, dass Bianca trotz allem ein gutes Herz hatte.

Was für ein Blödsinn.

Sie ging wie benommen weiter.

Irgendwann fiel ihr auf, dass sie vor dem Apartment stand. Sie beobachtete, wie die Umzugsfirma ein Sofa die Stufen hinauf und in die Wohnung trug, zusammen mit anderen Möbeln. Edie stand neben einem Baum, die Hände in den Taschen, und sah sich einfach nur alles an. Sie ging nicht hinein. Sie war sich nicht einmal sicher, ob sie jetzt mit irgendjemandem reden konnte.

Noch musste sie alles verarbeiten.

Edie wusste später nicht genau, wie lange sie dagestanden und die Möbelpacker bei der Arbeit beobachtet hatte. Alles, was sie sah, waren Drake und Bianca. Ihren damaligen Freund Drake, der mit ihrer jüngeren Schwester geschlafen hatte. Bianca, die ihr Haar richtete, Männer kokett anlächelte und sie dann um den Finger wickelte. Bianca, die ihr geschworen hatte, sie würde erst mit einem Mann schlafen, wenn es etwas Ernstes war.

Das war ja auch kein Wunder, schließlich war sie zu sehr damit beschäftigt gewesen, mit Edies Freund ins Bett zu gehen.

Es war nicht Drakes Verrat, der sie derart schmerzte. Über Drake war sie schon seit Langem hinweg, und inzwischen war sie sogar dankbar dafür, dass die Beziehung zerbrochen war. Wäre sie noch mit Drake zusammen gewesen, hätte sie Magnus nie kennengelernt. Aber Biancas Verrat zerriss ihr das Herz. Bianca war ihre Schwester, der Mensch, dem Edie am meisten auf der Welt vertraute und auf den sie sich mehr verließ als auf jeden anderen. Sie hatte immer geglaubt, dass Bianca immer zu ihr stehen würde. War das nicht das, was Schwestern füreinander taten?

Anscheinend nicht.

Sie malte sich Biancas Gesicht aus, wenn sie herausfand, dass Edie Bescheid wusste. Zuerst würde sie natürlich reumütig sein, und danach würde sie versuchen herauszufinden, wie sie die Sache wieder in Ordnung bringen konnte. Wie sie Edie irgendwie dazu bringen konnte, sich schuldig zu fühlen, weil sie Bianca beschuldigte. Und genau darum ging es bei Biancas »selbstlosem« Märtyrertum tatsächlich. Es ging nicht darum, Edie zu helfen oder um Hingabe ihrer Schwester zuliebe – es ging einzig und allein darum, dass sich Bianca wegen dem, was sie getan hatte, besser fühlen konnte.

Bei diesem Gedanken wurde ihr schlecht. Edie beugte sich vor und übergab sich in die Büsche, sie erbrach sich, bis ihre Drinks und ihr Mittagessen wieder herausgekommen waren.

»Edie?«

Das war ja klar, dass sie ausgerechnet jetzt jemand entdecken musste, wo sie in die Büsche spuckte. Sie wischte sich den Mund ab und fühlte sich erbärmlich, als eine warme, große Hand ihren Rücken berührte.

»Liebes? Geht es dir gut?«

Magnus. Sie drehte sich zu ihm um und schaute zu ihm auf. Er hatte eine Baseballkappe auf dem Kopf und eine nass geschwitzte Stirn. Außerdem trug er ein altes T-Shirt mit dem *Warrior-Shop*-Logo und eine Jeans. Zu seinen Füßen stand eine Kiste mit Computerteilen. Sie hatte ihn beim Umzug gestört. Verdammt. Sie wollte schon behaupten, dass es ihr gut ging und sich eine Ausrede ausdenken, warum sie sich auf der Straße übergeben hatte, um dann einen sarkastischen Kommentar zu machen und ihre wahren Gefühle zu überspielen.

Aber das hier war Magnus, und sie vertraute ihm. Ihm gegenüber musste sie nicht abweisend oder aggressiv sein, weil er sie verstehen würde. Ihr stiegen die Tränen in die Augen. »Nein, ich glaube nicht, dass es mir gut geht.«

Er sah sie besorgt an. »Soll ich den Wagen holen und dich ins Krankenhaus fahren?« Er legte ihr eine Hand auf die Stirn, als wollte er feststellen, ob sie Fieber hätte.

»Nein, das ist es nicht. Es ist nur…« Sie schüttelte kaum merklich den Kopf. »Ich habe gerade herausgefunden, dass Bianca zu der Zeit, als ich den Unfall hatte, mit meinem Freund geschlafen hat, und dass sie der Grund dafür war, dass er sich von mir getrennt hat.«

Seine Miene verfinsterte sich. »Soll ich ihn zusammenschlagen oder sie?«

»Du sollst mich einfach nur in den Arm nehmen«, sagte sie kläglich.

Er legte seine starken Arme um Edie, und sie drückte die Nase gegen seine Brust. Es war keine besonders zärtliche Umarmung, aber die schönste, die sie je erlebt hatte, und jetzt strömten ihr die Tränen über die Wangen. Sie schluchzte und kam sich so unglaublich… dumm vor. Warum hatte sie nie etwas gemerkt?

»Komm mit«, sagte Magnus sanft. Er führte sie zu seiner neuen Wohnung, und im Gehen sah sie durch den Tränenschleier hindurch, dass die Möbelpacker sie verwirrt anstarrten. Sie drückte sich erneut an Magnus und wollte nicht, dass jemand anderes als er sie weinen sah. Als hätte er ihre Gedanken gelesen, meinte er zu den Männern: »Warum macht ihr nicht Feierabend und nehmt euch den Rest des Tages frei? Ich bezahle alles, was noch gemacht werden muss, möchte jetzt aber erst mal ungestört sein.«

Er brachte Edie zu einer mit Plastik umwickelten Couch, und sie setzten sich. Dann nahm er sie wieder in die Arme. Sie schniefte und drückte das Gesicht gegen seinen Hals, während er ihr den Rücken streichelte. »Es tut mir leid«, flüsterte sie. »Ich kann mich gerade einfach nicht zusammenreißen.«

»Das musst du auch nicht«, versicherte er ihr und strich ihr über die Wirbelsäule. »Erzähl mir einfach, was passiert ist.«

Das tat sie und berichtete ihm von dem Mittagessen, der Begegnung mit Drake und den Andeutungen ihres Exfreundes. Sie sagte ihm, dass auf einmal alles einen Sinn ergab – dass sie jetzt eine Erklärung dafür hatte, wie sich Bianca unvermittelt von der egoistischen kleinen Schwester in die selbstlose Krankenschwester verwandeln konnte. Edie hatte das schon immer merkwürdig gefunden, aber sie war viel zu glücklich und erleichtert darüber gewesen, ihre Schwester an ihrer Seite zu haben, um groß darüber nachzudenken. Sie erzählte ihm von Drakes Distanziertheit während ihrer Rekonvaleszenz und dass sie törichterweise geglaubt hatte, sie und ihre Verletzung wären das Problem. Und während sie sprach und sich ausweinte, hörte er ihr aufmerksam zu und streichelte sie mit sanften, tröstenden Bewegungen.

»Ich komme mir so dumm vor«, murmelte sie, als sie ihren Bericht abgeschlossen hatte, und wischte sich die Tränen von den Wangen. »Die ganze Zeit war alles direkt vor meiner Nase, aber ich war zu sehr mit meinem eigenen Elend beschäftigt, um es zu sehen. Dabei hätte ich es wissen müssen. Meine Schwester benutzt andere Menschen nur. Leute wie sie ändern sich nicht über Nacht.«

»Hey«, sagte er leise. »Du redest hier mit mir. Glaubst du, ich wüsste nicht, wie das unter Geschwistern läuft? Ich bin derjenige, der Levi immer wieder eine Chance gibt, auch wenn ich selbst weiß, wie dumm das ist. Aber ... er gehört nun mal zur Familie. Ich möchte, dass er mehr aus sich macht, auch wenn er das selbst eigentlich gar nicht will. Daher kann ich dich sehr gut verstehen.«

Das gehörte zu den schönen Dingen bei Magnus, schoss es ihr durch den Kopf. Und es war einer der Gründe dafür, dass sie sich so gut verstanden – sie wussten beide, wie es war, sich mit einem frustrierenden Geschwisterteil herumzuschlagen. Sie hatten beide kaputte Beziehungen mit ihren Geschwistern und eine gegenseitige Abhängigkeit aufgebaut. Keiner sonst hatte wirklich Verständnis dafür, aber ihnen selbst erschien es ganz normal. Sie wussten beide, wie es war, sich auf jemanden zu verlassen und dann völlig im Stich gelassen zu werden. Die Beziehung zwischen Magnus und Levi ähnelte in vielerlei Hinsicht der zwischen Edie und Bianca.

Magnus verstand, warum sie sich so aufregte. Schlimmer noch als der Verrat war die Erkenntnis, dass es ihr so leicht gefallen war, sich auf diesen Menschen zu verlassen, zuzulassen, dass Bianca einen Teil ihres Lebens übernahm, und dass ihr das jetzt alles entrissen worden war. Magnus begriff das. Er konnte nachvollziehen, wie sie sich fühlte, weil er ebenfalls an diesem Punkt gewesen war.

Magnus verstand sie. Edies Herz war voller Liebe, und sie schmiegte sich an ihn und war trotz dieser schrecklichen Erkenntnis getröstet. Irgendwie fühlte es sich alles nicht mehr so schlimm an, wenn sie in seinen Armen lag. Es war immer noch furchtbar, aber es tat nicht mehr so weh, weil sie wusste, dass sie ihn hatte.

»Ich glaube, du bist der einzige Mensch, dem ich völlig vertrauen kann«, sagte Edie leise und klammerte sich an ihn. »Ich habe geglaubt, dass Bianca immer für mich da sein würde, aber da habe ich mich wohl geirrt. Ich bin so froh, dass ich jetzt dich habe.«

Mit einem Mal spürte sie, wie sich Magnus verspannte. Er streichelte ihr nicht mehr den Rücken. »Scheiße«, sagte er nach einigen Sekunden.

Das ... war eine überraschende Reaktion auf ihr Geständnis. Edie setzte sich auf, wischte sich die Wangen ab und starrte ihn an. Magnus grüne Augen wirkten bedrückt, und die Sorgenfalte zwischen seinen Augenbrauen war wieder da. »Was ist?«

Er sah sie einen langen Augenblick an und schüttelte dann den Kopf. »Du ahnst gar nicht, wie sehr ich deine Schwester hasse.«

War das alles? »Na, dann sind wir schon zwei«, meinte Edie und wollte sich schon wieder an seine Brust drücken. Er hielt sie jedoch davon ab, und als sie ihn ansah und bemerkte, wie unglücklich er aussah, drehte sich ihr der Magen um. »Was ist?«

»Wir müssen reden«, sagte er leise. »Das geht jetzt schon viel zu lange.«

»Was geht schon zu lange?« Ihr wurde schon wieder übel, aber sie biss die Zähne zusammen und war entschlossen, ihn anzuhören. »Was willst du mir damit sagen?«

Er musterte sie einige Sekunden lang, und der Anblick seiner grün-goldenen Augen brach ihr beinahe das Herz. Dann fragte Magnus leise: »Hast du dich nie gefragt, warum ich dich überhaupt angeheuert habe?«

Edies Herz setzte einen Schlag aus. »Weil du dir eine Katze angeschafft hast, richtig?« Sie hasste sich selbst dafür, dass ihre Stimme so erbärmlich und verzweifelt klang.

»Mache ich auf dich den Eindruck, als wäre ich jemand, der gern eine Katze hätte? Okay, ich mag Lady C inzwischen sehr gern, aber als du das erste Mal zu mir gekommen bist, kam dir die Sache da nicht seltsam vor?«

Doch, genau das hatte sie gedacht, aber sie hatte die Warnsignale ignoriert. »Was soll das bedeuten?«

»Levi hat unsere Assistentin zum Tierheim geschickt. Du

weiß ja, dass er auf dieser Dinnerparty, auf der wir uns kennengelernt haben, Bianca zum ersten Mal getroffen hat. Und er wollte sie wiedersehen, aber sie wollte sich nur mit ihm treffen, wenn du anderweitig beschäftigt bist, weil sie dich nicht allein lassen wollte.« Er schloss die Augen und schüttelte wieder den Kopf. »Und weil ich wollte, dass Levi mit mir an unserem Projekt arbeitet, habe ich zugestimmt, dich abzulenken, damit die beiden Zeit miteinander verbringen können.«

Sie sprang entsetzt von seinem Schoß auf. »Du hast was?« Das war ja der reinste Albtraum. Ein schrecklicher, furchtbarer Albtraum, aus dem sie einfach nicht aufwachen konnte.

»Ich erzähle dir das, weil mir ihre Spielchen von Anfang an nicht gefallen haben«, fuhr er mit emotionsloser Miene fort. »Und weil ich will, dass du die Wahrheit kennst. Außerdem bin ich die Lügen und Halbwahrheiten leid. Als wir uns die ersten Male verabredet haben, wollte ich das zuerst gar nicht. Mir ist bewusst, wie schrecklich das klingt, und aus diesem Grund solltest du es auch von mir hören und nicht von einem dieser beiden Lügner.«

Edie machte einen Schritt nach hinten und legte eine Hand auf ihre Stirn. Das konnte doch alles nicht wahr sein. Das passierte jetzt nicht wirklich. »Ich verstehe nicht.«

»Für mich hat sich alles verändert, Edie. Ich habe mich verändert. Denn anfangs wollte ich nur Zeit mit dir verbringen, weil Levi mich darum gebeten hatte und weil ich hoffte, ihn dadurch wieder an die Arbeit zu bekommen. Aber dann fing ich an, Gefühle für dich zu entwickeln, und ...«

»Und was?«, schrie sie. »Macht das jetzt alles besser, weil du mich nicht mehr für eine Zicke hältst? War es etwa in Ordnung, mich anzulügen und so zu tun, als würdest du mich mögen, obwohl du mich eigentlich für einen furchtbaren, gemeinen Menschen gehalten hast?«

»Nein...«

»Doch!« Sie schüttelte den Kopf. »Wie kannst du auch nur glauben, dass das in Ordnung wäre? Ich bin ein Mensch! Ich habe auch Gefühle! So zu tun, als wolltest du mit mir ausgehen, ist in keinerlei Hinsicht in Ordnung, Magnus!«

»Ich muss dir schon seit einiger Zeit nichts mehr vorspielen.«

»Woher soll ich das wissen? Wie soll ich dir auch nur ein Wort glauben? Du lügst mich doch genauso an wie Bianca.« Sie stampfte mit den Füßen auf und ignorierte den stechenden Schmerz, der durch ihr verletztes Bein raste. »Ich kann hier nicht bleiben. Ich muss gehen...«

»Nein, Edie«, sagte Magnus und lief ihr hinterher. Er streckte eine Hand nach ihr aus, verharrte jedoch, als sie sich ihm entwand. »Ich liebe dich. Das tue ich wirklich. Das ist mein voller Ernst. Ich möchte, dass du zu mir ziehst. Es ist mir egal, dass wir dann neun Katzen auf einhundertfünfzig Quadratmetern haben. Wir suchen uns einfach eine größere Wohnung, die uns gefällt, und werden glücklich zusammen, nur du und ich. Bitte bleib und lass uns darüber reden.«

Sie schüttelte den Kopf. »Ich kann das jetzt nicht. Nicht heute. Vielleicht niemals.«

»Edie...«

»Lass mich«, fauchte sie, und dann war sie auch schon aus der Tür, lief auf die Straße und blieb erst stehen, als sie ein Taxi gefunden hatte. In ihrem Schmerz und Elend starrte sie den Fahrer nur verzweifelt an. »Zum Buchanan-Haus, bitte.«

Und dann fing sie wieder bitterlich an zu weinen.

16

Gretchen Petty war eine gute Freundin.

Sie stellte keine Fragen, als Edie in jämmerlichem Zustand vor ihrer Tür stand, mit geschwollenem Knie, tränenüberströmtem Gesicht und Erbrochenem auf der Kleidung, sondern nahm ihre Freundin nur in die Arme und scheuchte sie ins Haus. Nachdem Edie ein langes Bad genommen und sich einen von Gretchens Schlafanzügen angezogen hatte, bestellte Gretchen Pizza und entlockte Edie nach und nach die ganze Geschichte. Edie erzählte ihr von Biancas Verrat und der Tatsache, dass Magnus sie ebenfalls angelogen hatte. Gretchen war dementsprechend entsetzt und bestand darauf, dass Edie erst einmal bei ihr blieb, bis sie sich darüber im Klaren war, was sie jetzt machen wollte.

»Aber was ist mit meinen Katzen?«, protestierte Edie. »Sie brauchen Medikamente, und Bianca wird sich nicht um sie kümmern...« Ihr kamen erneut die Tränen.

Gretchen tätschelte Edies unverletztes Knie. »Gib mir deinen Hausschlüssel und eine Liste der Medikamente, dann kümmere ich mich um sie.«

Edie reichte ihr den Schüssel.

Stunden später wachte Edie nach einem Nickerchen auf und stellte fest, dass Gretchen eine von Hunters neuen Assistentinnen namens Darcy zu Hilfe gerufen hatte. Die beiden hatten Edies sieben Katzen eingepackt und zusammen mit jeder Menge Katzenfutter und -streu hergeholt und eines der größeren Zimmer im Gästeflügel für Edie hergerichtet. Gretchen hatte auch Kleidung für Edie eingepackt, damit sie etwas zum Anziehen hatte und nicht mehr nach Hause musste.

Edie weinte noch ein bisschen, weil sie in Gretchen so eine gute Freundin hatte. Sie war der einzige Mensch, der bisher immer sein Wort gehalten hatte.

Während sie dafür sorgte, dass sich ihre Katzen an die neue, ungewohnte Umgebung gewöhnten, ignorierte Edie ihr Handy. Es hatte den ganzen Nachmittag über andauernd geklingelt und vibriert, da ständig Nachrichten kamen. Gretchen hatte ihr berichtet, dass Bianca völlig außer sich war, weinte und lauter Entschuldigungen vorgebracht hatte, um Gretchen dann ständig hinterherzulaufen, bis diese gedroht hatte, sie rauszuwerfen. Offenbar hatte irgendjemand Bianca über das informiert, was vorgefallen war, und ihre Schwester war verstört, dass Edie jetzt die Wahrheit kannte.

Gut, dachte Edie mit einem Anflug von Grausamkeit. *Soll sie doch leiden. Dann weiß sie wenigstens auch mal, wie das ist.*

Magnus hatte ebenfalls angerufen, aber mit ihm wollte sie auch nicht sprechen. Sie war unglaublich wütend auf ihre Schwester, aber wenn sie daran dachte, wie Magnus sie verraten hatte, spürte sie nur einen dumpfen Schmerz an der Stelle, an der sich ihr Herz befinden sollte. Sie war nicht so sauer auf Magnus, wie sie es auf Bianca war. Eigentlich war sie auch gar nicht so wütend auf Bianca, sondern vielmehr auf sich selbst. Sie hätte es besser wissen müssen. Bianca war schon als Kind immer sehr egoistisch und bestimmend gewesen. Ihre Wandlung hätte Edie dazu bringen sollen, sich Gedanken darüber zu machen, doch sie hatte einfach zugelassen, dass Bianca nach und nach ihr Leben übernahm.

Doch mit Magnus' Verrat hätte sie niemals gerechnet. Vielleicht war das der Grund dafür, dass sie einfach nur weinen und nicht etwa um sich schlagen wollte. Möglicherweise wollte sie auch einfach verzweifelt daran glauben, dass er seine Liebesbekundung ernst gemeint hatte, konnte es aber nicht.

Wenn einen jeder anlügt, wie soll man da noch wissen, was wahr ist und was nicht? Edie hatte keine Antwort auf diese Frage. Während sie Chunks zotteliges Fell streichelte, ließ sie ihren Tränen freien Lauf.

Sie hatte zugelassen, dass sie sich in Magnus verliebte. Sie hatte es gewagt, ein weiteres Mal an die Liebe zu glauben.

Das machte sie vermutlich zu einer sehr dummen Person.

»Möchtest du etwas essen?«, fragte Gretchen, nachdem Darcy gegangen war und die leeren Pizzaschachteln mitgenommen hatte. »Du hast die Peperonipizza kaum angerührt, und dabei isst du die doch am liebsten.«

Edie drückte Chunk an sich und spürte, wie die Katze zitterte, weil sie sich so vor der neuen Umgebung fürchtete. »Nein danke. Ich habe keinen Hunger.«

»Die meisten Leute schlagen sich nach einer Trennung erst einmal den Bauch voll«, meinte Gretchen. »Wenn du riesige Eisbecher und ganz viel Junkfood haben möchtest, sag einfach Bescheid. Ich bin dabei.«

»Ich weiß«, erwiderte Edie leise. »Danke.«

»Okay. Schick mir einfach eine SMS, wenn du mich brauchst. Ich bin im Nachbarflügel, aber du weißt ja, dass das in diesem Haus eine ziemliche Strecke ist.«

»Geht klar.«

»Gut«, sagte Gretchen. »Ich gehe dann jetzt. Wirklich.«

»Bis später.«

»Ich bin dann jetzt weg«, wiederholte Gretchen und ging langsam zur Tür. »Ich will mich nur noch mal kurz erkundigen, ob du noch irgendetwas brauchst, bevor ich gehe. Was auch immer.«

Der Hauch eines Lächelns umspielte Edies Lippen. »Ich habe alles, was ich brauche.«

Gretchen seufzte. »Na gut. Dann bis morgen früh.« Sie schloss die Tür, und Edie drückte einen Kuss auf Chunks fluffigen Kopf. Endlich war sie allein mit ihren Gedanken.

Doch da klopfte es an die Tür. War das schon wieder Gretchen? »Ich habe alles«, rief Edie. »Ganz im Ernst, Gretch.«

Die Tür wurde geöffnet, und zu Edies Überraschung schaute Hunter um die Ecke. »Komme ich ungelegen?« Seine Stimme war tief und heiser, fast so, als hätte er lange Zeit nichts gesagt. In den Schatten wirkte sein Gesicht fast schon Furcht erregend, ein Mundwinkel war weit nach unten gezogen. Nein, stellte Edie fest, das lag an seiner Narbe, die bewirkte, dass er ständig so aussah, als wäre er wütend.

Sie setzte sich auf, und Chunk sprang auf den Boden. »Nein, natürlich nicht. Dies ist dein Haus. Danke, dass du mich vorerst hier wohnen lässt.«

Er nickte und öffnete die Tür ein bisschen weiter, kam jedoch nicht herein. Stattdessen sah er sich im Zimmer um, in dessen Ecken sich Katzen versteckten, während weitere zitternd in ihren Tragekörben saßen. Edie wusste, dass sich mindestens eine unter dem Bett verkrochen hatte. Katzen mochten es nicht, in eine fremde Umgebung versetzt zu werden, und ihre würden ein bisschen Zeit brauchen, bis sie sich daran gewöhnt hatten. Er blickte sich um und schaute dann wieder Edie an.

»Du liegst Gretchen sehr am Herzen«, sagte er mit seiner seltsamen, tiefen Stimme. »Und du sollst wissen, dass du nur zu fragen brauchst, wenn du irgendetwas möchtest. Dir steht hier alles zur Verfügung, was du brauchst.«

Ihr stiegen schon wieder die Tränen in die Augen. Sie wusste aus Gretchens Erzählungen, dass Hunter am liebsten wie ein Einsiedler lebte und es hasste, andere Menschen um sich zu haben, wenn es nicht unbedingt sein musste. Dass er dennoch zu ihr kam und ihr das anbot, rührte sie. »Vielen Dank, ich weiß das sehr zu schätzen.«

Er nickte noch einmal steif und schloss die Tür. Sie hörte seine Schritte im Flur, als er wieder ging.

Edie legte sich auf das Bett und drückte ein Kissen an ihre Brust. Auf dem Nachttisch lag ihr Handy und summte schon wieder.

Auch jetzt ignorierte sie es, schloss die Augen und hoffte, wieder einschlafen zu können.

Aber es klappte nicht.

※ ※ ※

Magnus hätte am liebsten irgendjemanden ermordet, angefangen bei seinem Bruder. Nein, beschloss er, Bianca war noch vorher dran.

Die beiden waren komplett nutzlos und konnten ihm nicht dabei helfen, Edie zu finden. Bianca schluchzte nur und wollte wissen, was das alles für sie bedeutete, und Magnus hätte ihr am liebsten den hübschen Hals umgedreht. Sie machte sich viel größere Sorgen um sich selbst als um ihre Schwester, und das steigerte seinen Zorn noch mehr. Levi war ebenso nicht zu gebrauchen. Anscheinend hatte die holde Bianca ihm den Laufpass gegeben, und jetzt war er untröstlich.

Das Leiden der beiden war einfach nur erbärmlich.

In der Zwischenzeit schickte er Edie lächerlich viele SMS und rief sie ebenso oft an, aber sie meldete sich nicht. Bianca ging auch nicht mehr ans Telefon, daher fuhr er einfach ziellos durch die Stadt in der Hoffnung, einen Blick auf die Frau mit dem einzigartigen Gang und den beiden kurzen braunen

Zöpfen zu erhaschen, die sie sich immer hinter die Ohren schob. Als es dunkel wurde, beschloss er, aufzugeben und in seine neue Wohnung zurückzufahren, falls sie ihre Meinung änderte und nach Hause kam.

Er sah es als ihr gemeinsames Zuhause an, auch wenn sie nicht mit ihm dort wohnen wollte. Schließlich hatte er die Wohnung für sie gekauft, und er sah sie in jedem Zimmer und jedem Möbelstück, das er nur danach ausgesucht hatte, ob es Edie gefallen würde. Doch jetzt schien alles umsonst gewesen zu sein, und bei diesem Gedanken fühlte er sich ganz leer. Nein, verdammt noch mal! Er würde nicht aufgeben. Magnus war ein Macher. Levi war von ihnen beiden der emotionale, der Träumer. Magnus war derjenige, der Dinge erledigte. Wenn er irgendetwas tun konnte, um Edie zurückzubekommen, dann würde er alle Hebel in Bewegung setzen.

Als er gerade vor seiner neuen Wohnung in Park Slope parkte, vibrierte sein Handy und er bekam eine Nachricht. Magnus fuhr beinahe gegen den Bordstein, weil er unbedingt sehen wollte, von wem sie kam, schaltete den Motor aus und wischte über das Display.

Die SMS war von Hunter. Verdammt. Doch seine kurzzeitige Enttäuschung machte Erleichterung Platz, als er den Text las. *Edie ist hier bei Gretchen. Wir haben ihre Katzen hergeholt, und sie wird für einige Tage unser Gast sein.*

Gott sei Dank. Magnus legte erleichtert den Kopf in den Nacken und schloss die Augen. Solange sie in Sicherheit und bei Freunden war, konnte er beruhigt sein. Er rief Hunter sofort an. »Sie ist bei euch? Ist sie in Sicherheit?«, fragte er in dem Augenblick, in dem Hunter den Anruf entgegennahm.

»Ja und ja«, erwiderte Hunter.

»Danke«, hauchte Magnus. »Danke, dass ihr für sie da

seid.« Er hatte solche Schuldgefühle, weil er bei diesem ganzen Blödsinn mitgemacht hatte. Weil er zugelassen hatte, dass Levi ihn in seine dummen Spielchen verwickelte. Edie hatte recht, das Ganze war wirklich grausam. Er hatte nicht eine Minute lang darüber nachgedacht, wie Edie sich fühlen würde, wenn sie herausfand, dass sie derart manipuliert worden war. Ihn hatte nur interessiert, was letzten Endes für ihn dabei herausspringen würde.

Und in dem Augenblick, da sich das änderte, saß er in der Falle. Er hätte alles einfach so weiterlaufen lassen können, sein neues Leben mit Edie genießen können, zulassen, dass sie bei ihm einzog, und darauf hoffen, dass sie die Wahrheit niemals erfuhr. Aber wäre er dann nicht ebenso mies gewesen wie Bianca? Er vermutete, dass diese Heimlichtuerei fast noch mehr schmerzte als der Verrat.

Aus genau diesem Grund hatte er ihr die Wahrheit gesagt, auch wenn das Timing miserabel gewesen war. Aber er hatte einfach reinen Tisch machen wollen.

»Du kannst sie leider nicht sehen«, sagte Hunter.

»Was?«

»Gretchen wird das nicht zulassen. Nicht solange es Edie so schlecht geht. Sie braucht Zeit, um all das zu verarbeiten, was sie in letzter Zeit erfahren hat.«

»Verdammt noch mal ...«

»Ich wollte es dich nur aus reiner Freundschaft wissen lassen.« Hunters Stimme war völlig emotionslos und klang, als würden sie etwas Geschäftliches besprechen. »Meine Security ist über die Situation informiert, und bis auf Weiteres haben weder du noch Levi Zutritt zu meinem Gelände.«

»Du bist mir ja ein Freund ...«

»Ich bin dein Freund«, erklärte Hunter. »Daran hat sich nichts geändert. Aber Edie ist Gretchens Freundin, und sie braucht jetzt dringender einen Zufluchtsort und eine sichere Umgebung. Stimmst du mir da nicht zu?«

Magnus knirschte mit den Zähnen. »Sie wird mich sehen wollen.«

»Das soll sie schon selbst entscheiden.«

»Sie geht nicht an ihr Handy.«

»Gretchen sagte, sie hätte sich schlafen gelegt.«

Beinahe hätte Magnus gefaucht, dass Gretchen Edie gefälligst aufwecken sollte, aber er wusste, dass er Hunter sehr schnell wütend machen würde, wenn er dessen Verlobte angriff. Das konnte er sehr gut nachvollziehen. Hunter wollte Gretchen ebenso beschützen wie Magnus Edie. Nur dass man ihn davon abhielt, seine Frau zu beschützen. Man ließ ihn einfach nicht zu ihr.

Er knirschte frustriert mit den Zähnen. »Du kannst Edie ausrichten, dass ich morgen früh vorbeikommen werde.«

❖ ❖ ❖

Edie rührte in ihren Haferflocken herum und hatte eigentlich gar keinen Appetit. Dabei schmeckte es eigentlich ganz gut – Gretchen konnte hervorragend kochen, und dies war eines der Rezepte aus dem Kochbuch, das sie gerade zusammenstellte. Aber Edies Magen war ebenso unglücklich und deprimiert wie der Rest von ihr. Es war die reinste Folter, überhaupt zu versuchen, etwas herunterzubekommen, auch wenn sie genau wusste, dass sie etwas essen musste. Es fiel ihr nur so unglaublich schwer. Das Essen schien zu den Dingen zu gehören, die man machte, wenn das Leben seinen normalen Gang ging, doch Edies Leben schien zu einem abrupten Stillstand gekommen zu sein.

Daher trank sie ihren Kaffee, rührte mit dem Löffel in ihren

Haferflocken und versuchte, Interesse für die Unterhaltung aufzubringen, die Hunter und Gretchen beim Frühstück führten. Obwohl es in dem Herrenhaus gut ein Dutzend Speisesäle gab, bevorzugte es das glückliche Paar, in seiner Lieblingsküche zu frühstücken. Der große Holztisch stand direkt gegenüber einer Fensterfront, und während sie dort zu dritt saßen, plätscherte der Regen gegen die Fenster. Dem Anschein nach hatte Hunter vor Kurzem ein Schloss in Großbritannien gekauft, als er die Möglichkeit dazu bekommen hatte, und Gretchen wollte es behalten und restaurieren, während Hunter überlegte, es einem Freund zu verkaufen, der auf der Suche nach einzigartigen Häusern war. Sie stritten sich lachend über Preise und Handwerker, und Edie starrte in ihre Tasse und wünschte sich, sie könnte sich in ihr Zimmer zurückziehen, wollte ihre Gastgeber aber auch nicht vor den Kopf stoßen. Stattdessen starrte sie aus dem Fenster der kleinen Küche in das schlechte Wetter hinaus.

Gretchen musterte Edie. »Stimmt was nicht?«

Edie zwang sich, ihre Freundin anzulächeln. »Es ist alles in Ordnung, ich habe mir nur das Wetter angeschaut. Das ist einer dieser Tage, an denen man sich am liebsten gleich wieder im Bett verkriechen will, was?« Genau das hätte sie am liebsten auch getan – und sich die Decke über den Kopf gezogen, um sich vor der Welt zu verstecken.

»Ja, es ist ziemlich ungemütlich draußen, was?«, entgegnete Gretchen seltsam fröhlich. »All der Regen und die Kälte, und wenn wir Glück haben, fängt es auch noch an zu hageln.«

»Gretchen«, murmelte Hunter.

»Ist ja schon gut.« Gretchen sah ihren Verlobten mit gespieltem Schmollen an. »Ich kann es doch nicht ändern, wenn ich eine gewisse Schadenfreude darüber empfinde, dass er da draußen im Regen stehen muss.«

Edie sah die beiden verwirrt an. »Wer muss draußen im Regen stehen?«

Gretchen hob ihre Kaffeetasse hoch, trank schlürfend einen Schluck und machte ein unschuldiges Gesicht. Hunter schüttelte bloß den Kopf.

»Wer?«, hakte Edie nach.

»Magnus«, antwortete Hunter nach einem Augenblick und erntete dafür einen spielerischen Klaps von Gretchen. »Meine Wachleute haben den Befehl, ihn nicht reinzulassen, daher sitzt er im Regen auf der Motorhaube seines Wagens und wartet darauf, dass du rauskommst und mit ihm redest.«

Edie fiel die Kinnlade herunter. »Er ist hier?« Sie stand auf, lief zum Fenster und starrte in den strömenden Regen hinaus. Die Gärten waren nur noch verschwommen zu erkennen. War das dahinten das Tor? Und war dieser dunkle Schemen davor ein ihr nur zu gut bekannter Maserati, auf dessen Motorhaube ein Mann saß? Oder bildete sie sich das alles nur ein. »Warum habt ihr mir das nicht gesagt?«

Hunter und Gretchen sahen sich kurz an, dann rutschte Gretchen betreten auf ihrem Stuhl herum und zuckte mit den Achseln. »Ich war mir nicht sicher, ob du es wissen möchtest. Denn wenn er da draußen im Regen herumsitzt wie ein trauriger Panda, ändert das doch nichts an der Tatsache, dass er sich wie ein Arschloch benommen hat, oder?«

»Nein, das tut es nicht«, stimmte ihr Edie mit dem Anflug eines Lächelns zu. »Ich bin froh, dass es noch jemanden gibt, der zu mir steht. Aber ich kann mich wirklich selbst darum kümmern. Ich bin ein großes Mädchen.«

»Lass uns zuerst zu Ende frühstücken«, verlangte Gretchen.

Hunter stand auf und gab Gretchen einen Kuss auf den

Scheitel. »Esst ihr beide mal ruhig auf. Ich rufe am Tor an und bitte sie, den Mann reinzulassen.«

»Spielverderber«, rief ihm Gretchen zuneigungsvoll hinterher und kniff ihm im Vorbeigehen in den Hintern.

Edie zwang sich, noch einige Löffel Haferbrei zu essen und entschuldigte sich dann. Sie lief ins Bad und brachte ihre Frisur und ihr Make-up in Ordnung. Ach, verdammt, sie sah furchtbar aus. Ihr Haar war völlig zerzaust, und sie hatte dunkle Ringe unter den geschwollenen Augen. Sie wusch sich noch einmal das Gesicht, trocknete es ab und versuchte, ihr Haar mit feuchten Fingern ein wenig zu glätten. Dann biss sie sich auf die Lippen, um sie voller wirken zu lassen, richtete sich schnurgerade auf und ging hinaus, um sich der Realität zu stellen.

Eigentlich hätte es ihr völlig gleichgültig sein sollen, wie sie aussah, wenn sie Magnus begegnete, aber sie stellte fest, dass dem nicht so war. Er sollte sie nicht in diesem schrecklichen Zustand sehen. Sie hatte keine Ahnung, warum das so war, aber es war ihr nun einmal wichtig.

Gretchen wartete vor der Badezimmertür, als Edie herauskam, und drückte ihr eine Tube Concealer, Mascara und ein Töpfchen mit Lipgloss in die Hand. »Wenn du dich schon mit dem Blödmann treffen willst, dann solltest du auch möglichst gut aussehen«, knurrte sie.

Edie umarmte sie. »Du bist die beste Freundin, die man sich wünschen kann.«

»Ich weiß«, erwiderte Gretchen und seufzte.

Fünf Minuten später tauchte Edie mit getuschten Wimpern, Lipgloss auf den Lippen und ohne Augenringe wieder aus dem Badezimmer auf, zog sich den Pullover über, den Gretchen ihr reichte, und ging in die blaue Bibliothek, während ihr das Herz bis zum Hals schlug.

Dort hatte Magnus auf einem der lächerlich kleinen Sofas Platz genommen und wartete geknickt auf sie. Sein kurzes Haar war noch ganz nass, und er hatte ein Handtuch um die Schultern liegen. Ihm gegenüber saß Levi auf einem der Louis-XIV-Sessel und hatte eine geschwollene und aufgeplatzte Lippe.

Als Edie hereinkam, sprang Magnus sofort auf. Er wollte auf sie zustürmen, aber sie hob eine Hand und hielt ihn davon ab.

»Warum bist du hier?«, verlangte sie zu erfahren und verschränkte die Arme vor der Brust.

»Ich muss mit dir reden«, erwiderte Magnus, nahm das Handtuch von den Schultern und kam erneut näher.

»Du hättest schon vor sehr langer Zeit mit mir reden sollen«, meinte Edie und ließ sich auf einen Sessel fallen, der allein in einer Ecke stand. Das tat sie mit voller Absicht, da sie nicht wollte, dass Magnus noch näher kam. Sie wollte nicht mit ihm kuscheln, sondern auf Distanz bleiben. So fiel es ihr leichter, wütend auf ihn zu sein – wenn sie sein Aftershave nicht riechen und nicht seine wunderschönen grün-goldenen Augen sehen musste.

»Das ändert nichts an der Tatsache, dass wir uns jetzt unterhalten müssen«, stellte Magnus fest.

»Da muss ich dir recht geben«, stimmte sie ihm zu und faltete die Hände im Schoß. »Dann fang an. Rede. Und bitte versuch, es irgendwie besser zu machen.«

Magnus rieb sich mit einer Hand über sein kurzes Haar. »Ich weiß nicht, ob ich es besser machen kann, aber ich kann dir zumindest alles erklären.«

Sie zwang sich, weiter zu lächeln, als wäre dies eine ganz normale Unterhaltung und als würde ihr Herz bei seinem Anblick nicht gerade in tausend Teile zerbrechen. »Ich höre.«

Er deutete auf seinen Bruder. »Ich habe Levi mitgebracht, weil er dir auch etwas zu sagen hat.«

Levi starrte Magnus nur wütend an und versank noch tiefer in seinem Sessel. Ganz kurz wirkte er eher wie ein schmollender Schuljunge und nicht wie ein Erwachsener.

»Rede«, knurrte Magnus.

»Wo soll ich denn anfangen?«

»Am Anfang.«

»Okay«, erwiderte Levi und war sichtlich verzweifelt. Er richtete sich ein wenig auf. »Ich habe Bianca auf der Party kennengelernt, auf der die Brautjungfern und Trauzeugen einander vorgestellt wurden, und mich auf den ersten Blick in sie verliebt.«

Edie widerstand dem Drang, die Augen zu verdrehen. Sie wusste aus ihren Unterhaltungen mit Magnus, dass Levi einen Hang zum Dramatischen hatte.

»Bianca war so unglaublich schön«, sagte Levi und rieb sich die Augen. »Entschuldigt, ich brauche einen Augenblick.«

Magnus mahlte genervt mit dem Kiefer. Er sah Edie an, als wollte er ihr mit seinem Blick vermitteln: *Ist das zu glauben?* Aber sie behielt eine ausdruckslose Miene bei und hörte, wie er seufzte.

»Wie dem auch sei«, fuhr Levi fort und stieß die Luft aus. »Bianca war wunderschön, charmant und einfach wunderbar. Wir haben uns an diesem Abend sehr gut verstanden und fingen danach an, uns SMS zu schreiben und zu skypen. Ihr wohnt ja ein paar Autostunden entfernt, aber ich wollte sie wiedersehen. Sie sagte, das ginge nicht, da sie sich um dich kümmern müsste und du sie jederzeit brauchen könntest. Sie wollte dich nicht aus den Augen lassen, weil sie es sich selbst nicht verzeihen könnte, wenn dir etwas zustieße. Sie hat völlig selbstlos ihre Zeit für dich geopfert.«

»Selbstlos«, murmelte Edie. Was für ein Witz. Wenn es irgendwo einen selbstlosen Menschen gab, dann war das ganz bestimmt nicht Bianca.

»Ich konnte ohne Bianca nicht arbeiten«, sagte Levi, und Magnus verdrehte die Augen. »Es ging einfach nicht. Ich musste sie sehen. Daher habe ich Magnus gesagt, dass ich erst wieder an die Arbeit gehen würde, wenn er bereit wäre, dich abzulenken. Er hat zugestimmt, da mitzumachen, unter der Bedingung, dass ich zurück an meinen Schreibtisch komme. Ich habe unsere Assistentin losgeschickt, um die übellaunigste Katze aus dem Tierheim zu holen, die sie finden konnte. Magnus hat dich angerufen, und ich konnte mich mit Bianca treffen.« Seine Miene wurde verträumt. »Aber ein Mal hat mir nicht gereicht. Ich habe sie gebraucht, und so haben wir uns immer neue Wege einfallen lassen, wie Magnus dich ablenken könnte. Wir haben von ihm verlangt, dass er sich mit dir verabredet.«

»Und es ist keinem von euch in den Sinn gekommen, dass das mir gegenüber verdammt grausam ist? Und überhaupt absolut lächerlich? Wir leben doch nicht mehr im sechzehnten Jahrhundert.« Sie hatte die Hände so fest in ihrem Schoß verschränkt, dass es schon wehtat. »Bianca kann doch wohl ausgehen, ohne mich vorher um Erlaubnis zu fragen.«

»Aber sie wollte es nicht tun«, rief Levi dramatisch. »Sie hat sich geweigert, dich allein zu lassen.«

Ja, klar. Weil Bianca diesen lächerlichen Märtyrerkomplex hatte und Edie nicht aus den Augen lassen wollte, damit sie sich selbst beweisen konnte, dass sie ein anständiger Mensch war, obwohl sie mit Edies Exfreund geschlafen hatte.

Ihre Schwester hatte wirklich ernsthafte Probleme.

Doch das entschuldigte noch gar nichts. »Aber ... eine Verabredung? Im Ernst?« Sie sah Levi voller Verachtung an und schürzte die Lippen. »Konnte es nicht weiter eine reine Arbeitsbeziehung bleiben? Hättet ihr nicht warten können, bis ich im Tierheim arbeite, oder euch etwas anderes ausdenken, um mich zu beschäftigen? Warum musstest du deinen Bruder da mit reinziehen?«

Levi warf Edie einen ausdruckslosen Blick zu. »Wir dachten, du wärst vielleicht nicht mehr so zickig, wenn du verliebt bist.« Zu Edies Überraschung drehte sich Magnus um und zerrte Levi so schnell aus seinem Sessel, dass sie es nur verschwommen mitbekam. Magnus packte seinen Bruder am Kragen und hob eine Faust, während Levi die Hände hob. »Warte ... warte ...«

»Wir?«, knurrte Magnus und starrte seinen Bruder stinksauer an.

»Bianca und ich«, erwiderte Levi und zuckte vor Magnus' Faust zurück. »Himmel noch mal, beruhige dich doch wieder.«

»Du wirst Edie nie wieder als Zicke bezeichnen«, verlangte Magnus drohend. Dann ließ er Levi los und schleuderte seinen Bruder zurück in den kostbaren Sessel. »Entschuldige dich.«

Levi sah Edie ungläubig an und seufzte dann. »Entschuldige. Du bist keine Zicke. Du bist nur manchmal ... schwierig.«

Magnus hob schon wieder die Faust.

»Aber das stimmt doch!«, schrie Levi.

»Schon okay«, murmelte Edie und biss sich in die Innenseite der Wange, um sich keine Gefühle anmerken zu lassen. Sie war ja wirklich manchmal schwierig. »Red weiter.«

»Erzähl ihr von deiner Planänderung«, sagte Magnus. Er sah Edie an, und sie spürte, wie ihre Brustwarzen unter seinem intensiven Blick steif wurden. Er verschlang sie förmlich mit Blicken, sah sie voller Begierde und Sehnsucht an und schien sie stillschweigend anzuflehen, ihm zu verzeihen. »Erzähl es ihr, Levi.«

Levi stieß ein frustriertes Brummen aus. »Bianca wollte, dass Magnus dich noch länger ablenkt, aber Magnus ist zu mir gekommen und hat gesagt, dass er nicht mehr mitmachen will. Er wollte dir nicht wehtun.«

Wieder sah Magnus sie mit hungrigen, gierigen Augen an.

»Wann war das?« Sie zwang sich, stur geradeaus zu sehen und Levi in das hübsche, zerschlagene Gesicht zu schauen.

»Vor ein paar Wochen«, antwortete Levi achselzuckend. »Ich weiß es nicht mehr genau. Danach ist Bianca ausgeflippt und hat mich aufgefordert, Magnus dazu zu bringen, dich in Ruhe zu lassen. Sie sagte, ihr wärt euch schon zu nahe gekommen und dass das so nicht weitergehen dürfte. Ich habe Magnus gebeten, nicht mehr so viel Zeit mit dir zu verbringen.« Er warf seinem Bruder wieder einen misstrauischen Blick zu und versank noch tiefer in seinem Sessel. »Er hat gesagt, ich könne ihn mal kreuzweise.«

Dieses Mal konnte Edie nicht verhindern, dass ihre Lippen zuckten. »Hat er das?«

»Er kann ein ziemliches Arschloch sein, wenn es um dich geht«, sagte Levi anklagend und starrte seinen Bruder an. »Wag es nicht, das zu leugnen.«

»Das habe ich auch gar nicht vor.« Magnus sah weiterhin Edie an und stand noch immer mitten im Raum. Er beobachtete sie, und jeder Muskel seines Körpers schien unter Spannung zu stehen. »Ich leugne es nicht. Ich will Edie beschützen. Sie braucht jemanden, der auf sie aufpasst und nur ihr Bestes will.«

Bei diesen Worten wurde ihr ganz warm, denn das, was Magnus da sagte, war so süß ... Aber sie konnte ihm nicht glauben und schüttelte kaum merklich den Kopf.

»Lass uns mal kurz allein, Levi«, verlangte Magnus leise, und Edie wusste, wenn sie jetzt den Kopf hob, würde sie feststellen, dass er sie noch immer ansah. Sie schaute nicht in seine Richtung. Sie konnte es einfach nicht. Ihr Blick ruhte weiterhin auf Levi, und sie hielt die Hände schon fast schmerzhaft im Schoß verschränkt.

Levi starrte erst seinen Bruder und dann Edie an, bevor er aufsprang. »Ihr beide seid echt das Letzte«, stieß er wütend hervor. »Ihr seid schuld daran, dass Bianca mit mir Schluss gemacht hat. Jetzt ist meine Muse fort, und ich weiß nicht, wie ich sie wieder zurückholen kann.« Er wischte sich mit einem Arm über die Augen und schien in sich zusammenzusinken. »Entschuldige, Edie. Das gilt natürlich nicht für dich, sondern nur für Magnus. Aber ich brauche deine Hilfe. Kannst du... Kannst du ein gutes Wort bei Bianca für mich einlegen?«

»Nein«, antwortete sie überfreundlich. »Von mir aus kannst du zur Hölle fahren.«

Er starrte sie entrüstet an und stürmte aus dem Zimmer.

Dann waren Edie und Magnus allein in der Bibliothek. Die Anspannung zwischen ihnen war fast schon greifbar. Wenn er auch nur einen Schritt näher kam, würde sie sich in seine Arme werfen und ihn entweder verprügeln oder küssen. Sie hatte sich noch nicht entschieden, was von beidem es sein sollte.

Nach einem langen Augenblick ergriff Magnus das Wort. »Er hat mich vor über zwei Wochen gebeten, mich nicht mehr mit dir zu treffen, und ich habe ihm gesagt, dass ich das nicht tun kann. Dass ich dich für immer in meinem Leben haben will.«

»Aber... Warum?« Warum all die Spiele? Was sollten all die dummen, albernen Spielchen?

»Weil ich dich liebe«, erklärte Magnus bewegt. »Weil ich

mich irgendwann in dich verliebt habe und ab da nur noch nach vorn sehen konnte. Weil du die Meine bist und zu mir gehörst. Ich werde dich nicht kampflos aufgeben.«

Sie wollte überhaupt nicht kämpfen. Sie war einfach nur müde. Müde und unglaublich verletzt. »Ich kann dir das einfach nicht glauben, Magnus. Es fällt mir sehr schwer, anderen Menschen zu vertrauen, und jetzt hast sowohl du als auch Bianca mich zutiefst enttäuscht. Momentan habe ich das Gefühl, dass jeder, dem ich vertraue, mir nur wehtun will. Manchmal sehe ich Gretchen an und frage mich, wann sie mir ein Messer in den Rücken stoßen wird, und dabei weiß ich doch, dass das alles nicht an ihr, sondern an mir liegt.« Sie legte eine Hand auf ihre Brust und sah ihn an. »Ich kann das nicht.«

»Edie, Liebste, ich liebe dich wirklich. Bitte glaube mir.« Seine grün-goldenen Augen waren so voller Verlangen und Sehnsucht. Er vibrierte förmlich vor Anspannung. »Komm mit mir nach Hause. Lass mich dir beweisen, dass ich dich liebe und dass ich dich begehre.«

»Beweise es mir«, verlangte sie leise. »Beweise mir, dass du mich liebst.« Als er auf sie zukommen wollte, hob sie erneut die Hand. »Nicht mit Berührungen oder Worten. Beweise es mir mit etwas Handfestem.«

»Wie?«

Bei diesem einen verzweifelten Wort kamen ihr die Tränen. »Das weiß ich nicht. Ich habe keine Ahnung, wie du es mir beweisen kannst.«

»Edie, ich liebe dich«, sagte er noch einmal.

»Ich weiß, aber das ist dein Problem«, erwiderte sie rasch. »Mein Problem ist, dass ich dir nicht glauben kann.« Edie stand auf, wischte sich die schweißnassen Hände am Pullover ab und zwang sich, gerade und aufrecht stehen zu bleiben und nicht unter seinem verletzten, leidenden Blick zusammenzubrechen. »Und bis ich dir glauben kann, sind wir miteinander fertig. Es tut mir leid.«

Mit diesen Worten drehte sie sich um und verließ den Raum, auch wenn sie am liebsten geblieben wäre. Es wäre so leicht gewesen, bei ihm zu bleiben. Sie hätte sich in seine Arme werfen, sein Gesicht mit Küssen bedecken und ihn bitten können, sie nach Hause zu bringen und zu lieben. Doch mit der Zeit wären ihre Zweifel zurückgekehrt und hätten ihr das Leben zur Hölle gemacht. Wollte er wirklich mit ihr zusammen sein oder spielte er ihr nur wieder etwas vor? Tat er nur so, als würde er sie lieben, oder sagte er tatsächlich die Wahrheit?

Sie hatte genug davon, dass man ihr ständig etwas vorspielte. Dieses Mal wollte sie etwas Echtes.

Daher ging sie.

17

Gab es etwas Schlimmeres, als die Frau, die man liebte, nicht zurückzugewinnen?

Ja, sich eine gottverdammte Erkältung einzufangen bei dem erfolglosen Versuch, die Frau, die man liebte, zurückzugewinnen. Magnus schnäuzte sich in ein Taschentuch und wickelte sich enger in die Decke. Er zitterte und hatte Fieber, blieb jedoch vor dem Computer sitzen und arbeitete weiter an seinen Konzepten für *The World*. Schon bald würde das Grundgerüst stehen und er wäre bereit, interessierten Bietern eine einfache Demoversion vorzuführen. Er konnte es dem Höchstbietenden verkaufen, das Geld einstreichen und … und …

Und es wäre ihm scheißegal, weil er Edie nicht mehr hatte.

Magnus vergrub das Gesicht in den Händen und stöhnte frustriert. Er steckte in einer Sackgasse. Seine besten Ideen hatte er immer, wenn er mit anderen brainstormte, wie Edie ihm überdeutlich bewiesen hatte. Aber ganz allein wollte ihm einfach nichts einfallen.

Er hatte an Blumen gedacht und mehrere Dutzend geschickt.

Sie hatte sie nicht angenommen.

Auch den Schmuck hatte sie zurückgehen lassen.

Autos? Immobilien? Er hätte alles gekauft, wenn er ihr dadurch beweisen konnte, dass er sie liebte. Aber er vermutete, dass sie das alles ebenso wenig wollte – oder dass es schlimmstenfalls sogar Bianca in die Hände fallen konnte –, daher hielt er sich damit zurück.

Er hatte ihr eine Band geschickt, die ihr Liebeslieder vorspielen sollte, aber Hunter hatte sie von seinem Grundstück gejagt.

Dann hatte er überlegt, alle Tierheimkatzen in New York zu kaufen. Das hätte Edie auf jeden Fall gefallen, aber ... was sollte er mit mehreren Hundert heimatlosen Katzen anstellen? Edie würde ihn nur noch mehr hassen, wenn er das Leben dieser Katzen noch schlimmer machte, als es ohnehin schon war.

Und so überlegte er weiter. Und arbeitete. Und schniefte.

Wenigstens leisteten ihm seine Katzen Gesellschaft. Lady Daredevil hatte sich neben seinem Oberschenkel auf den Stuhl gekuschelt und schnurrte. Da sie blind war, spielte sie nicht so viel wie Lady Cujo und suchte sich meist ein Plätzchen in seiner Nähe, um zu schlafen. Sie kuschelte wahnsinnig gern mit ihm, und er hatte festgestellt, dass er das ... sehr schön fand. Früher war er nie wirklich ein Katzenmensch gewesen, aber inzwischen hatte er festgestellt, dass es sehr angenehm war, mit zwei Katzen zusammenzuwohnen, und er hatte sehr viel Spaß mit ihnen und ihren Streichen.

Edie hatte ihn in einen Katzenfreund verwandelt. Aber sie hatte ihm auch in vielerlei anderer Hinsicht die Augen geöffnet.

Wenn er doch nur die ihren öffnen konnte, damit sie erkannte, wie verrückt er nach ihr war.

Denn jetzt hatte er die neue Wohnung, die völlige Kontrolle über sein neues Projekt, musste sich nicht mehr mit seinem nervigen Bruder herumschlagen und besaß ein neues Selbstvertrauen, was seine Fähigkeiten betraf. Aber all das bedeutete ihm überhaupt nichts, wenn Edie nichts mit ihm zu tun haben wollte.

Er musste sie einfach zurückgewinnen.

Sein Computer gab einen Klingelton von sich und informierte ihn über eine eintreffende Nachricht. Magnus' Herz schlug schneller, bis er die Skype-Nachricht mit Biancas Namen aufpoppen sah. Was zum Teufel wollte die denn? Er klickte darauf und hatte ein Fenster mit Biancas Gesicht darin auf dem Bildschirm. »Was willst du?«

Sie schniefte und tupfte sich die Nase mit einem rosafarbenen Taschentuch ab. »Magnus, hast du einen Augenblick Zeit für mich?« Sie klimperte mit den Wimpern, als müsste sie die Tränen zurückhalten.

»Das hängt davon ab, worüber du reden willst. Wenn es darum geht, wie du Edie hintergangen hast, bin ich ganz Ohr.«

Bianca starrte ihn wütend an. Für einen Sekundenbruchteil war ihre süße, hilflose Fassade verschwunden, und er sah deutlich, dass sie sauer auf ihn war. Doch sie erholte sich schnell wieder und tupfte sich erneut die Nase ab. »Ich weiß nicht genau, was ich dazu sagen soll...«

»Die Wahrheit wäre ein guter Anfang.«

»Die Wahrheit ist doch, dass ich überhaupt nichts getan habe!« Bianca wischte sich die Augen, die seiner Meinung nach jedoch gar nicht so aussahen, als hätte sie geweint. »Das ist alles nur ein schreckliches Missverständnis!«

»Ach ja?«

»Ja! Wenn Edie doch nur mit mir reden würde...«

»Hast du mit Edies damaligem Freund geschlafen?«

Wieder flatterten ihre Lider. »Das ist nicht...«

»Das ist nicht was? Nicht wahr?«

Sie schob schmollend die Unterlippe vor. »Magnus, du urteilst über mich, ohne meinen Teil der Geschichte gehört zu haben.«

Er machte eine ausholende Geste, ruinierte diese jedoch, indem er niesen musste. »Bitte«, sagte er mit verstopfter Nase.

»Erzähl mir deinen Teil der Geschichte, und ich werde ihn mit der Wahrheit abgleichen.«

Sie klappte den Mund auf und sofort wieder zu. »Das ist nicht fair.«

»Weißt du, was nicht fair ist? Dass du mich in deine dummen kleinen Spielchen mit reingezogen und dadurch meine gute Beziehung zu Edie ruiniert hast. Das ist nicht fair.«

»Sie will nicht mit mir reden«, wiederholte Bianca, und dieses Mal schienen ihre Tränen echt zu sein. »Sie will überhaupt nichts mit mir zu tun haben.«

»Kannst du ihr das verdenken? Sie hat dir vertraut. Mir hat sie ebenfalls vertraut, und jetzt sieht sie, was ihr das eingebracht hat. Sie wurde von vorne bis hinten verraten.« Er war stinksauer auf Bianca. Wenn er damals schon gewusst hätte, wie sie war, hätte er sich nie darauf eingelassen, Edie derart zu hintergehen. Niemals. »Und was die Menschen betrifft, mit denen sie reden will, so gehöre ich momentan auch nicht gerade dazu. Also musst du dir wohl jemand anderen suchen.«

Sie nickte kurz und seufzte dann. »Ich wollte dich nur nach deiner Meinung zu einer Idee fragen.«

Ihre Worte erinnerten ihn daran, dass er für genau diesen Zweck ebenfalls jemanden brauchte. »Ich brauche auch Hilfe. Hast du kurz Zeit?«

Bianca leckte sich die Lippen und ließ die Lider flattern. Sie beugte sich vor, sodass er ihr genau in den Ausschnitt sehen konnte. »Natürlich. Du kannst mir vertrauen.«

Er hätte eher einer gottverdammten Tarantel vertraut. »Ich brauche eine große Geste.«

»Was für eine Geste?« Sie schenkte ihm ein scheues Lächeln. »Du hast große Hände. Bei dir wären alle Gesten groß.«

Diese widerliche Schlampe. Flirtete sie etwa mit ihm?

Glaubte sie, er wäre genauso triebgesteuert wie Levi? »Ich meine bei Edie. Ich brauche eine große Geste, mit der ich ihr beweisen kann, dass ich sie liebe.«

»Oh, ich bin mir nicht sicher...«

Er drehte den Ton herunter, während sie weitersprach, und sah ihr einen Augenblick ins Gesicht, wobei er nachdachte. Dann überlegte er laut: »Es reicht nicht, wenn ich ihr einfach etwas kaufe. Damit kann ich ihr nicht zeigen, wie viel sie mir bedeutet. Das wäre für einen Mann wie mich viel zu einfach. Es muss also eine Bedeutung haben, und zwar für Edie.« Er rieb sich nachdenklich das Kinn. »Sie liebt ihre Katzen. Sie liebt alle Katzen. Ich würde gern etwas tun, das sich im großen Stil um Katzen dreht, um ihr meine Gefühle zu beweisen und ihr zu demonstrieren, dass ich verstehe, wer sie wirklich ist, und dass ich sie dafür liebe. Und es muss etwas Großes sein.« Bei diesen Worten lehnte er sich auf seinem Stuhl zurück und dachte kurz nach, während die auf stumm gestellte Bianca weiterredete und fragend in die Kamera schaute.

»Zuerst hatte ich mir überlegt, ich könnte ein Zuhause für all die älteren Katzen in den Tierheimen suchen, aber ich weiß beim besten Willen nicht, wie ich das anstellen soll. Vielleicht sollte ich einfach ein Tierheim bauen, aber dann stehe ich vor dem Problem, dass ich auch Leute dorthin locken muss. Ich bin doch nur ein Computernerd...« Er hielt inne, während seine Gedanken rasten.

Eine App. Er könnte eine App entwickeln, in der man sich zu vermittelnde Katzen ansehen könnte. Aber wie brachte man die Menschen dazu, die App auch zu benutzen? Natürlich! Er musste ein Spiel daraus machen. »Ja, natürlich«, murmelte er. »Ein Spiel mit einer verrückten Katzenlady. Das zieht die Spieler an und schickt sie dahin, wohin man sie haben will. Wenn sie auch nur ansatzweise so sind wie ich, dann wachsen ihnen die Katzen ans Herz, sobald sie sie kennengelernt haben.«

Damit hatte er die Lösung.

Magnus schnippte mit den Fingern. »Danke für deine Hilfe, Bianca.« Er schloss das Skype-Fenster, öffnete ein anderes und schickte einem alten Freund, der ebenfalls Programmierer war und in Windeseile eine App aufsetzen konnte, eine E-Mail.

Projekt »Eroberung einer Katzenlady« hatte begonnen.

❊ ❊ ❊

Drei Wochen später

Edie drehte ein Couchkissen um und verärgerte dadurch eine schlafende Katze. Sneezy miaute sie an, bedachte sie mit einem entrüsteten Blick und lief zum Bett. Derweil sah Edie unter den anderen Kissen nach und wühlte in dem Korb mit der Schmutzwäsche herum. Danach sah sie auf den Nachttischen, unter dem Bett und in dem Badezimmer nach, das Gretchen ihr bis zu ihrem Auszug zugeteilt hatte.

Nirgendwo war ihr Handy zu finden. Wo hatte sie es nur hingelegt?

Edie hatte in ihrem Zimmer ein Buch gelesen und mit ihren Katzen gekuschelt, als ihr auf einmal aufgefallen war, dass es so merkwürdig still war, und sie hatte sich ein wenig niedergeschlagen gefühlt. Heute war der erste Tag, an dem ihr Handy nicht ständig gepiept hatte, weil sie einen Anruf oder eine Nachricht bekam, und jetzt fühlte sie sich ein bisschen vernachlässigt.

Okay, nicht nur ein bisschen. War es dem Mann völlig gleichgültig, dass sie litt? Oder hatte er einfach aufgegeben, weil es zu schwer war, Edie zurückzugewinnen?

Und warum schmerzte sie dieser Gedanke so sehr?

Doch sobald ihr das einmal durch den Kopf geschossen war, wurde sie es nicht mehr los. Ihr Buch war auf einmal uninteressant, und die Katzen, die auf ihrem Schoß herumlagen, machten sie nervös, anstatt sie zu entspannen. Daher streckte sie die Hand aus und wollte nach ihrem Handy greifen ... das jedoch nicht wie gewohnt an seinem Platz lag.

Daraufhin hatte ihre große Suchaktion begonnen.

Einerseits war sie ganz froh, dass ihr Handy verschwunden war. Diese Tatsache sagte ihr zumindest, dass sie vermutlich nicht vergessen worden war. Wahrscheinlich würde sie ihr Handy entdecken und darauf eine Flut an Nachrichten von Magnus finden. Mehr Fotos von der süßen Lady C, deren Bauch ob der Schwangerschaft immer dicker wurde. Oder von Lady D, die sich an sein Bein kuschelte, während er arbeitete. Mehr von diesen *Du-fehlst-mir-ich-würde-so-gern-mit-dir-reden*-Nachrichten, bei denen sie immer dahinschmolz.

Solange ihr Handy verschwunden war, gab es noch Hoffnung.

Aber es war nicht in ihrem Zimmer. Edie suchte überall und fing dann zur Sicherheit noch einmal von vorn an. Als sie es dann immer noch nicht finden konnte, ging sie ihren Tagesablauf noch einmal durch. Vielleicht hatte sie es in der Bibliothek liegen lassen? Oder im Garten?

Sie lief zu Gretchen in die Hauptküche. Gretchen hatte ein großes Messer in der Hand, ein Holzbrett vor sich und schnitt Schalotten. »Hey, Eeeds«, rief Gretchen fröhlich, als Edie hereinkam. »Was hältst du von Quiche zum Mittagessen?«

»Klar, was immer du willst. Hey, hast du mein Handy gesehen? Ich muss es irgendwo liegen gelassen haben.«

»Was? Dein Handy?« Gretchen riss die Augen ein wenig zu weit auf. »Puh, keine Ahnung.«

Edie verharrte. Eine ihr wohlbekannte Handyhülle mit

einem Katzensticker lag auf der Arbeitsplatte neben Gretchens Schneidebrett. »Da ist es doch!«

»Das hier?« Gretchen hielt es mit Unschuldsmiene hoch. »Das habe ich in der Bibliothek gefunden.«

Edie hätte es ihrer Freundin beinahe aus der Hand gerissen. »Danke.« Sie nahm es Gretchen ab, strich sofort mit einem Finger über das Display und wartete auf neue Nachrichten.

Aber da war nichts. Ihr wurde das Herz schwer. »Hat es geklingelt?«

»Nein«, antwortete Gretchen. »Also essen wir Quiche? Magst du Pilze?«

»Pilze gehen in Ordnung«, erwiderte Edie, zog sich einen Barhocker heran und setzte sich an die Plat. Das verstand sie nicht. Keine Nachrichten von Magnus? Wirklich nicht? Sie starrte das Display an, als könnte sie durch reine Gedankenkraft dafür sorgen, dass eine neue SMS ankam. Als das nicht passierte, seufzte sie und schloss die App wieder.

Aber irgendetwas an ihrem Handy war ... anders. Sie ging die Liste der Apps durch und bemerkte, dass auf der letzten Seite etwas Neues aufgetaucht war. Das Symbol bestand aus ... einem Katzenkopf. Edie starrte Gretchen an. »Hast du mein Handy benutzt?«

»Ich? Nein. Wieso sollte ich das tun?«

»Hier ist eine neue App, die ich nicht installiert habe.«

»Mann, das ist aber komisch«, meinte Gretchen mit Unschuldsmiene. »Was ist es denn für eine App?«

Edie tippte das Symbol an und verzog das Gesicht, als der cartoonartige Titel eingeblendet wurde. »*Katzenlady-Café*? Im Ernst? Soll das ein Witz sein?«

Gretchen kicherte nur.

Okay, das war jetzt wirklich merkwürdig. Edie musterte ihre Freundin und drückte dann auf »Start«.

Sofort wurde der Ladebildschirm angezeigt und eine Nachricht erschien.

Wussten Sie, dass es in New York Tausende von Wohnungen gibt, in denen Tierhaltung erlaubt ist? Mit einem Klick hier können auch Sie eine finden!

Danach erschien das Foto einer sehr niedlich aussehenden Schildpattkatze mit einer Schleife um den Hals. Ihre Vermittlungsdaten wurden angezeigt, und das Ganze sah auf sehr geschickte Weise so aus wie ein Profil auf einer Dating-Seite.

Name: Fiesta
Alter/Geschlecht/Ort: 6, Weiblich, Midtown Café
Ich bin ein niedliches, flauschiges Mädchen und suche nach einem Schoß, auf dem ich mich für immer einkuscheln kann. Bist du der Mann (oder die Frau) meiner Träume? Ich bin für alles offen, mag Fischrestaurants, lange Nickerchen im Sonnenschein und wenn man mich hinter den Ohren krault. Wenn du mich kennenlernen willst, komm ins Midtown Café und sag Hallo.

Edie starrte lächelnd den Bildschirm an und fragte sich, worum es sich bei diesem geheimnisvollen Midtown Café wohl handeln mochte. Dann begann das eigentliche Spiel und sie konnte sich ihre Katzenlady aussuchen. Eine der zur Auswahl stehenden Optionen hatte zwei Zöpfe, wie sie sie auch gern trug, und als sie diesen Avatar auswählte, keimte in ihr ein Verdacht auf. Das Spiel fing an, und als Edie sich alles ansah, stellte sie fest, dass man Katzen mit ihren potenziellen Besitzern zusammenbringen musste, indem man Rätsel löste und Fragen beantwortete. Im Ladebildschirm des nächsten Levels sah sie das nächste »Dating-Profil«, dieses Mal von einer wunderschönen Türkisch-Van-Katze namens Moxie, die nur ein Auge hatte. Edie spielte noch eine Weile, scheiterte jedoch an einem Level, und anstelle eines weiteren Katzenfotos sah sie nun das Bild eines Cafés.

Möchtest du eine der Katzen kennenlernen oder nur mal einen leckeren Kaffee trinken? Steht dir der Sinn nach Katzengesellschaft? Komm doch mal im Coffee N' Cats *vorbei, der ersten Filiale einer Katzencafé-Kette in New York. Uns gibt es bereits an zwei Orten, und nächsten Monat öffnen vier weitere Filialen. Trink einen Kaffee, streichele unsere Katzen und nimm eine von ihnen mit nach Hause.* Coffee N' Cats – Friede. Liebe. Pfoten. Kaffee.

Das Logo des Cafés wurde eingeblendet, schnell gefolgt vom Sullivan-Games-Logo, bevor die App geschlossen wurde.

Edie bekam keine Luft mehr.

Hatte Magnus das etwa programmiert? Sie starrte Gretchen an und bekam vor Schreck den Mund nicht mehr zu. Gretchen sah sie mit einem lächerlich breiten Grinsen an. Oh. Oh... Er war wirklich dafür verantwortlich. Damit wollte ihr Magnus beweisen, dass er sie liebte. Ihr Spieleentwickler bewies ihr, dass er es ernst meinte. Ihr Herz machte einen Satz, und sie hätte am liebsten gleichzeitig gelacht und geweint. Doch stattdessen öffnete sie die App noch einmal und schaute sich an, welche unterschiedlichen Katzenprofile im Verlauf des Spiels angezeigt wurden. Bei den Katzen handelte es sich nie um Jungkatzen, sondern immer um ältere oder welche mit Behinderungen. Ihr Herz drohte, vor Freude zu zerspringen, als das Sullivan-Games-Logo am Ende erneut angezeigt wurde.

Sie sah Gretchen staunend an. »Wann können wir losfahren?«

»Sofort, wenn du das möchtest«, erwiderte Gretchen und kreischte vor Freude wie ein kleines Mädchen.

Edie hätte am liebsten auch laut gekreischt, aber sie drückte sich stattdessen das Handy an die Brust.

18

Coffee N' Cats lag an einer belebten Straßenecke, und über dem Vordach hing noch ein behelfsmäßiges Schild. Das Café war leicht zu finden, da sich bereits eine Menschenmenge davor angesammelt hatte und durch das Fenster sah. Ein Schild auf dem Gehweg pries die Angebote des Tages an, darunter einige Kaffeesorten sowie die »Katze des Tages«. Edie ging ebenfalls zum Fenster und schaute hinein. Überall standen Sofas und Tische, und es war sehr voll. Katzenliegen und Kratzbäume dominierten das Fenster, und wo sie auch hinschaute, überall waren Katzen. Katzen, die gestreichelt wurden, Katzen, die im Fenster in der Sonne lagen, Katzen, die an dem Katzengras in einem kleinen Blumentopf herumkauten, und Angestellte, die alles im Auge hatten. Während sie zusah, zeigte einer der Angestellten in einem T-Shirt mit *Coffee-N'-Cats*-Aufdruck einem Kleinkind gerade, wie man eine Katze richtig streichelte, und die Mutter fotografierte das Ganze.

Gretchen stieß Edie an. »Lass uns mal reingehen und uns alles ansehen. Was meinst du?«

Und ob sie das wollte. Sie stellten sich am Ende der Schlange an (Es gab tatsächlich eine Schlange? So viele Leute wollten die Katzen sehen!) und warteten, bis sie an der Reihe waren. An der Tür wurden sie von einem Angestellten begrüßt, der darauf achtete, dass keine Katze hinauslief. Er reichte ihnen einen Coupon. »Hallo, die Damen. Der heutige Junggeselle ist Jiffy. Er ist ein kastrierter roter Katzenadonis. Sie können ihn am gelben Halsband erkennen.«

»Danke«, murmelte Edie und nahm den Coupon entgegen. Als der Mann die Tür öffnete, ging sie hinein. Sofort raste eine Katze an ihr vorbei, die von einer anderen Katze gejagt wurde. Viele der Kunden lachten, und Edie sah sich um. Überall wurden Katzen gestreichelt. Und geliebt. An den Tischen saßen Gäste und tranken Kaffee, und in einer Ecke war ein Vermittlungsstand, vor dem Menschen mit Katzen auf dem Arm warteten, bis sie an der Reihe waren, um ihren neuen Schützling zu adoptieren.

Es war ... wunderbar.

»Und all das nur wegen einer App?«, fragte Edie, der es die Kehle zuschnürte.

»Nicht nur wegen einer App«, erwiderte Gretchen. »Es ist die App, das Café und alles andere. Ich könnte mir vorstellen, dass die Cafés einiges gekostet haben, aber es sieht ganz danach aus, als könnten sie Profit abwerfen. Und selbst wenn nicht, könnte ich mir vorstellen, dass Magnus das völlig egal ist. Sein wichtigstes Ziel war es, Menschen mit Katzen zusammenzubringen, damit sie sie sehen und sich in sie vergucken können. Er war ja auch kein Katzenfreund, bis er sich die erste Katze angeschafft hat, und das hat seine Meinung geändert. Er findet es sehr schade, dass die Leute in den Tierheimen vor allem die jungen und niedlichen Katzen mitnehmen und die etwas älteren größtenteils ignorieren.«

»Wirklich?« Edie spürte Tränen in ihren Augen. »Woher weißt du das alles?«

»Ich habe die Rückseite des Coupons gelesen«, erwiderte Gretchen und hielt ihn Edie vor die Nase.

Oh. Edie drehte ihren Coupon ebenfalls um.

Willkommen bei Coffee N' Cats, *der ersten Katzencafé-Kette in den Vereinigten Staaten von Amerika! Falls Sie unser Gra-*

tisspiel Katzenlady-Café noch nicht heruntergeladen haben, sollten Sie es sich einmal ansehen. Jetzt möchten Sie natürlich wissen, worum es bei Coffee N' Cats *geht, nicht wahr? Tja, es war einmal ein Mann, der ein großes Problem hatte. Er verliebte sich in eine Frau, der die Katzen im Tierheim sehr am Herzen lagen. Und nicht irgendwelche Tierheimkatzen, sondern die alten, die hässlichen und die mit einer Behinderung. Die, die nicht vermittelt wurden. Dieser Mann wollte der Frau beweisen, dass er sie sehr liebte, und er wusste, dass er ihr Herz bestimmt erweichen könnte, wenn es ihm gelang, ein schönes Heim für all diese Katzen zu finden.*

Sein größtes Ziel war es, die Menschen mit diesen wundervollen Tieren zusammenzubringen. Er wusste, wenn sie sie außerhalb eines Tierheims sehen konnten, an einem Ort, an dem die Katzen nicht verängstigt und unglücklich sind, dann würden sie die wundervollen, witzigen Persönlichkeiten dieser »nicht vermittelbaren« Katzen erkennen und diesen ein neues Zuhause geben. Unser Held war auch kein Katzenmensch, bevor er seine erste Katze hatte, aber sie hat seine Meinung grundlegend geändert. Er findet es traurig, dass Menschen in Tierheime gehen und immer nur die jungen und niedlichen Katzen mitnehmen, den etwas älteren aber keine Beachtung schenken. Ebenso wenig wie den Katzen mit besonderen Bedürfnissen oder solchen, die vielleicht einfach nur Angst haben. Aber all diese Tiere verdienen eine zweite Chance.

Aus genau diesem Grund gibt es jetzt Coffee N' Cats. *Wir holen die Katzen aus den Tierheimen, die dort nur der sichere Tod erwartet. Wir füttern sie und bringen sie an einem warmen, sicheren Ort unter, um sie dann langsam in den Hauptbereich einzuführen, nachdem sie zuvor einen Übergangsraum durchlaufen. Sobald diese Katzen an Menschen gewöhnt sind und ihre Angst verloren haben, dürfen sie sich frei im Café bewegen.*

Möchten Sie eine unserer Katzen adoptieren? Wir bei Coffee N' Cats *bitten nur um eine kleine Spende, die direkt an die hiesigen Tierheime weitergeleitet wird. Wir verlangen nichts für unsere Katzen, nur für unseren Kaffee. Also kommen Sie herein, streicheln Sie einen neuen Freund und nehmen Sie ihn vielleicht sogar mit nach Hause.*

Unten auf dem Coupon standen noch einige rechtliche Hinweise, aber Edie konnte das Kleingedruckte durch den Tränenschleier längst nicht mehr lesen.

»Weißt du was? Ich brauche jetzt einen Kaffee«, verkündete Gretchen und zog Edie am Arm mit sich.

Edie schniefte und wischte sich die Nase ab. »Okay.« Am liebsten hätte sie sich diesen dummen Coupon wieder und wieder durchgelesen und jedes einzelne Wort auswendig gelernt. Wohin sie auch blickte, überall waren Katzen und Menschen, die Spaß mit den Tieren hatten. Die Schlange vor der Vermittlung wurde nicht kürzer. Alles war schlicht und einfach ... perfekt.

Durch und durch perfekt.

»Hallo, die Damen, willkommen bei *Coffee N' Cats*«, säuselte die Barista, als Gretchen und Edie an der Reihe waren. »Unser heutiges Tagesspecial ist Jiffy, ein wundervoller roter Kater, der gern auf dem Schoß schläft oder einem Laserpointer hinterherjagt. Und der Kaffee ist auch ziemlich gut.«

Das Tagesspecial war eine Katze? Edie brach in Tränen aus, was die junge Frau hinter dem Tresen etwas aus dem Konzept brachte.

»Äh ... Geht es ihr gut?«

»Sie braucht nur einen Moment«, erwiderte Gretchen, nahm einige Servietten vom Tresen und reichte sie Edie. »Können wir zwei Cappuccino bekommen?«

»Aber natürlich! Einen Augenblick.«

Gretchen legte das Geld auf den Tresen und musterte Edie, die sich die Wangen trocken tupfte. »Ist alles okay?«

»Ich denke schon«, antwortete Edie, dann sah sie das Schild in der Ecke. *Sind Sie Rentner oder Rentnerin? Dann genießen Sie den Kaffee und die Gesellschaft kostenlos! Fragen Sie nach unserem Seniorenprogramm!* Und schon weinte sie wieder. »Er ... Er wird mit diesen Cafés so viel Geld verlieren.«

»Punkt eins«, sagte Gretchen und hielt einen Finger hoch. »Das ist ihm vermutlich egal, weil er mehr als genug davon hat. Und Punkt zwei, damit kann er außerdem verdammt viele Steuern sparen. Und Punkt drei: Er hat sein Ziel erreicht, dich zu Tränen gerührt und du bist bald so weit, dein Höschen auszuziehen, nicht wahr?«

Da hatte sie nicht unrecht. Als sich Edie umsah, entdeckte sie ein älteres Paar, das eine Katze streichelte, die genauso aussah wie Tripod. Und wieder kamen ihr die Tränen.

»Zwei Cappuccino«, sagte die Barista, und Gretchen nahm sie ihr ab. Dann schob sie Edie zu einem leeren Tisch – dem einzigen im ganzen Café – im hinteren Teil des Raums.

Als sie sich setzten, rief Gretchen begeistert: »Schau mal, da steht ein Katzenleckerchenspender auf dem Tisch!« Sie drückte auf den Knopf, und eine kleine Glocke läutete, bevor die Leckerchen herauskamen. Im nächsten Augenblick stand bereits eine dicke weiße Katze neben ihr und maunzte. Gretchen lachte laut. »Dieses gierige Kerlchen hat das System längst durchschaut, was?« Sie hob die Katze auf ihren Schoß und drückte sie an sich. »Hmmm, ob Igor wohl gern einen Freund hätte?«

Edie trocknete ihre Tränen und lächelte bei dem Anblick von Gretchen mit der Katze im Arm. Sie nahm eine der Tassen vom Tablett und trank einen Schluck, wobei ihr auffiel, dass sowohl die Tasse als auch die Untertasse mit Katzenbildern verziert waren. Auf einem großen Fernseher an der Rückwand des Cafés wurde das Spiel in einer Endlosschleife angezeigt.

Es war einfach unglaublich. Wie war Magnus all das nur gelungen? Sie konnte es nicht fassen. Es war ... mehr als alles, was sie sich je erhofft hatte. Gut, sie hatte von ihm verlangt, ihr zu beweisen, dass er sie liebte.

Und das hatte er. Und wie er das getan hatte. Er hatte ihre Schwachstelle gefunden und darauf aufgebaut. Sie fühlte sich so unglaublich gerührt ... aber auch so überaus und ungemein glücklich.

Magnus liebte sie so sehr, dass er all das für sie getan hatte. Die Idee mit dem Café war clever und lag im Trend, und es war ihm gelungen, etwas zu erschaffen, das die Leute dazu brachte, herzukommen und sich alles anzusehen – und all das mit dem Ziel, Tierheimkatzen ein neues Zuhause zu geben.

Es war wirklich unfassbar.

Und er hatte das alles für sie getan. Edie hatte das Gefühl, gleich wieder weinen zu müssen.

Gretchen fütterte die dicke weiße Katze mit Leckerchen und griff nach ihrer Kaffeetasse. Währenddessen summte ihr Handy. »Augenblick«, meinte Gretchen und setzte die Katze auf dem Boden ab. Sofort sah diese Edie an, und sie hob sie automatisch hoch, vergrub das Gesicht in dem weichen weißen Fell und kraulte sie unter dem Kinn, so wie es alle Katzen liebten. Möglicherweise schluchzte sie auch ein wenig in das Fell. Aber nur ein wenig.

Als sie wieder aufblickte, umspielte ein freches Grinsen

Gretchens Lippen und sie steckte ihr Handy wieder weg. »Möchtest du dir mal den Übergangsraum ansehen, Frau Katzentherapeutin?«

Edies Herz schlug schneller. Hatte das vielleicht etwas mit der SMS zu tun, die Gretchen gerade bekommen hatte? Himmel, Edie hoffte es so sehr. »Aber natürlich möchte ich das.« Dabei wünschte sie sich nichts sehnlicher, als dass ein grünäugiger Held hinter der Tür auf sie wartete.

Sie tranken ihren Kaffee aus, streichelten die Katze noch ein letztes Mal, um sie dann wieder auf den Boden zu setzen, und Gretchen rief eine Angestellte zu sich und erklärte, dass sie den Übergangsraum sehen wollten. Dann flüsterte Gretchen noch etwas, das Edie nicht verstehen konnte, und die Frau nickte und bat sie mitzukommen.

Sie folgten ihr durch eine Tür, auf der »Zutritt nur für Mitarbeiter« stand, und einen Flur entlang. »Wir haben zwei Übergangsräume«, erklärte die Angestellte. »Weil viele Katzen Reviertiere sind, versuchen wir, sie ähnlichen Gerüchen und Klängen auszusetzen, bevor wir sie zu den anderen lassen. Dabei spielen wir ihnen rund um die Uhr Geräusche aus dem Café vor, damit sie den Lärm später bereits gewöhnt sind und gut vorbereitet in den Hauptraum kommen. Wir ermutigen die Angestellten, ihre Pausen in den Übergangsräumen zu verbringen, damit sich die Katzen an Menschen gewöhnen. Außerdem arbeiten unsere Manager auch in den Übergangsräumen, damit immer jemand für die Katzen da ist.«

»Und was ist mit den Katzen, die mit den Café-Geräuschen nicht zurechtkommen?«, wollte Edie wissen.

»Bisher hatten wir sechs dieser Tiere, die wir unsere ›Schüchternen‹ nennen.« Die Frau strahlte. »Die Angestellten pflegen sie bei sich zu Hause, und wenn es uns gelingt, sie ins Café zu integrieren, bekommen wir einen Bonus. Aber ich werde meinen kleinen Tucker behalten. Er nimmt seine Asthmamedizin wie ein wahrer Held, und das Café zahlt die Tierarztkosten, sodass ich mich nicht darum kümmern muss.«

Wieder machte Edies Herz einen Satz. Sie hatte zwei asthmatische Katzen und wusste, wie teuer die Inhalatoren waren. »Das ist ja wunderbar.« Er hatte wirklich an alles gedacht, um sicherzustellen, dass die Katzen ein neues Zuhause fanden. Sie war in ihrem ganzen Leben noch nie so glücklich gewesen. »Haben Sie hier auch einen Tierarzt?«

»Aber natürlich«, versicherte ihr die Frau und blieb vor einer Tür am Ende des Flurs stehen. An der Tür hing ein Schild mit der Aufschrift »Katzen! Vorsicht mit der Tür!« »Alle Katzen werden untersucht und kastriert oder sterilisiert, und sie sind auch alle geimpft, bevor wir sie in das Café lassen.« Sie klopfte an die Tür.

»Herein«, rief eine tiefe, viel zu vertraute Stimme, bei der Edie weiche Knie bekam. »Alles sicher.«

Die Angestellte öffnete die Tür und bedeutete ihnen, sie sollten eintreten. Das taten sie, und Gretchen legte einen Arm so fest um Edie, als hätte sie Angst, dass diese einfach weglaufen könnte. Das Zimmer war schlicht und etwa so groß wie ein kleines Büro, mit einigen Kratzbäumen, einer Kiste zum Verstecken, einer Katzentoilette und einigen Motivationspostern an den Wänden. An einer Seite stand ein Tisch, der mit Papieren bedeckt war, und davor saß ein Mann auf einem Bürostuhl.

Da war er. Er wandte ihnen den Rücken zu, aber selbst aus diesem Blickwinkel kribbelten ihre Lippen, und sie konnte es kaum erwarten, ihn zu küssen. Ihn zu berühren. Ihren Magnus. Ihren süßen, rücksichtsvollen, cleveren Magnus. Er trug ein graues Hemd, und während sie ihn anstarrte, drückte eine gefleckte Katze die Nase gegen seinen Hals. Er lachte leise und streichelte das lange, seidige Fell der Maine-Coone-Katze. »Die hier ist ein richtiges Kuschelmonster«, sagte er zu niemandem im Besonderen und schien sich nur auf die Katze zu konzentrieren. »Gerade mal einen Tag aus dem Käfig heraus und will ständig gestreichelt werden.«

»Ich weiß, wie das ist«, sagte Edie leise.

Schon sah sie, wie er die breiten Schultern anspannte, als er sie bemerkte.

»Ich glaube, das ist mein Stichwort, um zu gehen«, verkündete Gretchen und ließ Edies Arm los. »Ich werde noch einen Kaffee trinken und ein paar Katzen streicheln. Sag mir Bescheid, wenn du wieder gehen willst, Eeeds.«

Edie nickte und konnte den Blick nicht von Magnus abwenden. Einen Augenblick später fiel die Tür ins Schloss, und sie war mit ihm allein.

»Ich würde ja aufstehen und dich begrüßen«, sagte Magnus, »aber ich habe eine ganze Stunde gebraucht, bis ich diese Lady hier auf den Arm nehmen durfte.«

»Du bist aber geduldig«, erwiderte sie sanft. »Das ist wirklich süß.«

»Eigentlich bin ich das nicht. Ich habe einen präzisen Eroberungsplan.«

Sie musste lächeln. »Ach ja?«

»Oh ja. Ich habe in Thunfisch gebadet, bevor ich hergekommen bin. Das ist alles Teil meiner Strategie.«

Edie kicherte. »Das hast du nicht getan.«

»Natürlich nicht. Schließlich habe ich darauf gehofft, dass du irgendwann hier auftauchst.«

Ihr stockte der Atem. »Wirklich?«

Ganz langsam drehte er sich auf dem Stuhl um, bis er sie ansehen konnte. Der Mann sah einfach umwerfend aus, selbst in Jeans und einem lässigen Hemd. Sie ließ den Blick hungrig über seine Gestalt wandern und bemerkte, dass er sein Haar jetzt etwas länger trug. Außerdem hatte er einen Bartschatten und dunkle Ringe unter den Augen.

Für Edie hatte er nie besser ausgesehen.

»Hallo, Fremde«, sagte er und lächelte sie an. Seine Bewegungen waren steif, und er hielt die Katze im Arm, als wäre sie ein Baby, das ein Bäuerchen machen muss. »Ich glaube, die hier mag meinen Hals.«

»Das sehe ich.« Edie lächelte ihn zögerlich an. »Ich habe mir die App angesehen.«

»Das wurde aber auch Zeit. Ich bin die letzten Tage beinahe verrückt geworden, da ich nicht wusste, ob du sie entdecken würdest. Schließlich habe ich Gretchen gebeten, sie auf deinem Handy zu installieren, damit du sie auch auf jeden Fall siehst.«

»Gretchen ist wirklich gerissen«, stellte Edie fest. Sie starrte ihn einen Augenblick lang unbeholfen an, war voller Verlangen und wusste nicht, wie sie es ihm gestehen sollte. »Du warst sehr fleißig.«

»Unglaublich fleißig«, stimmte er ihr zu und strahlte sie mit seinen grün-goldenen Augen an. »Es war der reinste Wahnsinn, das alles auf die Beine zu stellen. Ich habe zwei Leute an die App gesetzt, sechzehn haben sich um die Idee und die Gründung der Katzencafés gekümmert, und ich weiß gar nicht, wie viele andere Leute noch daran beteiligt waren.« Er schüttelte leicht den Kopf. »Es ist zu einem eigenen kleinen Unternehmen geworden.«

Ihr stiegen die Tränen in die Augen. »Und das hast du alles ... für mich getan?«

»Natürlich habe ich das«, entgegnete Magnus, setzte die Katze vorsichtig auf dem Boden ab und stand auf. Er kam auf sie zu, und dann war sie vom Duft seines Aftershaves, seiner

Haut und seiner Wärme umgeben. »Glaubst du etwa, du wärst das alles nicht wert?«, fragte er, beugte sich vor und strich ihr sanft über die rechte Wange.

»Alle anderen scheinen es zu glauben.«

»Mich interessieren nicht die anderen, sondern nur du.«

Sie drückte sich gegen seine Hand. »Du hast mir gefehlt.«

»Du hast mir noch viel mehr gefehlt«, gestand er ihr, legte ihr die Hände auf die Wangen und drückte ihren Kopf in den Nacken, damit sie ihn ansehen musste. Ihr liefen die Tränen aus den Augenwinkeln. »Warum weinst du?«

»Dafür gibt es eine Million Gründe«, murmelte sie, wischte sich über die Augen und berührte dabei seine Finger.

»Nenn mir ein paar.«

»Ich bin so unglaublich gerührt von all dem.« Edie deutete auf ihre Umgebung. »Vom Café, der App, einfach von allem. Ich fühle mich ganz klein, wenn ich mir vorstelle, wie viel Gutes du für diese Katzen tun kannst, während ich sie gerade mal bei mir in meinem winzigen Haus einquartieren kann...«

»Jetzt sei nicht so streng mit dir«, unterbrach Magnus sie. »Mit Geld kann man jede Menge erreichen, und du hast ganz allein auch sehr viel auf die Beine gestellt. Stell dein Licht nicht unter den Scheffel, nur weil ich mehr Geld dafür ausgeben konnte.«

»...und ich habe ein bisschen Angst«, fuhr sie fort. »Okay, ich habe sehr große Angst. Ich fürchte mich davor, verletzt zu werden, davor, dich wieder an mich heranzulassen, aber ich habe noch viel größere Angst vor dem, was passieren könnte, wenn ich es nicht tue. Daher stehe ich jetzt hier, völlig verängstigt, und hoffe verzweifelt darauf, dass du noch einen oder zwei Küsse für mich übrig hast...«

Im nächsten Augenblick drückte er auch schon die Lippen

auf ihre. Als sie sich küssten, fing Edie erneut an zu weinen, auch wenn sie seinen Kuss ebenso gierig und leidenschaftlich erwiderte.

»Ich liebe dich«, murmelte er zwischen den wilden Küssen. »Ich liebe dich. Du hast mir so gefehlt. Ich will dich zurück. Bitte komm zurück zu mir.«

»Ich habe dich auch vermisst«, sagte sie, drückte die Nase gegen seine und schloss die Augen. Sie lehnte sich an ihn, schlang die Arme um ihn und genoss seine Wärme, seine Kraft, einfach alles. Das war ihr Magnus. Sie krallte die Finger in sein Hemd. »Wie ... Wie geht es dir?« Es kam ihr komisch vor, das zu fragen, aber sie wollte wissen, wie es ihm in der Zwischenzeit ergangen war. Es kam ihr wie eine Ewigkeit vor, dass sie sich zuletzt gesehen hatten.

»Schrecklich«, antwortete er und presste sie an sich. Sie wäre am liebsten vor Glück gestorben, als sie seine großen Hände auf ihrem Körper spürte. »Ich kann nachts nicht schlafen, durch meine Wohnung tigern sieben Katzen und ...«

»Moment mal, sieben?«

Ein breites Grinsen umspielte seine Lippen. »Lady Cujo hat ihre Jungen bekommen. Fünf an der Zahl, und direkt unter meinem Bett. Sie hat die Decke heruntergezogen, während ich gearbeitet habe, und als ich zurückkam, bumm!, waren überall kleine Kätzchen.«

»Was hast du mit ihnen vor?«

Er zuckte mit den Achseln. »Ich werde ihnen ein neues Zuhause suchen, wenn sie alt genug sind. Und Lady C sterilisieren lassen. Na ja, vielleicht behalte ich eins davon.« Sein Grinsen wurde ein wenig verlegen. »So langsam werde ich süchtig nach Katzen.«

Und weil er nichts Perfekteres hätte sagen können, stellte

sich Edie auf die Zehenspitzen, ignorierte die Schmerzen in ihrem Knie und küsste ihn. »Ich liebe dich.«

Magnus stöhnte und küsste sie wieder und wieder. »Ich liebe dich auch. Komm zu mir zurück. Wir füllen die Wohnung mit Katzen und schrecken alle, die wir kennen, durch unsere vielen Katzen ab.«

Sie kicherte. »Das sind zu viele Katzen für eine Wohnung.«

»Dann kaufe ich ihnen ein eigenes Apartment«, erklärte er und küsste ihr Kinn und ihr Ohr. »Was immer nötig ist. Aber komm bitte zu mir zurück.«

Sie wurde wieder ernst. »Versprichst du mir, dass du mir nie wieder wehtun wirst?«

Er ballte die Hand in ihrem Haar und hielt sie fest. »Das kann ich dir nicht versprechen«, murmelte er. »Denn ich werde vermutlich immer ein wenig dickköpfig sein. Aber ich verspreche dir, dass ich dir so etwas nie wieder vorenthalten werde.« Als sie zögerte, leckte er über ihr Ohrläppchen und ließ sie erschauern. »Ich kann das nicht auslöschen, Baby. Ich kann die Vergangenheit nicht ändern. Aber ... ich kann dir zeigen, was für eine Zukunft wir zusammen haben können, wenn du mich lässt.«

Er bat sie, ihm zu vertrauen. Mit ihm ein Risiko einzugehen. Edie sah in Magnus' Gesicht, das erst zu etwas Besonderem wurde, wenn er lächelte und sein ganzes Gesicht dadurch zu strahlen begann. In die wunderschönen, von dichten Wimpern umgebenen Augen. Sie dachte an seinen Humor, seinen Verstand, seine Entschlossenheit. An die Art, wie er sie nachts im Arm hielt. Wie er immer um ihr Knie besorgt war, ohne ihr das Gefühl zu geben, eine Invalidin zu sein ... so wie Bianca es immer getan hatte.

Dabei wurde ihr klar, dass er ganz und gar nicht wie Bianca war.

Sie legte ihre Hand in seine. »Bringst du mich nach Hause?«

»Nur, wenn du mir versprichst, dass du auch da bleibst.«

Edie kicherte. »Ich muss noch meine Katzen bei Gretchen abholen, damit ich ihnen ihre Medizin geben kann.«

»Aber bis dahin gehörst du mir?« Er legte ihr einen Arm um die Taille und zog sie an sich.

»Bis dahin ja«, stimmte sie zu. »Und in den Stunden danach. Und den Tagen danach. Und den Monaten danach...«

»Das klingt ganz so, als könnte ich mich auf sehr viel Sex freuen.«

Sie schlug ihm auf den Arm.

Aber er grinste sie einfach nur an. »Und ich denke, das bedeutet, wir brauchen ein größeres Heim, wenn wir so viele Katzen haben wollen. Wäre etwas in der Innenstadt okay für dich, damit du mir helfen kannst, meine Katzencafé-Kette zu führen?«

»Innenstadt klingt gut.« Sie fuhr mit den Fingern über sein Hemd. »Aber eigentlich ist mir alles recht, solange ich mit dir zusammen bin.«

Wieder zog er sie an sich und küsste sie innig, fuhr ihr mit der Zunge über die Lippen, bis sie vor Begierde fast keine Luft mehr bekam. »Ich wünschte, wir wären jetzt zu Hause, dann würde ich dich auf den Schreibtisch drücken und dich wieder zu der Meinen machen.«

Edie erschauerte und stellte sich das sehr bildlich vor. »Kannst du jetzt gehen oder musst du noch bleiben?«

»Ich denke, ich kann mich für ein paar Stunden rausschleichen«, erwiderte er und umfing mit einer Hand ihre linke Brust.

»Nur ein paar Stunden?« Sie machte einen Schmollmund, um ihn zu ärgern.

»Hab Mitleid mit dem Penis eines Mannes, Weib«, neckte Magnus sie. »Ich bin auch nur ein Mensch.«

»Nicht laut den Proportionen, die du in deinem Spiel hast. Vergiss nicht, dass du mir *Warrior Shop* gezeigt hast.«

»Da bist du zur lüsternen Maid geworden, was?«

»Erstens: Sag nie wieder ›lüsterne Maid‹ zu mir. Und zweitens: Das Einzige, was ich will, bist du. Nur du. Der ganz normale gute alte Magnus.« Sie legte eine Hand auf die deutliche Wölbung in seiner Hose. »Mit seinem beeindruckenden, großartigen kleinen Magnus.«

Er stöhnte. »Bitte sag mir, dass wir jetzt sofort nach Hause fahren und lüsternen Versöhnungssex haben.«

»Da war das Wort ›lüstern‹ ja schon wieder.«

»Dreckigen, heißen, scharfen Versöhnungssex.«

Sie knabberte an seinem Kinn. »Das klingt schon besser.«

19

Es gelang ihnen, das Katzencafé zu verlassen, ohne große Aufmerksamkeit zu erregen. Draußen hielten sie sich an den Händen, lachten wie ungezogene Schulkinder und fuhren mit einem Taxi zurück nach Brooklyn. Edie fühlte sich vor Glück federleicht und konnte vor Freude gar nicht mehr aufhören zu grinsen. Die Art, wie Magnus sie ansah, raubte ihr den Atem – in seinem Blick lag eine Mischung aus Begierde, Verlangen und Zuneigung. Auf dem Rücksitz des Taxis nahm er wieder ihre Hand und streichelte zärtlich ihre Finger.

Sie spürte jede Bewegung, als würde er sie am ganzen Körper berühren. Als sie bei der Park-Slope-Wohnung ankamen, schmerzten ihre Brüste, ihre Brustwarzen waren steif, und ihr Herzschlag vibrierte zwischen ihren Beinen. Ihr ganzer Körper schien vor Freude und durch Magnus' Nähe zu kribbeln. Zum ersten Mal seit Wochen war Edie einfach nur rundum glücklich.

Sobald sie aus dem Taxi gestiegen waren und die Wohnung betreten hatten, legte ihr Magnus die Hände auf die Wangen und küsste sie wieder. »Du hast mir so sehr gefehlt.« Seine Lippen strichen über ihre, küssten sie mehrmals schnell und machten ihr Appetit auf mehr. »Es kommt mir vor, als wäre es eine Ewigkeit her, dass ich diese hübschen Lippen zum letzten Mal gekostet habe.«

Edie zitterte bei seinen Worten. Sie wusste genau, wie er sich fühlte. Sie strich ihm über das Kinn und die Bartstoppeln. »Du hast mir auch gefehlt.«

»Bist du dir sicher, dass du nicht nur hier bist, um dir meine Katzen anzusehen und dann wieder zu gehen?« Er streichelte ihre Wangen mit den Daumen und strich ihr mit der Zunge über die Lippen, um sie erneut leidenschaftlich zu küssen. »Denn das könnte ich nicht ertragen.«

»Oh, ich möchte deine Katzen sehen«, erwiderte sie atemlos. Aber sie entwand sich ihm nicht. Das konnte sie auch gar nicht. Eigentlich wollte sie für immer in seinen Armen bleiben.

»Ich werde sie dir zeigen, aber nur unter einer Bedingung«, erklärte er, nahm ihre Unterlippe zwischen die Zähne und zog sanft daran.

Edie unterdrückte ein Stöhnen. »Unter welcher Bedingung?«

»Ich darf mit deinen Brüsten spielen, während du sie dir ansiehst.«

»Das klingt fair«, stellte sie fest und war ganz benommen von seinen Liebkosungen.

»Dann folge mir.« Er knabberte noch einmal an ihrer Lippe, grinste schelmisch und deutete weiter in die Wohnung hinein.

In ihrem benommenen Zustand blickte Edie das erste Mal richtig auf und stellte fest, dass sie noch immer im Eingang der Wohnung standen, die jetzt ganz anders aussah als bei ihrem letzten Besuch. Neue, funktionale, *normale* Möbel standen im Raum. Vor dem Fernseher entdeckte sie eine bequeme Couch, und da war ein Esstisch mit vier einfachen Stühlen und Beistelltische, die nicht aussahen wie Kunstwerke, sondern tatsächlich wie Beistelltische. Gerahmte *Warrior-Shop*-Poster hingen an den Wänden, und in mehreren Ecken des gemütlichen Wohnzimmers entdeckte sie Katzenmöbel. »Du hast umdekoriert.«

»Ich habe mich dieses Mal für bewohnbar anstatt für ›seltsam, aber beeindruckend‹ entschieden«, bestätigte er. »Und ich habe festgestellt, dass mir das viel besser gefällt. Wer hätte das gedacht.«

»Wer hätte das gedacht«, wiederholte sie lachend. »Darf ich das Schlafzimmer sehen?«

»Aber natürlich. Vermutlich versteckt sich die ganze Bande da. Allerdings liegt Lady D manchmal gern auf dem Fensterbrett im Arbeitszimmer, daher sollten wir vielleicht zuerst dort nachsehen.«

Magnus neues Arbeitszimmer befand sich in einem der Zimmer im hinteren Teil der Wohnung. Durch ein großes Fenster blickte man auf den winzigen Innenhof hinaus, und er hatte recht, denn auf dem Fensterbrett hatte es sich Lady D gemütlich gemacht. Sie hob den Kopf, als sie hereinkamen, und schnupperte, stand jedoch nicht auf.

»Sie sieht gut aus«, sagte Edie und ging nicht weiter auf die blinde Katze zu, da sie sie nicht erschrecken wollte. »Macht Lady C ihr zu schaffen?«

»Ganz und gar nicht«, antwortete Magnus und stellte sich hinter sie. Er legte die Hände auf ihre Brüste und umfing sie durch ihre Kleidung hindurch, während er das Kinn auf ihre Schulter stützte. »Ich würde eher sagen, dass Lady C sie wie eines ihrer Jungen behandelt. Ich erwische sie ständig dabei, wie sie D putzt.«

Edie lächelte und sah sich in dem kleinen Arbeitszimmer um. Neben Katzenmöbeln und einem Laufband hatte Magnus einen schweren Eichenschreibtisch an eine Wand gestellt. Die gegenüberliegende Wand war mit Weltkarten aus unterschiedlichen Zeitepochen bedeckt, auf denen zahlreiche Reißzwecken, Markierungen und Haftnotizen prangten. »Arbeitest du noch immer an, ähm, *The World*?« Es fiel ihr schwer, sich zu konzentrieren, wenn sie seine großen, warmen Hände auf ihren Brüsten spürte. Sie sehnte sich danach, dass er ihre Brustwarzen streichelte, aber im Moment schien er damit zufrieden zu sein, sie einfach nur zu halten.

»Ja. Allerdings wurde ich in den letzten Wochen durch ein anderes Projekt abgelenkt.« Er küsste ihren Hals und drückte die Lippen auf ihre Haut. »Ich habe meine eigentliche Deadline verpasst und meine Projektvorstellung daher auf das nächste Frühjahr verschoben.«

»Oh nein.« Es fühlte sich so an, als wäre das ihre Schuld. »Meinetwegen?«

»Und wenn es so wäre?« Er strich mit den Daumen über ihre Brustwarzen, während er ihr gleichzeitig über den Hals leckte. »Was dann? Es zählt einzig und allein, dass ich dich wiederhabe. Das Spiel wird immer da sein. Es kann warten. Es gibt Dinge, die viel wichtiger sind als Geld.«

Ihr standen schon wieder Tränen in den Augen. Verdammt. In letzter Zeit schien sie wirklich nah am Wasser gebaut zu sein. »Du denkst, ich wäre wichtiger?«

»Edie, Baby. Für mich bist du das Wichtigste auf der Welt.« Er knabberte an ihrer Kehle. »Ohne dich fehlt in meinem Leben etwas.«

Er war ja so süß. »Ich liebe dich«, sagte sie, obwohl es ihr die Kehle zuschnürte. »Ich liebe dich so sehr.«

»Ich liebe dich auch. Und jetzt sieh dir meine andere Katze an. Sie ist im Schlafzimmer.«

Edie kicherte. »Du willst mich ja nur ins Bett kriegen.«

»Eigentlich wollte ich danach mit dir auf die Couch gehen«, erwiderte er und leckte ihr noch einmal über den Hals. »Ich werde nicht mit dir schlafen und mir dabei von einem Haufen Katzen zugucken lassen. Ich brauche kein Publikum.«

Edie kicherte. »Wirklich nicht?«

»Wirklich nicht.« Er grinste. »Also beeil dich.«

Magnus führte sie ins Schlafzimmer, ohne die Hände von ihren Brüsten zu nehmen. Sie konnte nicht aufhören zu lachen, weil es sich so verdammt gut anfühlte, sich mit Magnus zusammen wild und frei und lächerlich zu benehmen. Sie hatten immer so großen Spaß zusammen. Das hatte sie nach ihrer Trennung ganz vergessen.

Und er hatte so viel getan, um sie zurückzuerobern. So unglaublich viel, dass sie es noch immer nicht richtig fassen konnte.

Wie Magnus gesagt hatte, lag keine Decke mehr auf seinem Bett. Eine Ecke davon lugte unter dem Bett hervor, und Edie erspähte auch einen wippenden Schwanz.

»Soll ich sie für dich herauslocken, Baby? Ich möchte nicht, dass du dich mit deinem Knie auf den Boden knien musst«, sagte Magnus und knetete ihre Brüste.

»Nein, das ist schon okay«, erklärte Edie, die schon ein wenig atemlos war. »Ich denke, ich würde jetzt lieber auf die Couch gehen.«

»Ach ja?«

Sie drehte sich in seinen Armen um, legte ihm die Hände in den Nacken und zog ihn an sich. »Oh ja.« Dann beugte sie sich vor und küsste ihn zärtlich. »Ich habe gerade größere Lust auf dich als auf deine Katzen. Ich kann sie mir später ansehen, aber dich brauche ich jetzt.«

Als Reaktion darauf küsste er sie erneut ganz sanft. »Ich wünschte, ich könnte dir etwas Besseres bieten als dieses schäbige Sofa. Vielleicht hätte ich ein Hotelzimmer nehmen sollen oder…«

»Ein schäbiges Sofa ist wunderbar«, fiel ihm Edie ins Wort und drückte die Nase gegen seinen Hals. »Denn es ist dein

Sofa und es steht gleich um die Ecke. Ich will nicht noch mal vor die Tür gehen müssen. Ich will dich jetzt.«

Er stöhnte und zog sie enger an sich. »Verdammt, ich brauche dich so sehr.«

»Dann nimm mich.«

Magnus eroberte erneut ihren Mund, und dieses Mal war es kein zärtlicher Kuss. Seine Zunge drang besitzergreifend, fordernd und drängend in ihren Mund vor. Edie stöhnte und spürte nichts als seinen Kuss, sie bekam nicht einmal richtig mit, wie er sie nach hinten zog, bis er die Schlafzimmertür hinter ihnen schloss. Dann liefen sie durch den Flur, und er zerrte an ihrem T-Shirt und zog es aus ihrer Jeans. »Ich will dich nackt sehen, Edie. Nackt und bereit für mich. Ich werde jeden Zentimeter deines Körpers küssen und dich überall lecken, bevor ich dich vögele, bis du den Verstand verlierst.«

Bei seinen Worten erschauerte sie. »Nichts als leere Versprechungen.«

»Das sind keine Versprechungen«, murmelte er. »Warte es nur ab. Und jetzt zieh dich aus. Ich will deine Brüste mit meiner Zunge verwöhnen.«

Das wollte sie ebenfalls. Sie zog sich das T-Shirt über den Kopf, sodass sie nur noch im BH vor ihm stand, und er fuhr mit den Fingern unter ihren Brüsten entlang, ließ sie in ihren Rücken wandern und öffnete den BH-Verschluss.

Als der BH zu Boden fiel, umfing Magnus wieder ihre Brüste. »Die hier liebe ich auch, weißt du.«

»Und was ist mit dem Rest meines Körpers?«, fragte sie lachend.

»Der Rest ist auch ziemlich gut, aber die hier liebe ich ganz besonders.« Er spielte an ihren Brustwarzen herum und kniff hinein, bis sie noch steifer abstanden. »Ich liebe es, wie sie auf meine Berührungen reagieren. Wie süß sie schmecken. Wie schwer sie in meinen Händen liegen.« Er umfing eine Brust, beugte sich vor und leckte darüber. »Ich war nie einer dieser Kerle, die auf Brüste stehen, bis ich deine gesehen habe. Da habe ich es auf einmal verstanden.«

Edie legte die Arme um ihn, während er ihre Haut küsste und ihre Brüste streichelte. Es fühlte sich so gut an, von ihm berührt zu werden. Seine Wärme zu spüren. Sie schloss die Augen und entspannte sich.

»Ich möchte, dass du dich ganz auszieht«, bat Magnus. »Ich werde einfach egoistisch sein und dich für eine Weile mit dem Mund verwöhnen, bevor du die Gelegenheit bekommst, dich an mir auszutoben.«

»Wie schrecklich egoistisch«, raunte sie ihm zu. »Du grausamer Mann.«

»Ja, so bin ich«, stimmte er ihr zu und ließ die Zunge über ihre rechte Brustwarze schnellen. »Himmel. Diese Brüste!« Er gab ihr einen Klaps auf den Hintern. »Ich will dich auf der Couch sehen, und zwar sofort.«

»Okay«, hauchte sie und lief quer durch den Raum zu dem neuen Sofa. Sie setzte sich an den Rand der Sitzfläche und sah zu Magnus hinüber. Es kam ihr komisch vor, mit nacktem Oberkörper in seinem Wohnzimmer zu sitzen. »Deine neuen Möbel gefallen mir.«

»Ich habe beim Kauf an dich gedacht«, gestand er ihr.

»Ja?«

»Ja.« Er setzte sich neben sie auf die Couch und zog sie auf seinen Schoß. »Ich habe mir vorgestellt, wie ich dich auf den Esstisch lege und ausgiebig lecke.« Er leckte ihr über die Lippen. »Und wie ich hier auf der Couch sitze mit dir auf dem Schoß, meinen Penis tief in dir, und du mich reitest.«

Sie zitterte. »Und was ist mit dem Wohnzimmertisch?«

Er überlegte kurz. »Nacktes Sushi?«

Edie schüttelte den Kopf. »Das klingt nicht sehr verlockend.«

»Dann werde ich dich eben auch auf dem Wohnzimmertisch lecken müssen.« Er küsste sie leidenschaftlich. »Oder du setzt dich auf den Tisch und nimmst meinen Schwanz in den Mund.« Magnus' Zunge umgarnte die ihre. »Ja, das würde mir gefallen.«

Edie stöhnte. Allein die Vorstellung war schon sehr erregend. »Ja, mir auch.«

Er küsste sie wieder, verschlang sie förmlich und stieß ihr die Zunge tief in den Mund. Dabei hielt er sie mit einem Arm fest und umfing und knetete ihre Brust mit der anderen Hand, bis Edie an seinem Mund wimmerte und er aufstöhnte. »Kein Mensch auf der Welt klingt schärfer, wenn man ihm Lust bereitet, als du.«

»Nicht?« Sie klang völlig atemlos, wie sie sich eingestehen musste.

»Nein. Dieses scharfe leise Wimmern, als ob du es kaum noch ertragen könntest, macht mich jedes Mal ganz wild.« Er umfing ihre Brust und leckte fest über die Brustwarze. »Als würde dich alles, was ich tue, zu einem heftigen Orgasmus bringen. Das gefällt mir.«

Das war nicht weit von der Wahrheit entfernt. Magnus schien genau zu wissen, wie er sie berühren musste, damit sie vor Lust ganz wild wurde. Selbst jetzt hatte sie eine Hand auf seiner Schulter und klammerte sich an ihm fest, während er an ihrer Brust knabberte, und sie spürte dieses Kribbeln zwischen den Beinen. Wenn sie die Oberschenkel zusammenpresste, merkte sie, wie feucht sie schon jetzt war, feucht vor Begierde ... Und dabei hatte sie noch immer ihre Jeans an.

»Magnus«, flüsterte sie. »Hilfst du mir, die Hose auszuziehen? Ich möchte für dich nackt sein.«

»Ja, das will ich auch«, murmelte er an ihrem Mund. »Ich möchte mit meinen Fingern in deine süße Muschi eindringen. Ich will dich mit der Hand ficken und spüren, wie du kommst.« Als sie wimmerte, lachte er. »Da ist ja dieses scharfe Geräusch wieder.«

»Ich kann nichts dagegen tun.« Wenn sie sich nur bildlich vorstellte, was er ihr beschrieb, wurde sie schon halb verrückt vor Lust.

»Das sollst du auch gar nicht«, erwiderte er und öffnete den Knopf ihrer Jeans. »Ich möchte dich so verdammt wild machen, dass du meinen Namen schreist, wenn du kommst.«

Oh ja, das klang auch in ihren Ohren unglaublich gut. Edie fummelte an ihrem Reißverschluss herum, bis er endlich heruntergezogen war, und dann packte Magnus den Saum ihrer Jeans und zerrte daran.

Sie glaubte schon, er würde ihr die Hose ganz ausziehen, aber zu ihrer Überraschung schob er die Finger unter den Bund ihres Höschens, drückte sie gegen ihre Scheide und spreizte ihre feuchten Schamlippen. Edie klammerte sich in sein Hemd, als er ihre Klitoris gefunden hatte und sie mit einem Finger rieb. Dieses Mal war es ihr völlig egal, dass sie wimmerte. Magnus flüsterte ihr ermutigende Worte zu, küsste sie und rieb ihre Klitoris wieder und wieder, bis sich Edie auf seinem Schoß aufbäumte.

»Du bist schon so feucht, Baby«, meinte er und zog die Hand aus ihrem Höschen, woraufhin sie protestierte. Er hielt ihr die feuchten, glänzenden Finger vor die Nase. »Sieh dir das an. Dabei läuft mir das Wasser im Mund zusammen, da ich ja weiß, wie gut du schmeckst.«

Dann leckte er sich die Finger ab.

Edie stöhnte, weil sie sich bei diesem Anblick noch viel mehr danach sehnte, seine Zunge auch an anderen Stellen ihres Körpers zu spüren. Er beugte sich vor, küsste sie wieder, und schob seine Hand zurück in ihr Höschen. Dort rieb er wieder ihre Klitoris und küsste sie leidenschaftlich, wobei er nach ihr schmeckte.

Edie krallte sich in sein Hemd und hob das Becken an, um seinen Fingern entgegenzukommen. Sie war schon jetzt so kurz vor dem Höhepunkt, dass sie erneut dieses Wimmern ausstieß. Und als er ihr sagte: »Das ist gut, Baby. Komm für mich«, da tat sie es und hatte einen so unglaublichen Orgasmus, dass sie danach zitternd an seiner Brust lehnte.

»Du bist so wunderschön«, erklärte er und küsste sie noch einmal kurz, während er die Hand wieder herauszog. »Ich liebe deinen Gesichtsausdruck, wenn du kommst. Du siehst dann immer ganz erschrocken aus.«

Edie sah ihn blinzelnd an. »Wie bitte?«

Magnus grinste nur. »Es stimmt aber. Du wirkst immer ganz ehrfürchtig, wenn du kommst, als hättest du gar nicht mit all dieser Lust gerechnet. Ich finde das einfach hinreißend.« Er tätschelte ihre Hüfte. »Und ich will das noch einmal sehen, also zieh diese Hose aus.«

Sie rutschte von seinem Schoß, stand auf und bemerkte, dass sich sein Penis sehr deutlich und beeindruckend unter seiner Hose abzeichnete. Rasch zog sie die Jeans und das Höschen aus und ließ beides zu Boden fallen. Ihre Scheide fühlte sich ganz feucht an, ihr Herzschlag hatte sich nach dem Orgasmus noch nicht wieder beruhigt, und sie war voller Vorfreude ... denn Magnus würde sie nicht eher gehen lassen, bis sie noch einmal gekommen war – und das noch heftiger. Er war nun mal jemand, der das erreichte, was er sich vornahm.

Und, verdammt, das liebte sie so sehr an diesem Mann.

Als sie nur darüber nachdachte, wurde ihr schon ganz

warm, und sie drehte sich zu ihm um und blickte auf ihn herab. Er saß mit vor Erregung ganz schläfrigen Augen auf der Couch, und sie wollte auf ihn kriechen und ihren nackten Körper an ihm reiben. Dieses Mal wollte sie ihn heißmachen, bis er ganz wild war, und nicht etwa umgekehrt.

Edie fand, dass das nach einer sehr guten Idee klang.

Sie setzte sich rittlings auf ihn, legte die Oberschenkel auf seine und drückte die Knie gegen seine Hüften. Dabei achtete sie darauf, ihr schlimmes Knie nicht zu sehr zu belasten, aber sie merkte anhand der Art, wie er sich anspannte, dass er ebenfalls daran dachte. »Es geht mir gut«, versicherte sie ihm und drückte die Brüste gegen seine Brust. Ihr gefiel diese Position, da sie so in sein wundervolles Gesicht mit den klaren Zügen und den sinnlichen Augen schauen konnte. Sie konnte ihm mit den Händen durch die Haare fahren, die Brüste an ihn pressen ... und ihre Scheide über seine Erektion reiben. Ihr Körper lag fast wie eine Decke auf ihm.

Es fühlte sich unglaublich an.

Magnus stöhnte und schloss die Augen. Sie spürte, wie er ihr die Hände auf die Hüften legte und sie fester nach unten drückte, auf seinen harten Penis, der seine Jeans ausbeulte. »Du fühlst dich so gut an«, murmelte er. »Tut dein Knie dabei weh...«

»Ich belaste es nicht«, versicherte sie ihm. »Es geht mir gut. Versprochen.« Sie beugte sich vor und leckte ihm über den Unterkiefer. »Und es gefällt mir.«

»Verdammt, da bist du nicht die Einzige.« Er bewegte die Hüften unter ihr, und sein Penis drückte sich gegen ihre Scheide. »Ach, verdammt. Jetzt wäre ich gern auch nackt. Was hast du nur für einen großartigen Körper.« Er strich ihr mit einer Hand über den Rücken und umfasste dann ihre linke Pobacke. »Ich kann es kaum abwarten, dich von hinten zu nehmen, weißt du. Ich möchte sehen, wie dein Hintern wackelt, wenn ich in dich eindringe.«

Das klang wirklich sehr verlockend, fand sie. Sie bewegte das Becken auf ihm, drückte sich gegen seinen Penis und legte die Hände auf sein Hemd. Er musste es unbedingt ausziehen, da sie seine nackte Brust berühren wollte. Magnus begriff, was sie verlangte, als sie an seiner Kleidung zerrte, und irgendwie gelang es ihnen trotz ihrer ineinander verschränkten Gliedmaßen, zuerst das Hemd und danach das Unterhemd auszuziehen. Dann war da nichts mehr außer Magnus' glatter Brust vor ihr, und sie fuhr mit den Händen seine Muskeln nach. Magnus hatte ihr schon einmal erzählt, dass er oft trainierte, wenn er bei der Arbeit nicht weiterkam, und es machte den Anschein, als wäre das in letzter Zeit häufiger der Fall gewesen. Er fühlte sich überall fest an, seine Muskeln waren hart, und sein Bauch war flach. Was hatte sie doch für ein Glück. Sie schob einen Finger in seinen Bauchnabel und spürte, wie er zuckte.

»Drück deine Brüste noch einmal an mich, Edie«, bat er sie. »Es gefällt mir, dich auf meinem Schoß zu haben.«

Sie kam seiner Bitte nach, und er umfing wieder ihre Pobacken und rieb sie auf seinem Glied. Ihre Brüste scheuerten an seiner Brust, und ihre Brustwarzen wurden immer steifer. Oh Gott, er fühlte sich so gut an. Sie stieß ein lustvolles kehliges Stöhnen aus und küsste ihn, während sie sich auf seinem von Jeansstoff bedeckten Penis bewegte, während ihre Brüste an seiner Brust ruhten und ihre Zungen miteinander spielten. Himmel, sie glaubte fast, gleich wieder zu kommen.

»So wunderschön«, murmelte er an ihrem Mund. »Meine wunderschöne, süße Edie.«

Sie zog leicht die Fingernägel über seine Brust und kratzte ihn sanft und wurde mit einem weiteren Stöhnen belohnt.

»Ich will, dass du dich auszieht, Magnus. Ich will dich in mir spüren. Ganz tief in mir.« Ihre Zunge berührte fordernd die seine. »Und fick mich hart.«

Seine grün-goldenen Augen flackerten vor Begierde, und er schob ihr eine Hand ins Haar und hielt sie fest. Dann drückte er sich gegen ihren Schritt, bis sie aufkeuchte. »So etwa, Baby?«

»Genau so«, hauchte sie und war unglaublich erregt. Sie rieb sich an seiner Brust und wimmerte, als ihre Brustwarzen über seine schabten. »Oh Magnus, ich brauche dich so sehr.«

»Soll ich dich jetzt auf diese Couch werfen und dich ficken, bis du meinen Namen schreist?« Er ließ die Lippen über ihr Gesicht und ihren Hals wandern und küsste sie überall. »Soll ich deine süße, leere Muschi mit meinem Schwanz füllen?«

Sie erschauerte am ganzen Körper, und, großer Gott, sie fühlte sich so leer. »Ja«, hauchte sie und konnte es auf einmal kaum noch erwarten. »Bitte. Ich brauche dich.«

»Dann lass mich eben ein Kondom holen, Liebes«, murmelte er und gab ihr noch einen Kuss. »Und danach nehme ich dich hart. Das würde dir gefallen, nicht wahr?«

Sie nickte und war ganz benommen von den Bildern, die seine Worte in ihrem Kopf entstehen ließen. Himmel, sie begehrte ihn so sehr. Sie wollte, dass er das Kommando übernahm, dass er in sie eindrang und sie wieder und wieder kommen ließ...

Magnus tätschelte ihren Hintern. »Hoch mit dir, Süße.«

Sie rutschte von seinem Schoß und zitterte, weil es ohne ihn so kalt und leer war. Magnus stand auf, und Edie errötete, als sie den feuchten Fleck auf seiner Jeans sah. Das war doch nicht alles von ihr, oder? Er hatte sie so feucht werden lassen, dass es ihr völlig egal gewesen war, was sie tat. In seinen Armen vergaß sie einfach alles.

Das war verdammt aufregend.

Als er die Hose auszog und sein Penis herausschnellte, konnte sie es kaum noch erwarten. Sie liebte es, ihn anzusehen, wie sein steifes Glied dick und prall abstand, die Eichel mit Präejakulat benetzt. Auch als er ein Kondom aus der Tasche zog, das Päckchen aufriss und es sich überstreifte, konnte sie nicht aufhören, ihn anzusehen. Jede seiner Bewegungen steigerte ihre Sehnsucht nach ihm.

Er hob den Kopf, bemerkte, dass sie ihn beobachtete, und wieder flackerte das Verlangen in seinen Augen auf. Dann winkte er sie zu sich. »Komm her. Ich möchte dir etwas zeigen.«

Verwirrt stand Edie auf. Wollten sie sich denn nicht auf der Couch lieben? Sie war doch gerade so unglaublich erregt. Sie legte ihm die Hände auf die Brust, als sie vor ihn trat, und rieb ihren Körper an ihm. Am liebsten hätte sie seinen Penis in die Hand genommen, aber das Kondom schreckte sie irgendwie ab. »Was denn?«

»Du sollst dir ein Möbelstück ansehen, das ich nur für dich gekauft habe.«

Aha. Okay. »Kann das nicht bis nach dem Sex warten?«

»Eigentlich ist es genau dafür gedacht«, teilte er ihr mit frechem Grinsen mit. Bei diesen Worten ging er auf die andere Seite des Wohnzimmers und zu einer seltsam geformten Sitzbank. Sie war mit schwarzem Leder bezogen und sah ein bisschen aus wie ein auf die Seite gelegtes S mit einem hohen Buckel auf einer Seite.

Edie hatte nicht die geringste Ahnung, was das sein sollte. Sie rümpfte die Nase. »Wenn es für den Sex ist, warum steht es dann im Wohnzimmer?«

Magnus lachte und schüttelte den Kopf. »Du siehst so entrüstet aus. Das hat nichts mit Exhibitionismus zu tun. Keine

Sorge. Es ist wegen der Katze«, erläuterte er. »Sie hat ihre Jungen bekommen, und deshalb konnte der Lieferant es nicht im Schlafzimmer aufstellen. Ich wollte ihr keine Angst einjagen.«

Sie wurde puterrot. »Du hast dir von jemandem einen Sexsessel liefern lassen?«, fragte sie schockiert.

»Aber ja.« Er zog die widerstrebende Edie zu dem seltsam geformten Möbelstück. »Weil ich vorhabe, meine Frau lange und hart zu vögeln, und auf diesem Teil wird ihr Knie nicht darunter leiden.« Er tätschelte die hohe Schräge. »Leg dich da drauf.«

Sie trat näher heran und war ein wenig irritiert. »Ich soll mich da drauflegen?«

»Genau.« Er legte ihr die Hände an die Taille. »Leg dich so da drauf, dass dein süßer Hintern in die Luft ragt.«

Mit knallroten Wangen tat Edie, was er verlangt hatte. Der Sessel war so gebaut, dass sich ihre Brüste gegen das Leder drückten und ihr Hintern zur Decke zeigte. Sie wollte schon einen Kommentar dazu abgeben, dass sich diese Position sehr merkwürdig anfühlte, als Magnus auf einmal von hinten die Oberschenkel gegen sie presste und seinen Penis gegen ihre Pobacken drückte.

Da war ihr auf einmal egal, wie seltsam dieses Möbelstück war. Sie beugte sich mit einem leisen Stöhnen vor, drückte die Wange gegen das Leder und spreizte die Beine.

»Fühlt sich das gut an?«, wollte Magnus wissen und streichelte ihr mit einer Hand den Hintern. »Denn du siehst im Augenblick einfach umwerfend aus.«

Sie nickte und bewegte die Hüften. »Beeil dich.«

»Immer mit der Ruhe«, ermahnte er sie. »Ich genieße gerade die Aussicht.«

»Das kannst du auch schneller machen, denn ich…« Sie

stockte, da er seinen Penis gegen ihre Scheidenöffnung drückte. »Oooh, genau so.«

»Hm.« Er drang ein ganz kleines Stück in sie ein, gerade weit genug, dass ihr ganzer Körper darauf reagierte. »Es gefällt mir, wie du jetzt aussiehst«, stellte er fest. »Möglicherweise habe ich ein neues Lieblingsmöbel.« Er drang etwas weiter in sie ein. »Vielleicht stehe ich aber auch einfach nur darauf, deinen Hintern anzusehen.«

Sie sagte nichts und bohrte nur die Finger in das Leder. Als er langsam immer tiefer in sie eindrang, stieß sie ein wohliges Stöhnen aus.

»Ich liebe die Geräusche, die du so machst«, sagte er mit heiserer Stimme. »Das ist so heiß, was du so von dir gibst.«

Mit einem letzten Stoß pumpte er sich ganz in sie hinein, und sie spürte seine ganze Länge in sich und stöhnte, weil es sich so gut anfühlte. Magnus wusste immer, wie er ihr Lust bereiten konnte, ob mit Sessel oder ohne. Er legte die Hände an ihre Hüften und bewegte sich in ihr. Sie kam seinem Rhythmus entgegen und hob das Becken an. Aufgrund des Winkels, in dem er in sie eindrang, fühlte sich jeder Stoß besser an als der davor. Kurz darauf klammerte sie sich schon an den Sessel und war kurz davor zu kommen. Ihre Hüften schienen genau richtig platziert zu sein, dass er sie an den richtigen Stellen berührte und sie vor Lust fast verrückt machte. Es fiel ihr schwer, sich zu konzentrieren. Sie konnte an nichts anderes mehr denken als an diese Hitze, die sich in ihr aufbaute, und die Bewegungen seines wundervollen, prallen Glieds in ihrem Inneren.

»Magnus«, schrie sie.

»Ich bin hier«, erwiderte er und stieß sich noch fester in sie hinein. »Ich bin hier. Bei dir. Heb deinen Hintern für mich an, Babe.«

Sie wimmerte und kam seiner Bitte nach. Als er sich erneut in sie hineinpumpte, verspannte Edie die Beine und erreichte den Höhepunkt.

»Das ist es«, stieß Magnus mit zusammengebissenen Zähnen hervor. »Du bist so verdammt eng. Ich kann spüren, wie du kommst.« Er penetrierte sie noch fester und schneller.

Dann kam sie, verkrampfte sich am ganzen Körper und stieß dieses lustvolle, kehlige Wimmern aus, während Magnus schmutzige Dinge sagte und wieder und wieder in sie eindrang. Kurz darauf spürte sie, wie auch er zu zucken begann und ihre Hüften fester umklammerte, und sie wusste, dass er ebenfalls kam.

Edie war nass geschwitzt, erschöpft und fühlte sich so gut, dass sie hätte weinen können, krümmte die Zehen und seufzte zufrieden auf, als sich Magnus auf sie legte, hin und wieder noch einmal zuckte und die Nachwirkungen seines Orgasmus auslebte.

»Ich liebe dich so sehr«, murmelte er. »Ich würde mich jetzt so gern mit dir ins Bett legen und kuscheln, aber das verdammte Bett ist ja blöderweise vergeben.«

Sie musste lächeln. »Wo hast du denn die letzten Nächte geschlafen?«

»Auf der Couch.«

»Dann ist die Couch auch gut genug für mich.«

Er half ihr, von dem Sexsessel herunterzusteigen, und strich ihr zärtlich das Haar aus dem Gesicht. »Weißt du eigentlich, wie wunderschön du bist?«

»Weißt du, dass du nach dem Sex nicht mehr klar denken kannst?«

Magnus grinste sie an. »Jetzt schon.« Er beugte sich vor und küsste sie fest auf den Mund. »Warte hier. Ich werfe schnell das Kondom weg.«

»Klar.« Sie lehnte sich gähnend an den Sessel und entspannte sich, während sie auf ihn wartete. Kurze Zeit später kehrte er mit einem feuchten Handtuch für sie und einer Decke wieder zurück. Nachdem sie sich abgewischt hatte, kuschelten sie sich gemeinsam auf die Couch, Edie legte erneut die Beine über Magnus' Oberschenkel, und er schlang die Arme um sie. Sie drückte sich an seine Brust, während er sie beide zudeckte.

Es fühlte sich wundervoll und friedlich an. Sie gähnte und drückte die Nase an seine Kehle. »Ich liebe dich.«

»Ich liebe dich auch. Entschuldige, dass ich dir nichts Besseres als eine Couch bieten kann. Möchtest du lieber in ein Hotel gehen?«

»Nein, ich möchte einfach nur hierbleiben. Für immer.«

Magnus gluckste. »Ich würde aber irgendwann gern aufstehen und was essen. Vielleicht in ein paar Stunden.«

»Wenn es sein muss«, murmelte Edie, die ganz schläfrig und ausgelaugt war. »Wie kommt es, dass du nicht wieder in eurem schicken Kunsthaus bist, sondern hier in der Wohnung? Versteh mich nicht falsch, ich mag diese Wohnung, aber sie scheint mir ziemlich klein für dich zu sein, wenn man bedenkt, dass du stinkreich bist.«

»Ich habe das Haus Levi überschrieben. Als wir es gekauft haben, waren wir beide Eigentümer, und jetzt gehört es ganz ihm. Ich wollte nicht mehr mit ihm unter einem Dach leben. Zuerst muss er mal ein bisschen erwachsen werden.«

Sie sah ihn überrascht an. »Hast du auch mit deinem Bruder gebrochen?« Auf einmal musste sie an Levis sauertöpfische Miene und seine aufgerissene Lippe bei ihrer letzten Begegnung denken.

»Bei uns war es nicht so drastisch wie bei dir und Bianca«,

erwiderte Magnus. »Ich bezweifle, dass Levi wirklich niederträchtig ist. Er ist nur ... rücksichtslos.«

»Ganz anders als Bianca«, sagte sie traurig. Bianca war immerzu berechnend. Sie dachte nur daran, was für sie selbst das Beste war. Edie hatte das jetzt endlich erkannt, und es machte sie traurig.

Magnus rieb ihre Schulter. »Redest du noch immer nicht mit ihr?«

»Nein«, bestätigte Edie. »Diese Wunde ist noch zu frisch. Vielleicht bin ich dazu in der Lage, wenn ich mehr Zeit hatte, um das alles zu verarbeiten und zu verzeihen. Aber vorerst muss sie allein klarkommen.«

»Das wird ihr ganz guttun«, meinte Magnus. »Wir sind beide viel zu sehr auf unsere Geschwister fixiert und waren das auch viel zu lange. Es ist Zeit, dass wir unser eigenes Leben führen, findest du nicht? Sieh dir Levi doch mal an. Er ist ein Träumer, und ich bin ein Macher – wir sind bei der Arbeit ein schreckliches Team, weil ich ständig will, dass er sich hinsetzt und was programmiert, während er im Central Park spazieren gehen will. Das macht mich wahnsinnig, woraufhin er immer noch gereizter wird, und so wurde es immer unschöner. Ich hätte es schon vor einer Weile bemerken müssen, als er keine Lust mehr hatte, an diesem Projekt zu arbeiten. Aber ich habe ihn nur die ganze Zeit gedrängt, weil ich mir eingebildet habe, ich würde ihn für das Spiel brauchen. Jetzt, da ich begriffen habe, dass ich das nicht tue, kann ich viel entspannter mit ihm umgehen. Aber es war wirklich Zeit, dass wir nicht mehr zusammenwohnen und stattdessen unser eigenes Leben führen. Jetzt stehe ich nicht mehr unter so großem Druck und habe nicht mehr ständig das Bedürfnis, ihm eine reinzuhauen.«

Edie kicherte. »Das freut mich.«

»Außerdem habe ich diese Wohnung eigentlich für dich gekauft. Aber jetzt, wo wir noch viel mehr Katzen haben und ich die Cafés in der Innenstadt führe, sollte ich mir vielleicht etwas Größeres in Manhattan suchen, denn ich gehe doch mal davon aus, dass du mir bei den Katzen helfen möchtest?«

»Selbstverständlich«, sagte sie und freute sich schon darauf. Das wäre für sie die Gelegenheit, das Leben sehr vieler Katzen – und Menschen – zu verbessern. Sie hatte unzählige Ideen, wie man die Vermittlungen attraktiver machen konnte. Weihnachtliche Katzenbilder, Katzenfuttersammlungen für die Tierheime und noch so vieles mehr. »Vielleicht übernehme ich das Projekt irgendwann sogar ganz.«

»Nichts würde mich glücklicher machen«, gab er zu. »Ich habe im Moment mit dem Spiel schon unglaublich viel um die Ohren und bin für jede Hilfe dankbar.«

Sie rieb sich grinsend die Hände.

»Ziehst du dann bei mir ein?« Er leckte ihr über das Ohr und knabberte dann an ihrem Ohrläppchen. »Ab sofort?«

»Ich kann nicht.« Als er erstarrte, legte sie ihm eine Hand auf die Brust. »Deine Katze hat gerade erst Junge bekommen und will sie beschützen. Das Letzte, was ich jetzt gebrauchen kann, sind sieben weitere Katzen, die in eine neue Umgebung kommen, eine frischgebackene Katzenmutter und eine blinde Katze, nur um dann in ein paar Wochen schon wieder umzuziehen, wenn du dir wirklich eine neue Wohnung in Manhattan suchen willst.«

Magnus stöhnte und legte den Kopf auf die Couch. »Okay ... Dann suchen wir uns also erst eine neue Wohnung?«

»Das ist nicht so stressig für die Katzen. Es wäre viel traumatischer, wenn sie ständig in eine neue Umgebung müssen. Ich ...« Sie runzelte die Stirn, als er aufstand und sie das Gleichgewicht verlor und rücklings auf die Couch zurückplumpste. »Wo willst du denn hin?« Dabei bewunderte sie seinen herrlichen Hintern, als er durch das Zimmer ging.

»Ich hole mein Handy, um Hunter Bescheid zu sagen, dass ich schnellstmöglich eine neue Wohnung brauche. In Manhattan, eine Etage, groß genug für eine ganze Katzenarmee. Und es muss schnell gehen, weil ich meine Katzenlady bei mir haben will.«

Edie schnaubte nur.

»So ist es aber«, beharrte er, als er mit dem Handy in der Hand zurückkehrte. »Ich dachte eigentlich, ich wäre derjenige, der die Katzenlady zähmen würde, und jetzt hat sie mich gezähmt.«

Was sollte sie auf so etwas Süßes noch erwidern? Gar nichts. Doch als er sich wieder auf dem Sofa niederließ, setzte sie sich erneut auf seinen Schoß und bewies ihm, wie sehr sie ihn liebte.

Magnus schickte Hunter erst mehrere Stunden später eine SMS.

20

Zwei lange, qualvolle Wochen später hatte Magnus endlich den Kaufvertrag für ein Penthouse in West Chelsea unterschrieben, das direkt am Hudson River lag und über beachtliche sechshundertundfünfzig Quadratmeter verfügte. Oder, wie Magnus gern witzelte, fast einhundert Quadratmeter für jede ihrer Katzen. Zwar wäre Edie beinahe in Ohnmacht gefallen, als sie den Preis hörte, aber sie musste zugeben, dass das Penthouse (und der Pool auf der riesigen Terrasse) einfach wunderschön war. Eine Woche später zogen sie auch schon ein und kauften noch mehr Möbel, da sie bei Weitem nicht genug hatten. Edie gefiel die neue Wohnung. Es gab mehrere Fahrstühle, und auch wenn es sie etwas skeptisch stimmte, in einem Gebäude mit mehr als dreißig Stockwerken zu leben, musste sie sich wohl oder übel daran gewöhnen.

Magnus' neue App war aufgrund des innovativen Ansatzes, Tierheimkatzen zu vermitteln, mehrfach in Zeitungen und Zeitschriften erwähnt worden, und es kamen immer mehr Spenden – ebenso wie Katzen, die ein neues Zuhause suchten. Edie musste ihr eigenes Unternehmen vorerst auf Eis legen, damit sie sich voll und ganz der *Coffee-N'-Cats*-Kette widmen konnte, aber sie liebte die Arbeit dort sehr. Sie hatte jeden Tag mit so vielen Katzen zu tun, ihre Meinung wurde angehört und beherzigt, und vor allem sah sie ständig Menschen, die mit Katzen interagierten und die Tierheimkatzen, die zuvor kaum noch eine Chance gehabt hatten, mit Liebe überhäuften und enthusiastisch die Vermittlungen vorantrieben. Innerhalb eines Monats waren an allen Standorten der Cafés zusammen dreihundert Katzen vermittelt worden, und Edie war völlig begeistert. Sie rechnete damit, dass der Zulauf irgendwann nachlassen würde, weil die Idee nicht mehr neu war, hatte aber bereits mit Magnus über weitere Wege gesprochen, wie man die Cafés bekannter und zu einer festen Größe machen konnte.

Edie war glücklicher als jemals zuvor in ihrem Leben. Ihre Tage waren angefüllt mit Katzen, für die sie wirklich etwas erreichen konnte. Ihre Nächte wurden von Magnus bestimmt, ihrem süßen, wunderbaren, witzigen Magnus, bei dem sie sich immer fühlte wie die glücklichste Frau auf der Welt. Jeder Augenblick mit ihm schien magisch zu sein. Sie verschönerten ihre Wohnung, lagen auf der Couch und sahen fern oder kuschelten mit den Katzen. Sie gingen essen, ins Theater, besuchten Freunde und schliefen miteinander. Oh ja, sehr oft sogar. Sie hatten viel scharfen, heißen Sex, bei dem Edie nur noch wimmern konnte.

Eigentlich konnte Edie gar nicht mehr vom Leben verlangen.

Deshalb verwirrte es sie, dass sie Bianca vermisste. Ihre Schwester war ein schrecklicher Mensch. Das wusste sie ganz genau. Sie wusste, dass Bianca manipulativ und egoistisch war und noch so vieles mehr, aber dennoch fehlten Edie die Gespräche mit ihr. Außerdem machte sie sich noch immer Sorgen, ob Bianca wohl allein klarkam, ohne dass Edie einen Teil der Rechnungen bezahlte und sie als Edies Assistentin arbeiten konnte.

»Ich finde, du solltest sie einladen«, sagte Magnus eines Nachts im Bett, nachdem Edie ihm ihre Gefühle gestanden hatte. Sie wohnten jetzt seit einem Monat zusammen, und dieser Monat war einfach wunderschön gewesen.

»Ich habe Angst, dass sie alles ruinieren könnte«, gab Edie zu. »Sie fehlt mir, aber ich fürchte mich noch immer davor, dass sie mein Leben ein weiteres Mal kaputt macht.«

»Dann solltest du einen Mittelsmann mitnehmen«, schlug Magnus vor und spielte mit dem Daumen an ihrer linken Brustwarze herum. Das machte er immer gern, nachdem sie miteinander geschlafen hatten ... vermutlich, weil sie dann gleich wieder Lust bekamen. »Jemanden, der verhindern kann, dass sie dich wieder manipuliert.«

»Dich?«, fragte Edie und streichelte über seine Brust.

»Nein«, protestierte er. »Ich hätte ihr leider kein einziges nettes Wort zu sagen. Eigentlich möchte ich gar nicht, dass sie Teil deines Lebens ist, aber ich bin bereit, sie dir zuliebe zu ertragen. Aber bitte mich nicht, Verständnis für jemanden aufzubringen, der dir derart wehgetan hat. Nimm Gretchen mit. Sie hat Bianca schon immer durchschaut.«

* * *

»Großer Gott, sind die süß«, kreischte Gretchen und hielt eines von Lady Cujos Kätzchen hoch. Die Kleinen besaßen nicht das glänzende Fell ihrer Mutter mit dem einzigartigen Fellmuster, aber sie hatten schon jetzt deutlich erkennbare Streifen und sehr niedliche kleine Gesichter. »Wie kannst du die Vorstellung nur ertragen, sie alle wegzugeben?« Gretchen drückte das Kätzchen an sich und unter ihr Kinn. »Ich an deiner Stelle würde sie alle behalten.«

»Soll das ein Witz sein?«, erwiderte Edie, nahm einem der ausgelassenen Kätzchen ihren Schnürsenkel aus den Pfoten und setzte es wieder aufs Sofa. »Wir haben schon neun Katzen. Das ist mehr als genug, findest du nicht? Wir brauchen wirklich nicht noch mehr.«

»Der hier hat es mir besonders angetan«, sagte Gretchen und streichelte das Tier in ihrer Hand. »Vielleicht wird das ja Igors neuer bester Freund.«

»Du kannst ihn gern mit nach Hause nehmen«, erwiderte Edie. »Ich kann dir gar nicht genug danken, dass du heute hergekommen bist. Ich kann jeden Beistand gebrauchen, den ich bekommen kann.«

Gretchen hielt ihr eine Faust hin, und Edie schlug ihre dagegen. »Süße«, sagte Gretchen, »du weißt doch, dass du dich auf mich verlassen kannst.«

»Danke noch mal.« Falls irgendjemand Bianca den Kopf waschen konnte, dann war das Gretchen.

»Wann wollte sie hier sein?«

»Sie müsste jeden Moment kommen«, antwortete Edie und schnappte sich ein weiteres Kätzchen, das sich auf Erkundungstour begeben wollte. Mit dieser Bande hatte sie mehr als genug zu tun. Auch wenn sie nie gedacht hätte, dass sie das mal sagen würde, hatte sie eindeutig zu viele Katzen, und sie freute sich auf den Moment, wo wieder Ruhe einkehrte. Ihre älteren Katzen rannten wenigstens nicht mehrmals am Tag mit Höchstgeschwindigkeit durch die Wohnung, wie es die Kleinen taten – die kratzten an allem und warfen ständig irgendetwas um. Die Jungen hatten Glück, dass sie so ungemein niedlich waren, sonst wären sie der reinste Albtraum gewesen. Niedliche, flauschige, herumwirbelnde Derwische mit Krallen.

Sie spielten mit den Kätzchen, während sie auf Bianca warteten. Bianca kam wie immer zu spät. Sie liebte es, dann einen großen Auftritt hinlegen zu können, und das nicht nur, weil sie dann im Mittelpunkt stand, sondern auch, weil sie es einfach nicht für wichtig hielt, sich an die Pläne anderer Menschen zu halten. Aber irgendwann klopfte es doch an die Tür, und Edie reichte Gretchen das Kätzchen, das sie gerade in der Hand hatte, damit sie aufmachen konnte.

»Sei stark«, flüsterte Gretchen ihr zu.

Edie nickte und öffnete die Tür. Da stand Bianca und sah so blass und zerbrechlich aus wie immer. Sie sah sie mit ihren großen, dunklen Augen an, blinzelte, ihr winziger Mund zitterte, und dann fing sie an zu weinen und warf sich dramatisch in Edies Arme.

Die gute alte Bianca. »Hey, Kleine.«

»Du hast mir so gefehlt, Edie.« Bianca weinte. Aber Bianca schluchzte nie, denn Schluchzen führte dazu, dass man schniefte und aufgequollene Augen bekam, und so etwas gab es in Biancas Welt einfach nicht. Daher weinte sie anmutig. »Ich bin so froh, dass wir die Gelegenheit haben, uns auszusprechen.«

»Ich fand, es war an der Zeit«, meinte Edie und lächelte sie zögerlich an. »Komm rein.«

Bianca nickte, und Edie stellte erstaunt fest, dass sie kein Augen-Make-up trug. Normalerweise verließ Bianca das Haus nicht ohne Eyeliner und Mascara. Hatte sie darauf verzichtet, weil ihre Tränen echt waren? Oder war das nur wieder einer ihrer Tricks? Edie sah zu Gretchen hinüber, die bei Biancas Anblick die Nase rümpfte.

»Gretchen ist auch da«, stellte Edie unnötigerweise fest.

»Hi«, rief Gretchen vom Sofa hinüber. »Möchtest du ein Kätzchen streicheln?«

»Schon okay«, entgegnete Bianca, setzte sich auf den nächsten Stuhl und sah sich im Penthouse um. Auch das überraschte Edie. Sonst hatte Bianca es immer geliebt, überall herumzuschnüffeln und im Kopf abzuschätzen, was alles gekostet hatte. Stattdessen sah sie Edie mit traurigen Augen an. »Deine neue Wohnung ist sehr schön.«

»Ja, nicht wahr? Ich hatte Magnus angeboten, die Hälfte der Miete zu zahlen, aber als er mir die Summe genannt hat, habe ich das lieber ihm überlassen«, witzelte sie.

Bianca lachte nicht. »Er ist ein guter Mann«, sagte sie und zwirbelte nervös eine Haarsträhne um einen Finger. »Bei ihm musst du dir keine Sorgen machen, weißt du. Er ist nicht wie Drake. Ich habe dir das nie erzählt, aber Drake hat mich immer angebaggert, wenn du nicht in der Nähe warst.« Sie schob die Unterlippe vor. »Und ich war schrecklich, weil ich mit ihm geschlafen habe. Das ist mir durchaus klar. Aber ich konnte es dir nicht sagen, nicht nach dem Unfall.«

»Wann ist denn der richtige Zeitpunkt, um seiner Schwester zu sagen, dass man mit ihrem Freund geschlafen hat?«, warf Gretchen mit zuckersüßer Stimme ein.

Gutes Argument.

»Aber ich habe es immer bereut«, fuhr Bianca fort. »Ich glaube, ich habe einfach nach einem eigenen Weg gesucht. Und dabei nur an mich selbst gedacht, wie ich zugeben muss. Nach deinem Unfall habe ich ihm den Laufpass gegeben und mich nur noch um dich gekümmert. Ich habe es zu meinem Lebensinhalt gemacht, mich um dich zu kümmern.«

»Dafür zu sorgen, dass ich dich brauche«, korrigierte Edie.

»Bämm!«, flüsterte Gretchen. »Das hat gesessen.«

Bianca starrte Gretchen wütend an und wandte sich dann mit verletztem Gesichtsausdruck erneut an Edie. »Vielleicht habe ich das getan. Vielleicht dachte ich, wenn ich dich dazu bringe, mich so sehr zu lieben, wäre es nicht mehr von Bedeutung, was ich getan habe. Ich habe Mist gebaut. Das gebe ich zu. Ich versuche nicht, jemand anderem die Schuld zu geben oder die Sache auf die leichte Schulter zu nehmen. Ich habe Mist gebaut und die letzten sechs Jahre versucht, es auf meine Art wiedergutzumachen.«

Edie geriet ein wenig ins Wanken. Bianca hatte nicht ganz unrecht. Wie lange wollte sie ihre Schwester dafür bestrafen? Noch war sie nicht bereit, ihr zu vergeben, aber es war durchaus nicht abwegig, dass sie es irgendwann tun könnte.

»Ich habe Magnus übrigens für dich getestet«, sagte Bianca unvermittelt.

»Du hast was?« Edie verschränkte die Arme vor der Brust. »Was meinst du damit?«

»Ich wollte nicht, dass du noch einmal so von einem Mann verletzt wirst wie damals von Drake. Daher habe ich ihn getestet. Ich habe mit ihm per Skype geflirtet«, gab sie offen zu. »Aber er hat mich total abblitzen lassen. Er wollte nicht einmal darüber nachdenken.«

Gretchen klappte die Kinnlade herunter.

Edie ebenfalls.

»Ich wollte nur, dass du das weißt«, fügte Bianca hinzu.

»Na, vielen Dank auch«, murmelte Edie sarkastisch.

»Können wir wieder Schwestern und beste Freundinnen sein?«, flehte Bianca und sah sie mit großen, traurigen Augen an. »Du fehlst mir. Du bist die einzige Schwester, die ich habe.«

»Wir werden immer Schwestern sein«, versicherte Edie ihr. »Und ich werde dich immer lieben. Das werde ich wirklich. Aber ich bin noch verdammt wütend auf dich, Bianca. Es wird sehr viel länger als einen oder zwei Monate dauern, bis ich nicht mehr sauer auf dich sein werde.«

»Aber ich gebe mir solche Mühe.«

»Gib dir mehr Mühe«, entgegnete Edie. »Gib dir Mühe und versuch verdammt noch mal nicht, mit meinem Freund zu flirten.«

»Bämm«, flüsterte Gretchen erneut.

»Ich wollte dir nur helfen …«

»Wie wäre es, wenn du damit aufhörst, mir helfen zu wollen, und einfach wieder nur meine Schwester bist, Bianca? Was hältst du davon?«

Bianca warf ihr Haar in den Nacken. »Okay. Aber schließ mich bitte nicht wieder aus.« Wieder stiegen ihr Tränen in die Augen, und sie wischte sie weg. Es waren aufrichtige Tränen. Wow. Das Ganze musste Bianca sehr zu Herzen gehen.

Das machte Edie die Entscheidung leichter, und sie konnte ein wenig nachgeben. »Ich werde dich nicht ausschließen, aber du musst mir auch Raum zum Atmen lassen.«

»Und dich gefälligst aus ihrer Beziehung raushalten«, warf Gretchen aus dem Hintergrund ein.

»Das auch«, bestätigte Edie.

»Geht klar.« Bianca lächelte ihre Schwester an. »Aber jetzt erzähl mir von den Katzencafés.«

Sie wusste einfach, wie sie Edie mit Leichtigkeit auf andere Gedanken bringen konnte, dachte Edie eine Stunde später entrüstet. Bianca hatte sie zum Reden animiert, und als sie endlich damit aufgehört hatte, davon zu schwärmen, wie wundervoll *Coffee N' Cats* war, hatte sie eine Stunde lang geredet und nicht ein Mal den Wunsch verspürt, ihre Schwester zu erwürgen. Das war ein guter Anfang. Aber als Bianca das Gespräch auf sich bringen wollte, hatte Edie abgeblockt.

»Ich denke, es ist besser, wenn du jetzt gehst«, hatte Edie gesagt. »Das war genug Geschwisterliebe für einen Tag.«

Bianca hatte sie erschrocken angeschaut und dann mit den Achseln gezuckt. »Wie du meinst. Ich dachte, wo ich schon mal in diesem Teil der Stadt bin, schaue ich bei meinem süßen Cooper vorbei.« Sie stand auf, warf ihr Haar in den Nacken und nahm Edie in die Arme. »Ich bin so froh, dass wir wieder miteinander reden. Bitte hass mich nicht ewig.«

Edie tätschelte ihrer Schwester ungelenk den Rücken. »Ich bin auch froh.«

Gretchen gab Würgegeräusche von sich.

»Aber wir brauchen Abstand«, fügte Edie hinzu. »Wir dürfen einander nicht einengen.«

»Abstand«, stimmte ihr Bianca zu, ließ Edie los und ging zur Tür. »Ich rufe dich in ein paar Tagen an. Bis dann, Schwesterherz!«

Gretchen sah Bianca nachdenklich hinterher, als diese gegangen war. »Dann hat sie ihre Klauen jetzt also in Cooper versenkt? Der arme, arme Mann. Er wird von einer der schlimmsten Goldgräberinnen angebaggert und freut sich vermutlich noch darüber.«

»Sollten wir ihn warnen?«, fragte Edie.

»Nein, nein. Er braucht auch mal eine Frau.« Gretchen legte den Kopf schief und musterte Edie. »Wo wir gerade von Trauzeugen und diesen Dingen sprechen … Levi ist aus der Hochzeitsgesellschaft ausgeschieden. Er sagte, das würde seinen Freiheitsdrang einengen. Ich glaube, er ist immer noch eingeschnappt, weil Bianca ihm den Laufpass gegeben hat. Er hat Hunter erzählt, er würde ein paar Monate lang Urlaub in Europa machen, daher sollen wir uns jemand anderen suchen.«

»Oh nein.« Edie runzelte die Stirn. »Dann fehlt euch jetzt ein Trauzeuge? Ich fühle mich richtig schuldig.«

»Mach dir deswegen keine Sorgen«, beruhigte Gretchen sie. »Ich bin mir ziemlich sicher, dass sich unter Hunters vielen Freunden noch jemand finden wird, der einen jüngeren Bruder hat.« Sie zwinkerte Edie zu. »Das wird trotz allem die spektakulärste – oder furchtbarste – Hochzeit des Jahres. Warte es nur ab.«

Daran zweifelte Edie nicht im Geringsten. Gretchen

machte nie halbe Sachen. »Es tut mir jedenfalls sehr leid, dass ich mir einen der Trauzeugen geschnappt habe.«

»Das muss es nicht«, erklärte Gretchen. »Du bist nicht die Einzige, die sich einen von Hunters Freunden ins Bett geholt hat. Habe ich dir noch gar nicht von den anderen erzählt?« Als Edie den Kopf schüttelte, riss Gretchen die Augen auf. »Ich habe da Geschichten gehört...«

Die Community für alle, die Bücher lieben

Das Gefühl, wenn man ein Buch in einer einzigen Nacht verschlingt – teile es mit der Community

In der Lesejury kannst du
★ Bücher lesen und rezensieren, die noch nicht erschienen sind
★ Gemeinsam mit anderen Lesebegeisterten Menschen in Leserunden diskutieren
★ Autoren persönlich kennenlernen
★ An exklusiven Gewinnspielen und Aktionen teilnehmen
★ Bonuspunkte sammeln und diese gegen tolle Prämien eintauschen

Jetzt kostenlos registrieren: www.lesejury.de
Folge uns auf Facebook:
www.facebook.com/lesejury